교수

교수
The Professor

샬럿 브론테 장편소설   배미영 옮김

THE PROFESSOR
by CHARLOTTE BRONTË (1846)

이 책은 실로 꿰매어 제본하는 정통적인 사철 방식으로 만들어졌습니다.
사철 방식으로 제본된 책은 오랫동안 보관해도 손상되지 않습니다.

서문

　이 짧은 책은 『제인 에어』나 『셜리』 이전에 쓴 것이지만 내가 처음으로 쓴 작품이라고 주장할 수는 없다. 저자는 그 이전에도 수년 동안 습작을 하느라 펜 끝을 상당히 무디게 만든 적이 있기 때문에 이 소설이 처음으로 시도한 작품은 분명 아니라는 것이다. 『교수』를 시작하기 전에 다른 작품을 출판한 적은 물론 없었으며, 작품을 쓰는 것과 거의 동시에 없애 버리곤 했던 수차례의 서툰 노력 끝에 나는 한때 수식이 많고 사족이 많이 붙은 글에 대해 갖고 있던 취향을 극복하였고 명료하고 검박한 것을 더 좋아하게 되었다. 이와 동시에 나는 사건의 주제 면에서 이론적으로는 대체로 인정되고 있는 몇몇 원칙도 채택했지만 실제로 그 결과는 작가에게 기쁨보다는 놀라움을 더 많이 가져다 주었다.[1] 나는 현실 속에서 살아 있는 사람들이 자기 일을 하는 모습을 봐왔던 그대로

---

1 당대의 비평가 G. H. 루이스는 브론테에게 멜로드라마적인 요소를 경계하고 사실적인 면을 강조하라고 충고했으며 이를 브론테는 겸허하게 수용했다. 그러나 1847년 11월 루이스에게 보낸 서신에서 나타나듯 작가는 그런 태도에 한계가 있음을 지적하고 상상력이 가지는 힘을 주장하고 있다.

내 주인공도 평생을 일하는 사람이어야 하며, 자기가 번 것이 아니면 한 푼도 가져서는 안 되고, 갑작스런 반전으로 일순간에 부와 높은 지위로 상승해서도 안 된다고 마음속에 새겼다. 내 주인공은 아무리 조그만 수입을 얻게 되더라도 제 이마의 땀으로 그것을 사야 하고, 그늘진 정자에서 쉴 만한 곳을 찾기까지 그는 반드시 〈고난의 언덕길〉[2]의 오르막을 최소한 반은 올라야만 하며, 그전에는 아름다운 여성이나 지위 높은 귀부인과 결혼조차 할 수 없다고 나는 다짐했다. 내 주인공은 아담의 아들로서 아담의 숙명을 받아들여야 하며 일평생 기쁨이 섞인 절제된 물을 마셔야만 하는 것이다.

그러나 결과적으로 나는 대개의 출판사들이 이런 생각을 거의 인정해 주지 않으며 좀 더 상상이 가미되고 시적인 것, 즉 아주 공들인 공상과 비애감과 보다 친절하고 고상하고 세속적이지 않은 그런 감정에 더 잘 부합되는 작품을 좋아한다는 것을 알게 되었다. 작가는 이런 성격의 작품을 발표하고자 시도할 때에야 비로소 그런 보물을 간직하고 있었는지 의심도 하지 않았던 사람들의 가슴속에 로맨스와 감성이 풍성하게 숨겨져 있음을 알게 되는 것이다. 사업을 하는 사람들은 대개 실제적인 것을 더 좋아한다고들 한다. 그러나 시험을 해보면 그런 생각은 오류였음이 드러날 때도 있을 것이다. 거칠고 경이롭고 전율을 주는 것, 즉 기괴하고 놀랍고 가슴을 에는 것들에 대한 열정적인 선호는 잠잠하고 담담한 표면을 보여 주던 여러 영혼들을 휘저어 놓는다.

바로 이런 경우였기 때문에 인쇄된 책의 형식으로 독자에게 다가가기 위해 이 짧은 이야기가 어떠한 투쟁을 분명 거쳤다는 것(사실이 그러했다)을 독자들은 이해하게 될 것이

---

[2] 존 번연의 『천로역정 Pilgrim's Progress』(1678)에 나오는 지명.

다. 하지만 결국 가장 힘든 싸움과 가장 어려운 시련은 아직 오지 않았다. 그러나 이제 이 소설은 편안함을 찾고 공포를 누그러뜨리고 절제된 기대라는 지팡이에 기대어 불평을 삼키고 있다. 대중의 눈을 향해 자신의 눈을 들면서.

낮은 곳에 거하는 자는 추락을 두려워하지 않는다.[3]

커러 벨

위의 서문은 『셜리』가 세상에 나온 직후 『교수』의 출판을 기대하며 내 아내가 쓴 것이다. 작가는 후속 작품 『빌레트』에서 『교수』의 몇몇 자료를 이용할 수밖에 없었다. 그러나 이 두 소설은 대부분 서로 다르기 때문에 『교수』를 대중들로부터 떼어 놓아야 할 것 같지는 않았다. 그래서 나는 이 책의 출판에 동의했다.

A. B. 니콜스
해워스 목사관,
1856년 9월 22일

---

3 『천로역정』 2부 휴밀리에이션 골짜기에서 양치기 소년이 부르는 노래의 시작 부분. 여기서는 노랫말이 아닌 평이한 문장으로 옮긴다.

서문

5

교수

11

역자 해설
여성이 휘두르는 남성적 폭력

353

샬럿 브론테 연보

363

1

며칠 전, 나는 서류를 훑어보다가 옛날 학교 친구에게 1년 전에 보냈던 편지 사본을 책상 위에서 발견했다.

찰스에게,
우리가 이튼에 함께 있었을 때 자네나 나나 인기 있는 친구는 아니었다고 생각하네. 자네는 빈정대기 좋아하고 주의 깊은 데다 빈틈이 없고 냉정한 사람이었지. 그때 내 모습을 그려 보기엔 뭣하지만 아주 매력적이었다고 할 수는 없을 거야, 그렇지? 어떤 동물적인 자성(磁性)[1]이 자네와 나를 한데 묶어 두었는지 난 아직도 모르겠네. 자네에 대해서 필라데스와 오레스테스[2] 사이와 같은 감정은 분명 느껴 본 적이 없었고, 자네 역시 내게 로맨틱한 호감은 절대 갖고 있지 않았어. 그래도 우리는 수업이 끝나면 몇 시

---

[1] *animal magnetism*. 최면술의 핵심 개념. 최면술사가 환자의 의지와 신경계에 미치는 영향력.
[2] 오레스테스는 아가멤논의 아들이고 필라데스는 그의 친구로서, 매우 절친한 사이에 비유되는 관계이다.

간씩 계속 걸어 다니며 얘기를 나누었지. 대화의 주제가 학생들이건 선생님들이건 우리는 서로를 이해했고, 내가 생명이 있는 것이든 없는 것이든 간에 어떤 애정의 감정이나 탁월하고 아름다운 대상에 대해 좀 모호한 사랑을 떠올릴 때, 자네가 보내던 그 조소 어린 냉담함이 내게 어떤 영향을 미친 것은 아니었다네. 그런 자네의 방해에는 〈그때〉나 〈지금〉이나 내가 더 우월하다고 느끼고 있어.

자네에게 편지 쓴 지 오래됐고 얼굴을 본 건 훨씬 더 오래전의 일이군. 일전에 자네 사는 곳의 신문을 우연히 보게 되었는데, 내 눈이 자네 이름에 가 닿았지. 그래서 옛 시절을 생각하기 시작했어. 우리가 헤어진 이후 생긴 일들을 떠올려 본 거야. 그래서 앉아서 이 편지를 쓰기 시작했네. 지금껏 자네가 무엇을 하고 살아왔는지 나는 모르지만, 한번 들어 보겠다면 내가 세상을 어떻게 살아왔는지 얘기해 주겠네.

먼저, 이튼을 떠난 뒤로 나는 외숙부들인 틴들 경과 존 시콤 각하를 만났지. 그분들은 내가 성직에 들 것인지를 물었고, 귀족인 외숙부는 내가 바란다면 그의 권리인 시콤의 성직록을 내게 주겠다고 했어. 그리고 또 다른 외숙부 시콤 씨는 내가 만일 스케이프와 시콤의 목사가 된다면, 6명의 내 사촌, 그러니까 그의 딸들 중 하나를 — 모두 다 내가 아주 싫어하는데 — 집안의 안주인과 교구의 대표격으로 하사받을 거라고 넌지시 암시했다네.

나는 교회와 결혼 모두를 거절했지. 훌륭한 목사도 좋지만 나는 분명 아주 나쁜 목사가 될 게 뻔하거든. 아내라니, 오, 내 사촌들 중 하나와 평생을 묶여 살아야 한다는 건 지독한 악몽이야! 그들이 교양을 갖추었고 예쁘다는 건 의심할 바 없지. 그러나 내 심금을 울리는 것은 그들의 교양도 매력도 아니라네. 시콤 목사관의 거실 난롯가에서 사촌들 중 하나, 예를 들어 그 덩치 크고 잘 꾸며 놓은 세라와 겨울 저녁을 보내야 한다고 생각하면, 안 되지. 그런 환경에서라면 나쁜 목사는 말할 것도 없고 나쁜 남편이 되고 말 걸세.

내가 외숙부들의 제의를 거절하자 그분들은 〈뭘 할 생각이냐〉고 물었지. 나는 생각해 보겠다고 했고. 그들은 내가 재산도 없고 아무런 유산도 없다는 걸 상기시켜 주고는, 한참 말을 않더니 틴들 경이 내게 〈혹시 아버지의 뒤를 밟아 장사에 뛰어들 생각을 하느냐〉고 엄하게 물으시더군. 난 그때 전혀 그런 생각을 하고 있지 않았지. 나는 내가 생각을 고쳐먹는다고 해서 괜찮은 장사꾼이 될 자격이 생긴다고는 보지 않거든. 내 취향이나 야망은 그런 것에 있지 않아. 그런데 〈장사〉라는 말을 할 때 틴들 경의 얼굴에 지독한 경멸감이 드러나서(그의 어조가 너무나 업신여기고 빈정거리는 투였거든) 나는 순간적으로 결정해 버렸다네. 아버지야 내게는 그저 이름일 뿐이지만 그래도 내 앞에서 조롱당하듯 불리워지는 게 좋지는 않았어. 그래서 나는 서둘러 그리고 흥분해서 〈그래요, 아버지의 뒤를 따르는 것 말고는 잘할 수 있는 것이 없어요, 장사꾼이 되겠습니다〉라고 대답했지. 외숙부들은 반박하지 못했고. 그들과 나는 서로에게 혐오감을 느낀 채 헤어졌다네. 그때 처사를 돌이켜 보니 내가 틴들의 후원이라는 짐을 떨쳐 버린 것은 꽤 잘한 일이었으나, 그 즉시 더 견디기 힘들어질 것이고 분명 겪어 보지 못한 또 다른 짐을 내 어깨에 지우는 바보 짓을 해버린 셈이었어.

나는 나보다 열 살 많은, 하나밖에 없는 형, 자네 알지, 에드워드 형에게 바로 편지를 썼어. 형은 부유한 공장주의 딸과 결혼했고 그때는 그 공장과 아버지가 파산하기 전 아버지 소유였던 사업을 차지하고 있었다네. 자네는 한때 크로이소스 왕[3]만큼 부자라고들 했던 내 선친께서 돌아가시기 직전에 파산해서 어머니가 그 후 반년간 궁핍하게 살면서도 귀족인 외숙부들로부터 아무런 도움도 받지 못했다는 것을 알고 있겠지. 어머니는 어떤 주(州)의 제조업자 크림즈위스 씨와 결혼함으로써 그들의 마음을 아주 상하게 했던 거야. 반년이 지날 즈음 어머니는 나를 세상에 내보내시면서 당신은 세상을 떠나 버렸어. 회한도 없이, 마치 이 세상에는 희망도 위안도 거의 없다는 듯이 말일세.

아버지 쪽 친척들이 에드워드 형을 맡았고 아홉 살이 될 때까지 나도 맡아 주었다네. 그 시기에 우리 지역의 중요한 자치구의 대표직이 공석이 된 일이 생겼고 시콤 씨가 거기에 출마하게 됐지. 빈틈없는 상인인 친숙부는 후보자에게 격렬한 어조의 편지를 쓸 기회가 생기자, 그와 틴들 경이 자신의 여동생의 아들들을 뒷바라지하기 위해 무언가를 하겠다고 동의하지 않는다면 여동생에 대한 그들의 가혹하고 악독한 처사를 폭로하겠으며 시콤 씨의 당선에 해로운 분위기를 조성하기 위해 갖은 노력을 다하겠다고 했지. 시콤 씨와 틴들 경은 크림즈위스 집안 사람들이 파렴치하고 단호한 사람들이며 그 지역에서는 영향력 있는 사람들이라는 것도 잘 알고 있었지. 당연한 일을 생색을 내면서 그들은 나의 교육 비용을 지불하는 데 동의했다네. 나는 이튿으로 보내져 10년 동안 그곳에 있었고 그동안 형과는 한번도 만나지 못했지. 형은 자라서 상업에 뛰어들어

---

[3] Croesus(?~BC 546). 소아시아의 서부 지방에서 번성했던 리디아 왕국의 마지막 왕. 엄청난 부(富)로 유명.

근면하면서도 유능하게 그리고 성공적으로 자신의 소명을 수행했지. 서른이 된 형은 빠른 시일 내에 한밑천 마련하게 되었어. 이런 일들은 1년에 서너 차례씩 형에게서 받은 짤막한 편지로 알게 되었지. 그 편지는 늘 시콤 집안에 대한 굳은 적개심과, 그 가문의 은혜로 먹고 사는 나에 대한 비난을 표현하면서 끝을 맺었다네. 처음에 내가 어렸을 땐, 부모가 안 계시는데 왜 내가 틴들이나 시콤 외숙부에게 내 교육비를 신세 져서는 안 되는지 이해하지 못했다네. 하지만 자라면서 차츰, 아버지가 돌아가실 때까지 그분에 대해 그들이 품고 있던 끈질긴 적대심과 증오를 알게 되었고 어머니의 고통과 간단히 말해 우리 집안에 대한 그 모든 부당한 대우와 같은 것들에 대해 알게 되고 나서, 나는 내가 얹혀살고 있다는 수치심을 마음속에 품게 되었고 죽어 가는 어머니의 궁핍함을 돌보지 않은 사람들이 주는 빵을 더 이상 받지 않겠다는 결심을 하게 되었다네. 시콤의 목사직과 내 귀족 사촌들 중의 하나와의 결혼을 거절한 것은 바로 이런 마음 때문이었지.

외숙부들과 나 사이에 돌이킬 수 없는 불화가 생겼다는 사실을 나는 에드워드 형에게 편지로 썼지. 무슨 일이 일어났는지를, 그리고 그의 뒤를 밟아 상인이 되겠다는 뜻을 밝혔어. 거기에다 형이 내게 일자리를 줄 수 있는지도 물었어. 그의 답장에는 내 처신에 대한 찬성의 표시는 없지만 내가 좋다면 그곳에 내려올 수 있고 내게 〈일자리를 주어 봐서 무엇을 할 수 있는지 보겠다〉고 했지. 나는 모든 감정 — 편지에 대한 내 〈마음의〉 의견까지 — 을 억누르고 트렁크와 여행용 손가방을 꾸려서 북쪽으로 곧장 출발했네.

이틀간의 여행 끝에 (그때는 철도가 없었지) 나는 어느 비 오는 10월 오후 X시에 도착했지. 나는 에드워드가 언제나 이 도시에 살고 있다고 생각했었는데, 길을 물어보고 나서야 빅벤 구역의 연기 자욱한 대기 속에 자리 잡고 있는 것은 크림즈워스 씨의 공장과 창고뿐이고 그의 〈저택〉은 마을에서 6킬로미터 정도 떨어져 있다는 것을 알게 되었어.

저녁 늦게야 형의 집이라고 안내받은 저택 문 앞에 나는 내려섰어. 길을 따라 올라가면서 황혼의 그림자를 통해서 그리고 그 그림자를 더욱 짙게 만드는 눅눅하고 음울한 안개를 통해서 그 집이 매우 거대하고, 그 집을 둘러싸고 있는 땅이 상당히 넓다는 것을 알아볼 수 있었지. 나는 집 앞의 잔디 위에 잠시 멈추어 서서 중앙에 솟아 있는 키 큰 나무에 기대어 크림즈워스 홀[4]의 외관을 흥미롭게 응시했지.

〈형은 부자로군〉 하고 나는 생각했어. 〈형이 잘해 나가고 있다고는 믿었지만 이런 대저택의 주인일 줄은 몰랐군.〉 놀라움과 궁리와 억측 등을 멈추고 나는 앞문으로 가서 벨을 눌렀지. 남자 하인이 문을 열었고 내 이름을 말해 주자 그는 젖은 외투와 여행 가방에서 날 구해 주고는 서재로 꾸며진 방으로 데려갔는데, 거기엔 환한 난롯불과 촛불이 탁자 위에서 타오르고 있었어. 그는 자기 주인이 X시의 시장에서 아직 돌아오지 않았으며 분명 30분 뒤에 집에 올 거라고 말해 주었어.

혼자가 되자 나는 붉은색 모로코 가죽을 씌우고 속을 채운 벽난롯가의 안락의자에 앉아, 눈으로는 타오르는 석탄에서 튀어나오는 불꽃들과 벽난로에서 이따금 떨어지는 재를 바라보고 마음으로는 곧 일어날 만남에 관한 짐작을

---

4 에드워드 크림즈워스의 저택명.

하느라 바빴다네. 이런 불확실한 짐작들 가운데 아주 분명한 것이 하나 있었는데, 그건 내가 가혹한 실망감과 맞닥뜨릴 위험은 전혀 없다는 것이었지. 이렇게 절제된 예측을 하게 되자 나는 안정감이 들었어. 넘치는 형제애를 나는 전혀 기대하지 않았어. 에드워드의 편지라는 것이 그런 종류의 환상을 만들어 내거나 품는 것을 늘 가로막아 왔었거든. 그래도 그가 도착하기를 기다리며 앉아 있는 동안 나는 간절한, 몹시 간절한 기분이었어. 왜 그랬는지는 말할 수 없네. 나는 혈육의 손을 잡아 본 지 너무나 오래된 내 손이 불안감으로 흔들릴 것 같아 그걸 억누르려고 단단히 손을 움켜쥐고 있었지.

나는 외숙부들에 대해서 생각했어. 그리고 에드워드의 무관심이 외숙부들로부터 늘 겪어 왔던 냉담한 경멸감 비슷한 게 혹 아닐까 궁금해 하며 생각에 빠져 있는데, 길 쪽으로 난 문이 열리는 소리와 함께 마차 바퀴가 집을 향해 다가오는 소리가 들렸어. 크림즈워스 씨가 도착한 거야. 그리고 몇 분 후 홀에서 그와 하인 사이에 짤막한 대화가 오간 뒤 그가 서재 근처로 다가오는 발소리가 들려왔지. 발소리만으로도 그 저택의 주인임을 알 수 있었어.

나는 그때도 10년 전의 에드워드에 대한 혼동된 기억 — 키가 크고, 깐깐하고, 미숙한 젊은이였지 — 을 가지고 있었다네. 〈지금〉은, 내가 자리에서 일어나 서재 문 쪽으로 돌아서 보니, 잘생기고 힘이 있어 보이며 밝은 용모에 잘 가꾸어진 운동 선수 같은 몸을 가진 사람이 내 눈에 들어왔어. 첫눈에 나는 그의 풍채나 눈, 얼굴의 일반적인 표정 외에도 동작에서 드러나는 기민함과 교활함을 알아보았지. 형은 내게 간단하게 인사를 했고 악수를 하는 사이 머리끝부터 발끝까지 죽 훑어보더군. 그는 모로코 가죽을 씌운 안락의자에 자리를 잡고 내게도 앉으라고 손짓했어.

「빅벤 구역의 회계 사무소로 올 거라고 생각했는데.」그가 말했지. 목소리가 무뚝뚝했는데 그게 형에겐 습관이란 걸 알아챘지. 또 북쪽 지방의 후음 섞인 억양으로 말했는데, 남쪽의 맑은 발화법에 익숙한 내 귀에는 거칠게 들렸어.

「마차가 멈추어 선 여관의 주인이 이곳을 가르쳐 주었어요.」나는 대답했어.「처음에 형님이 이런 저택을 가졌다는 것을 몰랐기 때문에 여관 주인이 정확히 일러 준 건지 의심했습니다.」

「아, 괜찮아!」그가 대답했지.「그저 널 기다리느라 반시간 가량 지체된 것뿐. 그게 다야. 나는 네가 8시 마차로 올 거라고 생각했거든.」

나는 그가 기다린 것에 대해 유감을 표했는데, 형은 대답 없이 난롯불만 휘젓더군, 마치 조바심이 나는 것을 숨기려는 것처럼 말일세. 그러고 나서 날 다시 훑어봤어.

첫 만남의 순간에 내가 어떤 다정함이나 열의를 드러내지 않고 조용하고 한결같이 차분하게 형을 맞았다는 것에 나는 마음속으로 만족했어.

「너 정말 틴들이나 시콤과는 깨진 거냐?」형이 다급하게 묻더군.

「그분들과는 더 이상 어떤 연락도 할 것 같지 않아요. 제 생각에는 그분들의 제안을 거절한 것이 앞으로의 모든 교류를 가로막아 버리는 역할을 한 것 같습니다.」

「음, 우리의 관계를 시작하는 바로 이때 너에게 〈사람은 두 주인을 섬길 수 없다〉라는 말을 상기시켜 주는 게 좋겠다. 틴들 경과 알고 지내면 내 도움은 받지 못할 거야.」이 말을 마치면서 나를 쳐다보는 그 눈 속에는 근거 없는 악의 같은 것이 들어 있었어.

그에게 대답해야 할 기분을 느끼지 못한 채, 나는 인간 정신의 구조 속에 존재하는 차이에 대한 생각으로 만족감을 느끼고 있었지. 불복종의 표시로 간주했는지, 자신의 독단적인 태도에 내가 질렸다는 증거로 간주했는지, 크림즈워스 씨가 나의 침묵에서 어떤 추론을 이끌어 냈는지 나는 몰라. 오랫동안 면밀하게 나를 응시한 뒤에 그가 의자에서 갑자기 일어섰지.

「내일, 너에게 몇 가지 주의를 환기시킬 게 있다. 하지만 지금은 저녁 식사 시간이고 크림즈워스 부인이 아마도 기다릴게다. 가자.」

그는 방에서 걸어 나갔고 나는 뒤따랐지. 홀을 가로지르며 크림즈워스 부인이 어떤 사람일까 궁금해 했어. 〈형수님은,〉 나는 생각했지. 〈지금 내 앞에서 활보하는 정이 넘치는 형과 틴들이나 시콤, 시콤의 딸들처럼 나와는 다른 사람일까, 아니면 그들보다는 나은 사람일까? 형수와 애기를 해보면 내 본질적인 면을 자유로이 드러내고 싶은 기분이 들게 될까, 아니면 ─〉식당으로 들어가면서 더 이상의 추측은 관두었어.

불투명 유리갓 아래에서 빛을 내는 램프가 오크나무로 장식 판자를 댄 아름다운 식당을 비추고 있었어. 저녁 식사는 테이블 위에 차려져 있었고, 난로 옆에는 우리가 들어오기를 기다렸다는 듯이 서 있는 한 여자가 보였지. 젊고 키가 크고 체형이 좋은 부인이었어. 그녀가 입은 옷이 아름답고 유행을 따른 것임을 한눈에 충분히 확신할 수 있었다네. 형수와 형 사이에 활기 찬 인사가 오갔고, 형수는 반은 농으로 반은 짐짓 뾰로통한 듯 그가 늦은 것에 대해 책망을 하더군. 그녀의 목소리(난 사람의 성격을 판단할 때 늘 목소리를 염두에 두지)는 생기 넘치는 것이었는데,

내 생각에 그건 동물적인 생기를 뜻하는 거야. 형님은 형수의 책망을 아직 새신랑임을 말해 주는 입맞춤(그들은 결혼한 지 아직 1년이 안 되었어)으로 곧 가로막아 버렸고, 형수는 기분이 아주 좋아져서 저녁 식사를 하기 위해 식탁에 자리를 잡았어. 형수는 내가 있다는 것을 뒤늦게 알아채고는 미리 눈치 채지 못한 것에 사과를 구하고, 마치 귀부인들이 아주 기분이 좋아져서 모든 사람, 심지어 가장 무관심한 사람들에게조차 보통 사람들이 즐거운 상태에서 대할 때 그러하듯이 나와 악수를 했네. 형수가 깨끗한 안색과 눈에 띄는 기분좋은 용모를 가졌다는 것이 이제 더 분명해졌어. 형수의 머리카락은 붉었어, 아주 붉었지. 그녀와 에드워드 형은 대화를 많이 나누었고 내내 장난치듯 티격태격했어. 형수는 형이 그날 마차에 버릇 나쁜 말을 매어 몰고 다녔는데 자기가 걱정하는 것을 대수롭지 않게 여긴 것에 대해 놀랐다 하더군, 아니면 놀란 척한 것이든지. 이따금 내게 하소연하기도 했고.

「아니, 윌리엄 씨, 에드워드가 저렇게 얘기하는 것은 터무니없는 일 아니에요? 이이는 잭만 몰지 다른 말은 몰지 않겠다고 해요, 그런데 저 거친 짐승은 벌써 이이를 두 번씩이나 내동댕이쳤다고요.」

형수는 혀짤배기소리로 말했는데 듣기 싫은 것은 아니었지만 유치하다는 느낌을 받았지. 그녀에게는 결코 작은 얼굴 때문만은 아닌, 소녀 같은 면 이외에도 그보다 더한 것, 어떤 유아적인 표정이 있다는 걸 난 금방 알게 되었어. 그 혀짤배기소리와 표정이 틀림없이 에드워드 형에게는 매력적으로 보였을 것이고 대부분의 남자들에게도 그러하겠지만, 내 경우는 아니야. 형수의 얼굴에서 식별되지 않고 대화에서도 들리지 않는 어떤 지적인 면을 읽어 내보려고 나는 눈을 깊이 들여다보았지. 명랑하고 조금 작은 눈이었어. 이윽고 활달함과 허영과 교태가 홍채를 통해 내비치는 것을 보았지만, 영혼을 감지해 보려고 한 일은 허사가 되어 버렸지. 난 순종적인 건 좋아하지 않아. 하얀 목과 주홍빛 입술과 뺨, 산뜻한 곱슬머리 타래만으로는, 장미와 백합이 시든 후에 윤기 나는 머리카락이 잿빛이 된 후에도 살아남아 있을 프로메테우스 같은 섬광이 없다면 내겐 충분한 게 아니지. 햇빛과 유복함 속에서는 꽃이 한껏 피어나는 법이야. 그렇지만 인생에는 비 오는 날이 얼마나 많이 있는가 말일세. 명쾌하고 기운을 돋워 주는 지성의 빛이 없는 사람들의 벽난로와 가정이 꽁꽁 얼어붙어 버리는, 재앙의 11월 말이야.

크림즈워스 부인 얼굴의 아름다운 면면을 다 읽어 버렸기에, 나도 모르게 깊은 한숨으로 실망감을 드러내 버렸지. 그걸 형수는 자신의 아름다움에 대한 경이의 뜻으로 받아들였고, 분명히 자기의 부유하고 아름답고 젊은 아내에 대해 뿌듯해 하고 있을 에드워드 형은 반쯤은 조롱하는 듯하고 반쯤은 성난 듯한 시선을 내게 던졌다네.

나는 그들 둘 다에게서 시선을 돌리고 지겨워서 방을 둘러보았지. 나는 오크나무로 틀을 짠 그림 두 점을 보았는데 벽난로 장식 선반의 양편에 하나씩 놓여 있었어. 형님 내외 사이에 흐르는 희롱 조의 대화에 끼어드는 것을 포기하고, 나는 그 그림을 살피는 데 정신을 쏟았네. 그것은 한 귀부인과 한 신사의 초상화였는데 둘 다 20년 전에 유행했던 옷을 입고 있었지. 신사의 초상화는 그늘 속에 있어서 자세히 볼 수 없었어. 그 부인은 갓을 씌워 부드러워진 램프에서 나오는 충분한 빛의 덕을 보고 있었고. 난 곧 그 귀부인을 알아보았지. 그 그림을 어린 시절에 본 적이 있었어. 그것은 내 어머니의 초상화였고, 그 옆의 초상화와 함께 아버지의 재산을 팔아 치울 때 구해 낸 유일한 유품이었지.

어린아이였을 때 나를 기쁘게 해준다고 믿었던 그 얼굴을, 〈그 당시〉에는 이해할 수 없었지. 하지만 〈지금〉은 그런 유형의 얼굴이 이 세상에서 얼마나 진귀한 것인지를 알게 되었고 그 사려 깊고 관대한 표정을 절실하게 깨닫게 되었네. 그 진지한 회색 눈은 매우 진실하고도 온화한 느낌을 드러내 주는 얼굴의 어떤 선처럼, 강력한 매력으로 나를 사로잡은 거지. 그저 그림이라는 것이 유감스러웠을 따름이야.

나는 곧 형님 내외와 헤어졌고 하인 하나가 침실로 나를 데려갔네. 방문을 닫으면서 나는 모든 침입자들(찰스, 자네도 마찬가지였어)을 차단해 버렸지. 당분간 잘 있게.

윌리엄 크림즈워스

이 편지에 대한 답장을 나는 받지 못했다. 내 편지를 받기 전에 옛 친구는 한 식민지의 관직을 수락하여 이미 자신의 공직 현장으로 가고 있는 중이었다. 그 이후로 그가 어떻게 되었는지 나는 알지 못한다.

내 마음대로 쓸 수 있고 친구만을 위해 쓰려고 했던 이 여가 시간을 이제는 여러 사람들을 위해 바치고자 한다. 내 이야기는 흥미진진한 것도 아니고 놀라울 것도 전혀 없다. 그러나 어떤 사람들, 그러니까 나와 같은 직업을 가짐으로써 고생을 한 사람들에게는 흥미를 가져다 줄지도 모르며, 그들은 내 경험담에서 그들 자신의 경험이 빈번히 되살아나는 것을 알게 될 것이다. 위의 편지는 서두로서의 역할을 하게 될 것이다. 이제 이야기를 계속하고자 한다.

2

 내가 처음 크림즈워스 홀에 오던 날 저녁은 안개가 끼어 있었으나 그 다음날은 화창한 10월의 아침으로 시작되었다. 나는 일찍 일어나 그 저택을 둘러싸고 있는 공원 같은 목초지를 거닐었다. 구릉 위로 떠오르고 있는 가을의 태양이 아름다운 시골 풍경을 드러내 주고 있었다. 갈색 숲과 버드나무가 얼마 전에 추수를 끝낸 들판의 모습을 바꾸어 놓고 있었고, 나무숲 사이로 흐르는 강물은 수면 위에 10월의 태양과 하늘의 다소 쌀쌀한 빛을 반사하고 있었다. 강둑을 따라 이따금 나타나는, 원통형의 가느다란 탑 같고 긴 실린더 같은 굴뚝들이 나무에 반쯤 가려진 공장들이 있다는 것을 일러 주고 있었다. 크림즈워스 홀과 같은 저택들이 언덕 쪽의 쾌적한 지역을 여기저기 차지하고 있었다. 교외 지역은 대체로 활기 차고 활동적이고 풍요로운 인상을 띠고 있었다. 증기 기관과 무역과 기계가 이미 오래전 이곳에서 모든 로맨스와 은둔 생활을 몰아내 버린 것이다. 8킬로미터 가량 떨어져서 보면, 낮은 구릉 사이에 펼쳐지는 계곡 안에 X라는 대도시가 자리 잡고 있는 것이 보였다. 농밀하고 영속적인 대기가 이

지역 위에 드리워져 있었다. 거기에 에드워드의 〈관심사〉가 있었던 것이다.

나는 이 광경을 면밀히 뜯어보려고 눈에 힘을 주었고, 잠시 동안 그 생각에 마음을 깊이 기울였다. 나는 내 가슴 속에서 아무런 즐거운 감정도 일어나지 않는 것을 알게 되자 ─ 즉 자신 앞에 자기 인생의 여정이 놓여 있는 것을 보고 한 인간이 느껴야 할 그 어떤 희망도 내게는 생겨나지 않았던 것이다 ─ 나는 스스로에게 말했다. 〈윌리엄, 너는 네 주위 환경에 대한 반항아야. 넌 바보고 네가 원하는 것이 무엇인지 알지 못해. 너는 상업을 선택했고 상인이 될 거야. 보라고!〉 나는 계속 생각했다. 〈저 구덩이 속의 숯검정 같은 연기를 봐, 저게 네가 있을 자리야! 저기서 넌 꿈꿀 수도 없고, 사색하거나 이론을 세울 수도 없어. 저기에 나가서 넌 그저 일만 해야 해!〉

그렇게 스스로를 교육시킨 뒤 나는 형의 저택으로 돌아왔다. 형은 식당에 있었다. 나는 그를 냉정하게 맞았다. 즐거운 기분을 낼 수가 없었다. 그는 등을 난롯가로 향한 채 깔개 위에 서 있었다. 흘끗 시선을 마주치면서 그의 눈의 표정 속에서 얼마나 많은 것을 읽어 냈던가, 아침 인사를 하려고 그에게 다가갔을 때 그것은 또 얼마나 내 본성과는 모순되는 일이었던가! 형은 무뚝뚝하게 〈잘 잤나〉 하면서 고개를 끄덕이고는 테이블 위의 신문을, 집어 든다기보다는 낚아채고서 아랫사람과 지루하게 얘기해야 하는 것을 피하기 위한 구실을 마련한 주인처럼 거드름을 피우며 신문을 읽기 시작했다. 내가 당분간 견뎌 내기로 마음먹은 것은 잘한 일이었다. 그렇지 않았다면 그의 태도가 너무 지나쳐 내가 막 억누르기 위해 기를 쓰고 있던 역겨움을 어찌할 수 없었을 것이다. 나는 그를 바라보았다. 나는 그의 건장하고 힘이 넘치고 균형 잡힌 체격을 가늠해 보았다. 나는 벽난로 뒤 거울 속에 비친 나

자신도 보았다. 나는 그 두 모습을 비교해 보며 즐거움을 느꼈다. 비록 형처럼 잘생기지는 않았지만 나는 그를 닮았다. 조화의 관점으로 보자면 내 용모는 형보다 뒤떨어졌다. 내 눈은 형보다 더 검은빛을 띠었고 이마는 더 넓었다. 체구로 치자면 훨씬 열등했다. 더 마르고 더 호리호리하며 그다지 키가 크지도 않았다. 육체적인 면에서 에드워드 형은 나를 훨씬 능가했다. 그가 육체적으로 그런 것처럼 정신적으로도 최상이라면 나는 노예에 불과하다고 해야 할 것이다. 왜냐하면 자신보다 더 약한 사람에게 그가 사자와 같은 관대함을 보여 줄 것을 기대해서는 안 되기 때문이다. 그의 차갑고 탐욕스러운 눈과 인정사정없고 가까이하기 어려운 태도는 형이 절대로 관대한 사람이 아니라는 것을 일깨워 주었다. 그때 내가 그와 상대할 정신력을 가지고 있었던가? 나는 알지 못했다. 아직 시험을 당해 보지 않았던 것이다.

크림즈워스 부인이 들어와 내 생각은 잠시 다른 데로 돌려졌다. 그녀는 건강해 보였고 하얀 드레스를 입고 있었으며 얼굴과 옷이 아침의 신부 같은 신선함 속에서 빛을 발하고 있었다. 나는 그녀의 꾸밈없는 활기가 허용했던 어젯밤과 같이 편안하게 인사를 건넸으나, 형수는 차갑고 삼가는 태도로 대답했다. 형이 그녀를 가르친 것이다. 남편의 서기에게 너무 친밀하게 대해서는 안 되었던 것이었다.

아침 식사가 끝나자마자 크림즈워스 씨는 문에 마차가 대기하고 있을 것이며 5분 뒤에 내가 그와 함께 X시로 갈 준비를 갖출 것을 바란다는 암시를 주었다. 나는 그를 기다리게 하지 않았다. 우리는 곧 빠른 속도로 길을 따라 질주했다. 형이 모는 말은 전날 밤 형수가 걱정을 한 바로 그 사나운 말이었다. 처음 두어 번 정도는 잭을 다루기 힘들어 보였으나, 주인의 무자비한 손이 휘두르는 기운차고 단호한 채찍질이 곧 그 말을 고분고분하게 만들었고, 에드워드 형은 콧구멍을 벌름거림으로써 경쟁에서의 승리감을 표출했다. 그는 그 짧은 드라이브 동안 내게 거의 말을 하지 않았으며 그저 말에게 욕하느라 가끔 입술을 달싹거렸을 뿐이었다.

우리가 들어섰을 때 도시는 온통 난리 법석이었다. 우리는 주택과 상점, 교회, 공공 건물이 있는 깨끗한 거리를 벗어났다. 우리는 이 모든 것들을 떠나서 공장과 창고가 들어선 거리에 접어들었다. 거기서부터 우리는 넓게 포장된 마당으로 통하는 두 개의 거대한 문을 통해 들어갔는데 그곳이 빅벤 구역이었다. 우리 앞의 공장이 기다란 굴뚝에서 검댕을 토해 내고 강철로 된 위장을 뒤흔들어 대며 두꺼운 벽돌담을 통해 진동하고 있었다. 노동자들이 왔다 갔다 하고 있었고 마차에는 짐이 실리고 있었다. 크림즈워스 씨는 이리저리 바라보면서 한눈에 일이 진행되는 모든 것을 파악하고 있는 듯했다. 그는 내려선 다음 고삐를 받아 쥐려고 서둘러 달려온 사람에게 말과 마차를 넘기며 내게 회계 사무소로 따라오라고 했다. 우리는 크림즈워스 홀의 거실과는 사뭇 다른 곳으로 들어갔다. 그곳은 카펫이 깔려 있지 않은 판자 바닥으로 되어 있었고 금고 하나와 두 개의 높다란 책상과 스툴,[5] 의자 몇 개가 놓여 있는, 사업을 위한 장소였다. 한 사람이 그 책상 중 하나에 앉아 있다가 크림즈워스 씨가 들어서자 모자를 들어 올려 인사하고는 곧바로 다시 자기 일에 빠져 들었는데, 뭘 쓰고 있었는지 계산을 하고 있었는지 알 수 없었다.

크림즈워스 씨는 방수 외투를 벗고 불 가에 앉았다. 나는 난로 옆에 선 채로 있었다. 곧 그가 말했다.

「스타이튼, 방 좀 비워 주게. 나는 이 신사와 처리해야 할

---

[5] 등받이 없는 의자.

일이 좀 있어. 종소리가 나면 다시 들어와.」

책상에 앉아 있던 사람이 일어나서 문을 닫으며 나갔다. 크림즈워스 씨는 불을 휘젓고 팔짱을 낀 다음, 입술을 꽉 다물고 눈썹을 찌푸리며 잠시 생각에 잠겨 앉아 있었다. 나는 그를 쳐다보는 것 외엔 할 일이 없었다. 얼마나 잘 빚어진 얼굴인가! 참으로 잘생긴 사람이었다! 그런데 그 얼굴의 윤곽 어디에서 저런 위축된 분위기와 이마 위의 편협하고도 딱딱한 모습이 나오는 걸까?

내게로 돌아서면서 그는 퉁명스레 말했다.

「너는 상인이 되기 위해 이곳에 왔다고 했지?」

「그렇습니다.」

「거기에 대해 결심이 선 거냐? 당장 알고 싶다.」

「그렇습니다.」

「그래, 너를 도와줄 의무는 없지만, 네가 자격이 있다면 여기 빈자리는 있다. 시험해 보고 채용할 거야. 뭘 할 수 있지? 대학에서 배우는 그리스 어나 라틴 어 같은 쓸모없는 쓰레기 말고 아는 게 뭐가 있느냐?」

「수학을 배웠습니다.」

「쓸데없어! 그런 말 할 줄 알았다.」

「프랑스 어와 독일어를 읽고 쓸 줄 압니다.」

「흠!」 그는 잠시 생각을 하더니 옆의 책상 서랍을 열고 서신 하나를 꺼내서 내게 건네주었다.

「그거 읽을 수 있겠나?」 그가 물었다.

그것은 독일어로 된 상업 문서였다. 나는 그것을 번역했다. 그가 만족했는지 어땠는지 알 수는 없었다. 그의 표정은 그대로였다.

「좋아,」라고 말하고 형은 잠시 후, 「네가 뭔가 쓸모 있는 것, 즉 숙식을 해결할 수 있는 수단을 알고 있다는 건 좋아.

네가 프랑스 어와 독일어를 알고 있으니까 회계 사무소의 외국 문서를 다루는 2등 서기로 너를 채용하겠다. 네게 1년에 90파운드라는 상당한 보수를 주겠다. 그리고 이제,」 그는 목소리를 높여 계속 말했다. 「우리의 관계와 나머지 자질구레한 것에 대해 이번 한 번만 말하겠다. 그 점에 대해선 내가 절대 실없는 소린 하지 않아. 그런 건 결코 내게 맞지 않지. 네가 내 동생이라고 주장하면 난 너를 결코 용서하지 않겠다. 만일 네가 멍청하고 태만하고 낭비벽이 있고 게으르고 회계 사무소의 이익에 손해를 가져오는 어떤 결점이라도 가지고 있다는 것을 알게 되면, 다른 서기들에게도 그러하듯이 널 해고할 것이다. 1년에 90파운드라면 괜찮은 봉급이고, 나는 내 돈의 가치를 네게서 다 받아 낼 것을 기대한다. 또 내 회사에는 모든 것이 실질적인 기반 위에 놓여 있다는 것을 기억해 둬. 사무적인 습성과 감정과 사고가 제일 내 맘에 드는 거다. 이해하겠나?」

「부분적으로는요,」 나는 대답했다. 「봉급을 받기 위해 일을 해야 하고 호의를 기대해서는 안 되고 내가 버는 것 외에는 그 어떤 도움도 형님에게서 기대해서는 안 된다는 뜻이라고 생각합니다. 그건 바로 내게 꼭 들어맞는 일이고, 그 조건으로 형님의 서기가 되는 것에 동의하겠습니다.」

나는 발끝으로 돌아서서 창문 쪽으로 갔다. 이번에 나는 그의 견해를 알아보고자 얼굴을 살피지 않았다. 그게 무엇이 있는지 알지 못했고 그때는 신경 쓰지도 않았다. 잠시간의 침묵이 흐른 뒤 그가 다시 말했다.

「너는 아마 크림즈워스 홀에서 방을 얻어 살고 나와 함께 마차를 타고 왔다 갔다 할 것을 기대하고 있는지 모르겠다. 하지만 그런 채비가 내게는 무척이나 불편하리라는 것을 알아주기 바란다. 나는 한두 번씩 밤에 사업상의 이유로 집으로 신사들을 모시기 위해 마차 안의 자리를 내 맘대로 비워 두고 싶다. 너는 X시에서 숙소를 찾아봐야 할게다.」

창문에서 떠나, 나는 난로 쪽으로 되돌아갔다.

「물론 시내에서 숙소를 찾아야지요.」 나는 대답했다. 「나 역시 크림즈워스 홀에 머물면 불편할 겁니다.」

내 목소리는 조용했다. 나는 언제나 조용히 말한다. 그러나 크림즈워스의 푸른 눈은 노기를 띠고 있었다. 그는 좀 기묘하게 복수를 했다. 나를 돌아보면서 그는 무뚝뚝하게 말했다.

「너는 꽤 쪼들릴 것 같은데, 봉급이 나올 때까지 어떻게 살려고 하지?」

「해낼 수 있을 겁니다.」 나는 대답했다.

「어떻게 살려고 하는데?」 그는 좀 더 큰 소리로 반복했다.

「힘닿는 데까지요, 크림즈워스 씨.」

「빚을 지려면 져봐라, 그게 전부다!」 그가 대답했다. 「내가 아는 한 너는 흥청망청하는 귀족 같은 버릇을 가지고 있을 거다. 만일 그렇다면, 그걸 버려. 여기서는 그따위 일은 봐주지 않는다. 그리고 네가 어떤 빚을 지더라도 네게 단돈 1실링도 더 주지 않을 테다. 이걸 명심해라.」

「알겠습니다, 크림즈워스 씨. 내가 기억력이 좋다는 것을 알게 될 겁니다.」

나는 더 이상 말하지 않았다. 긴 이야기를 나눌 만한 시간은 아니었다고 생각한다. 에드워드 형과 같은 사람을 상대할 때 자주 흥분하는 것은 바보 짓이 될 것임을 나는 본능적으로 알고 있었다. 나는 생각했다. 〈난 물방울이 계속 떨어지는 이곳에 컵을 갖다 놓을 테다. 컵은 꼼짝 않고 거기 있을 것이다. 물이 가득 차면 저절로 넘치게 되겠지. 그동안은 참는 것 뿐이다. 두 가지는 확실해. 나는 크림즈워스가 정해 준 일을 해낼 능력이 있어. 나는 양심적으로 돈을 벌 수 있고, 그 돈으로 충분히 살 수 있다. 형이 내게 거만하고 가혹한 고용주로 비치고 있다는 사실은 그의 잘못이지 내 잘못이 아니지. 그가 불공정하고 나쁜 감정을 품고 있다고 해서 내가 선택한 이 길에서 금세 물러서야 하는가? 그럴 수는 없지. 최소한 포기하기 전까지, 내 이력이 어느 쪽을 향하고 있는지 제대로 알게 될 때까지는 해볼 거다. 지금까지는 입구에서 문을 밀어 본 것에 지나지 않았고, 그것도 상당히 좁은 문이지. 분명 멋진 출구가 나올 거야.〉 내가 이렇게 합리화시키고 있는 동안 크림즈워스가 벨을 울렸다. 그의 1등 서기이고 좀 전에 우리가 말을 나누도록 방을 나간 사람이 다시 들어왔다.

「스타이튼,」 그가 말했다. 「윌리엄 씨에게 보스 브러더스 회사에서 온 서류를 보여 주고 그에 대한 당신의 영어 사본을 주게. 그가 번역을 할 걸세.」

스타이튼 씨는 교활하면서도 신중해 보이는 얼굴을 가진 35세 가량의 남자로 이 명령을 서둘러 수행했다. 그는 그 서신을 책상 위에 올려놓았고 나는 곧 거기에 앉아 영어로 된 답신을 독일어로 바꾸는 데 몰두했다. 서류를 쓰는 동안 상사가 서서 지켜보아도 자신의 생계비를 버는 최초의 노력에 대해 내가 느끼는 통렬한 행복감은 해를 입거나 줄어들지 않았다. 그가 내 성격을 읽어 내려 했다는 생각이 드는데, 그가 꼬치꼬치 살펴도 마치 투구를 쓰고 눈가리개를 내린 것처럼 나는 안전하다고 느꼈고, 무식한 사람에게 그리스 어로 쓰여진 편지를 보여 줄 때처럼 자신 있게 내 얼굴을 그에게 보여 주었다. 그는 외형을 살피고 성격을 뜯어볼 수는 있겠지만 거기서 무슨 결론을 끄집어낼 수는 없었다. 내 성격은 그의 성격이 아니며 내 성격이 드러내는 기호는 그가 모르는 언어와도 같을 것이다. 오래지 않아 그는 갑자기 돌아서서 당황한 것처럼 사무소를 나가 버렸다. 그는 그날 두 번 더 들어왔다. 그때마다 그는 물 탄 브랜디를 만들어 꿀꺽 삼켰는데, 그 재료들을 난로 옆 찬장에서 꺼냈다. 내가 번역해 놓은 것 — 그는 프랑스 어와 독일어 둘 다 알고 있었다 — 을 흘끗 보고는 말없이 다시 나가 버렸다.

3

나는 형의 2등 서기로서 시간을 엄수하며 부지런히 성실하게 일했다. 내게는 주어진 일을 잘 해낼 능력과 결단력이 있었다. 크림즈워스는 결점을 면밀히 살폈지만 아무것도 찾아내지 못했다. 그는 또 자기가 아끼는 사무장 티머시 스타이튼이 나를 감시하게 했다. 팀은 실패했다. 나는 그와 똑같이 시간을 지켰고 때론 그보다 더 빨랐다. 크림즈워스 씨는 내가 어떻게 사는지를 물었다. 빚을 졌는지 어떤지. 전혀 빚이 없었다. 내가 묵고 있는 집주인과 나는 언제나 계산이 정확했다. 나는 조그마한 하숙을 구했는데, 그것은 이튼 시절 저축해 둔 얄팍한 자금으로 애써 마련한 것이었다. 금전적인 보조를 청한다는 것이 내게는 혐오스러운 일이었기 때문에 나는 일찍부터 금욕적인 검소한 생활에 습관을 들여, 미래의 긴급한 상황에서 추가적인 도움을 사정해야 하는 어쩔 수 없는 위험을 미연에 방지하고자 매달 용돈을 매우 신중하게 저축했다. 그 당시 많은 사람들이 나를 구두쇠라고 불렀던 것이 기억 난다. 나는 뒤에 후회하는 것보다 지금 오해받는 것이 더 낫다고 위안 삼으며 그러한 비난에 대처하곤 했다. 이제 와서 나는 그 보상을 받은 것이다. 그전에 내게 화가 난 숙부들을 떠나올 때 그분들 중 한 분이 내 앞 테이블 위에 5파운드짜리 수표를 던지셨는데, 나는 여행 경비는 이미 준비되었다고 말하고 그것을 거기에 남겨 두고 옴으로써 이전에도 보상받은 적이 있었다. 크리즈워스는 팀을 이용해 내 하숙집 여주인이 내 도덕성에 대해 어떤 불평이라도 갖고 있는지 알아내도록 했다. 그녀는 내가 매우 신앙심이 깊은 사람이라면서, 내가 언제 자기와 교회에 갈 것 같으냐고 오히려 팀에게 반문했다. 왜냐하면 그 여자는 자기 집에 젊은 부목사들을 하숙시킨 적이 있었는데 그들은 결코 나만큼도 착실하고 조용하지 않았다는 것이다. 팀은 그 자신이 〈종교적인 사람〉이었고, 실제로 연합 감리교 신자였지만 그렇다고 해서 그가 철저한 악당이라는 점을 무마시키지는 못했으며(알 만한 사람들은 알 만한 일이지만), 그는 나의 경건한 생활에 대한 설명을 듣고는 쩔쩔매며 가버렸다. 그 이야기를 크리즈워스에게 전하자, 어떤 종류의 예배 장소에도 가본 적이 없고 마몬[6] 외에는 어떤 신도 숭배해 본 적이 없는 이 신사는, 그 정보를 나의 침착한 성격을 공격할 무기로 변형시켰다. 그는 은근한 냉소를 보내기 시작했는데, 처음에 나는 하숙집 여주인이 스타이튼과 나눈 대화를 우연히 꺼내기 전까지는 그 의미를 깨닫지 못했다. 여주인의 말이 내 눈을 뜨게 해주었다. 그 뒤로 나는 마음의 준비를 하고 회계 사무소로 출근했고, 공장 주인의 악의에 찬 조롱을 그럭저럭 받아 냈으며, 그 다음에 그가 조롱을 겨누어 던지면 꿰뚫을 수 없는 무관심으로 방패를 삼았다. 오래지 않아 그는 조상(彫像)에다 대고 헛되이 공격을 하는 것에 지쳐버렸지만 화살을 팽개치지는 않았다 — 단지 화살통 속에 고

---

6 *Mammon*. 금전의 신.

이 모셔 두었을 뿐이었다.

 서기로 일하는 동안 나는 꼭 한 번 크림즈위스 홀에 초대를 받은 적이 있었다. 주인의 생일을 축하하여 열린 거창한 연회였다. 그는 그 비슷한 연례 기념일에 언제나 서기들을 초대했기 때문에 나를 빼놓을 수는 없었다. 그러나 나는 반드시 뒷자리에만 있어야 했다. 새틴과 레이스로 만든 드레스를 입고 젊음과 건강으로 한껏 피어난 크림즈위스 부인은, 쌀쌀맞은 몸짓을 드러내 보이는 것 이상으로는 나를 아는 체하지 않았다. 물론 크림즈위스는 내게 말도 걸지 않았다. 나는 젊은 아가씨 무리들 중 그 누구도 소개받지 못했는데, 그들은 하얀색의 얇은 천과 모슬린으로 만든 은빛 구름 같은 옷에 휘감긴 채 길고 커다란 방, 내 반대편 줄에 앉아 있었다. 사실상 나는 완전히 고립되어 저 멀리 반짝거리는 사람들을 하나씩 살펴보는 것밖에 할 일이 없었고, 그 눈부신 모습에 지겨움을 느끼게 되자 기분 전환으로 카펫의 무늬를 살펴보기 시작했다. 크림즈위스 씨는 대리석 벽난로 선반 옆에 팔꿈치를 기댄 채 깔개 위에 서 있었고 그 주위에는 아주 예쁜 여자들이 한 무리 서 있었으며 그는 그들과 즐겁게 이야기를 나누고 있었다. 그런 위치에 있던 크림즈위스는 나를 흘끗 쳐다보았다. 나는 지치고 외로우며 우울한 개인 교사나 가정 교사같이 억눌린 모습이었다. 그는 만족스러워했다.

 춤이 시작되었다. 나는 내가 어떤 쾌활하고 똑똑한 아가씨에게 소개되고, 사교의 즐거움을 느낄 수도 있고 나눌 수도 있다는 것, 간단히 말해 내가 벽돌이나 가구가 아니라 활동하고 생각하고 느낄 줄 아는 사람이라는 것을 보여 줄 자유와 기회를 갖게 되었다면 분명 기뻐했을 것이다. 수많은 미소 띤 얼굴들과 우아한 모습의 사람들이 나를 스쳐 지나갔다. 그러나 그 미소는 다른 눈 위에 드리워졌고, 그 우아한 모습들은 내가 아닌 다른 사람의 손에 의해 부축을 받았다. 나는 안달이 나 돌아서 버렸고 춤추는 사람들을 떠나 돌아다니다가 오크로 장식 판자를 댄 식당으로 들어갔다. 그 어떤 공감대도 나와 이 집에 있는 사람들을 합쳐 놓지 않았다. 나는 어머니의 초상화를 찾아다니다 그것을 발견해 냈다. 받침대에서 끝이 가느다란 긴 양초를 들고 쳐들었다. 나는 오랫동안 열심히 쳐다보았다. 내 마음은 그림의 이미지 속으로 들어갔다. 내가 어머니에게서 그분의 자태와 용모 — 이마, 눈, 피부색 — 를 상당히 물려받았다는 것을 알아차렸다. 어떤 아름다운 용모도 자기를 닮은 모습이 좀 더 부드러워지고 세련되게 표현된 얼굴만큼 자기 중심적인 인간을 기쁘게 해줄 수는 없는 법이다. 이런 이유로 아버지들은 딸들의 얼굴 생김새를 만족스럽게 바라보는데, 그 얼굴에서는 종종 자기와 유사한 모습이 부드러운 색조와 유연해진 윤곽으로 보기 좋게 나타나기 때문이다. 내게 그토록 흥미로운 그림이 객관적인 관찰자에게는 어떤 인상을 줄까 하고 궁금하게 여기던 차에 웬 목소리가 내 바로 옆에서 이렇게 말했다.

「흠, 저 얼굴에는 분별력이 있군.」

나는 돌아다보았다. 내 팔꿈치께에 나보다 대여섯 살 더 많아 보이지만 키가 크고 젊으며, 어떤 관점으로는 결코 평범하다고는 할 수 없는 외모를 가진 사람이 서 있었다. 그러나 지금은 그의 모습을 상세히 묘사할 생각이 없으므로 독자들은 내가 대강 그려 낸 실루엣에 만족해야 할 것이다. 그것이 내가 당시 그에게서 본 모든 것이었다. 나는 그의 눈썹 색깔도 눈의 색깔도 살펴보지 않았다. 나는 그의 키와 그의 외관만을 살폈다. 나는 또 그의 괴팍스러워 보이는, 끝이 위로 올라간 코도 보았다. 거의 관찰하지도 못했고 아주 일반적인 특징(절대 제외할 수 없는)을 관찰하고도 그를 알아보는 데는 충분했던 것이다.

「안녕하세요, 헌스던 씨.」 나는 고개를 숙이며 얼버무렸다. 그러고 나서 마치 부끄럼 타는 바보처럼 돌아서서 가려고 했다. 왜? 헌스던 씨는 제조업자이자 공장주이고 나는 고작 서기일 뿐이니, 내 본능이 나보다 뛰어난 사람 앞에서 나를 쫓아냈기 때문이다. 나는 빅벤 구역에서 헌스던을 자주 보았으며, 그는 크림즈워스와 사업을 의논하러 그곳에 거의 매주 왔다. 그러나 나는 그에게 말을 걸어 본 적이 없었고 그도 내게 말을 걸지 않았으며 나는 그에게 일종의 무의식적인 악의를 품고 있었는데, 몇 번인가 에드워드가 내게 모욕을 줄 때 그가 말없이 지켜보았기 때문이다. 그가 나를 그저 소심한 노예로나 생각할 거라고 확신하고는 그가 없는 곳으로 가서 그와의 대화는 피하고 싶었다.

「어딜 가시오?」 내가 옆으로 비켜났을 때 그가 물었다. 나는 이미 헌스던 씨가 무례하게 말하려고 한다는 것을 눈치챘고 마음속으로 비뚤어진 생각을 했다.

〈가난한 서기에게는 이렇게 말할 수 있다고 생각하는구나. 하지만 내 기분은 그렇지 않아, 아마 그는 다루기 쉽다고 생각하겠지만 그의 제멋대로의 자유는 내게 전혀 맞지 않아.〉

나는 공손하다기보다는 무심하게 몇 마디 가볍게 응대하고 돌아서려고 했다. 그가 내 앞을 차갑게 가로막고 섰다.

「여기 잠시 있게.」 그가 말했다. 「무도회장은 너무 더워. 게다가 당신은 춤도 안 추잖소. 오늘밤엔 파트너도 없고.」

그의 말이 옳았으며 그가 말을 할 때의 표정, 억양, 그리고 태도가 나를 불쾌하게 만들지도 않았다. 내 자존심은 많이 눅여졌다. 그가 내게 말을 건 것은 은혜를 베풀기 위해서가 아니라 신선한 공기를 쐬려고 서늘한 식당으로 나온 참에 잠시 동안 말동무 삼으려고 그런 것이었다. 나는 은혜를 입는 것은 싫지만 은혜를 베푸는 것은 좋아한다. 나는 거기 머물렀다.

「이거 아주 괜찮은 그림이군.」 그는 초상화 얘기로 되돌아가 계속 말했다.

「저 얼굴이 아름답다고 보십니까?」 내가 물어보았다.

「아름답다고! 아니지. 어떻게 눈이 움푹 들어가고 뺨이 푹 꺼졌는데 아름다울 수가 있소? 하지만 독특하군. 생각하는 것 같아. 저 부인이 살아 있다면 옷이나 누구네 집을 방문한 이야기나 다른 사람 칭찬해 대는 것 말고 다른 주제에 대해 얘기를 해볼 수 있겠어.」

나도 그와 같은 생각이었지만 아무 말도 하지 않았다. 그가 계속 말했다.

「내가 저런 얼굴을 존경한다는 뜻은 아니오. 저 얼굴엔 근성과 힘이 부족해. 입술에는 지나치게 민-감-한(그는 입술을 비죽거리면서 똑 부러지게 발음했다) 점이 있는 데다가 귀족이라는 것이 이마에 씌어져 있고 외모로도 드러나는군. 난 귀족들이 정말 싫다네.」

「헌스턴 씨, 그럼 당신은 체형이나 용모에서 귀족의 혈통을 분명히 읽어 낼 수 있다고 생각하십니까?」

「귀족의 혈통 따위 개나 가져가라지! 이 도시의 우리 장사꾼들이 우리 나름의 체형이나 용모를 가지고 있는 것처럼 귀족 핏줄이 〈체형이나 용모에 분명히 드러나지〉 않는다고 누가 의심하겠소? 하지만 어느 쪽이 더 좋소? 분명 귀족들은 아니지. 귀부인들에 대해서라면 좀 다르지만. 그들은 어릴 때부터 아름답게 가꾸고 신경 쓰고 훈련함으로써 동양 왕의 후궁들처럼 그 점에 있어서는 상당한 수준까지 뛰어나게 만들 수 있지. 하지만 그런 빼어난 점도 의심이 가. 액자 속의 저 얼굴과 에드워드 크림즈워스 부인을 비교해 보시오. 어느 쪽이 더 뛰어난 인간이오?」

나는 조용하게 대답했다.「당신과 에드워드 크림즈워스 씨를 비교해 보시죠, 헌스던 씨.」

「아, 크림즈워스가 나보다 재산이 더 많다는 거야 나도 알고 있지. 게다가 그가 쭉 뻗은 코와 활 모양의 눈썹을 갖고 있다는 것도 말이야. 하지만 그걸 장점이라고 할 수 있다면, 그런 것들은 귀족인 어머니에게서 물려받은 것이 아니고 자기 아버지인 크림즈워스 노인에게서 물려받은 걸세. 〈우리〉 부친 말씀으로 크림즈워스 노인은 요크셔를 통틀어 가장 잘생겼을 뿐만 아니라 통에 인디고 물감을 타 본 사람[7] 중 가장 뛰어난 사람이었다는 거요. 당신네 가족 중에서 귀족은 윌리엄 당신이오. 그런데 당신은 당신의 평민다운 형보다 훨씬 못하오.」

헌스던 씨의 단도직입적인 말투에는 무언가가 있었으며 그것이 편하게 느껴졌기 때문에 오히려 나를 기쁘게 했다. 나는 어느 정도 흥미를 느끼며 대화를 계속했다.

「내가 크림즈워스 씨의 동생이란 걸 어떻게 아셨죠? 당신이나 다른 모든 사람들이 나를 그저 가난한 서기라고 깔보는 줄 알았는데요.」

「음, 그야 그렇지. 가난한 서기가 아니면 당신이 대체 무엇이란 말이오? 당신은 크림즈워스 밑에서 일하고 있고 그가 봉급을 주지 않소, 얼마 안 되긴 하지만.」

나는 아무 말도 하지 않았다. 헌스던의 말은 이제 주제넘을 지경까지 왔으나 최소한 태도는 아직 내게 거슬리지 않았다. 그저 내 호기심을 최대한 자극했을 뿐이었다. 나는 그가

---

[7] 인디고는 남색을 내는 물감으로 에드워드와 윌리엄의 아버지가 염색업자였음을 짐작하게 한다.

계속 얘기했으면 했고 그는 잠시 얘기를 계속했다.

「이 세상은 우스꽝스러워.」 그가 말했다.

「왜요, 헌스던 씨?」

「자네가 물을 줄 알았지. 자네야말로 내가 우스꽝스럽다고 하는 말의 뚜렷한 증거야.」

나는 내가 재촉하지 않아도 그가 스스로 설명해 줄 거라고 생각해서 침묵을 지켰다.

「장사꾼이 되는 것이 자네 목적인가?」 이윽고 그가 물었다.

「석 달 전엔 진지한 목적이었죠.」

「흥! 그러니까 더 바보지. 장사꾼처럼 보인다고! 자네 얼굴은 참 실질적이고 사업가같이 생겼구먼!」

「제 얼굴은 신께서 만들어 주신 그대로입니다, 헌스던 씨.」

「신께서는 이 도시를 위해 자네 얼굴이나 머리를 만드신 건 아니지. 자네 두상에 나타난 이상과 우월감, 자존심, 세심함이 여기서 무슨 소용이 있나, 듣고 있는가? 하지만 자네가 빅벤 구역을 좋아한다면, 여기 머무르게. 자네 인생이지 내 인생이 아니니까.」

「내겐 선택권이 없습니다.」

「나는 그런 건 전혀 상관하지 않소. 당신이 무얼 하든 어디에 가든 내겐 중요하지 않아. 좀 추워지는데. 다시 춤추고 싶군. 저기 소파 한구석에 멋진 아가씨가 자기 엄마 옆에 앉아 있군. 금방 파트너로 삼을 테니 한번 보시오! 저기 워디, 샘 워디가 저 아가씨에게 춤 신청을 하려고 하네. 그를 제치고 아가씨를 가로챌 수 있을걸?」

그리고 헌스던 씨는 성큼성큼 걸어갔다. 나는 접이문이 열려진 틈을 통해 그를 바라보았다. 그는 워디를 앞질러 가서 그 예쁘장한 아가씨를 잡고는 당당하게 인도했다. 그녀는 키가 크고 체격이 좋고 통통하며 화려하게 차려입은 젊은 여자였는데 에드워드 크림즈워스 부인과 스타일이 많이 비슷했다. 헌스던은 왈츠를 추는 내내 기운 좋게 그녀를 빙빙 돌렸다. 그는 저녁 시간 동안 줄곧 그녀의 곁에 있었으며, 나는 헌스던이 스스로를 완벽하게 호감 가는 사람으로 만드는 데 성공했다는 것을 그녀의 활기에 차고 기쁨에 겨운 얼굴빛에서 읽어 냈다. 그 아가씨의 엄마(터번을 머리에 두른 뚱뚱한 사람으로 이름은 럽튼 부인)께서도 매우 기쁜 표정이었다. 앞날에 대한 상상이 펼쳐져 그녀 마음속의 눈이 즐거웠을 것이다. 헌스던 집안은 오래된 혈통 가운데 하나였다. 요크(방금 얘기를 나눈 사람의 이름)는 핏줄로 이득을 보는 것을 경멸하는 것처럼 표명했지만, 속담에서 말하듯 제 할아버지를 아는 사람이 거의 없는 X시같이 인구가 폭발적으로 늘어나는 도시에서 최고 명문은 아니라 해도, 속으로는 자기 조상의 우수함을 잘 알고 있었고 완전히 이해하고 있었다. 게다가 한때 부유했던 헌스던 집안은 아직도 독립적인 생활을 누리고 있으며, 들리는 바로는 그가 사업적인 성공을 거두어 부분적으로 잃어버렸던 집안의 재산을 원래대로 회복할 가능성이 있다는 것이었다. 이런 상황을 고려해 볼 때, 사랑스런 딸 세라 마사에게 주도면밀하게 구애하고 있는 헌스던 우드[8]의 상속자에 대해 심사숙고하는 동안 럽튼 부인의 넓적한 얼굴이 만족스런 미소를 짓는 것은 당연했다. 하지만 그에 비해 무심한 내가 더 정확한 관찰을 할 수 있듯이, 얼마 안 가서 그 어머니의 자화자찬 격의 믿음의 근거가 사실은 매우 허약한 것임을 알게 되었다. 그 신사는 감명을 받기 쉬운 편이 아니라 감명을 주고 싶어하는 면이 훨씬 더 강해 보였다. 그를 바라볼 때(달리 할 만한 일도 없었다) 때때로 그가 외국인 같

---

8 헌스던 저택의 이름.

다는 생각이 들게 하는 것이 무엇인지 알 수 없었다. 아주 약간 프랑스 사람 같기도 하지만 체형이나 용모에서 그는 영국인처럼 보였다. 하지만 그에게는 영국인다운 겸손함은 없었다. 그는 어디에선가 어떤 방법으로, 자신을 편하게 하는 기술을 배웠을 것이며 자기 자신과 자기의 편리나 즐거움 사이를 장벽으로 가로막고 있는 내면의 소심함을 허락하지 않는 것에 대해서도 배웠던 것이다. 그는 세련된 체하지 않았지만 천박해 보인다고 할 수도 없었다. 그는 기이한 사람은 아니었지만 이전에 내가 본 어떤 사람과도 닮지 않았다. 그의 전체적인 인상은 스스로 완벽하고 도도하게 만족하고 있음을 암시했다. 하지만 이따금 일식(日蝕)과도 같은 설명할 수 없는 그림자가 그의 얼굴 위를 스쳐 지나갔다. 그것은 마치 자기 자신과 자기의 말과 행동에 대한 갑작스럽고도 강력한 내적인 불신의 표시인 것 같았다. 즉, 어느 쪽인지 몰라도 자기의 삶이나 사회적 지위, 미래의 전망이나 정신적인 성취에 대한 강한 불만 같은 것 말이다. 하지만 결국 그런 것들조차 까다로운 변덕에 불과할지도 모른다.

4

 어떤 사람도 직업을 선택할 때 자신이 실수를 했다는 것을 인정하고 싶지 않을 것이며, 이름 값을 하는 사람이라면 〈나는 실패했어〉라고 외치고 파도에 밀려 육지로 무력하게 떠밀려 가기 전까지는 바람과 조류에 맞서 무척이나 애를 써볼 것이다. X시에 머물게 된 첫 주부터 나는 내 일이 따분하다는 것을 느꼈다. 서신을 옮겨 쓰고 번역하는 일은 그 자체로도 충분히 무미건조하고 지루했다. 하지만 그것이 전부였다면 나는 그 귀찮은 일을 오래 견뎌 냈을 것이다. 나는 급한 성질은 아니었으므로, 생활비를 벌고 상인이 되려는 결심을 나 자신과 다른 사람들에게 정당화시키는 두 가지 소망 탓에, 내 최고의 능력이 녹슬고 구속되는 것을 아무 말 없이 견뎌 냈을 것이다. 나는 내가 자유를 갈구한다고 마음속으로조차 속삭이지 않았을 것이다. 빅벤 구역의 폐쇄성, 매연, 단조로움, 그리고 쓸쓸한 혼란 속에 내가 짓눌려 있다는 것을 은연중에 드러내는 마음과, 보다 자유롭고 신선한 풍경에 대한 숨 가쁜 갈망으로 숨 쉴 때마다 분명 호흡이 가빴다. 나는 킹 부인의 하숙집 작은 침대에 누워 의무라는 우상과 인내라는 물신(物神)을 세워 두었음에 틀림없다. 이 둘은 내 방의 신이 되어 버렸고, 내가 사랑스러운 비밀로 간직하고 있던 관대하고 전지전능한 상상의 여신은 부드러움으로든 힘으로든 나를 그 우상에서 떼어 내지 못했다. 그러나 이것이 전부는 아니었다. 나와 나의 고용주 사이에 생겨난 반감은 날이 갈수록 그 뿌리와 그림자를 더 깊이 더 짙게 뻗어 나갔고, 나는 삶이 비추어 주는 그 어떤 햇빛으로부터도 제외되었다. 나는 내가 우물의 얇은 벽 바깥 습기 찬 그늘에서 자라는 식물 같다고 느끼기 시작했다.

반감이란 에드워드 크림즈워스가 내게 갖고 있는 감정을 표현해 줄 수 있는 유일한 말로서, 그는 나의 아주 사소한 움직임이나 표정 혹은 말 하나하나에 대해서도 그런 감정을 무의식적으로 느끼는 것 같았다. 내 남부 억양은 그를 기분 나쁘게 만들었고, 말을 할 때 드러나는 나의 교육 수준은 그의 성질을 돋웠으며, 시간을 잘 맞추고 근면하고 정확하게 일을 처리하는 내 업무 능력은 그가 나를 싫어하게 만들었고 여기에 점차 질투가 덧보태지면서 심하게 드러났다. 그는 나도 언젠가 성공적인 상인이 될까 봐 두려워했다. 내가 그보다 열등한 점이 한 군데라도 있었더라면 나를 그처럼 철저히 증오하지는 않았을 것이다. 하지만 나는 그가 알고 있는 것은 모두 알고 있었다. 설상가상으로 그는 내가 자신에게는 전무한 정신적인 부유함에 침묵이라는 자물쇠를 채워 두고 있다고 의심했다. 만일 날 우스꽝스럽거나 비굴한 처지에 둘 수 있었더라면 그는 나를 상당 부분 용서할 수도 있었겠지만, 나는 조심성과 기민함과 관찰력이라는 세 가지 능력을 지닌 덕에 보호받고 있었다. 그리고 살피고 캐고 다니는 에드워드의 악의도 내 타고난 스라소니 같은 감시의 눈을 흐리게 할 수는 없었다. 날이 갈수록 그의 악의는 내 기민함이 잠들기를 바라면서 그것을 감지했고, 잠이 들면 뱀처럼 덮치려고 준비하고 있었다. 하지만 기민함이란 그것이 만일 진짜배기라면, 결코 잠들지 않는 법이다.

나는 3개월 치 첫번째 봉급을 받고는 하숙집으로 돌아오면서, 보수를 지불한 주인이 그토록 힘들여 번 쥐꼬리 같은 돈에 대해 1페니까지도 으르렁대었으리라 생각하며 아주 즐거운 기분이었다. (나는 이미 오래전부터 크림즈워스를 내 형으로 생각하지 않았다. 그는 가혹하고 착취하는 주인이었다. 그는 무자비한 폭군이 되고자 할 뿐이었다.) 많지는 않으나 강력한 생각이 내 정신을 지배하고 있었다. 두 개의 목소리가 내 속에서 말을 했다. 두 개의 목소리는 되풀이하여 똑같은 단조로운 말을 내뱉었다. 하나는 〈윌리엄, 네 인생은 견딜 수 없는 것이야〉라고 말했고, 또 다른 하나는 〈인생을 바꾸기 위해 네가 무엇을 할 수 있지〉라고 했다. 1월의 서리 내리는 추운 밤이어서 나는 빠르게 걸었다. 하숙집이 가까워짐에 따라 나는 내 문제에 대해 늘 품고 있던 생각에서 벗어나 방의 난로가 꺼졌으리라는 특별한 생각이 떠올랐다. 거실의 창을 올려다보니 기분좋은 붉은 빛이 보이지 않았.

〈그 칠칠맞은 하인이 또 깜박했군.〉 나는 생각했다. 〈지금 들어가면 하얀 재밖에 볼 수 없겠지. 오늘은 별이 보이는 밤이니 좀 더 걸어 다녀야겠어.〉

그날은 정말 좋은 밤〈이었다〉. 그 도시 같지 않게 거리도 젖어 있지 않고 깨끗하기까지 했다. 교구 교회 탑 옆으로는 초승달이 떠 있었고 수백 개의 별이 하늘 전체에 아주 밝게 비치고 있었다.

나는 별 생각 없이 교외를 향해 방향을 잡았다. 나는 그로브 가에 들어섰고, 어떤 교외 주택의 구석을 둘러싼 어둠에 가린 나무를 보니 기분이 좋아지기 시작했다. 그때 그 거리의 깔끔한 주택 전면에 꾸며 놓은 작은 정원의 철문에 기대서 있던 사람이 서둘러 지나가던 내게 말을 걸었다.

「도대체 뭘 그리 서두르는가? 꼭 불타는 놋쇠 구름에서 불길이 쏟아질 걸 예상하고 롯이 소돔을 떠나는 모양 같군.」

나는 잠시 멈추어 서서 말하는 사람을 바라보았다. 나는 담배 냄새를 맡았고 담뱃불이 붉게 빛나는 것을 보았다. 황혼을 등지고 선 한 남자의 윤곽 또한 작은 문 너머로 나를 내려다보고 있었다.

「난 저녁 무렵이면 들판에서 생각에 잠기지.」 그 그림자가 계속 말했다. 「팔찌를 하고 코걸이를 한 리브가[9]가 낙타 혹에 걸터앉아 오는 대신, 운명의 여신은 내게 잿빛 트위드 외투를 걸친 회계 사무소 서기만 보내시는군. 이게 냉정한 처사란 걸 그 누가 알겠나.」

그것은 내 귀에 익은 목소리였다. 두 번째 말만으로도 그가 누구인지 알 수 있었다.

「헌스던 씨! 안녕하세요.」

「안녕하시냐고! 그래 잘 있었지. 하지만 내가 먼저 말을 걸 만큼 예의 바르지 않았더라면 자네는 나를 알아보지 못하고 지나쳤을 걸세.」

「당신을 알아보지 못했습니다.」

「멋진 변명이로구먼! 당신은 나를 알아보아야지. 증기 기관처럼 씩씩대며 걸어가고 있었지만 자네를 알아봤어. 경찰에게라도 쫓기고 있나?」

「그럴 리야 없죠. 전 그들의 주의를 끌 만큼 중요한 인물이 아닙니다.」

「오라, 가련한 목동이로군! 슬픈 일이야! 그 무슨 유감스

---

[9] 이삭이 40세에 맞은 아내. 에서와 야곱의 어머니.

런 말인가, 또 목소리를 들어보니 너무나 풀이 죽어 있지 않나! 경찰에게 쫓기는 게 아니라면 누구한테 쫓기고 있는 건가, 악마인가?」

「쫓기긴요, 쫓는 중입니다.」

「그거 잘된 일이군, 자넨 운이 좋아. 오늘은 화요일 저녁이고, 오늘 밤 딘퍼드로 돌아가는 수십 대의 시장 마차와 짐마차에는 악마나 악마 족속들이 잘 차려입고 그 안에 앉아 있을 거야. 그러니 총각의 거실에 30분쯤 들어와 앉아 있으면 악마가 지나갈 때 별 어려움 없이 그를 잡을 수 있을 걸세. 비록 오늘 밤에는 악마를 내버려 두는 편이 더 나으리라고 생각하지만. 악마는 시중들어야 할 손님들이 많거든. 화요일은 악마가 X시와 딘퍼드에서 바쁜 날이지. 어쨌거나 들어오게.」

이렇게 말하며 그는 문을 활짝 열었다.

「정말 들어가도 됩니까?」 나는 물었다.

「좋으실 대로. 난 혼자일세. 자네랑 한두 시간 보내면 나도 즐거울 거야. 자네가 나를 기분좋게 해주고 싶지 않다면 강요하지는 않겠네. 나는 누구든 지루하게 만드는 건 싫어하네.」

초대를 하는 것이 헌스던에게 맞는 일이라면 그 초대에 응하는 것은 내게 맞는 일이었다. 나는 대문을 지나 현관문까지 그를 따라갔고 그가 문을 열었다. 거기서 우리는 복도를 지나 그의 거실로 들어갔다. 문이 닫히자 그는 난롯가의 안락의자를 가리켰다. 나는 앉아서 주위를 둘러보았다.

그곳은 아늑하면서도 멋있고 편안한 방이었다. 불빛이 환한 벽난로는 그 도시 특유의 붉고 선명하며 충만한 불길로 가득 차 있었다. 영국 남부의 질 나쁜 목재는 벽난로 구석에 쌓아 두지 않았다. 탁자 위에는 갓을 씌운 램프가 부드럽고 쾌적하고 고른 빛을 주위에 퍼뜨리고 있었다. 긴 의자와 2개의 매우 안락한 의자가 갖추어져 있었는데, 젊은 독신자에게는 거의 사치스러울 정도였다. 책장이 벽난로 선반의 양쪽 구석을 꽉 채우고 있었는데, 장서가 잘 갖추어져 있었고 완벽한 순서로 정리되어 있었다. 방이 깔끔한 것이 내 취향에 맞았다. 나는 불규칙하고 게으른 습관을 아주 싫어했다. 내가 본 것을 통해 헌스던과 내가 그 점에서 생각이 잘 맞는다는 결론을 내렸다. 그가 방 중앙 탁자 위에 있던 소책자와 정기 간행물 몇 권을 간이탁자로 치울 때 나는 가장 가까이에 있는 책장을 훑어보았다. 프랑스와 독일 책이 대부분이었다. 오래된 프랑스 극작가들, 잡다한 현대 작가들, 티에르, 빌맹, 폴 드 콕, 조르주 상드, 외젠 쉬 등이 있었고, 독일어로 된 것은 괴테, 실러, 초케, 장 파울 리히터였다.[10] 영어로 된 것은 정치 경제학에 관한 책들이었다. 헌스던 씨가 내게 말을 걸어서 나는 더 이상 살펴보지 못했다.

「뭘 좀 마시지,」 그가 말했다. 「오늘같이 포근한 밤에 얼마나 걸었는지도 모를 정도로 걸었으니 기분 전환할 필요를 느낄 걸세. 하지만 물 탄 브랜디나 포트 와인, 셰리주 같은 건 아닐세. 그런 독약은 없어. 라인 산 포도주가 있으니까, 자네는 그것과 커피 둘 중에서 고를 수 있어.」

헌스던 씨와 나는 그 점에서도 잘 맞았다. 내가 다른 어떤 것보다 싫어하는 한 가지 일반적인 습성을 들라면, 그것은 독한 술을 버릇처럼 마시는 일이었다. 하지만 나는 그 신맛

---

10 헌스던의 장서에 등장하는 낭만주의적 작가들을 통해 그의 이면을 볼 수 있다. Adolphe Thiers(1797~1877)는 정치가이자 역사가, Abel-François Villemain(1790~1870)은 정치가이자 문학 비평가, Paul de Kock(1794~1871)은 베스트셀러 작가, Georges Sand (1804~1876)는 낭만주의 작가, Eugene Sue(1804~1857)는 사회주의적인 대중 소설가, Johann Heinrich Daniel Zschokke(1771~1848)는 사회 개혁가이자 작가, Jean Paul Richter (1763~1825)는 낭만주의 작가이다.

나는 독일식 과즙도 마실 생각은 없었고 커피를 좋아했기 때문에 이렇게 대답했다.

「커피로 주세요, 헌스던 씨.」

내 대답이 그를 기분좋게 만들었다는 것을 나는 알아챘다. 틀림없이 그는 내게 포도주도 브랜디도 못 준다고 고집스레 말하며 냉랭한 분위기가 조성되리라 예상했을 것이다. 그는 나의 겸손함이 타고난 것인지 그저 예의를 가장한 것인지를 확인하기 위해 내 얼굴을 한번 훑어보았다. 나는 웃음을 띠었는데, 그를 잘 이해했기 때문이다. 그의 딱딱한 양심에 경의를 표했고 그가 의혹을 품는 것을 보고 즐거워했다. 그는 만족스러운 듯했고, 벨을 울려 커피를 가져오라고 했다. 곧 커피가 왔다. 그에게는 포도 한 송이와 신맛이 나는 음료수 한 잔이면 충분했다. 커피는 아주 훌륭했다. 나는 커피 맛이 아주 좋다고 말했고 그가 먹는 것을 보니 은둔자의 음식이 떠올라 좀 안됐다는 마음을 표했다. 그는 대답을 하지 않았는데 내 말을 듣지 못한 것 같았다. 바로 그때 내가 전에 언급했던 그 순간적인 일식이 그의 얼굴 위에 나타나 미소를 지워 버렸고 빈틈없고 조롱하는 듯한 평소의 눈빛은 추상적이고 낯선 표정으로 바뀌어 버렸다. 나는 잠깐의 침묵을 이용해 그의 관상을 살펴보았다. 나는 이전에는 그를 가까이서 본 적이 없었고, 시력이 나빴기 때문에 그저 흐릿하고 일반적인 외양밖에 볼 수 없었다. 하지만 이번에는 자세히 살펴보면서 그의 얼굴 윤곽이 너무나 작고 여성적이기까지 하다는 것을 알고는 놀라게 되었다. 그의 큰 키와 길고 짙은 머리칼, 그의 음성과 전체적인 태도로 나는 그가 강인하고 듬직하다고 생각해 왔었다. 그는 전혀 그렇지 않았다. 나의 외모는 그에 비하면 거칠고 모가 나 있었다. 그의 육체가 신경과 근육을 가진 것보다 그의 영혼이 의지와 야망을 더 많이 가졌기 때문에, 그의 내면과 외양 사이에는 대조적인 면이 있으리라는 것과 또 갈등도 있으리라는 것을 나는 알아챘다. 아마도 〈육체〉와 〈정신〉적인 것의 모순 속에 이 변덕스런 음울함의 비밀이 숨겨져 있을지도 모른다. 그는 〈하고자〉 하겠지만 〈할 수 없을〉 것이고, 운동 선수 같은 정신력은 그보다 약한 동반자인 육신을 으르렁대며 경멸할 것이다. 그의 훌륭한 용모에 관해서라면, 여자들의 생각과 비슷하다고 해야겠다. 즉 그의 얼굴은, 그다지 예쁘지는 않지만 아주 매력적이고 호기심을 끄는 여자의 얼굴이 남자에게 주는 것과 똑같은 효과를 여성에게 줄 것처럼 여겨졌다. 그의 짙은 머리칼에 대해서는 앞서 언급했다. 머리칼은 희고 꽤 넓은 이마 위에 옆으로 빗질되어 있었고 뺨은 결핵 환자처럼 신선했다. 캔버스 위에서라면 잘 표현되었을 용모였으나 대리석으로 표현해도 별 차이는 없었을 것 같았다. 자유자재로 표정을 짓는 얼굴이었다. 얼굴에는 그가 독특한 성격임이 새겨져 있었다. 제멋대로 표현되고 있는 데다가 희한한 변형이 가해져 헌스던은 부루퉁한 황소 같기도 했고, 장난기 많은 말괄량이 같은 분위기를 풍기기도 했다. 이 두 유사점이 자주 뒤섞여 희한하게 얼굴 위에 조합되어 있었다.

조용한 변덕에서 깨어나 그는 말을 시작했다.

「윌리엄! 여기 그로브 가에서 집을 얻어 나처럼 정원을 가질 수도 있을 텐데 킹 부인의 음침한 하숙집에서 살다니 자네는 참 바보로군!」

「그러면 공장에서 너무 멀지요.」

「그럼 어떤가? 하루에 두세 차례 걸어갔다 오는 것이 건강에도 좋지. 게다가 자네는 꽃이나 푸른 나뭇잎은 보고 싶지 않을 정도로 화석 같은 사람인가?」

「저는 화석이 아닙니다.」

「그러면 뭔가? 매일, 매주, 크림즈워스의 회계 사무소 책상에 자동 인형처럼 종이 위에 펜이나 끼적이면서 앉아 있지 않은가. 일어서지도 않고, 피곤하다고 하지도 않고, 휴일을 청하지도 않잖아. 변화를 구하지도 않고 휴식을 갖지도 않고. 당신은 하루 저녁 거하게 놀거나 거친 패거리들과 어울리지도 않고 독주에 빠지지도 않지.」

「당신은 그러십니까, 헌스던 씨?」

「그렇게 짧은 질문을 제기할 생각일랑 말게. 자네와 나의 경우는 정반대야. 평행선상에 두려는 건 말도 안 되는 일이야. 내 말은, 참을 필요 없는 일을 억지로 견디려는 사람은 화석이란 뜻이야.」

「당신은 어떻게 내가 참고 있다는 것을 알게 됐죠?」

「이보게, 자네는 자네가 신비에 싸인 인물이라고 생각하는가? 요 전날 밤 내가 자네 가족을 알고 있다는 것에 대해 놀라는 것 같더니 이제는 자네가 참고 지낸다고 말하니 경탄을 하는군. 내가 눈과 귀로 뭘 한다고 생각하는가? 난 회계 사무소에 몇 번 간 적이 있어. 그때 크림즈워스가 자네를 개처럼 다루더군. 예를 들면 책을 한 권 가져오라고 하더니, 자네가 잘못 가져왔는지, 아니면 다른 책이라고 생각하기로 마음먹었는지 내던져서 얼굴을 맞힐 뻔하지 않았는가. 사환이라도 되는 것처럼 자네가 문을 열고 닫아 주기를 바라면서. 한 달 전쯤 열렸던 파티에서 있을 곳도 파트너도 없이 가난하고 남루한 식객처럼 돌아다니던 자네 처지는 말할 것도 없고. 그러니 이런 상황에 처한 자네가 인내심을 보이고 있는 것 아니면 뭔가.」

「좋아요, 헌스던 씨, 그래서요?」

「나로서는 자네에게 무어라 말할 수 없지. 자네 성격에 대해 내릴 수 있는 결론이란 자네의 행동을 이끌어 줄 동기가 어떤 성질인지에 달려 있네. 크림즈워스의 횡포에도 불구하고 혹은 바로 그걸 이용해서 결국 무언가 얻어 내거나 혹은 그걸 이용하려는 기대에서 참고 있다면, 자네는 세상이 말하는 사리를 채우고 돈을 좋아하는 매우 현명한 녀석이라고 할 수 있지. 또 만일 모욕을 감수하고 복종하는 것이 의무라고 생각해서 참고 있다면 당신은 타고난 멍청이이고 나와는 전혀 맞지 않아. 만일 자네가 원래 성질이 음울하고 평범하고 활기가 없어서 참고 있는 거라면, 그래서 벌떡 일어나 저항하지 않는 거라면, 신은 자네가 짓밟히도록 만드신 거겠지. 무슨 일이 일어나든 밑에서 납작하게 누워 크리슈나[11]가 자네를 타고 다니게 놔두게.」

헌스던 씨가 기름을 칠한 듯 매끄럽게 말을 하는 유형은 아님을 알 수 있을 것이다. 그의 말은 나를 기분 나쁘게 만들었다. 나는 그가 스스로는 매우 민감하지만 다른 사람의 민감함에 대해서는 가차 없이 이기적인 성격을 보이는 사람들 중의 하나임을 알아챌 수 있었다. 게다가 그는 크림즈워스나 틴들 경 같은 사람은 아니었지만, 신랄한 사람이었으며 자기만의 방식을 지나치게 고집하는 것 같았다. 박해받는 자가 압제자에게 저항하도록 선동하려는 목적을 가진 그의 질책은, 집요한 그 재촉 속에 압제적인 어조가 있었다. 그 어느 때보다 더 그를 똑바로 쳐다보면서 나는 그의 눈과 태도에서 자신의 자유에는 제한을 두지 않음으로써 타인의 자유를 침해하는 그를 볼 수 있었다. 이런 생각을 하느라 바빴는데 인간의 모순이 드러난 것 때문에 나도 모르게 나직이 웃음을 짓고 말았다. 내가 생각한 대로였다. 헌스던 씨는 내가 그의 부당하고 공격적인 억측과 냉정하고 교만한 냉소를 조용히

---

[11] 힌두교의 신.

받아들이기를 기대했던 것이다. 그래 놓고 자신은 거의 속삭임보다 더 크지 않은 웃음에 언짢아진 것이다.

그의 눈썹은 어두워졌고 얄팍한 콧구멍은 살짝 벌름거렸다.

「그래,」 그가 말했다. 「나는 당신이 귀족이라고 말했지. 귀족이 아니면 누가 그렇게 웃고 그런 표정을 짓겠는가? 딱딱하게 굳은 웃음과 게으른 표정, 신사인 체하는 아이러니, 귀족다운 분노 말일세! 자네는 도대체 어떤 귀족이 되었을까, 윌리엄 크림즈워스! 자네는 딱 귀족이야. 운명의 여신이 자연의 섭리를 가로막아 버리다니! 자네 얼굴과 용모, 그리고 손을 보게! 모든 것이 달라, 아주 추한 표징(標徵)이야! 글쎄, 만일 땅과 저택, 공원, 작위가 있다 해도 당신은 어떻게 특권을 누리고 당신 계급의 권리를 유지하고 소작인들이 귀족을 추앙하는 버릇을 들이게 만들면서, 사람들의 진취적인 힘에 매사 반대를 하고 썩어 빠진 지위를 옹호하고 천한 핏줄에 무릎을 담근 채 헤쳐 나가기 위한 준비를 할 수 있겠는가. 그러니까 자네에게는 힘이 없어. 아무것도 할 수 없지. 자네는 난파한 채 상업의 해변에서 방황하면서 실제적인 인간들과 충돌을 할 수밖에 없고, 그들을 따라잡을 수 없어. 그 이유는 바로 〈자네는 결코 상인이 될 수 없〉기 때문이네.」

헌스던이 처음 한 말은 내게 전혀 특별한 인상을 남기지 않았다. 만일 인상을 남겼다면 그것은 내 성격에 대한 편견 때문에 왜곡된 판단을 내리게 된 그의 기벽에 대한 놀라움일 뿐이었다. 그러나 마지막 말은 내게 인상을 남겼을 뿐만 아니라 나를 뒤흔들어 놓았다. 진실이 무기를 휘둘렀기 때문에 그 충격이 가한 일격은 매우 치명적인 것이었다. 이제 내가 웃음을 짓는다면 그것은 바로 자신에 대한 모욕 때문이었다.

헌스던은 자신이 유리한 입장을 점하고 있음을 알아챘고 계속 말했다.

「자네는 상업으로는 성공할 수 없어.」 그는 말을 이었다. 「지금 먹고 살 마른 빵 부스러기와 깨끗한 물 이상은 얻지 못해. 당신이 능력을 얻을 수 있는 유일한 기회는 부유한 과부와 결혼하거나 상속녀와 도망을 치는 것뿐일세.」

「그런 계획을 꾸미는 사람들이나 실행에 옮기도록 저는 내버려 두겠습니다.」 이렇게 말하며 나는 일어섰다.

「그리고 그것도 가망이 없어.」 그는 계속 차갑게 말했다. 「도대체 자네가 아는 과부라도 있겠어? 상속녀는 더 말할 것도 없지. 자네는 과부와 결혼할 만큼 모험적이지도 배짱을 부리지도 못하지. 또 상속녀와 결혼할 만큼 잘생긴 것도 아니고 매력적이지도 못하고. 자네는 아마 자기가 지적이고 세련되어 보인다고 생각하겠지! 자네의 지성과 세련됨을 시장에 들고 나가 보게나. 그리고 그 값이 얼마인지 쪽지로 좀 알려 주게.」

헌스던 씨는 그날 밤 자기가 좋아하는 곡을 골랐다. 그가 퉁겨 댄 악기는 조화로운 음을 내지 못했다. 다른 악기는 더 이상 연주하지 않을 것이다. 매일같이 하루종일 충분히 들어온 불협화음에 혐오스러워져, 나는 삐걱거리는 대화보다는 침묵과 외로움이 더 낫겠다고 결론 내렸다. 나는 그에게 작별 인사를 했다.

「뭐라고, 가겠다고, 젊은이? 좋아, 잘 가게나. 문은 찾겠지.」 그는 내가 방을 나와 집을 떠날 때까지 불 앞자리에 앉아 있었다. 하숙집을 향해 한동안 걷고 나서야 나는 내가 매우 빨리 걸었으며, 숨을 헐떡이고 있고, 꽉 움켜쥔 손바닥 속으로 손톱이 거의 박힐 지경이었으며, 이를 앙 다물고 있다는 것을 알아차렸다. 이 사실을 알아차리고는 걸음을 늦추고 주먹과 턱을 느슨하게 했지만 내 가슴속을 재빠르게 헤치고 다니는 회오 때문에 쉽지 않았다. 나는 왜 상인이 되려고 했는가? 오늘 밤 나는 왜 헌스던의 집에 갔던가? 내일 새벽에 나는 왜 크림즈워스의 공장으로 가야 하는가? 밤을 새워 가며 나는 이런 질문들을 했으며, 밤새도록 치열하게 내 영혼에게 답을 요구했다. 나는 잠을 이루지 못했다. 머리는 뜨거웠고 발은 얼어붙었다. 마침내 공장의 벨이 울렸고 나는 다른 노예들처럼 침대에서 일어났다.

5

 모든 일에는 고비가 있다. 인생의 모든 지점뿐만 아니라 감정 상태도 마찬가지이다. 1월의 어느 날 아침, 나는 킹 부인의 하숙집에서 빅벤 구역으로 향하는 얼어붙은 내리막길을 서둘러 내려가면서 마음속의 이런 진부한 생각을 덮어 버렸다. 내가 도착했을 때 공장의 일꾼들은 이미 나보다 거의 한 시간이나 앞섰고 공장은 환히 불이 밝혀져 완전히 가동되고 있었다. 나는 늘 그렇듯이 회계 사무소의 내 자리로 갔다. 그곳의 난롯불은 이제 막 지펴져서 아직 연기만 내고 있었다. 스타이튼은 아직 도착하지 않았다. 나는 문을 닫고 내 책상 앞에 앉았다. 반쯤 언 물에 씻은 지 얼마 안 되는 손은 여전히 곱아 있었다. 손이 풀릴 때까지 글을 쓸 수가 없어서 계속 생각에 빠져 있고 내 생각의 주제는 아직도 그 〈고비〉 상황이었다. 자기 불만이 너무 심해서 제대로 생각할 수가 없었다.
 〈이보게, 윌리엄 크림즈워스,〉 내 양심 즉, 우리들 내부에 있으면서 우리를 꾸짖는 그 무언가가 말했다. 〈이봐, 네가 할 일과 하지 않을 일에 대해 분명하게 생각해 봐. 너는 고비라고 했지. 도대체 고비에 이를 만큼 참아 보았는지? 넉 달도 채 되지 않았어. 네가 틴들에게 네 아버지의 길을 가겠다고 했을 때, 너는 자신의 결심이 아주 굳다고 생각했지. 그런데 참 멋지게 걸어가는 것 같군. 너는 X시를 아주 좋아하잖아! 바로 이 순간 거리와 가게, 상점, 공장들과 X시는 얼마나 멋진 관계를 맺고 있느냐 말이야! 오늘의 전망이 너를 얼마나 즐겁게 만들고 있냐고! 정오까지 서신을 필사하고, 하숙집에서 외로운 식사를 한 뒤, 다시 저녁까지 홀로 서신을 베껴 쓰지, 왜냐하면 넌 브라운이나 스미스나 니콜, 혹은 이클레스와도 어울리기를 싫어하니까. 그리고 헌스던은, 넌 그와 어울리면 재미있을 거라고 생각했지. 허허, 참! 도대체 어젯밤 넌 어떻게 그런 사람과 같이 지낼 수 있었지? 재미있었어? 그가 비록 재주가 있고 독창적인 생각을 하는 사람이긴 하지만, 그는 널 좋아하지 않아. 네 자존심이 마치 그를 좋아하는 것처럼 너를 속인 거야. 그는 네 기를 꺾어 놓으려고 늘 너를 지켜보았어. 앞으로도 계속 그럴 거야. 그와 너는 입장이 다르고, 만일 동등해진다고 해도 네 정신은 그와 동화될 수 없어. 그러니 그런 가시를 둘러친 식물에서 우정이라는 꿀을 따 모으려는 희망을 걸지는 마. 이보게, 크림즈워스! 무슨 생각을 하고 있지? 벌이 바위를 떠나고 새가 사막을 떠나듯이 헌스던에 대한 기억에서 떠나 버려. 네 영감은 그 날개를 상상의 땅을 향해 맹렬하게 펼치고 있군. 지금 밝아 오는 새벽 빛, X시의 새벽 빛 속에 있는 그 땅에서 너는 친숙함과 평온과 합일을 감히 꿈꾸고 있어. 이 세 가지는 이 세상에서는 결코 만날 수 없는 것들이지. 이것들은 천사들이야. 완벽한 의인의 영혼만이 하늘나라에서 그들과 만날 수 있지. 하지만 네 영혼은 완벽하게 만들어진 것이 아니야. 시계가 8시를 치는군! 손도 녹았어. 일을 시작해!〉

〈일하라고! 나는 왜 일을 해야 하나?〉 짜증이 나서 생각했다. 〈노예처럼 일하지만 칭찬을 받지 못해.〉〈일하라고, 일해!〉 내면의 목소리가 반복했다. 〈일은 하겠지만 아무 소용없어.〉 나는 불평을 했지만 서류 한 뭉치를 꺼내고, 햇볕에 달구어진 들판에서 벽돌을 만들 짚과 나무뿌리를 모으기 위해 기어 다녔던 이스라엘 사람들처럼, 고마움을 느낄 수 없고 쓰라리기만 한 일을 시작했다.

10시쯤 되어서 크림즈워스 씨의 마차가 마당으로 들어서는 소리가 들렸고 몇 분 뒤에 그가 사무소로 들어왔다. 스타이튼과 나를 흘끗 쳐다보고 방수 외투를 걸고 나서, 난로에 등을 대고 잠시 서 있다가 나가는 것이 그의 습관이었다. 오늘도 늘 하던 대로 했다. 유일하게 달라진 것은 그가 나를 쳐다볼 때 그의 이마가 그저 딱딱하게 되는 대신 심술궂은 표정을 지었다는 것이었으며, 눈은 냉기가 아니라 열기를 내뿜고 있었다는 점이었다. 그는 다른 때보다 1~2분 가량 더 오래 나를 찬찬히 살펴보더니 아무 말 없이 나가 버렸다.

12시가 되어 벨이 울리자 노동자들은 일손을 멈추었다. 노동자들은 식사를 하러 나갔다. 스타이튼도 나더러 문을 닫고 열쇠를 갖고 있으라고 부탁하고 나갔다. 내가 서류 꾸러미를 묶어 제자리에 두고 책상을 잠그려고 할 때, 크림즈워스가 문 앞에 다시 나타나서는 문을 닫고 들어왔다.

「잠시 있어」 하고 그가 착 가라앉은 동물적인 목소리로 말했는데, 그때 그의 콧구멍이 벌어지고 눈이 사악한 불길을 쏘아 냈다.

에드워드 형과 단 둘만 있게 되자 나는 우리의 관계를 기억해 냈고 또 우리 위치의 차이를 잊고 있었던 것을 기억했다. 나는 존대와 조심스러운 형식을 무시하고 그저 간단하게 대답했다.

「집에 갈 시간입니다.」 나는 책상을 잠그며 말했다.

「좀 있으라잖아.」 그가 다시 말했다. 「그리고 열쇠에서 손을 떼! 자물쇠는 그냥 둬!」

「왜지요?」 나는 물었다. 「왜 늘 하던 대로 하지 못하게 하는 거죠?」

「시키는 대로 해.」 이것이 대답이었다. 「그리고 묻지 마! 너는 내 하인이니 복종해야 한다! 넌 도대체 무슨 짓을 — ?」 그는 계속 이런 어투로 말을 이어 나가다가 갑작스레 말을 중단하여 분노가 잠시 동안 좀 더 분명한 말을 할 수 있게 했다.

「알고 싶으면 보세요.」 나는 대답했다. 「책상은 열려 있고, 거기 서류가 있습니다.」

「건방지게! 뭘 한 거냐?」

「당신이 시킨 일을 했습니다. 다 마쳤고요.」

「위선자에 군소리나 늘어놓는 녀석! 반지르르한 얼굴에 홀쩍거리기나 하는 기름 뿔통 같으니!」 (이 말은 순전히 그 지역에서 쓰는 말인 것 같았는데, 마차 바퀴를 닦기 위해 거기 달아 두는 검은색의 악취 나는 고래 기름을 담아 두는 뿔을 가리키는 말이었다.)

「이것 봐요, 에드워드 크림즈워스 씨, 그만 하세요. 당신과 내가 계산을 끝낼 때가 되었군요. 지금까지 나는 석 달간 하찮은 일을 했고 이 일이 세상에서 제일 지겹고 노예 같은 일이란 걸 알았어요. 다른 서기를 찾아보세요. 난 그만두겠어요.」

「뭐! 감히 내게 경고를 하는 거야? 봉급을 받으려면 그만 입 다물어.」 그는 방수 외투 옆에 걸려 있던 커다란 마차용 채찍을 집어 들었다.

나는 힘들여 숨기거나 달래려고 하지 않고 모욕을 실어 웃어 버렸다. 그는 불같이 성을 냈고 엄청나게 욕을 하고 저주를 퍼부었으나 채찍을 들어 올리지는 않았다. 그는 말을 이었다.

「나는 너를 철저히 알게 되었어, 이 비열하고 칭얼대는 아첨꾼아! X시를 돌아다니면서 나에 대해 뭐라고 말했어? 대답해!」

「당신에 대해서요? 당신에 대해서라면 나는 말할 생각도 없었고 그런 유혹에 빠지지도 않았어요.」

「거짓말쟁이! 내 말을 하고 다니는 건 네 버릇이고 내게서 받는 대우에 대해 불평을 하고 다니는 것이 네 습관이었어. 넌 여기저기 다니면서 내가 네게 월급을 적게 주고 개처럼 두들겨 팬다고 말했어. 차라리 네가 개라면 좋겠다! 지금부터 이 채찍으로 네 뼈에서 살을 모조리 벗겨 낼 때까지 꼼짝도 않겠다.」 그가 채찍을 휘둘렀다. 채찍의 끝이 내 이마를 쳤다. 격렬한 전율이 내 혈관을 뚫고 지나갔고 피가 반동하여 혈관을 따라 빠르고 맹렬하게 흐르는 것 같았다. 나는 재빨리 일어나 그가 서 있는 곳으로 가서 그와 마주 섰다.

「채찍을 내려놓고 이게 무슨 뜻인지 설명해요.」 나는 말했다.

「이놈이! 네가 누구한테 말하는 거냐?」

「당신한테요. 여기 다른 사람은 없는 것 같은데요. 내가 당신을 중상하고 봉급이 적은 것과 처우가 나쁜 것을 불평하고 다녔다고 했지요. 그런 추측을 한 근거를 대세요.」

크림즈워스는 위엄이라고는 없는 사람이었으며, 내가 설명을 하라고 강하게 요구하자 큰 소리로 꾸짖듯이 설명했다.

「근거! 그래, 근거를 대지. 내가 너를 거짓말쟁이에 위선자임을 증명할 때 네 놋쇠 같은 얼굴이 검붉게 되는 것을 볼 수 있도록 불 쪽으로 돌아서. 어제 시청에서 열린 회의에서 얘기하던 중에 내게 반대하던 자가 내 사생활을 들추면서 나를 모욕하는 것을 듣는 즐거움을 누렸다. 애정도 없는 괴물이니 가정의 폭군이니 쓰레기니 하는. 내가 대답을 하려고 일어섰을 때 그 추악한 패거리들이 소리를 질렀고, 네 이름이 들려 나는 즉시 이 더러운 공격이 어디서 생겨났는지 추적할 수 있었다. 주위를 둘러보니 그 악당 헌스던이 대장처럼 행동하고 있더군. 나는 한 달 전 네가 헌스던과 친밀하게 대화하는 것을 보았고, 어젯밤에 그의 집에 있었다는 것도 알고 있어. 부인하고 싶으면 해봐.」

「부인하지 않겠어요! 만일 헌스던이 사람들을 부추겨 당신에게 야유를 보냈다면 그는 아주 잘한 겁니다. 당신은 여러 사람들 앞에서 욕을 먹어도 싸요. 당신보다 더 악한 인간이나, 당신보다 더 가혹한 주인, 당신보다 더 짐승 같은 형은 이 세상에 없으니까요.」

「이놈, 이놈이!」 그가 되풀이했다. 그는 외치던 말을 끝맺기 위해 채찍을 내 머리 바로 위로 획획 소리 나게 휘둘렀다.

그에게서 채찍을 빼앗아 두 동강 낸 뒤 난롯불에 던지는 것은 1분이면 충분했다. 그는 내게 무턱대고 달려들었으나 나는 피하고 나서 말했다.

「나를 건드리기만 하면 당신을 치안 판사 앞에 세워 놓겠어요.」

크림즈위스 같은 사람은 만일 단호하고 침착하게 맞서면 그 터무니없는 교만을 숙이는 법이다. 그는 치안 판사 앞에 갈 마음이 전혀 없었고, 내가 농담을 하는 게 아니라고 생각한 것 같았다. 놀란 황소같이 나를 오랫동안 이상하게 쳐다보더니 그는 결국, 돈만으로도 자신은 나 같은 거지보다 훨씬 우월하고, 직접 매질하는 것보다 더 확실하고 더 위엄 있는 복수의 방식이 자기 손 안에 있다는 생각을 하는 것 같았다.

「모자를 집어.」 그가 말했다. 「네 건 다 챙겨서 당장 나가라. 네가 사는 곳으로 가, 이 거지야. 구걸하든 훔치든 굶든 쫓겨나든 너 좋을 대로 해. 하지만 무슨 일이 있어도 내 눈에 떠지 마라! 만일 내 땅에 1인치라도 발을 들여놓으면 사람을 시켜 두들겨 패주겠다.」

「그럴 일은 없을 겁니다. 한번 당신 땅을 벗어났는데 무엇 때문에 다시 돌아갑니까? 나는 감옥을 떠나는 거고 폭군에게서 벗어나는 겁니다. 나는 내 앞길에 놓여 있을 수 있는 가장 극악한 것에서 떠나는 것이니까, 돌아올까 봐 두려워하지는 마십시오.」

「가라, 아니면 쫓아내겠다!」 크림즈워스가 소리쳤다.

나는 천천히 책상으로 걸어가서 내 소유물을 꺼내 주머니에 넣고, 책상을 잠근 뒤, 열쇠를 책상 위에 올려놓았다.

「책상에서 뭘 꺼내는 거야?」 공장 주인이 물었다. 「있던 자리에 모두 그대로 둬. 안 그러면 경찰을 불러 너를 체포하게 하겠다.」

「그럼 열심히 찾아보세요.」 이렇게 말하고 나는 모자를 집어 든 뒤, 장갑을 끼고, 회계 사무소를 여유 있게 걸어 나왔다. 그렇게 걸어 나와 다시 들어가지 않았다.

나는 크림즈워스가 들어와서 이 사건이 벌어지기 전, 식사 시간을 알리는 공장의 벨이 울렸을 때 어느 정도 배가 고팠고 그 소리가 들리기를 조바심하며 기다리던 중이었다는 것을 떠올렸다. 하지만 이제는 잊어버렸다. 지난 30분 간의 일이 불러일으킨 소동과 동요로 인해 감자와 구운 양고기 그림이 내 마음 속에서 싹 사라져 버렸다. 나는 오로지 걷는 것에 대해서만, 내 근육의 움직임과 신경의 움직임이 조화를 이루는 것에 대해서만 생각했다. 그렇게 나는 빨리, 멀리까지 걸어갔다. 그것 말고 무슨 일을 할 수 있었겠는가? 내 가슴에서 짐이 사라졌고 나는 가볍고 자유로운 기분을 느꼈다. 나는 결심을 깨뜨리지 않고, 자존심에 상처를 입지 않고 빅벤 구역에서 벗어났다. 내가 억지로 그런 상황을 만들어 낸 것이 아니라 상황이 나를 해방시켜 준 것이다. 삶이 내 앞에 또다시 열렸고, 삶의 지평선은 더 이상 크림즈워스 공장을 둘러싼 높고 검은 벽으로 가로막혀 있지 않았다. 내 감정이 진정되어 그 숯검정 같은 허리띠와 맞바꾼 경계가 얼마나 더 넓고 더 명확한지를 깨닫기 충분할 만큼 가라앉기까지는 두 시간이 걸렸다. 고개를 들자, 아, 내 앞에 X시에서 8킬로미터 가량 떨어진, 별장으로 이루어진 마을인 그로브타운이 쭉 펼쳐져 있었다. 멀리 기울어진 태양으로 알아챌 수 있듯이 짧은 겨울 낮이 이미 저물려 하고 있었다. 싸늘한 서리와 안개가 X시가 위치한 강으로부터 올라오고 있었고, 그 강둑을 따라 내가 걸어온 길이 놓여 있었다. 안개는 땅을 가렸지만 1월 하늘의 청명한 얼음 같은 푸른색을 흐려 놓지는 않았다. 가까운 곳과 먼 곳에 거대한 침묵이 드리워져 있었다. 사람들이 모두 실내에서 일에 매여 있었고 공장에서 벗어날 수 있는 저녁 시간은 아직 이르지 않았기 때문에 하루 중 이 시간은 고요한 편이었다. 잔설이 녹아들어 물이 불어나서 강은 깊고 수량이 풍부했기 때문에, 만수위에 달한 물살 소리만이 대기 중으로 퍼져 나갔다. 나는 잠시 제방에 기대어 서서 물살을 내려다보며 파도가 급하게 흘러 내려가는 것을 지켜보았다. 나는 그 장면에 대해 명확한 기억과 영구적인 인상을 얻기를 바랐고 미래를 위해 고이 간직하고 싶었다. 그로브타운의 교회 시계가 4시를 쳤다. 고개를 들어, 나는 교회를 둘러싸고 있는 아주 오래된 전나무의 헐벗은 가지 사이로, 그날의 마지막 태양이 붉게 빛나는 것을 보았다. 태양 빛이 내가 원하는 대로 마음속의 그림에 채색을 하고 특징을 부여했다. 나는 달콤하고 느린 종소리가 공기 중으로 완전히 사라질 때까지 잠시 멈추어 서 있었다. 그러고 나서 귀와 눈과 감정이 모두 만족스러워 하자, 제방을 떠나 X시를 향해 다시 한번 얼굴을 돌렸다.

6

나는 허기진 채 도시로 다시 들어갔다. 잊어버렸던 식사가 유혹하듯 생각났고, 하숙집으로 향하는 좁은 거리를 올라갈 때 내 발걸음은 빨라졌으며 식욕은 왕성해졌다. 현관문을 열고 집 안으로 들어갔을 때 날은 이미 어두웠다. 나는 방의 난롯불이 어떻게 되었을지 궁금했다. 밤이 되면 추웠기 때문에 연료받이가 불꽃 없는 재로 가득 차 있을 것 같아 몸이 떨렸다. 놀랍고도 기쁘게도, 거실로 들어섰을 때 깨끗해진 난로에 불이 잘 지펴져 있는 것을 보았다. 이 광경을 보자마자 나는 또 다른 일로 놀라게 되었다. 난로 옆 내가 늘 앉았던 의자에 누군가가 이미 앉아 있었던 것이다. 어떤 사람이 가슴패기에 팔짱을 낀 채 다리는 깔개 위로 죽 뻗고 앉아 있었다. 근시인 데다 난로 불빛이라 의심했지만, 단번에 그가 내가 아는 헌스던 씨라는 것을 알아보았다. 물론 어젯밤 그와 헤어진 방식을 생각하면 그를 보게 된 것을 크게 기뻐할 수 없었다. 나는 난롯가로 걸어가서 불을 휘저은 뒤, 차갑게 〈안녕하세요〉라고 말했다. 내 감정과 마찬가지로 내 태도에도 따뜻한 마음은 거의 드러나지 않았다. 하지만 나는 마음속으로 그가 왜 여기 왔는지, 나와 에드워드 형 사이에 그가 그렇게 자청해서 끼어들게 된 동기가 무엇인지 궁금했다. 그를 환영하지 못한 것은 그의 탓으로 여겨졌다. 그래도 나는 그에게 질문을 던지거나 어떠한 호기심도 강하게 내보이지 못하고 있었다. 만일 그가 설명하고자 한다면 설명할 수도 있겠지만, 그 일은 전적으로 그가 자발적으로 해야만 했다. 그가 그럴 거라는 생각이 들었다.

「당신은 내게 감사해야 하오.」 이것이 그의 첫마디였다.

「내가요?」 내가 말했다. 「큰 빚이 아니었음 좋겠군요. 나는 어떤 빚이든 갚을 수 없을 정도로 가난하니까요.」

「그렇다면 즉시 파산 선고를 하시지. 왜냐하면 이 빚의 무게는 1톤이나 나가니까. 여기 오니까 불이 꺼져 있었고, 내가 다시 불을 붙이게 시켰지. 그리고 나서 하인 녀석에게 불이 잘 타오를 때까지 저 부루퉁하게 늘어진 그 녀석의 배를 난로에 붙이게 하고서는 서서 불게 했지. 그러니 〈감사합니다〉라고 해야지.」

「뭘 좀 먹기 전까지는 못하겠어요. 배고파 죽을 지경인데 누구한테 고맙다고 하겠어요.」

나는 벨을 울려 차와 냉육을 가져오게 했다.

「냉육이라!」 하인이 문을 닫자 헌스던이 소리를 질렀다. 「자네 정말 대식가로군! 고기와 차라니! 자네 과식으로 죽겠어.」

「아니에요, 헌스던 씨, 안 죽어요.」 나는 그에게 반박해야겠다고 느꼈다. 나는 배가 고파 짜증이 난 데다가, 내 방에서 그를 보게 되어 짜증이 났으며, 그의 계속된 거친 태도에 더욱 짜증이 났다.

「성질이 나빠진 건 과식하기 때문이야.」 그가 말했다.

「어떻게 아시죠?」 내가 물었다. 「사정을 잘 알지도 못하면서 감초처럼 참견해서는 의견을 내놓는 게 당신답군요. 나는 식사를 못 했어요.」

내 말은 아주 성마르고 무뚝뚝했지만 헌스던은 내 얼굴을 바라보고 웃을 뿐이었다.

「불쌍하게도!」 그는 잠시 후 구슬픈 듯 말했다. 「아직도 밥을 못 먹었다고? 뭐! 주인님께서 집에도 못 오게 했나 보군. 크림즈워스가 벌로 굶으라고 명령했나, 윌리엄?」

「아닙니다. 헌스던 씨.」 다행히 이 부루퉁한 고비의 순간에 차가 날라져 와서, 나는 버터 바른 빵과 냉육에 곧장 달려들었다. 한 접시를 깨끗이 비운 뒤 나는 정신을 차려 헌스던 씨에게 〈거기서 쳐다보지만 말고, 좋으시다면 탁자로 와서 좀 드시죠〉라고 나도 모르게 말할 정도로 여유를 찾았다.

「전혀 그럴 마음이 없네!」 그는 말하고 나서, 줄을 세게 당겨 하인을 부른 뒤 구운 빵을 담근 물 한 잔을 청했다. 「그리고 석탄도 좀 더 갖다 주게」라고 덧붙였다. 「크림즈워스 씨는 내가 있는 동안 불이 잘 타기를 바라네.」

주문대로 날라 오자, 그는 의자를 돌려 탁자 건너 내 맞은편 자리에 앉았다.

「자,」 그가 계속 말을 했다. 「당신은 일자리에서 쫓겨난 것 같은데.」

「그래요.」 나는 대답했다. 그때 변덕스런 생각이 들어 그 일로 이득을 얻은 게 아니라 슬퍼하는 것처럼 보이려고, 그 점에 대해 내가 느끼고 있는 만족감을 드러내지 않으려고 했다. 「그래요, 당신 덕택에 쫓겨났어요. 당신이 여러 사람이 모인 회의 중에 나섰기 때문에, 크림즈워스가 나를 한순간에 해고해 버린 걸로 알고 있는데요.」

「오, 뭐라고! 그가 그 얘기를 했어? 내가 사람들에게 신호를 보내는 걸 봤단 말이지? 친구 헌스던에 대해 그가 무슨 말을 하던가? 칭찬이라도?」

「비열한 악당이라고 하더군요.」

「아, 그 사람은 나를 아직도 전혀 모르는군! 나는 절대 나서려고 하지 않는 수줍음 많은 사람인데, 그는 이제 나를 알기 시작한 것뿐이니까. 하지만 내가 좋은 성격 — 아주 뛰어난 성격이지 — 을 가지고 있다는 걸 알게 될 거야. 헌스던 집안 사람들은 악당을 쫓아내는 데는 타의 추종을 불허하는 사람들이거든. 악독하고 불명예스러운 악당은 우리 집안의 영원한 먹잇감이야. 맞닥뜨리면 도망칠 수 없어. 이제 금방 자네는 〈참견〉이란 말을 사용했지. 그 말은 우리 집안의 재산이나 다름없는 걸세. 수세대 전부터 내려오는 재산 말일세. 우리는 학대가 풍기는 악취를 잘 맡아 내는 코를 갖고 있어. 1~2킬로미터 떨어진 곳에 있는 악당 냄새도 맡는다고. 우린 타고난 급진적인 개혁가들이고. 크림즈워스와 한 마을에서 살고 매주 그를 만나면서 자네에게 하는 짓거리를 보아야 하는 일은 내겐 불가능한 일이었어. (내가 개인적으로 자네를 걱정한다는 게 아니라, 자네의 천부의 평등권을 침해하는 그의 짐승 같은 불공정함을 생각해서였네.) 내 말은, 그냥 가만히 앉아서 내 마음속의 천사나 악마가 발동하는 것을 느끼지 않을 수 없었다는 거야. 나는 내 본능을 따랐고 폭군을 거부했으며 사슬을 깨뜨린 거야.」

이 말은 내게 큰 흥미를 불러일으켰는데, 헌스던의 성격을 드러냈기 때문이기도 하고 그의 동기를 설명하고 있기도 해서였다. 나는 매우 흥미를 느껴 대답하는 것도 잊어버리고는 말없이 앉아서, 그의 말이 불러일으킨 수많은 생각들을 곰곰이 짚어 가고 있었다.

「이제는 감사한 마음이 드는가?」 그가 곧 물었다.

사실 나는 감사함을 느꼈고, 거의 감사를 표할 정도였으며, 그가 저지른 일이 날 생각해서 그런 것은 아니었다는 그의 단서에도 불구하고 그 순간에는 그가 어느 정도 좋아지기도 했다. 하지만 인간에게는 심술궂은 데가 있는 법이다. 그의 무례한 질문에 긍정적으로 대답하는 것이 불가능했기 때문에 나는 그에게 감사해야 한다는 생각을 물리치고, 만일 승리에 대해 보상을 받고자 한다면 더 나은 세상에서 찾아볼 것이며, 이 세상에서는 찾을 기대를 하지 말라고 그에게 충고했다. 대답으로 그는 나를 〈마음이 메마른 악당 귀족〉이라고 규정했으며, 거기에 대해 나는 또 내 입에서 빵을 낚아채 간 사람이라고 그를 비난했다.

「자네는 더러운 빵을 벌고 있었어, 이 사람아!」 헌스던이 소리쳤다. 「더럽고 건강에도 나쁜 거야! 그건 폭군의 손에서 나온 거야, 내가 말했듯이 크림즈워스는 폭군이니까! 자기가 부리는 직공에게 폭군이고, 자기의 서기에게 폭군이며, 언젠가는 자기 아내에게도 폭군이 될 사람이야!」

「말도 안 돼요! 빵은 빵이고 봉급은 봉급이에요. 나는 일자리를 잃었고, 그건 당신 방식 때문이었어요.」

「어쨌든 자네 말에도 일리가 있군.」 헌스던이 대답했다. 「결국 자네가 꽤 실용적인 관찰을 한 것을 들으니 놀랍지만 기쁘다고 말해야겠어. 전에 자네를 관찰해 본 바에 따르면, 나는 이제 자네가 새로 얻은 자유 덕에 감상적인 즐거움을 누리고 있다고 생각되네. 최소한 당분간은 그로 인해 예감이나 분별에 대한 모든 생각이 사라질 거야. 난 당신이 계속 금전에 집중하는 편이 더 나을 거라고 생각하는데.」

「계속 금전에 집중을 하라고요! 그렇지 않으면 내가 무엇을 할 수 있나요? 나는 살아야 하고, 살기 위해 당신이 말하는 〈금전〉을 갖고 있어야만 해요. 그리고 그것은 일해야만 얻을 수 있는 것이고요. 다시 말하지만 당신은 내게서 일자리를 뺏어 갔어요.」

「자네는 무슨 일을 할 생각인가?」 헌스던은 차갑게 계속

물었다.「자네에게는 영향력 있는 친척들이 있어. 그들이 자네에게 곧 다른 자리를 알아봐 줄 것 같은데.」

「영향력 있는 친척이라니요? 누구 말인가요? 이름이나 알고 싶군요.」

「시콤 집안 말일세.」

「말도 안 돼요! 그들과는 의절했습니다.」

헌스던은 믿을 수 없다는 듯이 나를 쳐다보았다.

「그렇게 됐어요, 그것도 완전하게요.」나는 말했다.

「그들이 자네와 관계를 끊었다는 뜻이겠지, 윌리엄.」

「좋을 대로 해석하세요. 그들은 내가 성직을 수행한다는 조건으로 후원해 줄 것을 제의했어요. 그 자리와 보수 둘 다 거절했죠. 나는 냉담한 숙부들에게서 물러나 형의 품속으로 스스로를 내던지는 게 더 낫겠다고 생각했는데, 이제는 모르는 사람의 잔인한 참견 때문에 형의 애정 어린 포옹으로부터도 찢겨 나왔어요, 이게 대강의 내용이죠.」

나는 이 말을 하면서 웃음이 나오려는 것을 참을 수가 없었다. 동시에 헌스던의 입술에도 비슷한 감정의 표현이 드러났다.

「오, 알겠어!」내 눈을 보면서 그가 말했는데, 내 마음속을 제대로〈들여다보았다〉는 것이 명백했다. 1~2분 가량 턱을 손에 괸 채 앉아 있으면서, 그는 계속 내 얼굴을 유심히 살폈다. 그는 말을 이었다.

「진정으로, 당신은 시콤 네 집안에서 아무것도 기대하고 있지 않다는 말인가?」

「그래요, 거절했을 뿐만 아니라 혐오감까지 느낍니다. 당신은 왜 내게 두 번씩이나 묻는 거죠? 회계 사무소의 잉크로 더러워진 손과, 양모 창고의 기름으로 더러워진 손이 어떻게 다시 귀족의 손과 악수할 수 있게 허락받을 수 있겠어요?」

「물론 그 일은 어려운 일이겠지. 하지만 아직도 자네는 외모나 얼굴, 말씨, 태도 등에서 완벽한 시콤 집안 사람인 걸 드러내고 있어. 그런 특징이 사라졌다고 할 수 있을까.」

「벌써 사라졌어요. 그러니 더 이상 얘기하지 맙시다.」

「자네 후회하나, 윌리엄?」

「아니요.」

「왜 후회하지 않지, 젊은이?」

「그들에게서는 어떤 공감도 느낄 수 없었기 때문입니다.」

「자네는 그 집안 사람이라니까.」

「당신 말은 당신이 그런 것에 대해 아는 게 아무것도 없다는 걸 드러내 줄 뿐이에요. 나는 내 어머니의 아들이지, 내 숙부의 조카는 아닙니다.」

「그래도 자네 숙부 중 한 명은, 비록 이제는 잊혀져 가고 그다지 부자는 아니지만 경(卿)이고, 다른 한 명은 각하야. 자넨 세속적인 이익도 고려해야만 하네.」

「말도 안 돼요, 헌스던 씨. 내가 숙부들의 뜻에 따르고자 했다 하더라도, 그분들 성에 찰 만큼 굽히고 들어갈 수 있을 정도로 고상하지 못하다는 걸 당신은 알고 있을 텐데요. 나는 분명 나 자신의 평안을 포기해야 했을 것이지만 그 보답으로 그들의 후원을 얻어 낼 수는 없었을 겁니다.」

「아주 그럴듯하군. 그러니까 자네의 가장 현명한 계획이란 것이 자신만의 방식을 따르는 것이라고 생각했다는 거지?」

「맞습니다. 나는 다른 사람들의 방식을 이해할 수도 받아들일 수도 수행해 낼 수도 없기 때문에 죽을 때까지 나만의 방식을 따라야만 합니다.」

헌스던은 하품을 했다. 「좋아, 이제 한 가지는 분명히 알게 되었군. 그러니까, 그건, 이 모든 일이 나와는 상관없다는 거야.」 그는 몸을 쭉 뻗더니 또 하품을 했다. 「몇 시나 되었지.」

그는 계속 말했다. 「7시에 약속이 있는데.」

「제 시계로는 6시 45분입니다.」

「그래, 그럼 가봐야겠군.」 그가 일어섰다. 「자네는 다시 상업에 끼어들지 않을 생각인가?」 그가 벽난로 선반에 팔꿈치를 대고 물었다.

「그럴 것 같지 않습니다.」

「만일 다시 끼어든다면 자네는 바보야. 결국 자네는 숙부의 제안이 더 낫다고 생각하고 교회로 가게 될 걸세.」

「그러려면, 저 자신이 내적으로 그리고 외적으로 아주 희한하게 재생되어야 할겁니다. 훌륭한 목사는 가장 훌륭한 인간 가운데 하나니까요.」

「자네 정말로 그렇게 생각하는가?」 헌스던이 경멸 조로 참견했다.

「그럼요, 분명 그렇습니다. 하지만 제게는 훌륭한 목사가 될 수 있는 특별한 자질이 없습니다. 그리고 소명을 가지고 있지 않은 직업을 택하기보다는 차라리 찢어지는 가난을 견디는 게 더 낫습니다.」

「참, 입맛 맞추기 까다로운 고객이로군. 상인도 목사도 안 될 것이고, 돈이 없으니 변호사도 의사도 신사도 될 수 없고, 여행을 하는 건 어떻겠나.」

「뭐라고요, 돈이 없는데요?」

「이 사람, 자네는 돈을 벌기 위해 여행을 해야 하는 거야. 자네는 프랑스 어를 할 수 있지, 천박한 영국 억양이 들어 있긴 하지만, 어쨌거나 할 수 있잖나. 유럽 대륙으로 가서 거기에 뭐가 있는지 알아보게.」

「내가 가고 싶은 맘이 있는지 없는지 어떻게 안다는 겁니까!」 나도 모르게 열이 올라 소리를 질렀다.

「가게! 도대체 누가 자네를 못 가게 한단 말인가? 절약할 줄만 알면 5~6 파운드로도 브뤼셀 같은 곳에는 갈 수 있어.」

「절약할 줄 몰라도 어쩔 수 없이 배우게 되겠죠.」

「그러니 가게, 그래서 그곳에서 자네의 기지로 길을 헤쳐 나가 보게. 나는 X시만큼이나 브뤼셀을 잘 알고 있어. 그리고 그곳이 자네 같은 사람에게는 런던보다 더 잘 어울리는 곳이 될 거라고 확신하네.」

「직업은요, 헌스던 씨! 일자리가 있는 곳이어야만 해요, 하지만 브뤼셀에서 어떻게 추천장이나 소개장이나 일자리를 구할 수 있겠습니까?」

「경계심이라는 조직이 말을 하고 있군. 자네는 걸어야 할 길에 대해 모조리 알기 전에는 결코 한 발짝도 내딛지 않으려 하는군. 종이와 펜, 잉크는 갖고 있나?」

「있을 겁니다.」 나는 그가 무엇을 하려는지 짐작했기 때문에 재빨리 쓸 것들을 찾아냈다. 그는 앉아서 몇 줄 적은 뒤, 그것을 접고 봉해서 주소를 적은 다음, 내게 건네주었다.

「여기 용의주도함이 들어 있네. 자네가 갈 길에서 첫번째 겪는 난관을 물리쳐 줄 개척자가 그 속에 들어 있다고. 젊은이, 나는 자네가 어떻게 풀려 나올지도 모르는 채 올가미 속에 목을 집어넣는 어리석은 짓은 하지 않을 사람이란 걸 잘 알고 있어. 그리고 자네는 그 점에서 옳아. 나는 무모한 사람을 아주 싫어할 뿐 아니라, 그런 사람의 일에 끼어들라고 날 설득시킬 방도는 어디에도 없어. 무모한 사람들은 대개 자기 친구들에게는 10배나 더 해악을 끼치는 사람들이지.」

「이건 소개장인 것 같은데요?」 서신을 받아 들며 내가 물었다.

「그렇지. 그걸 주머니에 넣고 가면, 당신은 극단적인 궁핍함의 상태에 빠질 위험은 겪지 않을 걸세. 당신은 그걸 타락이라고 생각할 것 같군, 물론 나도 그렇게 생각하지. 자네가 그걸 보일 사람은, 그의 추천에 달린 거지만 보통 2~3개의 괜찮은 일자리를 가지고 있을 거야.」

「아주 제 마음에 듭니다.」 내가 말했다.

「그래, 그런데 감사 인사는 어디로 갔나? 〈감사합니다〉란 말을 할 줄 모르는가?」 헌스던 씨가 물었다.

「제게는 15파운드와, 한번도 본 적이 없는 대모님께서 18년 전에 주신 시계가 하나 있어요.」 이것이 나의 다소 엉뚱한 대답이었다. 나는 계속해서 내가 행복한 사람이라고 공언했으며 기독교 국가의 그 어떤 사람도 부러워하지 않는다고 털어놓았다.

「감사 인사는?」

「헌스던 씨, 저는 곧, 모든 것이 잘되면, 내일 떠날 겁니다. 어쩔 수 없이 머물러야 하는 사정만 아니면 X시에는 하루도 더 머물지 않을 겁니다.」

「아주 좋아. 하지만 자네가 받은 도움에 대한 당연한 감사 인사는 해야 품위 있는 사람이지. 서두르게! 곧 7시를 치겠어. 인사를 받으려고 기다리고 있잖은가.」

「좀 비켜 서주세요, 헌스던 씨. 벽난로 선반 위 구석에 있는 열쇠가 필요해요. 자기 전에 가방을 꾸려야겠어요.」

하숙집의 시계가 7시를 쳤다.

「이 젊은이는 이교도로구먼.」 헌스던은 이렇게 말하며 옆에 있는 탁자에서 모자를 집어 들고 방을 나서면서, 미소를 지었다. 나는 반쯤 그를 쫓아가고픈 충동을 느꼈다. 나는 정말로 그 다음날 아침 X시를 떠날 생각이었고, 그러면 그에게 작별 인사를 할 기회를 갖지 못할 수도 있었다. 정문이 쾅하며 닫혔다.

「그냥 가게 내버려 두자.」 나는 말했다. 「우리는 언젠가 다시 만나게 될 거야.」

7

 독자여, 당신은 벨기에에 가본 적이 없을 것 같은데? 아마 그 나라가 어떻게 생겼는지도 모를 것이다. 내 기억 속에 남아 있는 것과 같은 모습으로 당신의 기억 속에 그려져 있을 것 같지는 않다.

 과거의 기록을 저장해 놓은 네 개의 벽으로 된 작은 방에, 셋 아니, 네 폭의 그림이 걸려 있다. 첫번째 그림은 이튼이다. 그 그림 속의 모든 것은 저 멀리 원경 속에 있고 뒤로 물러나 축소되어 있지만 신선하게 채색되어 있으며 녹색이고 이슬을 머금은 채 봄 하늘에서 반짝이지만 소나기를 뿌릴 것만 같은 구름이 드리워져 있다. 내 어린 시절에 늘 햇살이 비친 것은 아니었기 때문이다. 그 그림에는 음울하고 냉담하며 폭풍 치는 시절이 담겨져 있다. 두 번째 그림은 X시의 그림으로, 거대하고 거무튀튀했다. 캔버스는 금이 가고 연기가 났다. 하늘은 누렇고 구름은 숯검정 같았다. 태양도 창공도 없었다. 외곽의 초목은 시들었고 더러웠다. 참으로 끔찍한 광경이었다.

 세 번째 그림은 벨기에의 그림으로, 나는 이 풍경 앞에서 잠시 멈추려 한다. 네 번째 그림에는 커튼이 드리워져 있는데, 나는 지금부터 그것을 걷어올릴 수도 있고 그러지 않을 수도 있다. 형편대로 힘닿는 대로 하게 될 것이다. 어쨌든, 당분간은 그냥 커튼을 쳐두려고 한다. 벨기에! 낭만적이지도 않고 시적이지도 않은 이름이지만, 그 이름을 부를 때면 아무리 아름답거나 고전적인 음절들을 조합해도 만들어 낼 수 없는 소리와 울림을 내 귀와 가슴에 가져다 주었다. 벨기에! 자정 가까이 홀로 앉아 나는 이 이름을 반복해서 불러보고 있다. 이 단어는 부활에의 부름처럼 내 과거 세계를 휘저어 놓는다. 무덤이 열리고, 죽은 자들은 일으켜 세워진다. 잠자고 있던 생각과 느낌, 기억들이 후광을 두른 채 흙으로부터 솟아오르는 것이 보인다. 하지만 내가 그 증기 같은 형상을 응시하고 그 외형을 명확하게 보려고 애쓰는 동안, 그들을 깨운 소리가 잦아들고 그들 모두 안개로 만든 가벼운 화환처럼 가라앉아 버렸으며, 흙 속으로 빨려들어 가고 다시 항아리 속으로 불려 들어가 비석 속에 재봉인되었다. 안녕, 빛나는 환영들이여!

독자여, 이것이 벨기에이다. 보라! 이 그림을 평범하다거나 지루한 것이라고 하지 말라. 내가 처음 보았을 때는 평범하지도 지루하지도 않았다. 내가 따뜻한 2월 아침에 오스텐드를 떠나 브뤼셀로 가고 있었을 때, 내게 활기 없어 보이는 것은 아무것도 없었다. 즐거움에 대한 나의 감각은 아주 세련되고 손상되지 않았으며 예민하고 탁월하게 날이 세워져 있었다. 나는 젊었고 몸도 건강했다. 나는 행복을 만난 적이 없었다. 아무리 행복에 탐닉해도 나의 타고난 자질은 무력해지거나 물리지 않았다. 나는 처음으로 자유를 내 팔 안에 품게 되었으며, 자유의 여신이 지닌 미소와 포옹의 영향력은 태양과 서풍처럼 내 인생을 되살려 놓았다. 그랬다, 그 당시 나는 자신이 올라가고 있는 언덕으로부터 영광스런 일출을 보게 되리라는 것을 전혀 의심하지 않는 아침의 여행자 같은 심정이었다. 길이 좁건 가파르건 돌투성이건 무슨 상관인가? 그는 길을 보지 않는다. 그의 눈은 이미 붉게 빛나고 있는, 붉게 빛을 내고 금빛을 발하는 정상에 고정되어 있는 것이다. 그리고 정상에 오른 뒤 보게 될 그 너머의 광경을 확신하고 있다. 그는 태양을 맞대할 것이며, 태양의 전차가 지금 동쪽의 지평선을 오르고 있고, 자신의 뺨으로 느낄 수 있는 미풍의 전령이, 신의 여정을 위해 진주처럼 부드럽고 불꽃처럼 따뜻한 구름 가운데에서 선명하고 광활한 창공의 길을 열어 주고 있다는 것을 알고 있는 것이다. 고난과 수고가 나의 운명이지만, 활기로 지탱이 되며 모호한 만큼이나 밝기도 한 희망에 이끌려 나는 그런 운명을 고난으로 생각지 않았다. 이제 나는 그늘진 언덕을 올라갔다. 내가 걷는 길에는 자갈과 불평등과 가시덤불이 있었다. 하지만 나의 눈은 그 위에 있는 진홍빛 정상에 고정되어 있었고, 나의 상상은 그 너머 찬란히 빛나는 창공과 함께 있었기에 발 아래 밟히는 돌이나 얼굴과 손을 긁어 대는 가시에 대해서는 아무 생각도 하지 않았다.

나는 자주, 그리고 줄곧 즐거운 마음으로 승합 마차(그 당시는 기차나 철도의 시대가 아니었음을 기억하라) 창을 통해 밖을 내다보았다. 글쎄, 무엇을 보았던가? 솔직하게 얘기하겠다. 녹색의 갈대 늪과, 거대한 채소밭처럼 보이도록 이어 붙여 경작한 풍요롭지만 밋밋한 들판, 가지 친 버드나무같이 쭉 고르게 베어 놓은 나무들이 줄지어 지평선을 둘러싸고 있었다. 좁은 운하가 길을 따라 천천히 미끄러지듯 흐르고 있었고, 칠을 한 플랑드르 식 농장이 있었다. 아주 더러운 오두막도 몇 채 있었다. 하늘은 잿빛이고 생기가 없었다. 길과 들판과 지붕 꼭대기는 젖어 있었다. 아름다울 것도 없고, 길을 따라 죽 내 눈에 들어오는 그림 같은 대상은 거의 없었지만 그래도 내게는 모든 것이 아름다웠으며 그림 이상이었다. 비록 얼마 전의 구중중한 여러 날이 나라 전체를 어수선하게 해놓았지만, 햇빛이 비치는 동안은 괜찮았다. 그러나 어두워지자 비가 다시 내렸고, 안개 낀 별 하나 없는 어두움을 통해 나는 브뤼셀의 첫번째 불빛을 보았다. 나는 도시를 거의 보지 못했지만 그날 밤 도시의 불빛은 보았다. 승합 마차에서 내리자, 소형 승합 마차가 호텔로 나를 데려다 주었는데, 나는 함께 여행한 사람의 충고로 거기에 묵게 되었다. 간단한 식사를 마치고 나서 나는 침대로 가 낯선 잠을 잤다.

그 다음날 아침 나는 길고 깊은 휴식에서 깨어나 아직도 X시에 있다고 생각하고는 낮이 환하게 밝은 것을 알아차리고 늦잠을 자서 회계 사무소에 지각하겠다고 생각하면서 벌떡 일어났다. 일시적이고 고통스런 억압의 기억이 되살아났으나 환희를 띠는 자유에의 의식 앞에서 사라져 버렸고, 침대의 하얀 커튼을 젖혀 넓고 천장이 높은 이국의 방을 바라보았다. 기선이 항해하기를 기다리면서 하루 이틀 밤 머물렀던, 불편하지는 않았지만 좁고 누추했던 런던의 이름난 그 숙소와는 얼마나 다른가! 그래도 그곳 역시 내 마음에는 소중하다. 왜냐하면 고요한 어둠 속에 누워 있으면서 나는 처음으로 성 베드로 성당의 커다란 종이 런던 시민에게 자정임을 알리는 소리를 들었기 때문이다. 그리고 나는 그 깊고도 부드러운 음조에 거대한 냉담함과 힘이 가득 실려 있던 것을 잘 기억하기 때문이다. 그 방의 작고 좁은 창으로부터 나는 처음으로 런던의 안개 사이에서 빛나는 교회의 〈그〉 둥근 지붕을 보았다. 처음 듣는 소리, 처음 보는 광경으로 불러일으켜진 그 감정들은 일생에 단 한 번 느낄 수 있는 것이라고 생각했다. 기억이여, 이것들을 고이 간직하고 항아리 속에 봉하여 안전한 벽감 속에 보관하라. 나는 일어났다. 여행자들은 외국의 거처가 제대로 갖추어져 있지 않고 불편하다고 말한다. 나는 내가 묵은 방이 크고 쾌적하다고 생각했다. 문처럼 활짝 열리는 여닫이창이 있었으며 아주 넓고 깨끗한 유리로 되어 있었다. 화장대 위에는 매우 커다란 거울이 서 있었고, 아주 깨끗한 거울이 벽난로 선반 위로 반짝이고 있었다. 칠을 한 바닥은 무척 깔끔하고 윤이 났다. 옷을 다 입고 계단을 내려가자 널찍한 대리석 계단이 날 놀라게 했고 이어지는, 천장이 높은 홀도 나를 놀라게 했다. 처음으로 나는 플랑드르 사람인 하녀를 만나게 되었다. 그녀는 나막신을 신고 있었고, 짤막한 붉은색 페티코트와 무늬가 새겨진 작업복을 입고 있었다. 얼굴은 크고 인상은 아주 멍청했다. 내가 프랑스 어로 말을 걸자, 그녀는 플랑드르 말로 대답했는데, 말투가 아주 무례했다. 그래도 그녀는 매력적으로 보였다. 예쁘거나 예의 바르지는 않았지만 꼭 그림 속의 얼굴 같다고 생각했다. 그녀는 몇 년 전 내가 시큄 홀에서 본 적이 있는 어떤 네덜란드 화가의 그림 속에 나타난 여자의 모습을 떠올려 주었다.

나는 휴게실로 갔다. 그 방 또한 매우 크고 천장이 높았으며 난롯불로 따뜻하게 데워져 있었다. 바닥은 검은색이었고 난로도 검은색이었으며 거의 모든 가구들이 검은색이었다. 하지만 아주 길고 검은 테이블(부분적으로 흰 천이 깔린)에 앉아, 아침 식사를 주문하고 작고 검은색의 커피 주전자에서 커피를 따라 내기 시작했을 때보다 더 유쾌한 자유로움을 경험해 본 적은 없었다. 그 난로는 어떤 사람에게는 음침하게 보일 수도 있겠으나 내게는 그렇지 않았으며 말할 나위 없이 아주 따뜻했다. 그 옆에는 2명의 신사가 프랑스 어로 얘기를 하며 앉아 있었다. 그들 말의 속도를 따라가거나 그 말을 이해하는 것이 불가능했지만 프랑스 인이 말하든 벨기에 인(그때만 해도 나는 무시무시한 벨기에 억양을 알지 못했다)이 말하든, 프랑스 어는 내 귀에는 음악과도 같았다. 그 신사들 중 한 사람이 웨이터를 부르는 내 말투를 듣고, 내가 영국인이라는 것을 금방 알아챈 것이 틀림없었다. 내가 형편없는 영국 남부식 프랑스 어를 고집했기 때문인데, 그래도 그 신사는 영어를 알고 있었다. 그는 나를 한두 번 쳐다보더니 정중하고 매우 훌륭한 영어로 내게 말을 걸었다. 내가 신에게 프랑스 어를 그 신사만큼 잘할 수 있게 해달라고 빌었던 것이 기억 난다. 그의 유창하고 정확한 발음이 내가 지금 와 있는 수도의 국제적인 특성을 내게 처음으로 떠올려 주었다. 일상 회화의 능숙함에 대해 내가 처음 겪은 일이었으며 그 뒤 나는 이것이 브뤼셀에서는 일반적인 것임을 알게 되었다.

나는 될 수 있는 대로 천천히 아침 식사를 했다. 탁자 위에 식사가 남아 있고 저 낯선 사람이 내게 계속해서 말을 거는 한, 나는 자유롭고 독립적인 여행자였다. 그러나 마침내 식사가 치워졌고 두 신사는 방을 나갔다. 갑자기 환상이 그치고 현실과 일이 내 앞에 다시 나타났다. 이제 금방 멍에에서 풀려 난 노예인 나는 21년 간의 억압에서 고작 1주일 동안 자유로웠을 뿐인데, 어쩔 수 없이 예속의 차꼬 속으로 되돌아가야 했다. 이제 겨우 주인 없는 삶의 기쁨을 맛보려 하는데, 의무가 〈가서 다른 직업을 찾아봐〉라고 엄격한 지시를 내린 것이다. 나는 고통스럽고 어쩔 수 없이 해야 하는 일을 두고는 머뭇거리지 않으며, 일을 두고 놀지도 못한다. 그런 것은 내 성미와 맞지 않다. 날씨가 무척 좋은 아침이란 것을 알고 있었지만, 헌스던 씨의 소개장을 내밀어 보기 전까지는 도시를 한가롭게 거니는 것이 불가능했기 때문에 새로운 환경의 여정에 나는 용기 있게 올라섰다. 자유와 기쁨으로부터 마음을 비틀어 빼내고 모자를 움켜쥔 채 몸을 억지로 호텔 밖으로 끌어내 이국의 도시로 내몰았다.

날씨가 좋았지만 푸른 하늘을 올려다보거나 주위의 웅장한 주택들을 보려 하지 않았다. 내 마음은 한 가지 생각에 전념하고 있었다. 〈루아얄 거리, ○○번지, 브라운 씨〉를 찾아내는 것. 왜냐하면 서신에 그렇게 적혀 있었기 때문이다. 물어본 덕에 나는 그 집을 찾아냈다. 마침내 나는 찾던 집 문 앞에 서서 노크를 하고, 브라운 씨를 청한 뒤, 안으로 안내를 받았다.

자그마한 식당으로 안내되어, 나이가 지긋하고 매우 차분하며 사업가 같고 점잖은 용모를 지닌 신사 앞에 서게 되었다. 나는 헌스던 씨의 편지를 내밀었다. 그는 나를 매우 공손하게 대했다. 몇 마디 잡담을 나눈 끝에 그는 내게 자신의 충고나 경험이 도움이 되겠느냐고 물었다. 나는 그렇다고 대답했고, 또 내가 한 재산 있는 신사도 아니고 재미로 여행 다니는 처지도 아니며, 그저 전에 회계 사무소 서기로 일한 적이 있고 다급하게 일자리를 구하는 사람일 뿐이라고 설명했다. 그는 헌스던 씨의 친구로서 자신은 할 수 있는 한 나를 기꺼이 돕겠다고 대답했다. 잠시 생각한 후 그는 리에주에 있는 상점 이름과 루뱅에 있는 서점을 댔다.

「서기나 점원!」 나는 중얼거렸다. 「안 돼.」 나는 머리를 흔들었다. 그런 자리에 앉아 보았다. 지긋지긋한 일이었다. 나는 내게 더 잘 맞는 일이 있을 거라고 믿었다. 게다가 브뤼셀을 떠나고 싶지 않았다.

「나는 브뤼셀에는 아는 자리가 없어요,」 브라운 씨가 대답했다. 「당신이 교사직으로 관심을 돌리지 않는다면요. 영어와 라틴 어 교수를 구하고 있는 큰 학교의 교장을 알고 있거든요.」

나는 2분 동안 생각했다. 그러고 나서 그것을 열렬하게 거멈쥐었다.

「바로 그겁니다, 선생님!」 하고 내가 말했다.

「하지만,」 그가 물었다. 「당신은 벨기에 소년들에게 영어를 가르칠 수 있을 만큼 프랑스 어를 잘합니까?」

다행히 나는 그 질문에 긍정적인 답을 할 수 있었다. 프랑스 인으로부터 프랑스 어를 배웠기 때문에, 나는 그다지 유창하지는 못해도 알아듣게 말할 수 있었다. 또한 프랑스 어를 잘 읽을 수 있었으며, 품위 있게 쓸 줄도 알았다.

「그렇다면,」 브라운 씨가 계속 말했다. 「당신에게 그곳을 추천해 줄 수 있겠군요. 플레 씨는 내가 추천하는 교수를 거절하지는 않을 테니까요. 하지만 오후 5시에 이곳으로 다시 오세요. 그때 당신을 그에게 소개시켜 주겠어요.」

〈교수〉란 말이 내게 충격을 주었다. 「나는 교수가 아닙니다.」 내가 말했다.

「아,」 브라운 씨가 대답했다. 「벨기에에서 교수는 교사라는 말입니다. 그뿐입니다.」

이로써 내 양심은 편안해졌고, 나는 브라운 씨에게 감사를 표하고 우선은 물러 나왔다. 이번에는 가벼워진 마음으로 거리로 나섰다. 그날 하기로 한 일을 해낸 것이다. 이제 나는 몇 시간 휴식을 취할 수도 있었다. 나는 자유로이 하늘을 올려다보았다. 처음으로 나는 공기가 눈부실 정도로 깨끗하고, 하늘이 짙푸른색이며, 석회를 칠하거나 페인트칠을 한 집들의 모습이 유쾌하고 깔끔하다는 것을 알아차렸다. 나는 루아얄 거리가 매우 아름다운 거리라는 것을 알게 되었고 넓은 포장 도로를 천천히 걸어 다니면서 공원의 울타리, 문 그리고 나무들이 시야에 들어와 내게 새로운 매력을 가져다 줄 때까지 웅장한 호텔을 계속해서 살폈다. 나는 공원에 들어가기 전에 잠시 벨리아르 장군[12] 동상을 감상하고, 그 뒤에 있는 커다란 층계의 꼭대기에 올라가 좁은 뒷길을 내려다본 것을 기억한다. 그 길이 이자벨 거리라는 것은 나중에 알게 되었다. 내 눈이 건너편의 좀 큰 어떤 집의 녹색 문에 머물렀던 것을 잘 기억한다. 거기에는 놋쇠로 된 현판에 〈여학생 기숙학교〉라는 글이 새겨져 있었다. 〈기숙학교〉! 그 말이 내 마음속에 불편한 감정을 불러일으켰다. 그 말은 억압에 대해 말하고 있는 것 같았다. 그때 분명 통학생 같은 아가씨 몇 명이 문에서 나오고 있었다. 나는 예쁜 얼굴을 찾아보았으나 꼭 눌러 쓴 프랑스 식 보닛 때문에 얼굴이 가려져 있었다. 한순간에 그들은 사라져 버렸다.

5시가 되기 전까지 나는 브뤼셀의 상당 부분을 돌아다녔다. 하지만 그 시각이 되자 정확하게 루아얄 거리로 다시 돌아갔다. 브라운 씨의 식당으로 다시 안내되어 들어가니 그가 전과 똑같이 탁자 앞에 앉아 있었는데, 이번에는 혼자가 아니었고 어떤 신사가 난로 옆에 서 있었다. 두 마디의 소개로 그가 미래의 내 고용주임이 밝혀졌다. 「플레 씨, 크림즈워스 씨입니다. 크림즈워스 씨, 플레 씨입니다.」 두 사람 다 고개를 숙여 인사를 마쳤다. 내가 어떤 식으로 머리를 숙여 인사를 했는지 모르겠다. 하지만 내 마음 상태가 조용하고 평상시와 똑같았기 때문에, 보통 하는 식으로 했다고 생각한다. 에드워드 크림즈워스와 처음 대면했을 때 느꼈던 마음의 동요는 느끼지 않았다. 플레 씨의 인사는 매우 공손한 것이었으나, 과장된 것은 아니었고 프랑스 식도 아니었다. 그와 나는 이제 서로 마주보고 앉게 되었다. 듣기 좋고 나지막하며, 내가 외국인이라는 것을 감안한 명료하고 세심한 목소리로 플레 씨는 이제 막, 〈존경하는 브라운 씨〉로부터 나의 학식과

---

12 Augustin-Daniel Belliard(1769~1832). 벨기에 주재 프랑스 대사였다.

인품에 관해 들었으며, 그 덕에 자기 학교의 영어, 라틴 어 교수로 채용하는 데에서 타당성을 검증해야 하는 모든 난처한 일에서 구제되었다고 했다. 하지만 형식상 나의 능력을 시험해 보기 위해 몇 가지 질문을 하겠다고 말했다. 그는 질문을 했고, 나의 대답에 아부하는 투로 만족을 표시했다. 보수에 관한 문제가 이어졌다. 보수는 식사와 잠자리 제공 외에 1년에 1천 프랑으로 고정되어 있었다. 「그에 더해서,」 플레 씨가 제안했다. 「하루 중 당신이 가르치지 않아도 되는 시간이 몇 시간씩 있어요. 당신은 조만간 다른 곳에서 가르칠 수 있고, 그러면 빈 시간을 유용하게 쓸 수 있습니다.」

나는 이 제안이 매우 친절하다고 생각했으며, 실제로 그 뒤 플레 씨가 나를 채용한 조건이 아주 후한 것이었음을 알게 되었다. 브뤼셀에서는 선생이 많아 교육비가 무척 쌌기 때문이다. 그 뒤에는, 그 다음날 바로 새로운 자리에 임할 것을 약속했고, 그러고 나서 플레 씨와 나는 헤어졌다.

자, 그는 어떤 사람이고, 그에 대한 나의 인상은 어떠했는가? 그는 40세 가량이었고, 중간 체구에, 약간 마른 몸집이었다. 얼굴은 창백했고, 뺨이 움푹 들어가 있었으며, 눈이 쑥 꺼져 있었다. 용모는 호감을 주고 균형이 잡힌 편이었다. 프랑스적인 기질(플레 씨는 플랑드르 사람이 아니라 부모가 프랑스 인이었다)을 가지고 있었지만, 프랑스적인 외모와 구분될 수 없는 엄격함이 그의 경우에는 부드러운 푸른 눈과 우울하고 거의 괴로워하는 듯한 외모 안에서 무마되어 있었다. 즉 그의 관상은 *fine et spirituelle*(고상하고 세련된)한 것이었다. 내가 프랑스 어를 쓴 것은, 그의 용모에 나타나 있는 지적인 분위기가 영어보다 프랑스 어로 더 잘 정의될 수 있기 때문이다. 전체적으로 보아 그는 남의 흥미를 끌고 호감을 주는 인물이었다. 나는 직업상의 일반적인 특성이 그에게 거의 나타나 있지 않는 것에 의아해 했으며, 교장으로서 엄격하고 단호한 결단력을 가지고 있지 않을 것 같아 걱정이 될 정도였다. 최소한 외면을 보면 플레 씨는 내 이전 고용주 에드워드 크림즈워스와는 정반대로 비쳤다.

그의 점잖은 태도에 영향을 받았기 때문에 그 다음날 새로운 직장에 도착해서 내가 앞으로 일해야 할 장소 — 즉, 커다랗고 천장이 높고 불이 환하게 밝혀진 교실들 — 를 처음 둘러보았을 때, 수많은 학생들, 물론 남학생들이 가득 모여 있는 데다 그들이 건강하고 부유해 보이며 잘 훈련된 학습의 표시를 드러내는 것에 놀라지 않을 수 없었다. 플레 씨와 교실들을 둘러보고 있을 때 사방에는 완벽한 정적이 퍼져 있었으며, 어쩌다가 중얼거림이나 속삭임이 들려올 때 이 아주 점잖은 선생님이 생각에 젖은 눈으로 한번 쳐다보기만 하면 즉시 조용해졌다. 그토록 부드러운 견제책이 이토록 효과적이라는 것이 입증되다니 참으로 놀라운 일이라고 나는 생각했다. 내가 교실을 이리저리 둘러보고 있을 때, 플레 씨가 돌아서서 내게 말을 했다.

「학생들의 평소 영어 실력을 시험해 보고 싶지 않으십니까?」

이런 제안은 예상하지 못했던 것이었다. 나는 최소한 하루 정도는 준비할 여유를 갖게 되리라 예측했었다. 하지만 일을 시작하면서 주저하는 모습부터 보이는 것은 좋지 않은 징조이기 때문에 우리가 서 있던 근처에 있는 교사용 책상으로 걸어가서 학생들 무리를 대면했다. 나는 잠시 생각을 가다듬고 수업을 시작하기 위한 문장을 프랑스 어로 떠올려 보았다. 나는 가능한 한 짧은 문장을 만들었다.

「*Messieurs, prenez vos livres de lecture*(학생들, 책을 펴세요).」

「*Anglais ou Français, monsieur*(영어책이요, 프랑스 어

책이요, 선생님)?」 블라우스[13] 차림의 뚱뚱하고 달 덩이 같은 얼굴을 한 어린 플랑드르 소년이 물었다. 대답은 다행히 쉬운 것이었다.

「*Anglais*(영어책).」

나는 이 수업에서 어쨌든지 곤란을 겪지 않겠다고 마음먹었다. 아직 시험해 보지 않은 언어로 설명을 하면서 나 자신을 신뢰할 수는 없었다. 나의 발음과 어휘는 내 앞에 있는 어린 신사들이 얼마든지 비판할 수 있는 대상이었고, 단번에 그들 앞에서 유리한 입장을 차지할 필요가 있다고 이미 느꼈기 때문에 그에 따라 수단을 골랐다.

「*Commencez*(시작)!」 나는 그들이 모두 책을 꺼내자 이렇게 소리쳤다. 달 덩이같은 얼굴의 그 소년(이름이 쥘 반데어 켈코프라는 것을 나중에 알았다)이 첫번째 문장을 맡았다. *livre de lecture*(교재)는 『웨이크필드의 목사』[14]였는데, 일상 영어 회화의 좋은 예가 들어 있기 때문에 외국 학교에서 많이 이용되는 것 같았다. 하지만 쥘이 발음하는 낱말들은, 영국 토박이들의 일상어와의 유사성이라는 점에서 볼 때 고대 룬 문자로 쓴 두루마리나 마찬가지라고 해도 좋을 정도였다. 세상에! 그 아이는 얼마나 콧소리를 내고 콧김을 내뿜고 씩씩거리는지! 그는 온통 목구멍과 코로만 말했는데, 그것이 플랑드르 사람이 말하는 방식이었다. 하지만 나는 한 줄도 정정해 주지 않고 다 읽을 때까지 듣고 있었는데, 쥘은 아주 만족스러운 듯했고 자기가 분명 진짜 타고난 *Anglais*(영국 사람)라고 생각하는 것 같았다. 나는 침묵 속에서 쥘과 마찬가지로 12명의 학생들이 차례로 읽는 것을 들었다. 그리고

---

13 일이나 공부할 때 입는 옷을 가리킴.
14 Oliver Goldsmith(1728~1774)의 소설. 1766년도 작품. 교훈적인 내용으로 학교와 가정에서 널리 읽혔다.

12번째 학생이 침을 튀기고 쉭쉭 대는 소리를 내고 중얼거리면서 읽기를 다 끝내자, 나는 엄숙하게 책을 내려놓았다.

「*Arrêtez*(그만)!」 내가 말했다. 학생 모두를 계속해서 엄격하게 응시하자 정적이 흘렀다. 똑바로 한참 동안 노려보면 개라도 당황하는 모습을 보이는 법이며, 벨기에 소년들도 그 점에서는 마찬가지였다. 내 앞에 있는 몇몇 학생들은 시무룩해지고 또 어떤 학생들은 수치스러워한다는 것을 알아차리고 나서, 나는 천천히 손을 모으고 *voix de poitrine*(깊고 장중한 목소리)으로 내뱉었다.

「*Comme c'est affreux*(정말 지독하군)!」

그들은 서로서로 바라보며 입을 삐죽이고 얼굴을 붉히고 발꿈치를 빙빙 돌렸다. 학생들의 기분이 나빠졌다는 것을 나는 알고 있었지만, 강한 인상을 받았다는 것도 알고 있었고 그건 내가 바라던 대로였다. 이렇게 학생들의 콧대를 꺾어 놓은 뒤의 단계는 나를 높이 평가하게 만드는 일이었다. 나의 약점이 드러날까 봐 감히 말할 용기가 없었다는 것을 감안하면, 쉬운 일이 아니었다.

「*Ecoutez, messieurs*(잘 들어요, 학생들)!」 이렇게 말한 뒤, 더 우월한 존재가 처음에는 어떻게 손쓸 수 없는 학생들에 대해 경멸감밖에 느낄 수 없지만, 마침내 도움을 주기로 결심한 것처럼 인정스런 어조를 내 발음에 담으려고 애썼다. 나는 『웨이크필드의 목사』 첫 부분부터 시작해서 천천히 분명한 목소리로 20페이지 정도를 읽어 내려갔는데, 학생들 모두는 내내 꼼짝 않고 앉아 주의를 집중하여 들었다. 내가 읽는 것을 다 마쳤을 무렵에는 거의 한 시간이 지나갔을 때였다. 나는 일어서서 말했다.

「*C'est assez pour aujourd'hui, messieurs; demain nous recommencerons, et j'espère que tout ira bien*(오늘은 그만 하

겠어요, 학생들. 내일 다시 합시다. 더 나아지기를 바랍니다).」

이렇게 웅변적으로 말한 뒤 나는 고개를 숙여 인사하고 플레 씨와 함께 교실을 나왔다.

「*C'est bien! c'est tres bien*(잘했어요! 아주 잘했어요)!」 거실로 들어가면서 교장이 말했다. 「*Je vois que monsieur a de l'adresse; cela me plaît, car, dans l'instruction, l'adresse fait tout autant que le savoir*(좋아요! 아주 좋아요! 선생님께서는 요령이 있다는 걸 알겠어요. 교육에서 요령은 지식만큼이나 중요하기 때문이죠. 기분이 좋습니다).」

플레 씨는 거실에서 나와서 나를 숙소로 데려다 주었다. 그 숙소는 플레 씨가 자랑스러운 듯이 말하는 내 *chambre*(방)였다. 자그마한 방인 데다가, 침대가 지나치게 작았지만 플레 씨는 내가 그 방을 완전히 혼자서 차지할 수 있으며, 그것이 물론 아주 편리한 점이라는 것을 이해시키려 했다. 공간은 너무 작았지만 창문이 두 개 있었다. 벨기에 사람들은 햇빛에 세금이 없어서인지 방에 햇빛이 가득 들어오게 해두고 있었다.[15] 그러나 이 방은 그런 생각이 우선적이지 않았던 것이, 즉 창문 중 하나에다 판자를 못질해 가려 놓았던 것이다. 열려진 창문으로는 소년들의 운동장이 내다보였다. 나는 다른 창을 보면서, 판자로 가려 놓지 않았다면 무슨 풍경이 보일지 궁금해 했다. 플레 씨는 내 눈의 표정을 읽어 낸 것 같았다. 그가 설명해 주었다.

「*La fenêtre fermée donne sur un jardin appartenant à un pensionnat de demoiselles, et les convenances exigent — enfin, vous comprenez — n'est-ce pas, monsieur*(가려진

---

15 *window tax*. 1696년 도입된 세금으로 주택의 창문 수에 따라 세금을 매겼다. 주택 소유자보다 실거주자가 세금을 냈으며 세금을 적게 내기 위해 창문을 가리기도 했다고 한다.

창으로는 여학생 기숙학교 정원이 보이지요. 예의상 그런 겁니다, 이해하시겠죠, 선생님)?」그가 말했다.

「*Oui, oui*(예, 예).」대답하면서 나는 아주 만족스런 표정을 지었다. 하지만 플레 씨가 문을 닫고 나가자, 내가 제일 먼저 한 일은 못질한 판자를 꼼꼼히 살펴서 혹시 벌릴 수 있는 틈이 있는가 기대하며 신성한 정원을 들여다보려 한 것이었다. 내 조사도 헛되이, 판자는 아주 잘 맞추어져 있고 단단하게 못질되어 있었다. 너무나 실망한 것이 놀라울 정도였다. 꽃과 나무가 심어진 정원을 내다보거나 여학생들이 놀고 있는 것을 지켜보면 무척 즐거울 것 같았다. 나 자신은 부드러운 모슬린 커튼으로 가려진 채 여자들의 다양한 성격을 연구해 보는 일은 아주 재미있는 일이 될 것인데, 그러기는커녕, 분명 터무니없는 늙은 사감 선생님의 감시 때문에 나는 고작 아무도 없고 자갈만 깔린 빈 정원과, 중앙에 설치된 커다란 놀이 기구, 남학교의 단조로운 벽과 창문밖에 볼 수 없었던 것이다. 그때뿐만 아니라 특별히 우울하고 기분이 가라앉을 때면, 나를 안달 나게 하는 판자를 불만스런 눈으로 바라보면서 그걸 떼어 내고 그 너머에서 펼쳐지리라 상상했던 푸른 정원을 내다보고 싶었다. 나는 나무 한 그루가 창문 가까이 자라고 있는 것을 알고 있었다. 왜냐하면 아직 나뭇잎이 무성해질 철이 아니라서 밤이면 가지가 창틀에 부딪히는 소리를 종종 들었기 때문이다. 낮 동안에는 주의 깊게 들으면 판자를 통해서도 아가씨들이 휴식을 취하면서 내는 소리를 들을 수 있었다. 솔직하게 말하면 그다지 듣기에 좋지 않은 음성 때문에, 사실은 너무나 잦은 놋쇠 같은 소리 때문에 내 감상적인 명상은 이따금 방해를 받았는데, 보이지 않는 저 아래의 낙원에서 울려오는 그 소리들은 내 호젓한 방을 쟁쟁 울리며 침입했다. 거리낌 없이 말하자면, 로이터 양의 여학생들과 플레 씨의 남학생들 중 어느 쪽이 더 튼튼한 폐를 가졌는지 정말로 궁금했다. 비명을 지른다면 여학생들이 남학생들을 이길 것 같았다. 그런데, 나는 로이터가 내 방 창을 판자로 막아 버린 나이 든 숙녀라는 말을 한다는 것을 잊어버렸다. 나이 들었다는 것은 물론 그녀의 주의 깊고 보호자다운 행동으로 판단했을 때 그렇다는 것이다. 게다가 누구도 그녀가 젊다고 말한 적이 없었다. 내가 그녀의 이름을 들었을 때 무척 놀랐던 것이 기억 난다. 그녀의 이름은 조라이드였다. 조라이드 로이터 양. 대륙의 나라들은 이름을 고를 때, 일시적인 기분으로, 우리 진지한 영국인이라면 감히 고를 수 없는 이름을 고르는 것 같다. 사실 나는 우리가 선택할 수 있는 이름이 너무 적다고 생각한다.

  그럭저럭 나는 점점 평탄한 길을 걷게 되었다. 몇 주 지나 나는 모든 직업을 시작할 때 어쩔 수 없이 겪게 되는 집적거림과 어려움을 이겨 냈다. 오래지 않아 나는 학생들과 편안하게 대화할 수 있을 만큼 프랑스 어도 잘 말할 수 있게 되었다. 그리고 시작부터 제대로 발을 들여놓았고 내가 일찍감치 획득한 유리함을 계속해서 확보했기 때문에 학생들은 결코 대들려고 하지 않았다. 벨기에의 학교 사정을 조금이라도 알고 있고 또 교사와 학생들이 학교 안에서 서로서로 그토록 자주 맞서는 관계를 알고 있는 사람들에게 이런 입지는 중요하고 흔하지 않은 것으로 받아들여졌다. 이 장(章)을 끝내기 전에 수업에서 내가 일관되게 행한 교육 체계에 관해 말해 볼까 한다. 내 경험이 어떤 사람에게는 유용한 도움이 될 것이다.

  브라반트[16] 젊은이들의 특성을 알아내는 데는 예리한 관찰

---

16 1190년 지금의 벨기에에 건국한 중세 봉건 국가이자 오늘날 벨기에 중부의 주. 벨기에를 달리 이르는 이름이기도 하다.

력이 필요하지 않았다. 하지만 자신의 방식을 학생들의 능력에 적용시키는 데는 어느 정도의 요령이 필요했다. 그들은 대개 지적으로는 저능했고 동물적인 면은 강했다. 따라서 그들의 본성 속에는 무능함과 어떤 둔중한 힘이 동시에 존재했다. 그들은 멍청했지만 묘하게 고집이 셌고 납처럼 무거웠으며 납처럼 움직이기가 어려웠다. 이런 형편이었기 때문에 주로 정신적인 노력을 요하는 식으로 그들을 시험하는 것은 완전히 터무니없는 일이었다. 기억력이 나쁘고 지적으로 우둔하며 사색하는 힘이 약하기 때문에, 그들은 꼼꼼히 공부해야 하거나 깊이 생각해야 하는 일이라면 어떤 것이든 반발하며 움츠러들었다. 그들이 혐오스러워하는 노고를 선생이 분별없이 마구 이끌어 내려고 하면, 학생들은 돼지만큼이나 단호하고 시끄럽고 필사적으로 저항한다. 학생들은 혼자서는 용감하지 못했지만 *en masse*(떼 지어) 행동할 때면 사정을 봐주지 않았다.

　나는 플레 씨의 학교에 도착하기 전에 학생들이 한데 뭉쳐 선생 말을 따르지 않음으로써 최소한 한 명 이상의 영어 교사를 해고하는 데 영향을 끼쳤다는 것을 알고 있었다. 그렇다면 그토록 적용시킬 자질이 부족한 성질은 가장 온건하게 다루어 볼 수밖에 없었다. 그토록 흐릿하고 좁은 이해력을 가진 소년들을 온갖 실용적인 방식으로 돕자면 말이다. 그렇게 비이성적이고 고집 센 성질들은 늘 부드럽고 사려 깊게 다루어야 하고, 어떨 때는 어느 정도 져주기까지 해야 했다. 하지만 응석을 받아 주다가 정점에 달하게 되면, 발을 고정시켜 땅에 묻고 바위 속에 뿌리를 내려 생 귀될 성당 탑처럼 꿈쩍하지 않아야 한다. 한 걸음, 아니 반걸음만 더 내딛어도 머리를 거꾸로 한 채 저능함의 심연 속으로 곤두박질치게 되기 때문이다. 그리로 떨어지면 그때부터는 브라반트 인의 침과 저지대 국가의 진흙 한 움큼까지 덤으로 엄청나게 뒤집어쓰면서, 재빨리 플랑드르 사람들의 감사와 아량의 증거를 받게 된다. 배움이라는 길을 최대한 평탄하게 만들어 주고 길에서 모든 자갈을 제거해 줘야 하지만, 결국 당신은 학생들이 당신의 팔을 잡고 준비해 놓은 길을 따라 조용히 따라올 것을 단호히 주장하게 된다. 나는 수업을 제일 멍청한 학생의 능력에 맞게 가장 낮은 수준으로 끌어내리고, 나 자신이 가장 온화하고 참을성이 많은 선생인 것처럼 보이도록 했지만, 무례한 말 한 마디나 불복종의 행동은 그 즉시 나를 독재자로 변하게 했다. 나는 학생들에게 단 한 가지 대안만을 제시했다. 복종하고 잘못을 인정하거나 아니면 불명예스럽게 쫓겨나는 것. 이런 체제는 효력을 발휘했으며, 차츰 내 영향력은 단단하게 기반을 잡아 나갔다. 속담에 〈소년은 어른의 아버지〉라고 한다. 내 학생들을 바라보면서 그들 선조의 정치사를 떠올릴 때면 그런 생각이 들 때가 있었다. 플레 씨의 학교는 바로 벨기에라는 나라의 축소판이었다.

8

 그러면 플레 씨는 어떠했는가? 나는 그를 계속 좋아했는가? 아, 물론 그를 정말 좋아했다! 그 어떤 사람도 나에 대한 그의 태도만큼 부드럽고 신사답고 친구 같을 수는 없었다. 나는 그에게서 차가운 무시, 성가신 간섭, 잘난 체하는 우월감을 견뎌야 할 필요가 없었다. 그러나 그 학교의 가난하고 혹사당하는 두 명의 벨기에 인 보조 교사들은 그를 그렇게 보지 않는 것 같았다. 그들에게 교장의 태도는 늘 퉁명스럽고 엄격하고 냉담했다. 내가 그런 차별에 대해 조금 놀라는 것을 그가 한두 번 본 것 같은데, 그는 조용하게 냉소를 지으며 이런 말로 설명을 했다.

「*Ce ne sont que des Flamands — allez*(플랑드르 사람일 뿐인데요, 뭐)!」

그러고 나서 그는 입술에서 담배를 부드럽게 빼더니 우리가 앉아 있는 방, 칠을 한 바닥에 침을 뱉었다. 그들은 분명 플랑드르 사람들이었으며, 둘 다 인상도 진짜 플랑드르 인다웠고, 그들의 얼굴에 지적인 열등함이 새겨져 있는 것을 그 누구도 놓칠 수는 없었다. 하지만 그들도 사람이었고, 무엇보다도 정직한 사람들이었다. 그리고 나는 그들이 밋밋하고 둔감한 토양에서 태어났다는 것이 영원히 가혹한 처사와 경멸을 받게 된 핑계로 쓰이는 것을 이해할 수 없었다. 이런 불공정함은 나를 향한 부드럽고 친근한 플레 씨의 태도에서 생겨난 즐거움에 다소 해독을 끼쳤다. 하루의 일이 끝났을 때, 자신의 고용주가 지적이고 활기 찬 상대라는 것을 알게 된다는 것은 분명 즐거운 일이었다. 만일 그가 가끔은 냉소적이고 또 가끔은 간사한 데가 있고, 그의 부드러움이 원래 성격이 아니라 겉으로 드러난 것에 불과하다는 것을 알게 되고, 벨벳으로 가려진 외양 아래 날카로운 돌 조각이나 쇳조각을 가지고 있다고 이따금 의심한다 해도, 우리들 중 누구도 완벽한 사람이 아니라는 것 역시 사실이다. X시에 계속 살았더라면 나는 야만적이고 모욕적인 분위기 속에서 지쳐 버렸을 것이기 때문에, 좀 더 고요한 곳에 닻을 내린 뒤에는 용의주도하게 도망치려고 조심스레 내 눈을 피하려는 결점을 찾아내어 살펴보고 싶은 마음이 이제는 사라져 버렸다. 나는 플레 씨를 그가 보여 주고자 하는 대로 기꺼이 받아들이고, 예기치 않은 일이 일어나 그의 다른 모습을 보여 주기 전까지는 그가 자애롭고 친절하다고 믿기로 했다. 그는 결혼을 하지 않았으며, 나는 그가 결혼과 여자에 대해 철저하게 프랑스 인다운, 철저하게 파리 사람다운 견해를 가지고 있다는 것을 알아차렸다. 나는 그의 도덕성의 규약이 느슨한 것은 아닐까 의심했는데, 그가 소위 *le beau sexe*(여성)를 암시할 때마다 그의 어조에는 냉담함과 *blasé*(싫증 난)한 듯한 데가 있었던 것이다. 하지만 그는 내가 꺼내지도 않은 주제를 침범하지 않을 정도의 신사는 되었고, 그가 지적이며 지적인 주제로 얘기하는 것을 좋아했기 때문에 그와 나는 괜히 진흙 속에서 주제를 찾을 필요가 없었으며, 나눌 얘기가 모자란 적도 없었다. 나는 그가 사랑에 대해 언급하는 방식이 싫었다. 나는 단순한 성적인 방탕함은 진정으로 혐오했다. 그는 우리들 견해 사이에 차이가 있다는 것을 느끼게 되었고, 우리는 상호 동의 하에 논쟁을 벌일 여지를 없애 버렸다.

플레 씨의 집과 부엌은 나이 많은 진짜 프랑스 여자인 그의 어머니가 맡고 있었다. 그 부인은 아름다웠다고 한다. 최소한 그녀가 내게 그렇게 말했고, 나는 믿어 주기로 했다. 지금의 그 부인은 추한 얼굴이었으며, 유럽 대륙의 늙은 여자는 그럴 수밖에 없다. 하지만 옷 입는 방식이 실제보다 더 추하게 보이도록 만드는 것 같았다. 실내에서는 머리에 아무것도 쓰지 않고 백발을 기묘하게 풀어헤치고 다녔다. 게다가 집에 있을 때면 거의 드레스를 입고 있지 않았다. 그저 낡은 면직 캐미솔만 입고 다녔다. 신발도 그 발에는 익숙지 않은 것 같았다. 신을 신어야 할 때면 헐렁한 슬리퍼를 즐겨 신었으며, 뒤꿈치로 쿵쾅거리며 다녔다. 반대로, 일요일이나 축일같이 자신의 모습을 드러내는 일이 즐거움이 될 때면 그 부인은 아주 밝은 색깔의 옷을 입었는데, 대개는 얇은 옷감으로 되어 있고 꽃다발을 두른 비단 보닛과 매우 아름다운 숄을 둘렀다. 대체로 말해 성질 고약한 노인네는 아니었지만, 쉴 새 없이 말하는 데다가 믿을 수 없는 사람이었다. 주로 늘 부엌이나 부엌 주위에 머물렀으며, 아들이 떡 버티고 있는 곳은 피하는 것 같았다. 그녀는 분명히 아들을 두려워했다. 아들이 어머니의 잘못을 따지고 들 때, 그는 가차 없었고 용서가 없었다. 그러나 그가 그런 수고를 하는 경우는 매우 드물었다.

플레 부인은 자기가 고른 손님들로 이루어진 자신만의 모임이 있었는데, 내가 그들을 본 적은 거의 없었다. 그녀는 〈골방〉이라 부르는 작은 방에서 보통 그들을 즐겁게 해주었으며, 그곳은 부엌 바로 옆에 있었고 한두 계단만 걸으면 바로 갈 수 있는 방이었다. 이따금 나는 이 계단에서 플레 부인이 무릎 위에 먹을 것을 올려놓고 앉아서, 자신이 제일 좋아하는 하녀와 남 얘기를 하거나 하녀가 싫어하는 사람인 요리사를 꾸짖는 것을 적잖이 보았다. 그녀는 거의, 절대로 아들과는 식사를 같이 하지 않았으며, 학생들이 식사할 때 얼굴을 비친다는 것은 말도 안 되는 일이었다. 이런 상세한 이야기가 영국인들에게는 매우 이상하게 들리겠지만, 어쨌든 벨기에는 영국이 아니며, 그 나라의 방식과 우리 나라의 방식은 다른 것이다.

플레 부인의 이러한 생활 방식을 고려할 때, 어느 목요일 저녁(목요일은 늘 반공일이었다), 엄청난 양의 영어와 라틴어 답안지 더미를 고치면서 혼자서 내 방에 내내 앉아 있을 때 하인이 문을 두드려 방문을 열자 플레 부인의 인사를 전하면서, 부인의 식당에서 *goûter*(우리 영국의 차에 해당하는 간식)를 같이 나누면 기쁘겠다는 말을 전했을 때 나는 무척 놀랐다.

「*Plaît-il* (뭐라고요)?」 나는 되물었다. 왜냐하면 그런 인사와 초대가 일상적인 것이 아니었기 때문에 분명히 잘못 들었다고 생각한 것이다. 같은 대답이 되돌아왔다. 나는 물론 그 초대를 받아들이고, 계단을 내려가면서 그 노부인의 머릿속에 무슨 변덕이 생겼는가 하고 궁금해 했다. 플레 씨는 외출했는데, 그랑드 아르모니 식당이나 자신이 회원으로 있는 다른 클럽에서 저녁을 보내러 간 것이다. 내가 막 식당의 손잡이에 손을 댔을 때 괴상한 생각이 내 마음속에 떠올랐다.

〈분명 그 여자가 내게 연정을 품고 있는 건 아니겠지〉라고 나는 생각했다. 〈나이 든 프랑스 여자들이 그런 식으로 이상한 짓을 저지른다는 얘기를 들은 적이 있어. 그리고 *goûter*라

니? 이 사람들은 대개 먹고 마시며 그런 일을 시작하잖아.〉

이런 나의 흥분된 상상에는 당혹스런 두려움이 깃들어 있었고, 거기에 대해 곰곰이 생각할 시간이 있었더라면 나는 분명히 그 자리에서 걸음을 멈추고 내 방으로 달려와 문을 잠가 버렸을 것이다. 그러나 어떤 위험이나 두려움이 불확실함으로 가려져 있으면 언제나 그렇듯이, 마음속에는 맨 먼저 있는 그대로의 진실을 확인해 보자는 생각이 떠오르는 법이고, 끔찍한 예상이 현실로 밝혀질 때까지 도망이라는 방편은 보류해 두는 법이다. 나는 손잡이를 돌리고 곧장 숙명적인 문지방을 넘어서서 문을 닫고 플레 부인 앞에 섰다.

하느님 맙소사! 그녀를 처음 보는 순간 최악의 예상이 들어맞는 것 같았다. 그녀는 연두색 모슬린 드레스를 입고 주름 장식에 활짝 핀 붉은 장미를 단 레이스 모자를 머리에 쓴 채 앉아 있었다. 테이블에는 음식이 잘 차려져 있었다. 과일과 케이크, 커피, 그리고 내가 알지 못하는 무언가가 담겨 있는 병이 놓여 있었다. 이미 식은땀이 이마에서 솟아나기 시작했으며, 내 어깨 너머로 닫힌 문을 흘끗 돌아보고 난로가 있는 쪽을 둘러보다가 너무나 다행스럽게도, 나는 그 옆의 커다란 안락의자에 또 다른 사람이 앉아 있는 것을 보았다. 이 사람도 여자였으며 게다가 나이가 많은 여자였는데, 플레 부인이 말라 보이고 누렇게 떠 보일 정도로 뚱뚱하고 얼굴이 붉었다. 그 부인의 옷도 매우 고급이고 여러 가지 색깔의 봄꽃들로 화사하게 꽃다발을 만들어 보랏빛 벨벳 보닛 꼭대기에 두르고 있었다.

이렇게 대충 살펴보고 있을 때 플레 부인이 분명 우아하고 유연하게 보이려고 하면서 내게 다가와 말을 걸었다.

「나같이 보잘것없는 사람의 요청에 책과 연구를 접어 두고 와주시니 선생님은 정말 고마운 분이세요. 제 친구이고, 이

옷에 있는 젊은 아가씨들의 학교에 있는 로이터 부인을 소개해 드리고 싶군요.」

〈아!〉 나는 생각했다. 〈나이 든 여자라고 했지.〉 나는 고개를 숙여 인사하고 자리에 앉았다. 로이터 부인은 탁자의 내 맞은편에 앉았다.

「벨기에는 어떠세요, 선생님?」 그녀는 심한 브뤼셀 억양으로 말했다. 나는 이제 플레 씨의 파리 사람다운 세련되고 완벽한 발음과 플랑드르 사람들의 후음 섞인 발음 사이의 차이를 잘 구분할 수 있었다. 나는 공손하게 대답하고 나서, 내 앞에 있는 이토록 조각하고 투박한 노인네가 어떻게 여학교 교장이 될 수 있었는지 궁금하게 여기게 되었다. 그 학교는 늘 좋은 평판을 듣고 있었던 것이다. 진짜 놀랄 만한 일이었다. 로이터 부인은 침착하고 엄숙하고 엄격한 기숙학교 교장이라기보다는 오히려 쾌활하고 자유롭게 사는 플랑드르 *fermière*(농부의 아내)이거나 하숙집 여주인에 더 가까웠다. 대체로 말해 대륙 여자들 혹은 최소한 벨기에의 나이 든 여자들은, 영국의 존경받을 만한 노부인들이라면 점잖지 못하다고 절대 하지 않을 태도, 말버릇, 특징들을 스스로에게 허용하고 있었다. 그리고 로이터 부인의 명랑한 얼굴에는 분명 그녀가 자기 나라 법칙에서 절대 예외가 아니라는 것이 드러났다. 그녀는 왼쪽 눈을 깜박거리고 곁눈질했다. 오른쪽 눈은 반쯤 감고 있었는데, 나는 그게 정말로 이상하다고 생각했다. 이 지겨운 두 노부인이 같이 차를 마시자고 날 초대한 동기를 알아보려고 몇 차례 헛된 시도를 한 끝에 마침내 나는 완전히 포기하고, 그것이 밝혀질 때까지 어쩔 수 없이 신화 속에 묻어 두기로 했다. 나는 한 사람 한 사람 살펴보면서 그들이 내게 먹으라고 차려 둔 엄청난 양의 과일 조림과 케이크, 커피에도 간간이 관심을 두었다. 그들도 먹었는데 결코 까다로운 입맛을 가진 사람들은 아니었고, 상당한 양을 씹어 삼킨 뒤, *petit verre*(한 모금) 마셔 보라고 권했다. 나는 거절했다. 플레 부인과 로이터 부인은 거절하지 않았다. 두 부인은 내 생각에 펀치 따위를 섞은 것을 제각기 만들어서 그걸 난로 근처 탁자 위에 올려놓고, 의자를 편하게 끌어당겨 앉고는 내게도 그렇게 하라고 청했다. 나는 그렇게 하고 그들 사이에 얌전히 앉아 처음에는 플레 부인의, 다음에는 로이터 부인의 말을 들었다.

「이제 일 얘기를 해야겠어요.」 플레 부인은 아주 상세히 말을 했는데, 해석해 본 바, 자기 친구인 로이터 부인에게 내게 커다란 이익이 될 수 있는 중요한 제안을 꺼내기 위한 기회를 주기 위해 그날 저녁 자리를 함께 하자고 청했다는 내용이었다.

「*Pourvu que vous soyez sage*(당신은 현명해 보여요),」 로이터 부인이 말했다. 「*et à vrai dire, vous en avez bien l'air*(사실 말이지, 당신에게는 좋은 분위기가 있어요). 펀치 한잔 하세요.」(그녀는 펀치를 〈퐁쉬〉라고 발음했다.)「식사를 양껏 한 뒤 마실 수 있는 아주 맛있고 건강에 좋은 음료예요.」

나는 고맙다고 하고 다시 거절했다. 그녀는 계속 말했다.

「내 느낌에,」 그녀는 한 모금 점잖게 마신 뒤, 「내 딸이 날 믿기 때문에 나는 이 중재가 매우 중요하다고 느끼고 있어요. 선생님, 당신도 내 딸이 이웃에 있는 학교 교장이란 걸 알고 계시죠?」

「아! 부인이 교장 선생님 아니십니까?」 바로 그때 나는 로이터 부인이 아니라 로이터 양의 기숙학교라 불린다는 것을 떠올렸다.

「내가요! 오, 아니에요! 나는 내 친구 플레 부인이 아들을 위해 관리하는 것처럼 학교와 하인들을 관리할 뿐이죠. 그 이상은 아니에요. 아, 당신은 내가 수업을 맡는다고 생각했었단 말이죠?」

그녀는 그런 생각이 마치 자기에게 대단한 아부라도 하는 것처럼 여겨졌는지 큰 소리로 한참 동안 웃었다.

「부인은 웃으시면 안 됩니다.」 나는 내 의견을 말했다. 「만일 부인께서 수업을 가르치시지 않는다 해도 나는 부인이 할 수 없어서라고 생각지는 않습니다.」 그러고 나서 나는 하얀 손수건을 꺼내서 프랑스 인들처럼 그것을 우아하게 흔들어 코를 살짝 닦으면서 동시에 고개를 숙였다.

「*Quel charmant jeune homme*(정말 매력적인 젊은이로군)!」 플레 부인이 낮은 목소리로 중얼거렸다. 로이터 부인은 프랑스 사람이 아니라 플랑드르 사람이기 때문에 감정이 덜 풍부해서 그저 또 웃을 뿐이었다.

「당신은 위험한 사람인 것 같군요.」 그녀가 말했다. 「당신이 그런 식으로 찬사를 할 수 있다면 조라이드도 당신을 경계할 거예요. 하지만 당신이 괜찮은 사람이라면, 나는 비밀을 지킬 것이고 얼마나 아첨을 잘하는지에 대해서는 말을 하지 않겠어요. 자, 이제 내 딸이 당신에게 어떤 제안을 했는지 들어 보세요. 내 딸은 당신이 아주 훌륭한 교수라는 말을 들었고 또 자기 학교를 위해 최고의 선생님을 구하고 싶어해요. *Car Zoraïde fait tout comme une reine, c'est une véritable maîtresse-femme* (조라이드는 여왕 같은 방식으로 모든 일을 처리하니까요. 정말이지 뛰어난 여자예요). 조라이드가 오늘 오후에 여기로 와서 플레 부인에게 당신과 약속할 수 있는지 알아보라고 내게 부탁했어요. 신중한 전략가죠. 절대로 자기 입지를 잘 살피지 않고 나서는 사람이 아니에요. 내가 벌써 당신에 대한 자기 의도를 밝혔다는 것을 알아내면 좋아하지 않을 거예요. 나더러 그 정도까지 나서라고 하지는 않았으니까요. 하지만 당신에게 비밀을 알려도 해가 될 건 아무것도 없다고 생각했고, 플레 부인도 같은 의견이 었어요. 하지만, 조라이드, 그러니까 내 딸에게 우리가 이런 말했다고 말하지 않도록 조심하세요. 그 아이는 너무나 신중하고 조심스러워서 사람들이 남 얘기 좀 하면서 즐거움을 누릴 수 있다는 걸 이해하지 못하거든요 —」

「*C'est absolument comme mon fils*(꼭 우리 아들 같군 그래)!」 플레 부인이 소리쳤다.

「우리 어릴 때랑 세상이 너무나 달라졌어요!」 상대가 대답했다. 「요새 젊은이들은 너무 고리타분해요. 본론으로 돌아가서, 선생님, 당신이 내 딸 학교에서 강의하는 것에 대해 플레 부인이 플레 씨에게 얘기할 거예요. 그러면 그가 당신에게 얘기하겠죠. 그러면 내일 우리 집으로 건너오셔서 내 딸을 만나자고 한 뒤, 수업에 대해 플레 씨로부터 처음 언질을 받은 것처럼 그 아이와 얘기를 하면 될 거예요. 그러니 절대 내 이름을 꺼내면 안 돼요, 나는 어떤 경우라도 조라이드의 기분을 상하게 하고 싶지 않거든요.」

「*Bien, bien*(좋습니다, 좋아요)!」 나는 이런 잡담과 완곡어법이 이제는 너무나 지루해졌기 때문에 말을 잘랐다. 「플레 씨와 상의하겠어요. 그리고 부인께서 원하시는 대로 문제는 해결될 겁니다. 안녕히 계십시오, 두 분께 뭐라고 감사드려야 할지 모르겠습니다.」

「*Comment! vous vous en allez déjà*(뭐라고요! 벌써 가겠다고요)?」 플레 부인이 소리를 질렀다.

「*Prenez encore quelquechose, monsieur; une pomme cuite, des biscuits, encore une tasse de café*(선생님, 뭘 좀더 드세요. 구운 사과나 비스킷이나 커피 한 잔만 더 하세요).」

「*Merci, merci, madame — au revoir*(됐습니다, 감사합니다, 안녕히 계십시오).」 마침내 나는 그 방에서 나왔다.

내 방으로 돌아와서 나는 마음속으로 저녁에 있었던 일에 대해 생각을 해보았다. 완전히 이상한 사건 같고, 이상하게 처리했다. 두 나이 든 여자들이 일을 꽤 복잡하게 만들었다. 하지만 내 마음속에 우선 떠오른 것은 만족감이라는 것을 알게 되었다. 첫째로 다른 학교에서 수업을 한다는 것은 변화를 가져올 수 있는 일이었고 젊은 아가씨들을 가르치는 것은 매우 재미있는 일이 될 수 있을 것이었다. 어쨌건 여학생들의 기숙학교에 발을 들여놓는 것은 내 인생에서 아주 새로운 사건이었다. 〈게다가,〉 판자를 댄 창을 흘끗 보면서 이런 생각도 했다. 〈이제야 마침내 비밀의 정원을 보게 되었군. 천사들과 그들이 살고 있는 에덴 동산도 같이 살펴봐야지.〉

9

 플레 씨는 물론 로이터 양의 제의에 반대할 수 없었다. 즉 그런 가외의 일이 생기면, 계약 조건에 따라 얼마든지 할 수 있는 것이었다. 따라서 다음날 나는 로이터 양의 학교에서 1주일에 나흘간 오후에 자유로이 수업을 하는 것으로 약속을 했다.
 저녁이 되자 나는 그 문제에 대해 로이터 양 본인과 의논하기 위해 그녀의 학교로 건너갈 준비를 했다. 나는 하루 종일 수업에 꽉 매여 있었기 때문에 그전에는 방문할 틈이 없었다. 나는 방을 나서기 전에 내가 늘 입는 옷을 좀 더 보기 좋은 옷으로 갈아 입을까 잠시 생각해 보았던 기억이 난다. 결국 나는 그것이 시간 낭비라고 결론을 지었다. 〈틀림없이,〉 나는 생각했다. 〈딱딱한 노처녀일 것이고, 로이터 부인 딸이라고 해도 마흔은 넘은 나이일 거야. 그리고 만일 그렇지 않고 그녀가 젊고 예쁘다면, 나는 잘생긴 편도 아니고 옷을 잘 입는다 해도 더 나아 보일 것도 없으니 지금 이대로 가자.〉 그리고 나는 출발했으며, 거울이 걸려 있는 화장대 테이블을 지나치면서 대강 옆으로 훑어보았다. 넓고 각진 이마 아래

푹 꺼지고 검은 눈이 달린 마르고 못생긴 얼굴을 보았다. 한창인 것도 아니고 매력적이지도 못한 용모였다. 젊기는 하지만 젊은이다운 활력은 없었다. 여인의 사랑을 얻을 만한 대상도 아니었고 큐피드의 화살이 꽂힐 만한 과녁도 아니었다.

나는 곧 기숙학교의 입구에 이르렀다. 나는 단번에 벨을 울렸고 곧 이어 문이 열렸으며 검은색과 흰색의 대리석이 번갈아 깔린 통로가 그 안에서 나타났다. 벽도 대리석을 흉내 내어 칠해져 있었고 저쪽 끝에는 유리문이 열려져 있었는데, 그 문을 통해 이제 4월 중순이기 때문에 온화한 봄날 저녁의 햇살 속에 쾌적하게 보이는 관목들과 풀밭이 보였다.

그렇다면 이것이 〈그〉 정원에 대한 내 첫인상인 셈인데, 오래 들여다볼 시간은 없었다. 주인이 집에 있느냐는 내 질문에 그렇다고 대답한 뒤, 문지기 하녀는 왼쪽에 있는 방의 접이문을 열고 나를 그 안으로 들여보낸 뒤 내 뒤에서 문을 닫았다. 칠을 잘했고 바닥도 무척 반짝이는 방이었다. 흰 천을 씌운 의자와 소파, 녹색의 사기 난로, 금박틀을 두른 그림이 걸린 벽, 벽난로 선반 위의 도금한 괘종시계와 장식품들, 천장 한가운데에서 드리워진 커다랗고 화려한 샹들리에, 거울들, 콘솔,[17] 모슬린 커튼, 그리고 중앙의 멋진 탁자가 그 방에 갖추어진 살림들이었다. 모든 것이 지나칠 정도로 깨끗하고 반짝거렸는데, 활짝 열려 있는 또 다른 접이문이 없었더라면 대체로 좀 서늘한 효과를 자아냈을 것이다. 그 문을 통해 큰 방보다 약간 더 아늑하게 꾸며져 있는 그 옆의 작은 방을 볼 수 있어서 내 눈이 조금 쉴 수 있었다. 그 방에는 카펫이 깔려 있었고, 피아노 한 대와 긴 의자, 장식장이 있었다. 무엇보다도 그 방에는 높다란 창이 있었고 진홍빛의 커튼이 걸려 있

---

17 벽에 붙여 놓는 장식용 테이블.

었는데, 커튼이 걷혀 있어서 담쟁이 잎인지 어떤 덩굴 식물이 감아 올라간 크고 깨끗한 창을 통해 정원을 다시 한번 볼 수 있었다.

「*Monsieur Creemsvort, n'est-ce pas* (크렘스보르트 선생님이시죠)?」[18] 내 뒤에서 목소리가 들렸고, 놀라서 나도 모르게 돌아보았다. 나는 이 작은 방에 대한 생각에 너무나 사로잡혀 있어서 큰방으로 사람이 들어온 것도 알아채지 못한 것이다. 내게 말을 건 사람은 로이터 양이었으며 내 바로 옆에 가까이 서 있었다. 곧 *sang-froid* (냉정)를 되찾고 ─ 나는 쉽사리 당황하는 사람이 아니다 ─ 즉시 고개 숙여 인사한 뒤 작은 방에 대해 칭찬을 하고 정원이 있으니 플레 씨 학교보다 더 낫다고 말하면서 대화를 시작했다.

「그래요.」 그녀도 〈이따금 그런 생각을 한다〉고 했다. 「선생님, 이 집에 나를 묶어 두는 것은 정원 때문이죠. 그렇지 않다면 저는 아마도 더 크고 더 편한 집으로 오래전에 옮겼을 거예요. 하지만, 아시다시피 정원을 가지고 갈 수는 없고, 이 도시에서 여기만큼 크고 쾌적한 곳은 찾기 어렵거든요.」

나는 그녀의 판단이 옳다고 말했다.

「하지만 아직 정원을 제대로 보신 건 아니에요.」 그녀가 일어서며 말했다. 「이쪽 창으로 오셔서 좀 더 잘 내다보세요.」 나는 그녀를 따라갔다. 그녀가 창을 열어 주었고, 나는 몸을 기대어 이제껏 내게는 미지의 땅이었던 구역을 온전히 다 바라보았다. 그곳은 길이가 길었으며, 가꾸어진 부분은 그다지 넓지 않았고, 중간 아래까지 아주 오래된 과일 나무로 구획이 나누어져 있었다. 정원에는 잔디밭과 장미나무 화단과 테두리 꽃밭이 있었고, 한쪽 끝에는 라일락, 금련화, 아카시아

---

18 〈크렘스보르트〉는 〈크림즈워스〉를 프랑스 어 식으로 읽은 것.

나무가 촘촘하게 심어져 있었다. 나는 어떤 종류의 정원이든지 그것을 본 지가 아주 오래되어서 그 정원은 내 눈에 매우 아름답게 보였다. 그러나 내 눈이 머문 곳은 로이터 양의 정원뿐만은 아니었다. 그녀의 잘 가꾸어진 꽃밭과 싹이 트고 있는 관목들을 보면서도 나는 시선을 그녀에게 향했으며, 서둘러 눈길을 돌리지도 않았다.

나는 키가 크고 마르고 누런 피부에 고리타분한 얼굴을 하고, 검은 옷을 입고 꼭 끼이는 하얀 모자를 쓰고 수녀의 머리가리개처럼 턱에 띠를 댄 사람을 보게 될 거라고 생각했다. 그러나 내 옆에는 작고 동그란 몸집의 여자가 서 있었으며, 그녀는 분명 나보다는 나이가 더 들어 보이지만 그래도 젊은 여자였다. 나는 그녀가 스물여섯이나 스물일곱 이상은 아닐 거라고 생각했다. 아름다운 영국 여자만큼 아름다웠다. 그녀는 실내용 모자를 쓰고 있지 않았으며, 머리칼은 밤색이었고 끝을 둥글게 말고 있었다. 얼굴은 예쁘다고 할 수는 없었고 부드러운 인상도 아니었으며 미인형도 아니었지만 결코 못생긴 것도 아니었다. 그러나 나는 이미 왜 그렇게 풍부한 표정을 짓는지를 알아차렸다. 이 얼굴의 특색은 무엇인가? 기민함인가? 분별력인가? 그랬다. 나는 그렇게 생각했다. 하지만 아직 확신할 수는 없었다. 그러나 나는 그 눈 속의 어떤 고요함과 신선한 안색을 바라볼 때 아주 즐거웠다. 뺨의 색조는 잘 익은 사과처럼 활짝 피어 있었는데, 껍질이 붉은 것처럼 속도 싱싱했다.

로이터 양과 나는 거래를 시작했다. 그녀는 내가 너무 젊고 학생 부모들이 나 같은 교사를 자기들 딸을 위해 반대할 수 있기 때문에, 자신이 내리고자 하는 선택에 대해 완전히 확신하지 못한다고 말했다. 「하지만 이따금은 자기 판단대로 행동하는 것도 좋은 일이죠」라고 그녀는 말했다. 「부모들에게 이끌려 가기보다 그들을 이끌려면 말이죠. 교수의 자격은 나이가 아니고, 또 내가 들은 바로, 그리고 당신을 관찰한 바에 의하면 르드뤼 씨보다 훨씬 더 신뢰가 가요. 그는 음악 선생인데 거의 쉰 살이 다 된 데다가 결혼까지 한 사람이죠.」

그녀가 내게 좋은 인상을 가졌으면 하는 내 바람을 나는 알아차렸다. 내가 아는 한 나는 남의 신뢰를 저버릴 수 없는 인간이다. 「*Du reste* (게다가)」 그녀가 말했다. 「엄격하게 감시하고 있으니까요.」 그러고 나서 그녀는 계약 조건을 따지기 시작했다. 그녀는 자신을 방어하는 데 매우 조심스러웠다. 흥정을 완전히 끝맺으려 하지 않았으며, 내가 어떤 기대를 하고 있는지 알아내려고 신중하게 타진했다. 그리고 내가 바라는 급여액을 알아내지 못하게 되자, 유창하지만 조용한 완곡 어법으로 이유에 이유를 대면서 마침내 1년에 5백 프랑으로 못 박았다. 아주 많은 것은 아니었지만 나는 동의했다. 협상이 끝나기 전에 날은 어두워져 가고 있었다. 그녀가 말하는 것을 앉아서 듣는 것이 아주 좋았기 때문에 나는 서두르지 않았다. 나는 그녀가 보여 준 사업적 재능에 흥미를 느꼈다. 에드워드는 비록 더 조잡하고 성미가 급했을지언정, 좀 더 쓸모 있는 면은 보여 주지 못했었다. 그녀는 아주 많은 이유와 아주 많은 설명을 늘어놓았고, 결국 자신이 아주 사심 없고 후하기까지 한 사람임을 입증하는 데 성공했다. 마침내 내가 모든 것을 이해했고 그녀는 더 이상 말솜씨를 발휘할 근거가 없어졌기 때문에 더 할 말이 없어서 말을 마쳤다. 나는 일어서야 했다. 나는 좀 더 앉아 있고 싶었다. 텅 빈 내 작은 방에 돌아가서 뭘 한단 말인가? 그리고 로이터 양을 바라보는 것이 즐거웠다. 특히 황혼이 어슴푸레한 어둠으로 그녀의 외양을 좀 더 부드럽게 만들어 놓은 지금, 나는 그녀의 이마가 진짜 들려 올려진 것처럼 활짝 펴져 있고, 입이 감각적인 선으로 또렷하고 감미롭게 말려 올라가 있다고 생각했다. 가려고 일어섰을 때 나는 비록 그곳 관습으로는 예의에 어긋나는 것임을 알고 있었지만, 일부러 그녀에게 손을 내밀었다. 그녀는 미소를 짓고 이렇게 말했다.

「*Ah! c'est comme tous les Anglais*(아! 정말 영국인답군요).」 하지만 그녀는 아주 친절하게 자신의 손을 내밀었다.

「우리 나라의 특권입니다. 로이터 양.」 나는 말했다. 「그리고, 나는 늘 악수를 요구할 테니 기억하세요.」

그녀는 내내 두드러질 정도로 차분하게 행동했고 아주 기분좋게 살짝 웃었다. 이 차분함은 나를 이상하게 편안하게 해주었으며 내 마음에 맞았는데, 최소한 그날 저녁엔 그렇게 생각했다. 다시 거리로 나왔을 때 브뤼셀은 아주 유쾌한 곳 같았고, 여전히 똑같이 온화하고 고요한 그 4월 밤에 기분좋고 무슨 일이라도 일어날 것 같고 전도유망한 경력이 내 앞에 펼쳐진 것만 같았다. 인간은 너무나 쉽게 감명을 받는 존재이다. 최소한 그때의 나는 그런 인간이었다.

10

그 다음날 플레 씨 학교에서의 아침 시간은 매우 느리게 지나가는 것 같았다. 나는 어서 오후가 와서 이웃의 기숙학교로 다시 가 그 즐거운 곳에서 첫번째 수업을 진행할 수 있게 되기를 기다렸다. 그곳은 내게 그렇게 보였다. 정오가 되어 휴식 시간이 되었다. 우리는 1시에 점심을 먹었다. 이렇게 시간이 흘러 마침내 생 귀뒬 성당의 묵직한 종소리가 천천히 2시를 치면서 내가 기다리던 순간을 알려 주었다.

내 방에서 아래로 이어지는 좁은 뒷계단 발치에서 나는 플레 씨를 만났다.

「*Comme vous avez l'air rayonnant*(표정이 아주 밝은데요)!」 그가 말했다. 「*Je ne vous ai jamais vu aussi gai. Que s'est-il donc passé*(이처럼 즐거운 표정은 본 적이 없어요. 뭐 좋은 일 있습니까)?」

「*Apparemment que j'aime les changements*(분명히 전 변화를 좋아합니다).」 나는 대답했다.

「*Ah! je comprends — c'est cela — soyez sage seulement. Vous êtes bien jeune — trop jeune pour le rôle que vous allez jouer; il faut prendre garde — savez-vous*(이해합니다. 현명하게 처신하면 되는 거죠. 앞으로 맡을 역할을 하기에 당신은 젊어요. 너무 젊어. 조심해야 돼요, 알죠)?」

「*Mais quel danger y a-t-il*(어떤 위험이 있단 말인가요)?」

「*Je n'en sais rien — ne vous laissez pas aller à de vives impressions — voilà tout*(나도 모릅니다. 너무 깊은 인상을 받아 헤매지 말라는 것뿐이에요).」

나는 웃었다. 〈깊은 인상〉이 생길지도 모른다는 생각을 하자 절묘한 즐거움이 내 신경 속으로 퍼져 갔다. 이제껏 나의 일상은 쥐약과도 같이 늘 마찬가지인 죽은 삶이었다. 블라우스를 입은 *élèves*(남학교 학생들)는 화를 내게 만드는 경우를 빼면 결코 내게 어떤 *vives impressions*(깊은 인상)도 불러일으키지 않았다. 플레 씨와 헤어져 복도를 성큼성큼 내려가고 있을 때, 참으로 프랑스 인답게 방탕하고 조롱하는 듯한 그의 웃음소리가 나를 따라왔다.

나는 다시 이웃 학교의 문 앞에 섰으며 곧 깨끗한 비둘깃색 모조 대리석 벽으로 치장된 쾌적한 복도로 다시 들어갔다. 나는 문지기 하녀를 따라 계단을 내려가서 방향을 틀었는데 그곳은 일종의 복도 같은 곳이었다. 옆문이 열려 있었다. 통통해서 우아한 로이터 양의 작은 몸이 나타났다. 나는 이제 그녀의 옷차림을 환한 빛 속에서 볼 수 있었다. 깔끔하고 간소한 모슬린 드레스가 그녀의 둥글고 작은 몸매에 완벽하게 어울렸다. 고운 작은 칼라와 레이스 소매, 산뜻한 파리산 굽 낮은 구두가 그녀의 목과 손목, 그리고 발을 완벽하게 돋보이게 하고 있었다. 하지만 갑자기 나타난 그녀의 표정은 아주 엄숙했다. 열정과 일이 그녀의 눈 속에 그리고 이마 위에 놓여 있었다. 그녀는 엄격해 보일 정도였다. 「안녕하세요, 선생님」이라는 인사는 아주 공손했지만, 너무나 깍듯하고 단정하고 평범해서 내 깊은 인상에 차갑고 축축한 수건을 얹어 버리는 듯했다. 주인이 나타나자 하인은 돌아갔고, 나는 로이터 양과 같이 천천히 복도를 따라 걸어갔다.

「선생님은 오늘 1학년 반에서 수업을 하실 거예요.」 그녀는 말했다. 「받아쓰기나 읽기가 수업을 시작하는 데 제일 좋을 거예요, 외국어로 수업을 할 때 그런 것이 가장 쉽고, 게다가 첫 수업에서 교사는 당연히 좀 불안을 느끼니까요.」

나도 겪어서 알고 있듯이 그녀의 말은 옳은 말이었다. 그저 받아들이기만 하면 될 뿐이었다. 우리는 말없이 걸어갔다. 복도는 크고 높은 정방형의 홀 앞에서 끝이 났다. 한쪽에 있는 유리문으로 테이블과 커다란 찬장, 두 개의 램프가 있는 길고 좁은 식당이 보였다. 그곳은 텅 비어 있었다. 앞에 있는 큰 유리문은 휴식 공간과 정원으로 열려 있었다. 그 반대편에는 나선형으로 올라가게 되어 있는 커다란 층계가 있었고, 나머지 벽에는 한 쌍의 커다란 접이문이 있었는데, 지금은 닫혀 있으며 분명히 교실로 들어가는 문이었다.

로이터 양은 아마도 그녀의 지성소로 들어갈 준비가 충분히 되었는지를 확인하려고 그랬겠지만, 나를 곁눈으로 보았다. 그녀가 문을 열었기 때문에 내가 스스로를 다스릴 만한 상태라고 그녀가 판단했다는 생각이 들었고 나는 따라 들어갔다. 우리가 들어서자 부스럭대는 소리가 들려왔다. 왼쪽도 오른쪽도 보지 않고 나는 책상과 의자가 한 무더기씩 놓여 있는 사이로 곧장 걸어가서 한 분단을 통솔할 수 있도록 한 단 높게 깔아 놓은 교단 위에 따로 놓여 있는 의자와 책상에 가 앉았다. 다른 한 분단은 보조 교사 같은 사람의 감시 아래 있었다. 교단 뒤에는 이 교실을 그 뒤의 교실과 구분해 주고 있는 이동식 칸막이가 쳐져 있었고 거기에 검정 칠을 하고 윤을 낸 커다란 나무 칠판이 걸려 있었다. 수업

시간에 알쏭달쏭한 것을 문법적으로 혹은 말로 설명할 때 편리하도록 칠판에 쓰라고 커다란 분필이 책상 위에 놓여 있었다. 칠판에 쓴 것을 지울 수 있도록 분필 옆에는 젖은 스펀지도 놓여 있었다.

내 앞에 있는 의자들 쪽을 보기 전에 나는 이렇게 조심스럽고 세심하게 관찰했다. 분필을 만져 보고, 칠판을 돌아보고, 물기가 알맞은지 확인하기 위해 스펀지를 손가락으로 눌러 본 뒤에 나는 조용히 고개를 들고 주위를 자세히 쳐다볼 수 있을 정도로 충분히 침착해졌다는 것을 알게 되었다.

먼저 나는 로이터 양이 이미 사라져 버렸다는 것을 알게 되었다. 그녀는 어느 곳에서도 보이지 않았다. 보조 교사인지 정교사인지, 내가 서 있는 교단과 마주하는 교단에 서 있는 한 사람만이 나를 살피기 위해 남아 있었다. 그녀는 약간 그늘진 곳에 있었기 때문에 근시인 나로서는 그녀가 그저 마른 몸집에 좀 창백한 얼굴을 하고 있고, 앉은 자세로 보아 내키지는 않지만 억지로 거기 있는 것 같다는 것 정도만을 알 수 있었다. 커다란 유리창으로 들어오는 햇살을 가득 받아서 더 선명하고 두드러진 빛을 발하고 있는 것은 내 앞의 의자에 앉아 있는 소녀들이었다. 그들 중에는 열넷, 열다섯, 열여섯의 소녀들도 있었고, 열여덟(내가 보기에)에서 스무 살 정도 되어 보이는 어린 숙녀들도 있었다. 모두들 가장 수수한 옷과 가장 간소한 머리 모양을 하고 있었다. 예쁘고 혈색이 좋으며, 활짝 피어나는 용모에, 커다랗고 빛나는 눈, 성숙한 몸, 옹골차 보일 정도의 여학생들로 가득했다. 나는 처음에는 금욕주의자처럼 그들을 제대로 바라볼 수가 없었다. 나는 눈이 부셔서 눈을 내리깔고 너무 작은 목소리로 중얼대듯 말했다.

「*Prenez vos cahiers de dictée, mesdemoiselles*(받아쓰기

공책을 펴세요, 학생들).」

플레 씨의 학교에서는 남학생들에게 받아쓰기 공책을 펴라고 하지 않았다. 부스럭거리는 소리가 나더니 학생들은 책상의 덮개를 열었다. 연습장을 찾으려고 책상 덮개를 들어 올렸기 때문에 잠시 머리가 가려진 그 뒤에서 킥킥거리는 소리와 속삭임이 들려왔다.

「*Eulalie, je suis prête à pâmer de rire*(윌랄리, 우스워서 옆구리가 터질 것 같아).」

「*Comme il a rougi en parlant*(말할 때 선생님 얼굴이 다 빨개지네)!」

「*Oui, c'est un véritable blanc-bec*(맞아, 진짜 얼간이야).」

「*Tais-toi, Hortense ─ il nous écoute*(조용, 오르탕스, 듣고 있어).」

덮개가 내려가자 여학생들의 머리가 다시 나타났다. 나는 소곤거린 여학생 세 명을 가려냈는데, 잠시 사라졌다가 다시 나타났을 때 주저하지 않고 천천히 그들을 살펴보았다. 그들의 경박한 말 몇 마디가 내게 얼마나 편안함과 용기를 가져다 주었는지 놀라울 정도였다. 나를 겁먹게 했던 것은, 수녀같이 검은 옷을 입고 부드럽게 머리를 땋고 내 앞에 있는 이 어린 아가씨들이 일종의 천사 같은 존재가 아닌가 하는 생각이었다. 소리를 죽여 가볍게 웃는 소리와 경솔한 속삭임이 달콤하면서도 숨 막힐 듯한 공상에서 내 마음을 벌써 어느 정도 구제해 준 것이다.

앞서 말한 세 명은 바로 내 앞, 교단에서 50센티미터밖에 안 떨어진 곳에 앉아 있었는데, 아주 여자다운 모습을 하고 있었다. 나중에 그들의 이름을 알게 되었는데, 여기서 밝히는 것이 낫겠다. 그들은 윌랄리, 오르탕스, 카롤린이었다. 윌랄리는 키가 크고 아주 아름다운 몸을 가지고 있었다. 그녀는 금발에, 저지대 국가들[19]의 성모와도 같은 얼굴을 하고 있었다. 네덜란드 그림에서 내가 많이 본 〈성모상〉을 꼭 닮았다. 그녀의 몸이나 얼굴에는 각진 데라고는 없었다. 모든 것이 곡선이었고 둥글었다. 그 어떤 사상이나 감정, 열정도 그녀의 희고 깨끗한 피부의 한결같은 윤곽선과 홍조를 해치지 못했다. 그녀가 규칙적인 호흡을 할 때마다 우아한 가슴이 솟아올랐고 눈이 조금씩 움직였다. 이런 살아 있다는 몇 가지 증거로 밀랍으로 만든 커다랗고 멋진 인형들과 그녀를 겨우 구분해 낼 수 있었다. 오르탕스는 중간형의 몸집에 뚱뚱했다. 외형은 우아하지 않았고, 얼굴은 두드러졌는데 월랄리보다 더 생기 있고 빛이 났다. 머리카락은 짙은 밤색이었으며 얼굴은 풍부한 색채를 띠고 있었다. 눈 속에는 장난기와 못된 성미가 깃들어 있었다. 일관성이 있고 분별 있는 성격일 수도 있겠지만 얼굴 어디에서도 그런 면을 찾아볼 수가 없었다.

카롤린은 분명 다 자랐지만 몸집이 작았다. 새까만 머리칼과 아주 짙은 색의 눈, 매우 단정한 얼굴, 핏기 없는 황갈색 피부가 얼굴은 또렷하게 하고 목 주위는 누르께하게 만들어 주고 있었으며, 이런 것들이 한데 모여 사람들이 완벽한 미인이라고 할 만하게 만들어 놓았다. 창백한 피부색과 고전적으로 꼿꼿한 몸매를 하고도 어떻게 관능적으로 보일 수 있는지 알 수가 없었다. 나는 바로 그녀의 입술과 눈이 일을 꾸며 냈으며 그 결과, 보는 사람의 가슴에 그 어떤 의심도 남기지 않는다고 생각했다. 그녀는 지금은 관능적이지만 10년의 세월이 흐른 뒤에는 추한 모습이 될 것이다. 미래에는 더욱 바보가 될 것이라고 그녀의 얼굴에 분명 씌어져 있었다.

내가 거의 주저하지 않고 그 세 여학생을 바라보았다면,

---

19 벨기에, 네덜란드, 룩셈부르크를 가리킴.

그들은 전혀 주저하지 않고 나를 바라보았다. 욀랄리는 꿈쩍도 하지 않고 나를 똑바로 쳐다보면서 소극적이지만 확실히, 자신의 뛰어난 매력에 대해 즉각 찬사를 바칠 것을 기대하고 있는 것 같았다. 오르탕스는 나를 대담하게 바라보면서, 뻔뻔스럽고 제멋대로 이런 말을 하면서 낄낄거렸다.

「*Dictez-nous quelquechose de facile pour commencer, monsieur*(처음엔 쉬운 걸로 불러 주세요, 선생님).」

카롤린은 두리번거리는 검은 눈 위로 약간 거칠기는 하지만 숱이 많고 느슨하게 물결치는 머리칼을 흔들면서 뜨거운 피를 가진 탈주 노예처럼 두툼한 입술을 벌리고 그 사이로 반짝이는 고른 치아를 보여 줌과 동시에 나에게 *de sa façon*(그녀만의 독특한) 미소를 보냈다. 폴린 보르게즈처럼 아름다웠지만, 그녀는 루크레치아 보르지아[20]만큼도 순결해 보이지 않았다. 카롤린은 귀족 출신이었다. 나는 그녀의 어머니의 성격을 나중에 듣고서 그 딸의 조숙함에 더 이상 놀라지 않게 되었다. 단번에 알아차린 것이지만, 이 세 명은 자기들이 이 학교의 여왕이라고 생각하면서 자신들의 찬란함으로 나머지 학생들을 그늘 속으로 내던져 버렸다고 생각했다. 5분도 채 되지 않아 그들의 성격은 나에게 다 드러났고, 5분도 되지 않아 나는 강철 같은 무관심으로 흉갑을 차고 무감각한 엄격함으로 투구를 얼굴에 내렸다.

「펜을 들고 쓰도록 해요.」 나는 쥘 반더켈코프나 다른 학생들에게 말하는 것과 똑같이 건조하고 평범한 목소리로 말했다.

---

20 Pauline Borghese(1780~1825)는 나폴레옹 보나파르트의 누이로서 Antonio Canova가 모델로 삼아 「승리의 비너스」를 만들었을 정도로 미인이었다고 하며, Lucrezia Borgia(1480~1519)는 교황 알렉산데르 6세의 딸로서 젊은 시절 매우 방탕했다고 알려져 있다.

받아쓰기가 시작되었다. 세 명의 미녀들은 바보 같은 질문이나 필요 없는 부호 등을 가지고 계속해서 훼방을 놓았는데 나는 어떤 질문에는 대답하지 않았으며 또 어떤 질문에는 매우 조용하면서도 간결하게 대답했다.

「*Comment dit-on point et virgule en Anglais, mon-sieur*(〈푸앵 에 비르귈〉을 영어로 뭐라고 해요, 선생님)?」

「세미-콜론, 학생.」

「*Simi-collong? Ah, comme c'est drôle*(시미-콜롱? 아, 참 웃기네)!」(킥킥 소리)

「*J'ai une si mauvaise plume — impossible d'écrire*(제 깃펜은 너무 질이 나빠요, 못 쓰겠어요)!」

「*Mais, monsieur — je ne sais pas suivre — vous allez si vite*(그런데 선생님, 못 따라가겠어요. 너무 빨라요).」

「*Je n'ai rien compris, moi*(저는 하나도 모르겠어요)!」

학급 전체가 웅성거리자 그 교사가 처음으로 입을 열고 소리쳤다.

「*Silence, mesdemoiselles*(조용히 해요, 학생들)!」

전혀 조용해지지 않았다. 반대로, 앞줄의 세 여인은 더 큰 소리로 떠들기 시작했다.

「*C'est si difficile, l'Anglais*(영어는 정말 어려워)!」

「*Je déteste la dectée*(받아쓰기는 끔찍해).」

「*Quel ennui d'écrire quelquechose que l'on ne comprend pas*(알지도 못하는 걸 받아쓰는 게 얼마나 지겨운데)!」

그 뒤에 앉아 있던 몇 명이 웃었다. 상당히 어수선한 분위기가 교실 전체로 퍼져 나가기 시작했다. 즉각 조치를 취할 필요가 있었다.

「*Donnez-moi votre cahier*(공책 이리 줘요).」 나는 윌랄리에게 갑작스런 투로 말하고는 몸을 숙여 그녀가 건네줄 새도 없이 내가 집어 들었다.

「*Et vous, mademoiselle — donnez-moi le vôtre*(그리고, 학생, 학생 공책도 이리 줘요).」 나는 작고 창백하고 못생긴 얼굴을 한 소녀에게 좀 더 부드럽게 말했다. 그 소녀는 옆 분단 첫째 줄에 앉아 있었는데, 그 학급에서 제일 못생겼지만 제일 수업에 집중하고 있었기 때문에 눈여겨보고 있었다. 그녀는 일어서서 내게로 걸어와서는 의젓하고 공손하게 절을 하고 공책을 건네주었다. 나는 두 공책을 훑어보았다. 욀랄리의 공책에는 발음 나는 대로 적어 놓은 것, 엉뚱한 것, 멍청한 실수 등으로 가득 차 있었다. 실비(그 작고 못생긴 소녀의 이름이었다)의 공책은 깨끗하게 필기가 되어 있었으며, 말도 안 되는 실수는 없었고 철자 틀린 것이 몇 개 있었을 뿐이었다. 나는 냉담하고 큰 소리로 두 내용을 읽고 나서 틀린 것을 지적한 뒤 욀랄리를 바라보았다.

「*C'est honteux*(창피한 줄 알아야지)!」 이렇게 말하면서 나는 그녀가 받아쓴 것을 천천히 네 부분으로 찢어서 그 조각을 내밀었다. 나는 실비에게 미소를 지으며 공책을 돌려주고 이렇게 말했다.

「*C'est bien — je suis content de vous*(좋아, 잘했어요).」

실비는 침착하면서도 기쁜 표정이었다. 욀랄리는 성난 칠면조같이 뚱해졌다. 그러나 반란은 진압되었다. 앞줄에 앉아 잘난 체하며 애교를 떨고 바람기를 피운 것이 좌절되자 이들은 입을 다물고 샐쭉해져 있었는데, 내게는 더욱 편한 일이 되었으며 나머지 수업은 방해를 받지 않고 진행되었다.

마당에 있는 종이 학교 수업이 끝났음을 알렸다. 나는 플레 씨 학교의 종소리도 동시에 들었으며, 곧바로 어떤 대학교의 종소리도 들었다. 교실이 순식간에 어수선해졌다. 모든 학생들이 일어났다. 나는 서둘러 모자를 집어 들고 보조 교사에게 고개를 숙인 뒤 통학생들이 안쪽 교실에서 쏟아져 나오기 전에 나와 버렸다. 그 안의 교실에는 거의 1백 명에 가까운 학생들이 갇혀 있다는 것을 나는 알고 있었고, 그들이 일으키는 소란을 나는 벌써 들을 수 있었다.

내가 홀을 가로질러 복도로 나서자마자 로이터 양이 다시 나타났다.

「여기로 잠시 들어오시죠.」이렇게 말하며 그녀는 자기가 나온 방의 문을 열었다. 유리잔과 사기 그릇이 채워진 찬장과 유리 식기 등으로 보아 그곳은 *salle-à-manger*(식당)였으며, 식당용 설비들로 채워져 있었다. 그녀가 문을 닫기도 전에 이미 복도는 나무 옷걸이에서 외투와 보닛, 그리고 바구니를 벗겨 내려는 오전 통학생들로 가득 찼다. 질서를 잡으려는 보조 교사의 날카로운 목소리가 간간이 들려왔지만 헛된 일이었다. 훈련은 이들 거친 계급에서는 전혀 찾아볼 수 없는 것이었는데, 그래도 이 학교는 브뤼셀에서 가장 잘 관리되는 학교로 알려져 있었다.

「자, 선생님은 첫번째 수업을 하셨네요.」로이터 양은 마치 우리가 벽 하나로만 분리되어 있는 소동에 대해 전혀 의식하지 못하는 것처럼 아주 조용하고 침착한 목소리로 말을 꺼냈다.

「학생들에게 만족하셨는지요, 아니면 불만을 느끼실 만한 어떤 행동이 있었는지요? 아무것도 숨기지 마세요. 저를 완전히 믿으세요.」

행복하게도, 아무런 도움도 받지 않고 학생들을 다루었다는 데에 대해 나는 나 자신의 완전한 힘을 느끼고 있었다. 처음에 내 총기를 어리둥절하게 만들었던 마법과 황금빛의 아지랑이는 상당 부분 흩어져 버렸다. 여자 기숙학교에 대한 나의 모호한 이상과 실제가 대조되어서 슬펐다거나 우울해졌다고 말하기는 어렵다. 다만 실제를 알게 되어서 기뻤다. 결국 나는 로이터 양에게 불평할 기분은 전혀 없었기 때문에 미소를 보내면서 그녀가 사려 깊은 신뢰를 보내 주는 것을 받아들였다.

「매우 감사드립니다, 로이터 양. 모든 것이 잘됐습니다.」

그녀는 못 미더워하는 표정이었다.

「*Et les trois demoiselles du premier banc*(첫째 줄의 세 학생은 어땠어요)?」 그녀가 말했다.

「*Ah! tout va au mieux*(아, 모든 게 잘될 겁니다)!」 이것이 나의 대답이었고, 로이터 양은 질문을 더 하지 않았다. 그러나 크지 않고 빛나지도 않으며 부드럽거나 타오르는 것이 아니라, 빈틈없고 꿰뚫어 보는 듯하며 실질적인 그녀의 눈은 자신이 나와 비겼다는 것을 보여 주고 있었다. 그 눈은 순간적으로 빛을 내뿜으며, 분명히 이렇게 말하고 있었다. 〈좋으실 대로 숨겨 보세요. 당신의 솔직함을 신뢰하지는 않아요. 뭘 숨기든지 나는 이미 알고 있어요.〉

거의 알아챌 수 없을 정도로 조용히 교장의 태도가 바뀌었다. 신경 쓰이는 사업상의 분위기가 얼굴에서 사라지더니 날씨와 도시에 대해 얘기를 시작했고 이웃인 플레 씨와 플레 부인에 대해 안부를 물었다. 나는 그녀의 모든 사소한 질문에 대답했다. 그녀는 계속 얘기했다. 나는 계속해서 그녀가 둘러서 말하는 것을 들었다. 그녀는 오랫동안 앉아서 너무나 많은 말을 했으며, 매우 다양한 이야깃거리를 꺼냈기 때문에 이렇게 나를 잡아 두는 데는 무슨 특별한 목적이 있다는 것을 어렵지 않게 알아챌 수 있었다. 그녀의 말만으로는 무슨 목적이 있는지를 알아낼 단서로 부족했지만, 얼굴이 도움이 되었다. 비록 입술로는 상냥하게 평범한 얘기만을 늘어놓았지만, 그 눈은 계속 내 얼굴을 향하고 있었다. 직시하지는 않았지만, 곁눈으로 아주 조용하게 살금살금 훔쳐보았다. 하지만 그런 시선을 나는 하나도 놓치지 않았다. 나는 그녀가 나를 처다보는 것만큼 날카롭게 그녀를 처다보았다. 내 진짜 성격을 찾아내려 한다는 것을 곧 깨달았다. 그녀는 두드러지거나 약하거나 괴팍한 면을 찾고 있었다. 그녀는 이런 시험도 해보고 저런 시험도 해보면서 결국은 어떤 틈이나 숨겨진 구석을 찾아내어 거기에 자그맣고 단단한 자기 발을 밀어 넣어 내 목을 밟고 섬으로써 나의 주인이 되려고 했다. 독자여, 나를 오해하지 말기를. 그녀가 얻어내고자 하는 것은 결코 연애 감정이 주는 영향력은 아니었다. 그때 그녀가 열망한 것은 오직 정치가로서의 힘이었다. 나는 이제 그녀의 학교 교수로 채용되었기 때문에 그녀는 어떤 감정이나 생각으로 나를 끌고 갈 수 있는지 어떤 면에서 자신의 정신이 나보다 더 우월한지를 알고자 했던 것이다.

나는 이 게임을 상당히 즐겼고 서둘러 끝내지 않았다. 가끔 나는 다소 나약한 말을 해서 그녀에게 희망을 주었는데, 이때 그녀의 빈틈없는 눈은 빛을 발했다. 그녀는 나를 이겼다고 생각한 것이다. 잠시 유인한 뒤, 나는 즐겁게 방향을 바꾸어 건전하고 단호한 의미로 말을 맺었는데, 거기서 그녀의 얼굴은 낙심한 빛을 띠었다. 마침내 하인이 들어와 식사 시간을 알렸다. 어쩔 수 없이 싸움이 끝나게 되었으므로 우리는 양쪽 다 유리한 위치를 점하지 못한 채 헤어졌다. 로이터 양은 내가 감정을 공격할 기회조차 주지 않았으며, 나는 책략을 꾸미는 그녀의 하찮은 재주를 그럭저럭 당황하게 만들 수 있었다. 완전한 무승부였다. 나는 방을 나오면서 다시 손을 내밀었으며 그녀도 손을 내밀었다. 작고 하얗지만 얼마나 차가운 손인가! 나는 그녀의 눈을 들여다보면서 내 눈을 똑바로 응시하게 만들었다. 이 마지막 테스트는 나를 배반했다. 마지막 테스트는 그녀가 여전히 온건하고 조신하고 조용한 성격인 것으로 보이게 했다. 나를 실망시킨 것이다.

〈나는 점점 더 현명해지고 있다.〉 플레 씨 학교로 되돌아오면서 나는 생각했다. 〈이 조그맣고 현실적인 여자를 봐. 이 여자가 소설가나 로맨스 작가[21]의 여주인공과 닮았는가? 시나 소설에서 그려진 여자들의 성격을 보면, 좋은 성격이든 나쁜 성격이든, 감정만으로 이루어져 있다고 생각하게 되잖아. 여기 한 여자가 있는데, 아주 빨리 이해하고 존경할 만한 여자야. 그녀를 이루고 있는 주된 성분은 추상적인 이성이야. 탈레랑[22]조차 조라이드 로이터보다 더 침착하지는 않았어.〉 그때 나는 그렇게 생각했다. 나는 그녀의 쌀쌀맞은 감수성이, 강한 성질과 아주 잘 들어맞는다는 것을 나중에 알게 되었다.

---

21 *romancer*. 중세 기사 이야기에서 유래된 통속적이고 낭만적인 이야기를 대개 로맨스라 하는데, 형식과 주제 등에서 근대 소설과 구별되는 장르이다. 여기서는 둘 다 허구적인 이야기를 쓰는 사람이라는 의미로 쓰였다.
22 Charles Maurice de Talleyrand(1754~1838). 프랑스의 정치가이자 외교관.

11

 그 자그마하고 재주 많은 정치가와 나는 실제로 아주 오래 이야기를 나누었다. 그래서 숙소로 돌아오니 식사 시간이 이미 반이나 지나 있었다. 식사 시간에 늦는다는 것은 학교의 암묵적인 규칙을 위반하는 것이었기 때문에, 수프가 치워지고 식사의 첫번째 코스가 들어올 때쯤 들어온 사람이 플랑드르 인 보조 교사였다면 플레 씨는 분명히 여러 사람 있는 데서 그를 나무랐을 것이며 그 벌로 수프도 생선도 못 먹게 했을 것이다. 그랬기 때문에, 편파적이기는 했지만 점잖은 그 신사는 그저 머리만 흔들었고, 내가 자리에 앉아 냅킨을 펴고 이교도[23]의 감사 기도를 드리고 나자 그는 점잖게 하인을 부엌으로 보내 내게 당근 수프 한 접시(그날은 금식일이었기 때문이다)를 가져다 주게 했다. 그리고 첫번째 코스를 내보내기 전에 나를 위해 건대구 한 덩어리를 남겨 주었다. 저녁 식사가 끝나자, 소년들은 저녁 휴식을 위해 밖으로 쏟아져

---

23 벨기에가 가톨릭 국가이므로 윌리엄은 스스로를 이교도라 칭하고 있나. 그러나 영국 사회에도 구교인 가톨릭에 대해 상당한 반감이 퍼져 있었다.

나갔다. 킨트와 방당(두 명의 보조 교사)이 물론 그들을 따라갔다. 가련한 친구들! 만일 그들이 그토록 뚱뚱하거나 영혼 없는 사람들이 아니고, 또 하늘 위에 있는 모든 것과 땅 아래 있는 모든 것에 그토록 무관심한 것처럼 보이지 않았더라면, 저 거친 사내아이들을 언제 어디서나 쫓아다녀야 하는 의무를 지고 있는 것에 대해 동정심을 느낄 수 있었을 것이다. 어쨌거나 내 방으로 올라가면 즐거움까지는 아니더라도 최소한 거기서만은 자유롭다는 것을 확신하고, 특권을 부여받은 현학자처럼 나 자신의 마음을 뜯어보고 싶어졌다. 하지만 이전에도 종종 그랬듯이 오늘 저녁에는 훨씬 더 눈에 띌 운명인가 보았다.

「Eh, bien, mauvais sujet(어, 이 악당 같으니)!」내가 층계의 첫 계단에 발을 올려놓았을 때 플레 씨의 목소리가 내 뒤에서 이렇게 말했다.「où allez-vous? Venez à la salle-à-manger, que je vous gronde un peu(어디로 가시오? 훈계 좀 하게 식당으로 갑시다).」

「사과드립니다, 교장 선생님.」 그의 개인 거실로 따라가면서 나는 말했다.

「너무 늦었습니다. 그러나 제 잘못은 아니었습니다.」

「그게 내가 알고 싶은 겁니다.」 그는 땔감을 보기 좋게 쌓아 둔 안락한 거실로 날 안내하면서 이렇게 대답했다. 계절이 바뀌어 난로를 치운 것이다. 그가 벨을 울려 〈커피 두 잔〉을 주문했고, 곧 이어 커피 주전자, 설탕 그릇, 두 개의 커다란 도자기 잔이 놓여진 작은 테이블을 가운데 두고 우리는 거의 영국인같이 편안하게 벽난로 양옆에 한 사람씩 자리를 잡았다. 플레 씨가 상자에서 담배를 고르는 동안, 나는 밖으로 쫓겨난 두 명의 보조 교사에 대해 생각했다. 운동장에서 질서를 잡으려고 소리치는 그들의 거친 목소리를 아직도 들을 수 있었다.

「*C'est une grande responsabilité, que la surveillance*(기율을 잡는다는 것은 큰 일인 것 같습니다).」 내가 말했다.

「*Plaît-il*(뭐라고요)?」 플레 씨가 말했다.

나는 방당과 킨트 씨는 분명 자신들의 일을 가끔 힘들어 할 것 같다고 말했다.

「*Des bêtes de somme, — des bêtes de somme*(저 거추장스런 짐승들, 저 거추장스런 짐승들).」 교장은 경멸하듯 중얼거렸다. 그동안 나는 그에게 커피를 권했다.

「*Servez-vous, mon garçon*(들어요, 젊은이).」 내가 커다란 유럽 식 각설탕 두 덩어리를 그의 잔 속에 넣어 주자 그가 부드럽게 말했다. 「자, 이제 로이터 양의 학교에서 왜 그렇게 오래 있었는지 얘기해 보세요. 우리 학교나 로이터 양의 학교나 4시에 수업이 끝나는데, 당신은 5시가 지나서야 돌아왔어요.」

「로이터 양이 얘기를 하고 싶어했습니다, 교장 선생님.」

「그래요! 어떤 얘기인지 물어봐도 될까요?」

「별 중요한 얘기는 아니었습니다, 선생님.」

「아무것도 아니라고요! 그런데 그녀가 학생들이 보고 있는 교실에서 얘기를 했단 말인가요?」

「아니요, 선생님처럼 자기 거실로 오라고 청했습니다.」

「또, 그 나이 든 사감 선생. 우리 어머니의 수다쟁이 친구 로이터 부인도 물론 거기 있었겠군요?」

「아니요, 영광스럽게도 로이터 양과 둘이서만 있었습니다.」

「*C'est joli-cela*(좋아요).」 플레 씨는 이렇게 말하고, 웃음을 띠고는 불을 들여다보았다.

「*Honi soit qui mal y pense*(나쁘게 생각하는 사람이 수치스러운 거죠).」 나는 심각하게 중얼거렸다.

「*Je connais un peu ma petite voisine — voyez-vous*(우리

자그마한 이웃집 여자에 대해 난 조금 아는 게 있지요, 알겠어요)?」

「그렇다면, 선생님께서는 그녀가 날 소파에 한 시간이나 앉혀 두고 사소한 걸 아주 유창한 달변으로 얘기한 이유를 알아낼 수 있도록 도와주실 수 있겠군요.」

「그녀는 당신의 성격을 알아내려 한 겁니다.」

「저도 그렇게 생각했습니다.」

「그녀가 당신의 약점을 알아냈습니까?」

「제 약점이 뭡니까?」

「왜, 당신은 감수성이 예민하잖아요. 화살을 충분히 깊숙하게 찔러 넣어 보면 그 어떤 여자라도 마침내 당신 가슴속에 있는 바닥 없는 감수성의 샘에 이르게 되지요, 크림즈워스 씨.」

나는 가슴속의 피가 끓어오르고 뺨이 달아오르는 것을 느꼈다.

「어떤 여자는 그럴 수 있겠지요, 선생님.」

「로이터 양도 그런 부류입니까? 자, 솔직히 말해 보세요, 젊은이. *Elle est encore jeune, plus âgée que toi peut-être, mais juste assez pour unir la tendresse d'une petite maman à l'amour d'une épouse, dévouée; n'est-ce pas que cela t'irait supérieurement* (아마 당신보다는 나이가 많겠지만 그녀는 아직 젊어요. 젊은 어머니의 다정함과 헌신적인 아내의 사랑을 한데 결합시키기에 충분할 정도로 나이 먹었을 뿐이죠. 당신한테 딱 들어맞는 사람 아닙니까)?」

「아닙니다, 선생님. 저는 제 아내가 아내이기를 바라지 어머니 같은 사람이 되기를 바라지는 않습니다.」

「그렇다면 로이터 양이 당신에게 나이가 너무 많다는 건가요?」

「아니요, 다른 점에서 저와 맞으면 하루라도 더 나이 먹었다고 할 수 없죠.」

「어떤 면에서 당신에게 맞지 않다는 건가요, 윌리엄? 그녀는 예쁘게 생겼잖아요, 안 그렇습니까?」

「물론이죠. 그녀의 머리칼과 용모는 제가 아주 좋아하는 타입입니다. 매우 벨기에인 답지만, 그녀의 자태는 아주 우아해요.」

「만세! 그녀의 얼굴과 몸매는 어때요?」

「약간 거칠죠, 특히 입은.」

「오, 그래요! 그녀의 입이라,」플레 씨는 이렇게 말하고 소리 죽여 낄낄거렸다.「그녀의 입에는 성격이 있어요, 확고함이죠. 하지만 아주 유쾌한 미소를 가지고 있어요, 그렇게 생각하지 않습니까?」

「좀 교활해 보이죠.」

「맞습니다, 하지만 그런 교활한 표정은 눈썹 때문이에요. 그녀의 눈썹을 본 적이 있습니까?」[24]

나는 본 적이 없다고 대답했다.

「그러니까 눈을 내리깔고 있는 걸 본 적이 없단 말이죠?」그가 말했다.

「못 봤습니다.」

「볼 만한 모습이에요. 그녀가 뜨개질이나 여자들의 일거리를 들고, 평화로운 분위기를 띠면서 바늘과 비단천에 조용하게 몰두하고 있을 때 관찰해 보세요. 자기 옆에서 어떤 얘기가 오가서 특이한 성격이 드러나거나 중요한 관심사가 떠돌아 다닐 때 말입니다. 그녀는 얘기에는 끼어들지 않아요. 겸

---

24 사람의 골격이나 용모를 통해 그 사람의 됨됨이를 알 수 있다는 골상학 혹은 관상학은, 과학적이면서도 신비스런 것에 대한 당대의 관심을 반영하고 있나. 빅토리아 시대에 매우 큰 인기를 끌었다.

손하고 여성스런 그 마음은 온통 바느질에만 기울어져 있고 표정도 변하지 않지요. 웃음으로 긍정을 표시하거나 이마를 찌푸려 반대 의사를 표하지도 않고, 그 작은 손으로 부지런하고 얌전하게 바느질만 하죠. 그저 지갑을 다 만들어 내거나 그리스 식 보닛을 완성할 수만 있으면 되는 거예요. 만약 신사들이 자기 의자 쪽으로 다가오면 더 깊은 고요함과 더 부드러운 겸양이 표정에 드리워지고 보통때의 표정은 가려집니다. 그때 눈썹을 관찰해 보세요, *et dîtes-moi s'il n'y a pas du chat dans l'un et du renard dans l'autre*(그리고 한쪽 눈썹엔 고양이 같은 면이 다른 쪽 눈썹엔 여우 같은 면이 나타나지 않는지 얘기해 주세요).」

「기회가 오면 자세히 살펴보겠습니다.」 내가 대답했다.

「그러고 나서,」 플레 씨가 계속했다. 「눈꺼풀이 깜박거리고, 밝은 색의 속눈썹을 잠시 쳐든 뒤, 그 뒤에서 흘끗 내다보는 푸른 눈이 재빨리 교활하게 조사를 마치고는 다시 들어가 버리죠.」

나는 웃었고 플레 씨도 웃었다. 잠시 침묵이 흐른 뒤 나는 물어보았다.

「그녀도 결혼할 거라고 생각하십니까?」

「결혼할 거냐고요? 새들이 짝을 짓느냐고 물어보지 그래요? 물론 그녀는 적당한 짝을 찾게 되면 결혼할 의향도 있고 결심도 확고합니다. 또 그 누구도 조라이드 양이 만들어 낼 수 있는 그런 인상에 대해 그녀 자신만큼 잘 알고 있지 못해요. 은밀하게 마음을 사로잡는 것을 그녀만큼 좋아하는 사람도 없죠. 벌써 당신의 가슴에 살그머니 발자국을 새겨 놓은 건 아닌지 모르겠군요, 크림즈워스 씨.」

「발자국이라고요? 무슨 말씀을, 아닙니다! 제 가슴은 밟고 다니는 판자가 아니에요.」

「하지만 벨벳 발톱이 부드럽게 건드렸다고 해서 해가 되진 않죠.」

「그녀는 제게 벨벳 발톱을 내민 적이 없습니다. 제게 아주 형식을 갖추어 대했고 예의 바르게 처신했어요.」

「처음엔 그렇다니까요. 주춧돌에는 존중, 1층에는 정, 그리고 사랑이 제일 위에 완성되는 구조입니다. 로이터 양은 재간 좋은 건축가이지요.」

「그리고, 이해 관계는, 플레 씨, 로이터 양은 그 점은 생각하지 않겠어요?」

「물론이죠, 의심할 여지가 없어요. 이해 관계는 벽돌 사이에 바르는 시멘트와 같은 거죠. 교장 선생에 대해서는 충분히 얘기를 했으니 학생들 얘기를 해보세요. *N'y a-t-il pas de belles études parmi ces jeunes têtes* (괜찮은 학생이 있었습니까)?」

「성격 연구인가요? 예, 최소한 흥미로운 학생들이라고 할 수는 있을 것 같습니다. 하지만 한 번 보고 다 짐작할 수는 없지 않습니까.」

「아, 분별 있게 처신하고 싶어하는군요. 하지만 말해 보세요, 한창 피어나는 젊은 아가씨들 앞에서 좀 당황하지 않았습니까?」

「처음엔 그랬습니다. 하지만 당연히, 곧바로 마음이 가라앉아 그럭저럭 해냈습니다.」

「못 믿겠는데요.」

「하지만 사실입니다. 처음에는 여학생들이 천사 같다고 생각했죠. 하지만 그런 환상은 오래가지 않았습니다. 제일 나이 많고 가장 예쁜 여학생 세 명이 저의 정신을 되돌려 놓는 일을 떠맡았는데 아주 멋지게 해내서 5분도 안 되어 저는 〈그들〉을 알게 되었죠. 최소한 전에는 어떠했는지는요. 그 애들은 세 명의 엄청난 바람둥이들이었어요.」

「*Je les connais*(누군지 알겠어)!」 플레 씨가 소리쳤다. 「*Elles sont toujours au premier rang à l'église et à la promenade; une blonde superbe, une jolie espiègle, une belle brune*(교회에 있을 때나 산책할 때 늘 첫째 줄이죠. 눈부신 금발하고, 작고 으뜸가는 말괄량이, 예쁜 갈색머리).」

「맞습니다.」

「모두 아주 예쁜 아가씨들입니다. 화가들이 그리고 싶어할 얼굴이에요. 한데 모여 있으면 아주 멋진 모습이죠! 욀랄리(그 여학생들 이름을 알아요)는 머리를 부드럽게 땋고 차분한 상앗빛 이마를 가지고 있어요. 오르탕스는 숱이 많은 밤색 머리털을 어떻게 꾸며야 할지 모르겠다는 듯이 아주 화려하게 쪽을 지고 땋아 틀어 올리고 있고, 입술은 주홍빛이며 뺨은 장밋빛이고 눈에는 장난기가 가득하죠. 그리고 카롤린 드 블레몽! 아, 그녀가 바로 미인, 완벽한 미인이지! 천상의 미녀와도 같은 그 얼굴에 담비의 털같이 검은 곱슬머리가 드리워져 있어요! 입술이 얼마나 매혹적인지! 검은 두 눈은 정말로 반짝거리고! 당신 나라의 바이런[25]도 그녀를 숭배했을 겁니다. 그런데 당신은, 이 차갑고 냉담한 섬사람 같으니! 당신은 그토록 절묘한 아프로디테 앞에서 엄숙한 체하고 무감각하게 굴었단 말이요?」

그가 진심으로 말한다고 생각했다면 나는 교장의 열변에 웃음을 터뜨렸을 것이다. 하지만 그가 표현하는 환희 속에는 어딘가 꾸민 듯한 데가 있었다. 나는 그가 나의 보호막을 벗겨 내고 내가 마음을 드러내도록 하기 위해 짐짓 들뜬 체한다고 느꼈기 때문에, 거의 웃음도 짓지 않았다. 그가 계속해

---

25 George Gordon, Lord Byron(1788~1824). 영국의 낭만주의 시인.

서 말했다.

「솔직히 말하세요, 윌리엄. 조라이드 로이터 양의 예쁘장하기만 한 얼굴을 여학생들의 눈부신 매력과 비교하니 촌스럽고 평범해 보이지 않았습니까?」

그 질문은 내 마음을 산란하게 만들었으나, 나는 이제 교장이 올바르고 명예로운 것과는 거리가 먼 생각과 바람을 내 마음속에 불러일으키려 한다는 것(교장 자신만이 아는 어떤 이유로, 그 당시 나는 그 이유를 짐작할 수 없었다)을 분명히 알게 되었다. 그런 유인책의 불순함이 해독제 노릇을 했기 때문에 그가, 〈이 아름다운 아가씨들은 모두 상당한 돈을 갖게 될 겁니다. 그리고 당신같이 똑똑하고 신사다운 젊은이라면 거의 힘도 들이지 않고 그 세 명 가운데 한 명의 손과 가슴과 지갑의 주인이 될 수 있을 겁니다〉하고 덧붙였을 때 나는 〈예, 선생님?〉 하고 되물으며 쳐다봄으로써 그를 놀라게 만들었다.

그는 억지웃음을 웃으며 단지 농담했을 뿐이라며, 내가 혹시 진담으로 받아들였는가 하고 물었다. 그때 종이 울렸고 휴식 시간이 끝났다. 플레 씨는 저녁 시간에는 학생들에게 희곡과 문학 작품을 읽어 주곤 했다. 그는 내 대답을 기다리지 않고 일어나서, 베랑제[26]의 경쾌한 곡을 흥얼거리며 방을 나갔다.

---

26 Pierre-Jean de Béranger(1780~1857). 프랑스의 샹송 작가. 프랑스 대중의 인기를 얻었다. 유쾌한 인생의 기쁨과 함께 정치를 격렬히 비판하는 노래와 시를 썼다.

12

로이터 양의 학교로 나가게 되면서, 나는 이상과 현실을 비교해 볼 수 있는 신선한 사례를 매일같이 발견하게 되었다. 브뤼셀에 오기 전에 여자들의 성격에 대해 내가 아는 게 있었던가? 거의 없었다. 그러면 여자들에 대한 내 견해는 어떠했는가? 흐릿하고 그저 살짝 비치고 반짝거리는 정도였다. 이제 여자들과 접해 보고 나서 나는 그들이 속이 훤히 들여다보이는 어떤 실물이라는 것을 알게 되었다. 물론 어떨 때는 아주 단단하기도 하며, 종종 무겁기도 하지만. 여자들 속에는 납과 쇠라는 금속이 들어 있었다.

지상의 천사와 걸어 다니는 꽃에 대해 꿈꾸는 자가 있거나 관념주의자가 있다면, 내 그림 가방을 열어 연필로 그들의 본성을 스케치한 것 한두 점만 보여 주면 될 일이다. 나는 이 스케치를 로이터 양 학교의 2학년 교실에서 그렸는데, 그곳에는 약 1백 명 가량의 *jeune fille*(소녀) 종(種) 표본이 한데 모여 있으면서 아주 다양하고 풍부한 주제를 제공해 주었다. 그들은 신분과 태어난 나라 두 가지 면에서 모두 달랐고, 잡다하게 구색을 갖추고 있었다. 교단 위 책상에 앉아 책상이 길게 줄지어 있는 것을 둘러보면, 프랑스 인, 영국인, 벨기에 인, 오스트리아 인 그리고 프로이센 인이 내 눈 아래에 있는 것이다. 대다수가 중간 계급에 속했지만, 백작의 영양(令孃)도 꽤 있었고 제독의 딸이 두 명 있었으며, 대령, 함장, 관리의 딸도 여럿 있었다. 이 아가씨들은 점원이 될 운명인 여학생들이나 이 나라의 원래 국민인 플랑드르 사람들과 같이 앉아 있었다. 그들은 입은 옷으로는 거의 차이가 나지 않았지만 태도에서는 차이가 조금 드러났다. 일반적인 법칙에도 예외는 있는 법이지만, 그 학교는 대체적으로 어떤 분위기를 띠고 있었는데, 그것은 거칠고 떠들썩한 분위기였으며, 자기들끼리나 선생님에 대해서도 결코 조심스레 행동하지 않는 것이 두드러졌다. 자기 이익과 편리함만 열심히 찾고 남의 이익이나 편의에는 상스럽게도 전혀 관심을 보이지 않는다는 것도 눈에 띄었다. 그들 대부분은 이롭다고 생각될 경우 뻔뻔스럽게 거짓말을 잘도 했다. 점수를 얻을 수 있을 때면 제대로 말하는 기술을 잘 알고 있었고 완벽한 재주로 말할 수 있었지만, 공손히 처신해서 이로울 것이 없으면 당장 쌀쌀맞게 굴었다. 여학생들 사이에 싸움이 일어나는 일은 매우 드물었지만 뒤에서 험담을 하고 소문을 퍼뜨리는 일은 흔했다. 누구와 특별히 서로 가까이 지내는 것은 학교 규칙으로 금지되어 있었고, 어떤 여학생도 혼자 있는 것이 지루해서 필요한 경우가 아니면 친구에 대해 생각해 보는 것 같지도 않았다. 그들 모두는 악에 대해서 전혀 의식하지 못한 채 길러진 것처럼 보였다. 이들을 순수하다고 할 수는 없어도 무지한 상태로 남아 있게 할 수 있는 예방책들은 셀 수 없을 만큼 많았다. 어떻게 이제 막 열네 살이 된 여학생들 가운데 단 한 명도 남자의 얼굴을 수줍어하면서 예의를 갖추어 쳐다보는 여학생이 없단 말인가? 대담하고 뻔뻔스런 바람기를 보이거나 품행이 나쁘고 멍청한 추파를 던지는 이들의 분위기가 매우 정상적인 남자의 눈에는 분명한 답을 주었다. 나는 로마 가톨릭 교회의 비책에 대해 아는 바가 없고 신학의 여러 문제에서 고집불통인 것도 아니지만, 가톨릭을 믿는 나라에서는 소녀들이 일찍 음란해진다는 아주 분명하고 일반적인 사실의 근원이, 꼭 로마 가톨릭 교회의 교리에서 나오는 것은 아니라 하더라도 그 규율에서 나오는 것이 아닌가 싶다. 나는 내가 본 바대로 적고 있다. 이 여학생들은 사회 상류층이라고 불리는 부류에 속해 있다. 그들 모두는 아주 조심스런 보살핌 속에서 자랐지만, 상당수가 정신적으로는 타락해 있었다. 이제 개관은 충분하니 한두 명만 골라내어 얘기해 보겠다.

첫번째 그림은 독일, 혹은 독일과 러시아의 피가 반반 섞인 처녀인 아우렐리아 코슬로프의 전신상이다. 그녀는 열여덟 살이고 교육을 마치기 위해 브뤼셀로 왔다. 그녀는 중키에 몸이 뻣뻣했고, 긴 상체에, 다리가 짧았으며 가슴은 꽤 발육했지만 모양이 좋지 않았고, 허리는 비인간적인 놋쇠 코르셋에 짓눌려 균형이 맞지 않았지만 옷은 잘 갖춰 입고 있었다. 커다란 발은 작은 구두 속에 고통스레 가두어 놓았고, 두상은 작았으며, 머리카락은 부드럽게 빗어 땋고 기름을 발라 완벽하게 붙여 올렸고, 매우 납작한 이마와 아주 작고 앙심을 품은 듯한 회색 눈, 어딘가 타르타르 인 같은 용모에, 코는 약간 낮고 광대뼈는 조금 솟았지만 이 모든 것이 한데 모인 전체 모습은 못생겼다고 할 수는 없었고, 오히려 꽤 괜찮은 외모였다. 외모는 이제 그만 얘기하도록 하자. 정신으로 말하자면 개탄스러울 정도로 무지하고 아는 것이 없으며, 모국어인 독일어조차 정확하게 쓰거나 말하지 못했다. 프랑스 어에는 소질이 없었고 영어를 배우려는 그녀의 시도는 희극이나 다름없었다. 12년 동안 학교를 다녔지만 늘 친구들이 적어 놓은 설명으로 연습하고 무릎 아래에 감추어 둔 책을 수업 시간에 읽는 것을 보면, 달팽이처럼 느리게 나아가는 것이 놀랄 일도 아니었다. 늘 관찰할 기회를 가질 수는 없기 때문에 아우렐리아의 일상적인 습관이 어떤 것인지 모른다. 하지만 그녀의 책상과 책 그리고 공책 상태로 미루어 보건대, 게으를 뿐만 아니라 지저분하기까지 하다고 말할 수 있다. 앞서 말한 것처럼 그녀는 옷은 잘 차려입고 있지만 의자를 지나치다 나는 씻지 않아 목이 까맣고 머리칼이 기름과 풀로 번들거려, 그 위로 손이 스치거나 그 사이로 손가락을 넣어 빗어 보고 싶은 기분이 전혀 들지 않는 그런 머리카락이라는 것을 알아차렸다. 최소한 내가 교실에 있을 때의 아우렐리아의 행동은 소녀다운 순진함을 모아 놓은 목록에서 보자면 어딘가 별난 데가 있었다. 내가 교실에 들어서면 그녀는 옆자리의 학생을 팔꿈치로 슬쩍 치고는 억지로 웃음을 참는 것이었다. 교단 위에 내가 자리를 잡고 앉으면, 그녀는 내게 눈을 고정시켰다. 그녀는 나를 유혹하려고 마음먹고 가능하다면 내 주의를 온통 독점하려고 하는 것 같았다. 그 목적을 달성하기 위해 내게 온갖 종류의 표정 — 나른한 표정을 짓고, 약을 올리고, 곁눈질하고, 웃는 — 을 다 지어 보냈다. 내가 이런 종류의 포탄 — 청하지도 않았는데 넘치게 주는 것을 우린 경멸한다 — 을 아주 잘 막아 내는 것을 알게 되자, 그녀는 소란을 피우는 미봉책을 사용했다. 한숨을 쉬기도 하고, 신음소리를 내기도 하고, 때로는 어느 나라 말인지도 모를 소리로 분명치 않게 내뱉기도 했다. 교실을 걸어 다니다 만일 내가 옆을 지나치게 되면, 발을 내밀어 내 발을 건드렸다. 만일 내가 그 행동을 못 보아서 내 신이 발목까지 오는 그녀의 구두를 건드리게 되면, 우스워 죽겠다는 시늉을 했다. 만일 내가 그 올가미를 알아채고 피해 가면 뚱해져서 중얼거리며 화가 난 것을 드러냈는데, 참고 듣기 어려운 하류층의 독일어 억양에다가 엉터리 프랑스 어로 내게 욕하기도 했다.

코슬로프 양에게서 멀지 않은 자리에 또 다른 젊은 아가씨인 아델 드롱사르가 앉아 있었다. 그녀는 벨기에 인이며, 키가 좀 작은 편이고 체중이 많이 나가고, 짧은 목과 팔다리, 붉고 흰 안색이 보기 좋으며, 몸매는 잘 다듬어져 균형이 잡혀 있고, 아름다운 갈색의 눈은 모양이 예뻤으며, 머리칼은 밝은 갈색이었고 고른 치아를 가졌으며, 나이는 열다섯 정도지만 스무 살의 건강한 젊은 영국 여자처럼 완전히 성숙해 있었다. 이렇게 묘사하면 좀 통통하지만 보기 좋은 처녀의 모습이 떠오르지 않는가? 나는 여학생들의 머리가 나란히 줄을 지어 있는 것을 바라볼 때면 대개 내 눈은 아델의 머리에서 멈추게 된다. 그녀의 시선은 언제나 내 시선을 기다리고 있고 자주 내 시선을 사로잡는 데 성공한다. 그녀는 부자연스럽게 보이는 아가씨이다. 그토록 어리고 신선하고 갓 피어나는 소녀인데도 고르곤[27]처럼 보인다. 의심과 음침한 심술기가 이마 위에 새겨져 있고, 사악한 성벽이 눈 속에 깃들어 있었으며, 시기와 표범 같은 속임수가 입가에 머물러 있었다. 보통 그녀는 아주 조용하게 앉아 있었다. 그녀의 커다란 몸집은 마치 깊이 구부릴 수 없을 것처럼 보였고, 밑쪽은 아주 넓으면서 위로 갈수록 좁아지는 커다란 머리는 짧은 목으로는 재빨리 돌릴 수 없을 것 같았다. 그녀에게는 오직 두 가지의 표정만이 있었다. 가까이 하기 어렵고 불만에 찬 짜증스런 얼굴을 할 때가, 이따금 아주 사악하고 믿을 수 없는 미소를 지을 때보다 더 많았다. 그녀는 동료 학생들로부터 따돌

---

27 머리카락이 뱀으로 되어 있어서 보는 사람은 모두 돌로 변해 버리는 그리스 신화의 괴물.

림을 당했는데 그들도 그녀 못잖게 못됐지만 그녀만큼 못된 학생은 없었기 때문이다.

아우렐리아와 아델은 2학년의 첫번째 반에 속해 있었다. 둘째 반은 후아나 트리스타라는 이름의 기숙 학생이 주도하고 있었다. 이 학생은 벨기에와 스페인 사람 사이에서 태어났다. 플랑드르 사람인 그녀의 어머니는 죽었고 카탈로니아 사람인 아버지는 ○○섬에 살고 있는 상인이었다. 그녀는 거기서 태어났고 유럽에는 교육을 받기 위해 온 것이었다. 그녀의 머리와 얼굴을 보면 누가 저 여자를 자기네 집안에 들여놓을지 궁금해졌다. 그녀는 교황 알렉산데르 6세의 두개형(頭蓋形)과 꼭 닮은 머리 모양을 하고 있었다. 관용, 존경심, 양심, 일관성과 같은 기관은 희한하게 작았고, 자만심과 파괴적이고 호전적인 성질 같은 기관은 터무니없이 컸다. 그녀의 머리는 펜트하우스[28]모양으로 경사가 져 있었고, 이마 부근에서 움푹 들어가고 뒤통수에서 튀어나와 있었다. 이목구비가 크고 두드러졌지만 어느 정도 보기는 좋았다. 성질은 섬유질에 담즙질[29]이며, 안색은 창백하면서도 거뭇하고, 머리카락과 눈은 검은색이었으며, 체형은 각이 지고 단단했지만 균형이 잡혀 있었다. 나이는 열다섯 살이었다.

후아나는 아주 마른 체격은 아니었지만 얼굴이 몹시 말랐고, 〈응시〉하는 눈은 맹렬하면서도 굶주린 듯했다. 이마가 좁긴 했지만 반항과 증오라는 두 글자를 뚜렷이 새길 만한 공

---

28 penthouse. 건물의 옥상에 지은 별채나 벽에 붙여 단 경사지게 만든 지붕을 가리킴.
29 고대 생리학에서는 인간의 체내에 혈액, 점액, 담즙, 흑담즙의 네 가지 체액이 흐르고 있으며, 이 체액의 배합 정도가 사람의 체질이나 성질을 결정한다고 여겼다. 나아가 이 말은 기질, 기분, 변덕스러움 등을 뜻하게 되었다. 섬유질과 담즙질은 화를 잘 내고 까다로운 성격을 가리킨다.

간으로는 충분했다. 그녀의 얼굴 어딘가에는, 아마 눈 같은데, 비겁함이 암호로 분명하게 새겨져 있었다. 트리스타 양은 일하는 시간에 일부러 유치한 소동을 부리는 것처럼 내 첫 수업을 방해하려고 생각했던 것 같았다. 그녀는 말처럼 시끄럽게 굴었고 침을 튀겼으며 짐승 같은 소리를 질렀다. 그녀의 뒤와 아래에는 한 무리의 천하고 열등하게 보이는 플랑드르 소녀들이 앉아 있었는데, 그 가운데는 추한 인상과 무식함의 전형이 두엇 있었다. 저지대 국가[30]에서 이런 사람들이 종종 나타나는 것을 보면 인간의 정신과 육체가 타락한 그런 모습은 기후 탓이라는 증거를 대주는 것 같았다. 이 학생들은 완전히 트리스타 양의 영향력 아래에 있었고, 그들의 도움으로 그녀는 돼지와도 같은 소동을 벌일 수 있었다는 것을 나는 곧 알게 되었다. 나는 결국 그녀와 두 부하를 일어나게 해서 5분 간 서 있게 한 다음 교실 밖으로 내보냄으로써 소동을 진정시켰다. 교실 옆에 붙은 작은 방은 그랑드 살[31]이라고 불리는 방 바로 옆에 있는데, 나는 그 문을 잠그고 열쇠를 주머니에 넣어 버렸다. 이러한 처벌을 로이터 양의 면전에서 해치웠는데, 그녀는 나의 이 단호한 행동에 무척 놀란 것 같았다. 그녀의 학교에서 일어날 수 있는 가장 가혹한 행동이었던 것이다. 놀란 그녀의 표정에 나는 침착함으로 답했고, 마지막으로는 미소를 보냈는데, 아마도 기분을 좋게 해 줘서 분명 진정시켜 준 것 같았다. 후아나 트리스타는 자기에게 친절하게 대해 준 모든 사람에게 악의와 배은망덕으로 대갚기에 충분할 만큼 유럽에 오래 머물러 있었다. 그리고 그녀는 자기 아버지가 있는 ○○섬으로 돌아갔는데, 제 맘대

---

30 북해 연안의 저지대를 가리킨다.
31 커다란 방이란 뜻.

로 발로 차고 때릴 수 있는 노예를 갖게 될 거라는 생각에 잔뜩 뽐냈다.

이 세 그림은 실제 그대로 묘사한 것이다. 그다지 두드러지지도 유쾌하지도 않은 다른 학생들도 있었지만, 그들을 소개할 필요는 없을 것이다.

이제 분명히 내가 이들과는 대조적인 소녀들, 즉 후광으로 둘러싸인 매력적이고 부드러운 처녀들의 얼굴, 순수함이 사람의 모습으로 아름답게 구현된 것, 가슴에 평화의 비둘기를 꼭 품은 소녀들을 소개할 것이라고 생각할 것이다. 그렇지 않다. 나는 그런 소녀들은 전혀 본 적이 없기 때문에 묘사할 수 없다. 학교에서 가장 행복한 표정을 짓고 있는 학생은 시골에서 온 루이즈 파트라는 어린 소녀였다. 그녀는 상당히 착하고 말 잘 듣는 학생이었지만 머리가 나쁘고 태도도 나빴다. 게다가 위선이라는 돌림병의 반점이 그녀에게서도 드러났다. 그녀는 명예로움과 원칙을 알지 못했다. 그런 말은 거의 들어 본 적도 없었다. 가장 예외적인 학생이 내가 앞에서 말한 적 있는 불쌍한 어린 실비였다. 실비는 부드러운 태도를 가진 똑똑한 학생이었다. 그녀는 자신의 종교가 허락하기만 하면 솔직해질 수도 있었다. 하지만 그녀는 몸이 약했다. 몸이 허약하다 보니 제대로 성장하지 못했고 정신이 얼어붙어 수도원에 갈 운명이 되었으며, 그녀의 모든 영혼은 종교적인 편견으로 왜곡되어 있었고, 태도가 길들여지고 속박이 되어 어떤 전제 군주 같은 신부의 손에 독립적인 생각과 행동을 내맡김으로써 장래를 이미 정해 버렸다는 것을 알 수 있었다. 그녀는 자신만의 견해를 가지고 있지 않았고 친구나 일을 선택하려 하지 않았으며 매사에 남이 하라는 대로 했다. 창백하고 수동적이고 자동 인형 같은 분위기를 하고서는 하루 종일 허락된 일만 하고 다녔다. 자기가 좋아하는 일이나 내적인 확신에 의해 옳은 일이라고 생각되는 일을 하는 법은 없었다. 가련하고 어린 미래의 그 수녀는 자기 정신의 감독자 뜻에 복종하여 자신의 이성과 양심을 지도하도록 일찍이 가르침을 받아 온 것이다. 그녀는 로이터 양 학교의 전형적인 학생이었다. 창백하고 시들어 버린 그녀의 이미지를 보면 거기서 삶은 활기 없이 어슬렁대고 있었고 영혼은 가톨릭이라는 마법에 걸려 있었던 것이다!

영국 학생도 몇 명 그 학교에 있었는데, 이들은 두 부류로 나누어졌다. 첫번째는 유럽 대륙 출신의 영국인들인데, 주로 실패한 모험가들의 딸들이어서 빚이나 체면을 깎인 일로 인해 자기 나라에서 쫓겨난 학생들이었다. 이 불쌍한 소녀들은 기반 잡힌 가정이나 단정한 모범, 혹은 정직한 신교도의 교육이 주는 장점에 대해서는 전혀 알지 못했다. 부모들이 프랑스에서 독일로, 독일에서 벨기에로 떠돌아다니기 때문에, 이런 가톨릭 학교에서 몇 달, 저런 가톨릭 학교에서 또 몇 달 머물다 보니 그들은 종교와 도덕의 제일 첫번째 항목에 대한 개념조차 잊어버리고 저열한 교육과 수많은 나쁜 습관을 주워들었으며 인간성을 고양시켜 줄 모든 감수성에 저능아처럼 무관심해진 것이다. 그들은 자신들을 영국인이라고 미워하고 이교도라고 경멸하는 가톨릭 학생들로부터 자존심에 상처를 입고 끊임없이 위협을 당해서 늘 침울하고 낙심한 표정을 하고 있어 눈에 띄었다.

두 번째 부류는 영국 출신의 영국인들이었다. 이들과는 기숙학교에 나갔던 전체 기간 동안 6번도 마주치지 못했다. 그들은 성격은 깔끔했지만 옷차림이 부주의하고 머리 매무새가 단정하지 않았으며(외국인들의 단단하고 말끔한 머리 모양과 비교해서), 등을 쭉 편 자세, 유연한 체형, 희고 끝이 가는 손, 용모는 좀 못하지만 벨기에 인보다는 더 똑똑하고, 착실하고 겸손한 얼굴, 타고난 예의와 점잖음을 대체로 지니고 있었다. 이들의 예의 바르고 점잖은 태도 때문에 나는 흘끗 보기만 해도 구교의 양녀, 즉 교활한 예수교의 부하와 앨비온[32]의 딸들, 즉 신교의 아기를 구별해 낼 수 있었다. 자부심 역시 영국 소녀들의 특징이었다. 대륙의 친구들로부터 시기도 당하고 놀림도 당하지만, 그들은 당당한 정중함으로 그런 모욕을 헤쳐 나갔고 말 없는 경멸로 증오심에 맞섰다. 이들은 몰려다니지 않았으며 여럿이 있는 가운데서도 외떨어져 있는 것처럼 보였다.

이 다양한 학생들을 통솔하는 교사들은 세 명이었고 모두 프랑스 인들이었다. 이들의 이름은 제피린 양, 펠라기 양, 쉬제트 양이었다. 펠라기 양과 쉬제트 양은 아주 평범한 사람이었다. 그들의 외양은 보통이었으며 태도도 보통이었고 성격도 보통이었고 생각, 느낌, 관점 모두가 보통이었다. 이런 주제로 한 장(章)을 써야 한다면 더 이상 설명할 것이 없을 것이다. 제피린은 펠라기와 쉬제트보다 용모와 행동에서 좀 더 눈에 띄는 데가 있었지만, 성격으로 보면 돈을 좋아하고 메마른 감정을 가진 전형적인 파리의 바람둥이었다. 네 번째 교사가 있었는데 그녀는 매일 와서 바느질이나 뜨개질, 레이스 수선 같은 하찮은 일을 가르치는 것 같았다. 하지만 나는 그녀가 자신의 수틀을 갖고 열댓 명의 고학년 학생들을 자기 둘레에 앉힌 채 교실에 앉아 있는 것을 늘 스치듯 본 것뿐이어서 자연히 성격을 연구해 본다거나 그녀의 모습을 관찰해 볼 기회는 갖지 못했다. 내가 보기에 그녀는 교사라고 하기에는 너무 어려 보이는 분위기를 지니고 있었다. 그렇지 않았다면 눈에 띄지 않았을 것이다. 학생들이 그녀의 권위에

---

32 영국의 옛 이름.

늘 〈대드는〉 것처럼 보였기 때문에 여린 성격이라고 생각했다. 그녀는 기숙학교에 살지 않았으며 이름은 앙리 양이었던 것 같다.

이 모든 시시하고 결점투성이이며 사악하고 쌀쌀맞은(이 마지막 형용사로는 두세 명의 뻣뻣하고 조용하며 얌전하게 행동하는, 옷차림이 말쑥하지 못한 영국 소녀들을 설명할 수 있을 것이다) 오합지졸들 가운데, 지각 있고 기민하며 싹싹한 교장 선생은 마치 도깨비불로 가득한 늪 위에 붙박인 별처럼 빛을 발했다. 자신의 우월함을 깊이 인식한 그녀는 자기 위치와 불가분의 관계에 있는 온갖 일거리와 책임을 떠맡고 있다는 의식에서부터 내적인 희열을 얻어 냈다. 그로 인해 그녀는 조용한 기질과 부드러운 이마, 고요한 태도를 유지했다. 그녀는 교사들이 자주 만들어 내지 못하는 그런 질서와 정숙함을 자기가 교실에 들어섬으로써 거기 나타나는 것만으로도 충분히, 부여할 수 있다고 느끼고 싶어했다(누가 그러지 않겠는가). 그녀는 자신을 둘러싼 사람들과 비교되거나 대조되어 서 있는 것을 좋아했고, 정신적인 우위뿐만 아니라 외모에서도 단연코 앞선다는 것을 알고 싶어했다(세 명의 교사는 모두 못생겼다). 그녀는 보상해 주고 좋은 말로 달래는 일은 자신이 맡고 꾸짖고 벌주는 궂은 일은 아랫사람에게 맡김으로써 자신의 학생들을 매우 아량 있고 재주 좋게 다루어, 모든 학생들이 애정 때문은 아니라 하더라도 자신을 맹종하게 만들었다. 교사들은 그녀를 좋아하지는 않았지만 모든 면에서 그녀보다 열등했기 때문에 복종했다. 그녀의 학교에 나오는 여러 남자 교사들은 하나같이 이런 저런 식으로 그녀의 영향 아래 있었다. 어떤 교사에 대해서는 나쁜 성질을 요령 있게 다루어 그에 대해 힘을 누렸고, 또 어떤 교사에 대해서는 사소한 변덕에 거의 관심을 두지 않음으로써, 세

번째 교사는 아첨을 함으로써 복종시켰다. 네 번째는 좀 멍청한 남자였는데 일종의 엄격한 태도를 보이며 어려워했다. 나에 대해서는 여전히 지켜보며 아주 기발한 시험을 시도해 보고 있었다. 그녀는 내 주위를 맴돌며 실패를 거듭해도 굽히지 않았다. 나는 그녀가 나를 마치 붙잡고 오를 수 있는 튀어나온 돌이나 나무뿌리, 이끼조차 허용하지 않는 미끈거리고 헐벗은 벼랑처럼 생각한다고 믿었다. 그녀는 공들인 재주로 아첨하기도 하고, 정숙한 여자인 체하기도 했으며, 돈으로 접근하기에 얼마나 어려운 사람인가를 시험해 보기도 했다. 그 다음엔 마음이 약한 체하면 얻어 낼 수 있는 남자도 있다는 것을 알고서는 애정을 가지고 아슬아슬하게 즐기기도 했다. 또 때로는 판단력을 높이 사는 어리석은 사람도 있다고 느끼고 뛰어난 지각을 보여 주기도 했다. 나는 그녀의 노력들을 피해 가는 것이 한때는 재미있고 쉽다고 생각했다. 그녀가 나를 거의 이겼다고 생각했을 때 돌아서서 그 눈에 반쯤 경멸스럽게 미소를 보낸 뒤, 비록 침묵하긴 해도 그녀가 굴욕감을 숨기지 못하는 것을 목격하는 일은 즐거운 일이었다. 그녀가 불굴의 노력을 계속하여 보석함의 모든 부분을 살펴보고 훑어보다가 마침내 손가락이, 숨겨진 용수철을 건드려 잠깐 동안은 상자 뚜껑이 열렸다는 것을 나는 고백해야겠다. 그녀는 그 속의 보석에 손을 댔다. 그걸 훔치거나 깨뜨렸는지 아니면 뚜껑이 그 손가락을 탁 치면서 다시 닫혀 버렸는지는 계속 읽어 보면 알게 될 것이다.

한번은 마음이 내키지 않았는데 수업을 해야 할 일이 있었다. 나는 심한 감기에 걸려 기침을 했다. 두 시간 동안 계속 말한 뒤 나는 목이 많이 쉬고 지쳐 버렸다. 교실을 나와서 복도를 따라 걷다가 나는 로이터 양을 만났다. 그녀는 걱정스런 얼굴로 내가 파리하고 지쳐 보인다고 말했다. 「네, 그래요. 피곤합니다」라고 나는 말했다. 그러자 좀 더 관심을 기울이며 그녀는 대답했다.「좀 쉬다 가셔야겠어요.」그녀는 나를 설득하여 거실에 들어오게 하고 내가 있는 동안 매우 친절하고 부드럽게 대해 주었다. 그 다음날 그녀는 더욱더 친절히 대해 주었다. 직접 교실로 와서 창문이 닫혀 있는지 바람이 새어 들어오지 않는지 살펴보았으며 과로해서는 안 된다고 다정하고 열성적으로 타일렀다. 돌아갈 때는 청하지도 않았는데 손을 내밀었고, 공손하고 부드럽게 잡는 그 손으로 인해 내가 그녀의 호의를 알아차렸으며 고마움을 느꼈다는 것을 밝히지 않을 수가 없다. 내 겸허한 표정이 그녀의 얼굴에 작고 즐거운 미소를 불러일으켰다. 나는 그녀가 거의 매력적이라고까지 생각했다. 그날 저녁 나는 다시 볼 것을 기대하며 다음날 오후가 빨리 왔으면 하고 조바심을 냈다.

그 다음날 모든 수업 시간에 그녀는 교실에 앉아 있었고 종종 거의 애정이라고까지 할 표정으로 바라보아 나를 실망시키지 않았다. 4시에 나와 함께 교실에서 나오면서 내 건강에 대해 근심스레 물었고 내가 너무 큰 소리로 말해서 스스로 힘들게 한다고 다정하게 나무랐다. 나는 그녀의 강의를 끝까지 듣기 위해 정원으로 이어지는 유리문 앞에 멈추어 섰다. 문이 열려 있었고 날씨가 아주 좋았으며, 그녀가 달래듯 질책하는 말을 듣는 동안 햇빛과 꽃들을 바라보면서 나는 매우 행복하다고 느꼈다. 통학생들이 교실에서 복도로 쏟아져 나왔다.

「아이들이 다 갈 때까지 정원으로 잠시 나가 보실래요?」그녀가 물었다.

나는 대답하지 않고 계단을 내려가다가 〈같이 갈까요〉라는 듯이 그녀를 돌아보았다.

나와 교장은 곧 부드러운 녹색 잎뿐 아니라 하얀 꽃도 활짝 핀 과일 나무가 늘어선 샛길을 나란히 걸어 내려갔다. 하늘은 푸르렀고 대기는 고요했다. 5월의 오후는 찬란함과 향기로 가득 차 있었다. 숨 막히는 교실에서 벗어나 꽃과 잎으로 둘러싸인 채, 쾌활하고 미소를 띤 애정 어린 여성을 옆에 두고 있는 내 기분이 어땠을 것 같은가? 물론, 진짜 부러워할 만하다. 질투심 많은 판자 때문에 내다볼 수 없었던 정원에 대해 발휘된 내 상상의 낭만적인 환상이, 마치 실현된 것 이상인 것 같았다. 그리고 샛길을 돌아서서 학교의 모습이 사라지고 커다란 관목이 플레 씨 학교를 가려 버려, 이 푸른 정원 주위에 원형 경기장처럼 둥글게 솟아 있는 다른 건물들로부터 우리를 잠시 동안 가려 주었으며, 나는 로이터 양에게 팔을 두르고 근처의 라일락 나무 아래 자리 잡은 정원 의자로 그녀를 이끌었다. 그녀가 앉자 나는 그 옆에 자리를 잡았다. 그녀는 계속 편하게 말을 했고, 말을 듣는 가운데 나는 내가 그녀를 사랑하게 되리라는 예감이 들었다. 저녁 식사 종이 그녀와 플레 씨 학교 양쪽에서 울렸다. 우리는 헤어져야 했다. 그녀가 일어서려 하자 나는 잠시 붙잡았다.

「갖고 싶은 게 있어요.」 내가 말했다.

「뭐죠?」 조라이드가 천진하게 물었다.

「꽃 한 송이만.」

「가지세요. 두 송이, 스무 송이, 좋으실 대로요.」

「아니, 한 송이면 됩니다. 하지만 당신이 따서 내게 주세요.」

「변덕도!」 그녀가 소리쳤다. 하지만 발끝으로 곧추서서 아름다운 라일락 가지를 꺾어 우아하게 나에게 건네주었다. 나는 그것을 받아 쥔 채 현재에 만족했고 미래에 기대를 걸며 돌아왔다.

분명 그 5월의 하루는 아름다웠다. 그리고 따뜻하고 고요한 여름의 달밤이 되사 막을 내렸다. 나는 그것을 잘 기억한다. 밤늦게까지 과제물을 고치면서 앉아 있었기 때문에 지친 데다, 작은 방의 밀폐감으로 인해 조금 압박감을 느껴 전에 말했던 판자를 댄 그 창을 열었다. 나는 여자 기숙학교의 교사직에 채용된 이후 플레 부인을 설득해서 그 판자를 없애도록 했던 것이다. 왜냐하면 학생들이 노는 모습을 살피는 것이 내게 더 이상 〈온당치 못한〉 일이 아니었기 때문이다. 나는 창턱에 걸터앉아 팔을 창틀에 올려놓고 몸을 기댔다. 내 머리 위로는 구름 한 점 없는 밤하늘이 맑고 뚜렷하게 보였다. 달빛이 환해서 깜박거리는 수많은 별빛을 무색하게 했다. 그 아래로는 은빛으로 빛나기도 하고 어두운 그림자가 드리워져 있기도 하며 이슬로 온통 신선해진 정원이 펼쳐져 있었다. 기분좋은 향기가 과일 나무의 오므라든 꽃봉오리에서 풍겨 나왔다. 나뭇잎 한 장도 움직이지 않았고 그날 밤은 바람 한 점 불지 않았다. 내 창은 로이터 양의 정원에 난 어떤 길을 직접 내려다보게 되어 있었는데, 그 길이 남학교에 인접해 있기 때문에 학생들이 그리로 가는 것을 금지했다 하여 *l'allée défendue*(금지된 길)라고 불렸다. 라일락과 금련화가 특히 무성하게 자라나 있는 곳이 바로 그 길이었다. 이곳이 학교 안에서 가장 외딴 은신처였다. 그곳의 관목은 그날 오후 젊은 교장과 내가 앉아 있었던 정원 의자를 가려 주었다. 창틀 너머 몸을 기댔을 때 내 생각은 주로 그녀에 대한 것이었음은 말할 필요도 없을 것이다. 그리고 내 눈은 정원의 길과 경계를 둘러보기도 하고 무성한 나뭇잎 사이로 하얗게 솟아 있는 저택의 창 많은 전면을 따라 돌아다니기도 했다. 나는 저택의 어느 부분에 그녀의 방이 있을까 하고 궁금해 했는데, 어느 창의 덧문을 통해 빛나는 불빛 하나가 그 방이라고 가리켜 주는 듯했다.

나는 생각했다. 〈지금은 거의 자정이 다 되어 가니까, 늦게까지 감시하고 있는 거로군. 아주 매력적인 여자야.〉 나는 계속해서 마음속으로 말했다. 〈그녀의 이미지는 기억 속에 즐거운 그림을 그려 내고 있어. 사람들이 말하는 미인은 아니지. 무슨 문제인가, 그 얼굴은 조화를 이루고 있고 나는 그게 맘에 드는데. 갈색머리, 푸른 눈, 신선한 뺨, 하얀 목은 모두 내 취향에 맞아. 또 그녀의 재능을 높이 사고 있지. 인형이나 바보랑 결혼한다는 걸 난 언제나 혐오스러워하지. 신혼 기간이야 예쁜 인형이나 아름다운 바보라도 잘해 나갈 수 있어. 그러나 열정이 식어 버린 뒤에 밀랍 덩어리나 나무토막이 내 가슴에 안겨 있고 반 백치가 내 팔을 잡고 있는 것을 알게 된다면 그 얼마나 끔찍한 일이겠는가. 또 이런 여자를 나의 반려, 아니 우상으로 삼았다는 것을 기억하고 황량한 나머지 인생을, 내 말을 이해할 수 없고 내가 생각하는 것을 판단할 수 없으며 내가 느끼는 것에 공감할 줄 모르는 인간과 보내야만 한다는 것을 깨닫게 된다면 그 얼마나 무시무시한 일이겠어! 그런데 조라이드 로이터는,〉 나는 생각했다. 〈기민하고,《개성》있고, 판단력과 분별력이 있어. 그녀에게 따뜻한 마음도 있을까? 내게 라일락 가지를 건네줄 때 그 입술에 감돌던 소박하고 작은 미소는 얼마나 훌륭한 것이었는가! 교활하고 시치미를 떼는 이기적인 성격이라는 생각도 들었고, 그건 사실이지. 하지만 그런 수많은 간교한 표정과 가장한 행동은, 당황스럽고 어려운 일을 조용히 넘기려는 부드러운 성격으로 인해 만들어진 노력일 수도 있지 않을까? 그리고 이기적이란 것도 출세를 하고 싶어서 그런 것이 분명한데, 누가 그녀를 욕할 수 있겠어? 건전한 원칙에서 보면 실제로 결함이 있다 해도 그것은 그녀의 잘못이라기보다는 오히려 불운이 아닌가? 그녀는 구교도로 자랐지. 영국 여자로 태어나 신교도로 양육되었더라면 다른 모든 탁월한 점에 올곧은 성실함이 더해질 수도 있었을 거야. 만일 영국인이고 신교도인 남편을 맞아 결혼한다면, 합리적인 데다 지각도 있기 때문에 편법보다는 정당함이, 지략보다는 정직함이 우월하다는 것을 곧 알게 되지 않겠어? 그건 남자라면 시험해 볼 가치가 있는 일일 거야. 내일 새롭게 관찰을 해보아야겠어. 그녀는 내가 지켜보는 것을 알고 있어. 그렇게 뜯어보는데도 그토록 침착할 수 있다니! 그 일은 그녀를 성가시게 만든다기보다는 즐겁게 만들어 줄 수도 있지.〉 그때 음악소리가 나의 독백에 끼어들어 방해를 놓았다. 그것은 공원 근처나 플라스 루아얄에서 매우 솜씨 좋게 연주되는 나팔소리 같았다. 침묵의 한가운데 달빛이 고요하게 내리비치는 가운데 그 곡조는 너무나 아름다웠고, 그때 곡조가 내는 효과는 무척이나 설득적이어서 나는 좀 더 자세히 듣고 싶은 마음에 생각을 멈추었다. 선율은 차츰 잦아들고, 음악소리가 점차 흐릿해지더니 이내 사라져 버렸다. 내 귀는 다시 한번 깊은 밤의 절대적인 고요 속에 휴식을 취하려고 했다. 그런데, 저 나지막하게 가까이서 들려오는, 그리고 점점 더 다가오면서 완전한 고요에 대한 기대를 무너뜨리는 속삭임은 무엇이란 말인가? 그것은 누군가가 대화하는 소리였다. 소리 죽여 말하고 있지만 분명 알아들을 수 있는 말소리가 내 창 바로 밑 정원에서 들려왔다. 상대편이 대답했다. 첫번째는 남자 목소리였고 두 번째는 여자 목소리였다. 나는 한 남자와 한 여자가 샛길을 따라 천천히 걸어오는 것을 보았다. 그들의 모습은 그늘 속에 있어서 처음에는 흐릿한 외양밖에 식별할 수 없었다. 그러나 그들이 바로 내 코 앞, 산책로 끝에 다가왔을 때 달빛 한 줄기가 비춰서 분명하고도 또렷하게, 조라이드 로이터 양과 우리 학교 교장이자 믿을 만한 친구이고 상담자였던 프랑수아 플레 씨가 서로 팔짱을 끼고 있는 (손을 잡고 있었는지, 어느 쪽인지는 잊어버렸다) 모습을 드러내 주었다. 플레 씨는 계속 말했다.

「*A quand donc le jour des noces, ma bien-aimée*(결혼식 날은 언제지, 내 사랑)?」

로이터 양이 대답했다.

「*Mais François, tu sais bien qu'il me serait impossible de me marier avant les vacances*(하지만 프랑수아, 방학 전에 결혼하는 건 불가능하다고 했잖아요).」

「6월, 7월, 8월, 석 달씩이나!」 교장이 소리쳤다. 「어떻게 그렇게 오래 기다릴 수 있겠소, 지금도 더 참지 못하고 당신 발치에 곧 쓰러질 것 같은데?」

「아, 만일 당신이 죽는다면 공증인이니 약혼이니 하는 모든 골칫거리들은 해결되겠군요. 전 그저 값싼 상복이나 장만하면 되고요. 그건 혼수보다 더 빨리 준비될 거예요.」

「잔인한 조라이드! 당신을 이토록 헌신적으로 사랑하는 사람의 고통을 비웃는구려. 내 괴로움이 당신에겐 놀림감이 되다니. 질투의 고문대 위에 내 영혼을 잡아매 놓고도 양심의 가책을 받지 않는군. 당신이 아니라고 할지 몰라도, 그 학생 같은 크림즈위스에게 부추기는 듯한 눈길을 던졌다는 걸 난 분명히 알아요. 그는 사랑에 빠진 것 같단 말야. 당신이 그런 틈을 주지 않았더라면 그가 감히 그러지는 못했을 것이오.」

「무슨 말씀을 하시는 거예요, 프랑수아? 크림즈위스가 절 사랑한다는 얘기예요?」

「홀딱 빠졌지.」

「당신에게 그렇게 말했어요?」

「아니요. 하지만 얼굴에 씌어 있었어. 당신 이름이 나올 때마다 얼굴이 빨개지던데.」

이 말을 듣고 나자 로이터 양은 만족스러워 애교 섞인 작은 웃음을 터뜨렸다(하지만 그것은 어쨌거나 거짓말이었다. 내가 그 정도까지 나간 건 아니었으니까). 플레 씨는 계속해서 아주 꾸밈없이 그다지 즐겁지는 않다는 듯, 그녀가 나랑 어떻게 할 생각인지, 그리고 그녀가 나보다 최소한 열 살이 더 많으니까 그런 〈풋내기〉를 남편으로 삼는다는 생각은 말도 안 되는 것 아니냐고 물었다. (그렇다면 그녀가 서른둘이었던가? 나는 그 정도라고는 생각지 않았었다.) 그 문제에 대해서는 그 어떤 의도도 없었다고 그녀가 말하는 소리를 나는 들었다. 하지만 교장 선생은 계속해서 명확한 대답을 해 달라고 강요했다.

「프랑수아,」 그녀가 말했다. 「당신, 질투하는군요.」 그녀는 계속 웃었다. 그러자 이런 교태가 자신이 세우고자 하는 점잖은 위엄과는 어울리지 않는다는 것을 갑작스레 깨달은 것처럼 얌전 떠는 목소리로 말했다. 「사랑하는 프랑수아, 분명 이 영국 젊은이가 제 비위를 맞추려 했을 수 있다는 걸 부인하지는 않겠어요. 하지만 그의 용기를 불러일으켜 주기는커녕, 저는 늘 예의에 맞는 만큼의 자제심으로 그를 대해 왔어요. 당신과 약혼했으니 다른 남자에게는 그릇된 희망을 심어 주지 않을 거예요. 믿으세요, 사랑스런 친구.」

그래도 플레 씨는 못 믿겠다는 소리를 웅얼거렸다. 그녀의 대답으로는 최소한 그런 것 같았다.

「참 바보로군요! 어떻게 제가 잘 알지도 못하는 외국인을 당신보다 더 좋아하겠어요? 그리고 당신의 허영심을 부추기려는 건 아니지만, 크림즈워스는 육체적으로든 정신적으로든 당신과 비교가 안 돼요. 그는 절대 잘생긴 사람이 아니잖아요. 그가 신사답고 지적으로 생겼다고 할 사람도 있겠지만, 제가 볼 때는 ──」

이들 한 쌍이 앉아 있던 의자에서 일어나 걸어가 버렸기 때문에 나머지 말은 멀어져서 들을 수 없었다. 나는 되돌아오기를 기다렸지만 곧 이어 문을 여닫는 소리로 그들이 학교로 다시 들어갔음을 알 수 있었다. 나는 조금 더 귀를 기울였다. 사방이 적막했다. 나는 한 시간 이상 귀를 기울였다. 마침내 플레 씨가 들어와서 자기 방으로 올라가는 소리가 들렸다. 정자의 기다란 정면 쪽을 한 번 더 훑어보고서 나는 그곳의 외로운 불빛이 마침내 꺼졌음을 알아차렸다. 사랑과 우정에 대한 내 믿음도 한동안 그렇게 꺼져 버렸다. 잠자리에 들었으나 무언가 뜨겁고 불 같은 것이 내 혈관 속으로 들어와 그날 밤 제대로 잠들지 못하게 했다.

13

 그 다음날 아침, 나는 새벽에 일어나 옷을 입은 뒤 서랍장에 팔꿈치를 대고 잠을 못 자 피로해진 정신을 일상적인 상태로 회복시킬 방법을 생각하며 반시간 가량 서 있었다. 플레 씨와 소동을 일으키거나 그가 배신했다고 비난하거나 결투장을 보내거나 하는 등의 난리 법석을 피울 생각이 전혀 없었기 때문이었다. 마침내 서늘한 아침 공기 속을 걸어 나가 이웃에 있는 목욕탕에 가서 정신이 바짝 들도록 목욕을 하자는 적절한 생각이 떠올랐다. 그 요법은 바라던 대로의 효과를 냈다. 마음을 가라앉히고 기운을 되찾아 나는 7시에 돌아왔고 플레 씨가 변함 없이 평온한 얼굴로 아침 식탁에 나타났을 때 그를 맞을 수 있었다. 호의적으로 손을 내미는 것이나 요사이 특히 나를 부를 때 사용하는, 애정을 실어 발음하는 교장의 〈여보게〉라는 간지러운 호칭조차, 숨은 죽었지만 아직 내 가슴 속에서 타오르는 감정을 바깥으로 드러내게 하지는 못했다. 복수를 생각해서가 아니었다. 복수는 생각지 않았다. 그러나 비록 불은 껐지만 모욕감과 배신감이 마음속에 불씨처럼 살아 있었다. 내가 천성적으로 복수에 집

착하는 사람이 아니라는 사실은 신만이 아신다. 더 이상 신뢰하지 않는다거나 좋아하지 않는다고 해서 사람에게 상처를 주지는 않을 것이다. 그러나 내 이성이나 감정 둘 다, 왔다 갔다 하거나 금세 인상이 새겨졌다가 곧 지워져 버리는 모래 같은 것들도 아니다. 친구의 성격이 내 성격과 양립할 수 없다는 것, 그가 내 원칙으로는 받아들일 수 없는 어떤 결함으로 지울 수 없는 얼룩이 져 있다는 것을 일단 확신하게 되면 나는 그와의 관계를 끊어 버린다. 나는 형과도 그렇게 했다. 플레에 대해서는 이런 발견이 아직은 새로웠다. 그에게도 마찬가지로 행동해야 할까? 그 창백한 얼굴이 보통때보다 더 아는 체하고 더 사납게 보이며, 파란 눈을 학생들과 보조 교사들에게 엄격하게 돌리다가 내게 자비롭게 돌리기도 하면서 그가 식탁 건너편에 앉아 있는 동안, 나는 반 개짜리 피스톨레[33]로 커피를 저으며 — 스푼은 언제나 없었다 — 마음 속에 그런 의문을 품고 있었다.

〈상황에 따르면 되겠지.〉 나는 생각했다. 그리고 플레의 거짓 시선과 은근한 미소를 대하면서 나는 지난밤 창을 열고 환한 달빛 아래 저 위선적인 얼굴의 진짜 의미를 읽을 수 있었던 것에 대해 하늘에 감사했다. 그의 성격의 실체가 이제 내게 드러났기 때문에 반쯤은 그의 주인이 된 듯한 기분이었다. 그가 미소를 짓고 비위를 맞추어도 나는 그 미소 뒤에 그의 영혼이 웅크리고 있는 것을 보았고, 부드러운 말투 하나하나에서 믿을 수 없는 의미를 전하는 목소리를 들었다.

조라이드 로이터는 어땠는가? 그녀의 결함이 당연히 내 가슴에 절실하게 사무쳤던가? 그 독침은 그 어떤 철학의 위안으로도 통증을 치유할 수 없을 만큼 깊이 박혀 버렸던가?

---

33 빵의 한 종류.

전혀 그렇지 않았다. 그날 밤의 흥분이 사라지자 나는 상처에 바를 약을 찾아보았고 길르앗[34]보다 더 가까운 곳에 그 약이 있다는 것을 알게 되었다. 이성이 의사였다. 이성은 내가 놓친 상(賞)이 가치 없는 것임을 입증해 줌으로써 치료를 시작했다. 이성은 신체적으로는 조라이드가 내게 어울릴 수 있음을 인정했지만 우리의 영혼은 조화를 이루지 못하고, 그녀의 정신과 내 정신이 하나가 되면 불협화음이 생길 수 있음을 확인시켜 주었다. 그러고 나서 이성은 모든 불평을 멈출 것을 강조하고 내가 오히려 올가미에서 벗어난 것에 기뻐하라고 명령했다. 이성의 요법은 좋은 효과를 냈다. 그 다음날 로이터 교장을 만났을 때 나는 약효가 발휘되는 것을 느꼈다. 신경에 가해진 강한 작용이 떨림도 비틀거림도 겪지 않게 했고, 그로 인해 그녀를 단호하게 대할 수 있었고 편안하게 지나칠 수도 있었다. 그녀가 손을 내미는 것을 나는 보지 않으려 했고, 그녀가 매력적인 미소로 인사해도 돌에 불을 비추는 것처럼 느껴졌다. 나는 그녀를 지나쳐 교단으로 갔고 그녀는 나를 따라왔다. 내 얼굴에 고정된 그녀의 눈은 변해 버린 무심한 태도가 의미하는 모든 것을 묻고 있었다. 〈대답해 줘야겠군.〉 나는 생각했다. 그리고 그녀의 시선을 직시하여 사로잡고는 흘끗거리는 그 눈을 고정시킨 뒤, 존경심도 사랑도 관대함도 정중함도 찾아볼 수 없는 표정으로 그녀의 눈을 쏘아보았다. 자세히 뜯어보면 그 표정에는 경멸감과 완강함과 아이러니를 찾아낼 수 있었을 것이다. 나는 그녀가 그것을 받아들이고 느끼도록 만들었다. 한결같은 그녀의 표정은 변하지 않았지만 안색이 붉어지더니 홀린 듯 내게 다가

---

[34] 오늘날 요르단 서북쪽에 해당하는 지역으로. 창세기 제37장 25절, 예레미아 제8장 22절에 길르앗의 진통제에 대한 언급이 나온다.

왔다. 교단 위로 올라와서 그녀는 내 옆에 가까이 서서 아무 말도 하지 않았다. 나는 그녀가 당황스러워 하는 것을 덜어 주지 않고 모른 척 책갈피를 넘겼다.

「오늘은 몸이 많이 좋아지셨으면 해요.」 마침내 그녀가 낮은 목소리로 말했다.

「교장 선생님, 저도 선생님이 어젯밤 정원에서 늦게 산책한 것 때문에 감기에 걸리지 않길 바랍니다.」

그녀는 재빨리 그 말을 알아들었고 당장 내 말을 이해했다. 그녀의 얼굴은 약간, 아주 약간 하얘졌지만 좀 두드러진 특징을 지닌 그 얼굴에서 그 어떤 근육도 움직이지 않았다. 차분하고 냉정한 그녀는 교단에서 내려가 약간 떨어진 곳에 조용히 앉아 지갑 뜨개질감을 집어 들었다. 나는 계속 수업을 진행했다. 그 수업은 〈작문〉 수업이었는데 내가 일반적인 질문을 하면 학생들은 책을 덮고 나서 기억력으로 답을 작성하는 것이었다. 윌랄리, 오르탕스, 카롤린 등이 연달아 내준 어려운 문법 문제로 고심하는 동안 나는 마음대로 교장을 좀 더 관찰할 수 있는 조용한 30분을 누리게 되었다. 그녀의 손안에서 녹색 비단 지갑이 재빨리 만들어지고 있었다. 눈을 지갑에 고정시키고, 내게서 2미터 정도 떨어진 곳에 앉아 뜨개질하는 동안에도 그녀의 태도는 여전히 망을 보고 있었다. 그녀의 몸 전체에서 경계와 휴식이 똑같이 분명하게 동시에 표현되고 있었다. 희귀한 조합이었다! 그녀를 바라보는 동안, 이전에도 종종 그랬지만, 훌륭한 지각과 놀라운 자제력을 가지고 있다는 데에 무의식적인 찬사를 보내지 않을 수 없었다. 그녀는 내가 자신에 대한 존경심을 철회해 버렸다는 것을 느끼고 있었고 내 눈에서 경멸감과 차가움을 목격했다. 그리고 주위 모든 사람의 인정을 탐하는 그녀에게, 모든 사람에게서 좋은 말을 듣고 싶어 목말라 하는 그녀에게, 그러한 발견은 극심한 상처가 되었음에 틀림없다. 나는 다양한 모습을 보여 주는 데 익숙하지 않은 그녀의 뺨이 일시적으로 핼쑥해지는 것으로 그 효과를 알아챘다. 그러나 자제력의 도움으로 그녀는 얼마나 재빨리 평정을 되찾았던가! 내 바로 옆에서 자신의 건전하고 용맹스런 의식으로 지탱이 되어 그 얼마나 고요한 위엄을 차리고 앉아 있는지, 빈틈없긴 해도 약간 길어진 윗입술은 떨리지도 않았고 당당한 이마에는 비겁한 수치심도 드러나지 않았다!

〈저 속에는 금속이 있어.〉 쳐다보며 나는 생각했다. 〈저 속에 불길도 들어 있어서 강철이 타오르게 할 살아 있는 열정이 생긴다면 그녀를 사랑할 수도 있을 텐데.〉

움직이지도 않고 교활한 눈꺼풀을 들어 올리지도 않았기 때문에 내가 지켜본다는 걸 그녀도 알고 있음을 나는 곧 알아챘다. 그녀는 뜨개질감에서 자주색 메리노 드레스가 부드럽게 접힌 곳을 통해 삐죽 나온 자기의 작은 발에 흘긋 눈길을 옮겼을 뿐이었다. 그 눈은 발에서부터, 반짝이는 석류석 반지가 끼워진 집게손가락이 있고 손목에는 가벼운 레이스 프릴이 달려 있는 하얀 상앗빛 손으로 되돌아갔다. 거의 알아차릴 수 없을 만큼 머리를 살짝 움직여 그녀는 밤색 머리털이 우아하게 물결치게 만들었다. 이 작은 표시로 나는 그녀의 마음속 소원과 머리 속 계획이 자기가 쫓아낸 사냥감을 다시 꾀어들이려 한다는 것을 알아냈다. 아주 작은 계기라도 내게 다시 말을 걸 기회가 생길 것이었다.

공책 넘기는 소리와 펜으로 끼적이는 소리 외에는 교실 안이 침묵으로 가득 차 있을 때, 커다란 접이문 한쪽이 홀 쪽에서 열리고 닫히더니, 한 학생이 들어와 서둘러 인사를 하고 나서 아마도 너무 늦게 와서인지 당황스런 표정을 지으며 문에서 제일 가까운 빈자리에 앉았다. 자리에 앉아서도 그녀는 여전히 서두르며 당황하는 태도로 바구니를 열었다. 누구인지 알아보기 위해 그녀가 올려다보기를 기다리는 동안 — 약한 시력 때문에 들어올 때 누구인지 알아보지 못했다 — 로이터 양이 의자에서 일어나 교단 쪽으로 다가왔다.

「크렘스보르트 선생님,」 그녀가 소리 죽여 말했다. 교실이 조용할 때 교장은 늘 벨벳을 밟듯 걸었고 아주 소리를 낮추어 말했는데, 그것은 질서와 정숙함을 교훈으로만이 아니라 실천으로도 보여 주기 위해서였다. 「크렘스보르트 선생님, 방금 들어온 저 아가씨는 선생님의 영어 수업을 듣고 싶어합니다. 그녀는 학생이 아니라 사실은, 어떤 의미에서는 교사죠, 왜냐하면 레이스 수선이나 장식용 수예를 가르치니까요. 그녀는 자신이 더 나은 교육을 받을 자격이 있다는 것을 아주 적절하게 주장하고, 자신의 영어 지식을 완전하게 하려고 선생님의 수업을 들을 수 있게 해달라고 했어요. 내가 보기에는 이미 영어를 어느 정도 익힌 것 같습니다. 그렇게 칭찬할 만한 노력을 하는 사람을 돕는 게 물론 내 바람이죠. 선생님, 그러니까 가르쳐 주실 거죠, 그렇죠?」 로이터 양의 눈은 순진하기도 하고 상냥하기도 하며 간청하기도 하는 듯한 표정으로 내 눈을 올려다보았다.

「물론이죠.」 나는 매우 간결하게, 거의 퉁명스레 대답했다.

「덧붙일 말은,」 그녀는 부드럽게 계속 말했다. 「앙리 양은 정규 교육을 받지 못했다는 거예요. 아마 타고난 머리가 뛰어나진 않은가 봐요. 하지만 의지가 뛰어나고 성격도 부드러운 건 확실해요. 선생님께서 우선 그녀에게 부디 사려 깊게 대해 주시고, 어떤 의미에서는 자기 학생들이기도 한 어린 숙녀들 앞에서 그녀가 수줍음과 어쩔 수 없는 단점들을 드러내지 않게 해주시리라 확신합니다. 크렘스보르트 선생님은 이런 제 뜻에 귀 기울여 청을 들어주시겠죠?」 나는 고개를 끄덕였다. 그녀는 열의를 누그러뜨리고 계속 말했다.

「제가 금방 말씀드린 것이 저 불쌍한 아가씨에게는 중요한 일이란 것을 감히 덧붙이더라도 저를 양해해 주세요, 선생님. 그녀는 자신의 권위가 적절하게 존중받도록 저 경솔한 어린것들한테 어떤 인상을 심어 주는 데 이미 엄청난 어려움을 겪었어요. 또 만일 그녀의 무능력이 새로이 드러나서 어려움이 더 커진다면 아마 우리 학교에서 자리를 지키기가 정말로 고통스럽다는 것을 알게 될 거예요. 그런 상황이 되면 그녀 입장에서는 정말 나쁜 일이죠. 여기서 직업을 가져서 얻는 수입이 없으면 제대로 꾸려 나갈 수 없을 테니까요.」

로이터 양은 놀라운 재주를 지니고 있었지만, 아무리 그 재주가 교묘해도 신중함이 뒷받침되지 않으면 재주란 어느 순간에는 그 효과가 사라지곤 한다. 그러므로 이번처럼 교사이자 학생인 아가씨에게 자기가 관대하게 대할 필요에 대해 설교를 늘어놓으면 늘어놓을수록, 듣는 나는 더욱더 견디기가 어려웠다. 따라서 좋은 의도에서 아둔한 앙리 양을 돕고 싶어한다는 것이 그녀가 가장한 동기라면, 진짜 동기는 자기의 선행과 자비로운 배려라는 인상을 내게 심어 주려는 것일 뿐임을 나는 명확히 알아차렸다. 그래서 그녀의 말에 서둘러 고개를 끄덕여 한 번 더 동의한 뒤 나는 날카로운 억양으로 학생들에게 갑자기 작문을 마치라고 해서 교장이 또 말하지 못하게 가로막았으며, 교단에서 내려와 작문을 걷으러 걸어갔다. 교사면서 학생인 그녀를 지나치면서 나는 말했다.

「오늘은 너무 늦어서 수업을 들을 수 없겠군요. 다음에는 시간을 지키도록 해요.」

나는 그녀 뒤에 있었기 때문에 그다지 예의 바르지 못한 말을 들은 그녀의 표정을 읽을 수 없었다. 앞에 서 있었더라면 어렵지 않게 볼 수 있었을 것이다. 하지만 나는 그녀가 즉시 책을 바구니에 다시 집어넣는 것을 보았다. 그리고 내가 또다시 교단으로 되돌아간 뒤에 작문한 종이들을 정리하는 동안 접이문이 다시 열리고 닫히는 소리를 들었고 그녀의 자리를 쳐다보았을 때 그 자리는 비어 있었다. 〈영어 수업을 들으려는 첫 시도가 실패로 돌아갔다고 생각하겠군.〉 나는 생각했다. 샐쭉해져서 가버렸는지, 어리석어서 내 말을 문자 그대로 받아들였는지, 그것도 아니면 내 짜증 섞인 말투가 그녀에게 상처를 주었는지 알 수 없었다. 마지막 추측은 떠오르자마자 곧 지워 버렸다. 벨기에에 도착한 이래 사람 얼굴에서 그 어떤 민감한 표정이라고는 본 적이 없기 때문에 나는 그런 것이 터무니없다고 간주하기로 했다. 그녀가 재빨리 나가 버렸기 때문에 분위기를 확인할 시간이 없었으므로 그녀의 표정이 그런 감정을 드러냈는지 어쨌는지 나는 구분할 수 없었다. 실제로 나는 그녀가 지나가는 모습을 전에 두어 번 본 적이 있지만(이전에도 언급했다고 생각한다), 얼굴이나 사람됨을 자세히 살펴볼 생각으로 멈춘 적은 한번도 없었고 그녀의 일반적인 외양에 대한 아주 흐릿한 생각만을 가지고 있었다. 내가 작문 종이들을 둘둘 말자마자 시계가 4시를 쳤다. 그 신호를 재빨리 따르는 데 익숙해져 있던 나는 모자를 집어 들고 교실에서 나왔다.

14

로이터 양의 학교를 떠나는 데 시간을 정확히 지켰다면, 거기 도착하는 데도 나는 마찬가지로 정확했다. 그 다음날 2시 5분 전에 나는 그곳에 도착했고, 교실문으로 향하면서 문을 열기 전에 빠르게 재잘거리는 소리를 들었는데, 그것은 〈정오 기도〉가 아직 끝나지 않았다고 주의를 주는 소리였다. 나는 거기서 끝나기를 기다렸다. 기도가 진행되는 동안 이 이단적인 모습으로 침입하는 것은 불경스러운 일이 될 것이었다. 기도를 반복하는 소리는 정말이지 꽥꽥거리고 푸다닥거리는 소리 같았다! 사람 소리를 듣고 나서부터 그렇게 증기 기관이 급하게 돌아가는 듯한 말소리는 들어 본 적이 없었다. 〈*Notre père qui êtes au ciel* (하늘에 계시는 천주 성부님)〉은 총을 쏘는 것처럼 튀어나왔고, 곧 이어 성모에게 〈*vierge céleste, reine des anges, maison d'or, tour d'ivoire* (거룩한 동정녀, 천사들의 모후(母后), 황금 궁전, 상아탑)!〉라고 청원한 뒤, 그날의 성인에게 바치는 기도가 이어졌다. 그 다음에 모두 자리에 앉았고 엄숙한(?) 의식은 끝이 났다. 나는 이제 습관이 되어 문을 활짝 열고 빠른 보폭으로 걸어 들어갔다. 태연하게 들어가서 교단을 울리며 올라서는 것이 즉각적인 침묵을 보장해 주는 커다란 비밀을 이루고 있다는 것을 알았기 때문이다. 기도를 위해 열려 있던 두 반 사이의 접이문은 곧 다시 닫혔다. 손에 일거리 상자를 든 가정교사가 자기 책상 의자에 앉았다. 학생들은 펜과 책을 펼쳐 두고 조용히 앉아 있었고, 제일 앞자리에 앉은 세 미녀는 한동안 계속된 차분한 태도로 인해 아주 얌전해져서 무릎 위에 손을 포개 얹은 채 꼿꼿이 앉아 있었다. 그들은 낄낄거리거나 서로 소곤거리던 것을 멈추었고 더 이상 내 앞에서 주제넘게 떠들지 않았다. 그래도 건방지고 애교스러운 말을 할 수 있게 해주는 몸속 기관을 통해 이따금 눈으로만 내게 말할 뿐이었다. 만일 애정과 선함, 겸손함, 진짜 재질이 저 눈동자를 전달자로 삼았더라면 나는 친절하고 용기를 주는, 아마 열정적인 응답을 간혹 보내는 것을 참지 못했을 것이라고 생각한다. 하지만 상황이 그랬으므로, 그 허영에 찬 시선을 금욕의 눈길로 응하는 데 즐거움을 느꼈다. 학생들 상당수가 젊고 아름답고 화려했지만 그들이 내게서는 보호자가 바라보는 그런 엄격함 외에는 아무런 표정도 보지 못했음을 나는 분명히 말할 수 있다. 내가 지나치게 양심적인 자기 부정이나 스키피오[35]와 같은 자제심을 갖고 있다고 추측하여, 만약 나의 이런 확신이 정확한지에 대해 의문이 생긴다면 내 장점을 깎아내리기는 하겠지만 내 정확함을 입증해 줄 다음 상황에 대해 그들이 생각해 보게 할 일이다.

의심 많은 독자들이여! 무도회에서 멋쟁이 파트너가 차지하고 있는, 자기 옆의 예쁘지만 머리는 모자라고 좀 무식한

---

[35] 로마의 장군이자 정치가. 대 스키피오(BC 237~183)와 소 스키피오(BC 185?~129)가 있음.

아가씨와 약간 특이한 관계를 맺고 있는 어떤 학교 선생을 아는가. 선생은 자기 제자가 새틴과 모슬린 드레스를 입고 머리는 향수를 뿌려 말고, 목은 공기 같은 레이스로 거의 다 드러내고 하얀 팔을 팔찌로 감고, 빙빙 돌며 춤추기 위해 신을 신은 것을 보려고 만나지는 않는다. 선생이 할 일은 왈츠를 추면서 그녀를 빙빙 돌리고 그녀에게 찬사를 퍼붓고 허영심을 잔뜩 채워 주어 그녀의 아름다움을 더욱 돋보이게 하는 것이 아니다. 녹음이 우거지고 햇빛 찬란한 공원 사이로 부드럽게 구부러져 나무 그늘이 진 거리에서 이런 학생을 만나는 것도 선생이 할 일은 아니다. 제 몸에 어울리는 산책용 드레스를 입고 어깨 위에 우아하게 늘어진 스카프를 매만지고, 작은 보닛은 곱슬머리를 그대로 드러낸 채 모자챙 아래 붉은 장미가 뺨의 부드러운 장밋빛을 더해 주고, 얼굴과 눈도 미소로 인해 축제일의 햇빛만큼이나 투명하고 찬란한 빛을 발히고 있는 학생 맘이다 옆에서 걸어가며 그녀의 생기에 찬 수다를 들어 주고 녹색의 나뭇잎보다 별로 더 크지 않은 양산을 들어주고, 블렌하임 종 스패니얼이나 이탈리아 산 그레이하운드 개를 끈으로 끌어 주는 것도 그의 일이 아니다. 절대 그렇지 않다. 그는 학생이 교실에서 수수하게 차려입고 책을 들고 있는 것을 보아야 한다. 학생의 교육 수준이나 성질로 인해 책은 성가신 것이 되고 학생은 혐오감을 느끼며 책을 편다. 하지만 선생은 학생의 정신 속에 책의 내용을 불어넣어 주어야 한다. 학생의 정신 상태는 진지한 내용을 받아들이지 않으려 하고 뒷걸음치고 반항한다. 부루퉁한 성질이 드러나고 꼴사나운 주름이 얼굴의 균형을 깨뜨리고 때때로 조악한 몸짓이 그녀의 몸가짐에서 우아함을 없애 버리는 한편, 타고난 그대로의 냄새를 풍기고 지울 수 없는 천박함을 드러내는 말투로 지껄이면서 그녀의 달콤한 목소리를 더

립힌다. 지성은 느려 터졌고 성질은 평온 무사한 사람을 가르치려는 그 모든 노력에 누를 수 없는 아둔함으로 반기를 든다. 활력이 아닌 교활함이 자리 잡은 곳에서는 시치미와 잘못과 엄청난 음모와 꾀가 필수적인 근면함을 피하려고 작동한다. 짧게 말해 교사에게 여성의 젊음, 여성의 매력은 계속해서 뒷면이 그를 향해 들추어지는 태피스트리 걸개와도 같다. 비록 부드럽고 말끔한 겉면을 보게 되더라도 교사는 그 뒷면의 매듭과 긴 바늘땀과 들쭉날쭉한 가장자리를 너무나 잘 알고 있기 때문에, 일반적인 시선에 드러나는 그럴듯한 모양과 찬란한 빛깔을 지나치게 칭찬할 만큼의 유혹은 거의 받지 않는다.

기호는 환경에 의해 규제된다. 예술가는 풍경이 좋기 때문에 언덕이 있는 시골을 좋아한다. 기술자는 편리하므로 평평한 땅을 좋아한다. 쾌락을 좇는 사람은 〈멋진 여자〉를 좋아한다. 그런 여자가 그에게 어울리기 때문이다. 유행을 좇는 젊은 신사는 유행을 좇는 젊은 아가씨를 떠받든다. 유유상종인 법이므로. 일에 지치고 기진맥진해지고 신경질적일 수 있는 교사는, 아름다움에는 거의 눈이 멀고 뽐내는 것과 우아함은 인지하지 못하기 때문에 주로 어떤 정신적인 특질을 자랑으로 여긴다. 근면함, 지식에 대한 사랑, 타고난 능력, 유순함, 진실됨, 감사하는 마음은 교사의 주목을 끌고 교사의 주목을 받는 그런 매력들이다. 그는 이런 것들을 찾지만 거의 만나지 못한다. 만일 우연히 이런 것들을 발견하게 되면 그는 영원히 보유하고 싶어한다. 그리고 만일 그가 그런 매력을 가진 학생들과 헤어지게 되면 그는 마치 무자비한 손이 그에게서 그의 유일한 새끼양을 낚아채 간 것처럼 느낄 것이다. 사정이 정말 그러했기 때문에 독자들은 로이터 양의 여학생 기숙학교에서 보여지는 내 행동의 통일됨과 중용이 절대로 대단히 칭찬할 만한 것도 놀랄 것도 아니라는 것에 동의할 것이다.

  오늘 오후 내가 맨 먼저 해야 할 일은 전날 내준 작문에서 비교적 잘된 것으로 가려진 그달의 석차 목록을 읽는 것이었다. 목록은 늘 그렇듯이 실비의 이름으로 시작되었다. 학교에서 가장 공부를 잘하면서 가장 추하게 생긴 학생이라고 앞서 내가 설명했던 그 못생기고 조용한 작은 여학생 말이다. 2등은 레오니 르드뤼라는, 재빠른 꾀와 깨지기 쉬운 양심과 굳어 버린 감정을 가졌으며 작고 날카로운 얼굴에 양피지 같은 피부를 한 학생에게 돌아갔는데, 나는 그 학생이 만일 남자라면 파렴치하고 꾀 많은 변호사가 되었을 것이라고 생각하곤 했다. 그 다음은 거만한 미인이고 학교의 유노 여신인 욀랄리였는데, 그녀는 냉담하고 굳어 버린 머리임에도 불구하고 6년이라는 긴 세월 동안 영어의 아주 간단한 문법만을 연습한 덕택에 대부분의 규칙에 기계적으로 익숙해져 있었다. 자기 이름이 첫번째로 불렸을 때 수녀처럼 수동적인 실비의 얼굴에는 그 어떤 즐거움이나 만족스러움의 흔적조차 나타나지 않았다. 저 불쌍한 소녀가 항상 절대적인 침묵을 지키는 것을 보게 되면 나는 언제나 슬퍼졌고, 가능한 한 거의 그녀를 쳐다보거나 말 걸지 않는 것이 습관이 되었다. 그녀의 극단적인 유순함과 부지런한 인내는 그녀에 대해 내가 좋은 견해를 가지도록 자상하게 추천했을 수도 있을 것이다. 거의 귀신같이 추한 얼굴과 균형이 맞지 않는 몸과 시체같이 활기가 부족한 얼굴에도 불구하고 그녀의 정숙함과 지성은, 만일 내 모든 친절한 말과 행동이 곧장 고해 신부에게 전해져 오해하고 편견을 품게 했다는 것을 내가 알아차리지만 않았더라면, 그녀에 대해 아주 친절하고 깊은 애정을 느끼도록 했을 것이다. 한번은 내가 그녀 머리 위에 칭찬의 표시로 손을 올린 적이 있었다. 나는 그녀의 흐릿한 눈이 빛을 발하는 것 같았기 때문에 실비가 웃는 것 같다고 생각했다. 그러나 곧 그녀는 나로부터 떨어져 나갔다. 나는 남자고 이교도인 것이다. 수녀가 될 운명이고 가톨릭에 바쳐진 실비, 불쌍한 아이! 그래서 그녀의 마음과 내 마음 사이를 네 겹의 벽이 가로막고 있었던 것이다. 건방지고 능글맞은 웃음과 승리에 찬 냉혹한 시선은 레오니가 자신의 감사함을 입증하는 방법이었다. 윌랄리는 부루퉁하고 질투하는 것처럼 보였다. 그녀는 1등이 되기를 바랐던 것이다. 오르탕스와 카롤린은 자기들의 이름이 거의 밑바닥 어딘가에 있는 것을 듣고는 참지 못하고 찌푸린 표정을 서로 교환했다. 정신적 열등함의 표시가 그들에게는 전혀 치욕으로 여겨지지 않았고, 미래에 대한 희망은 오직 그들의 육체적인 매력에만 달려 있었다.

　이 일이 다 끝나고 정규 수업이 이어졌다. 학생들이 공책에 줄을 긋는 잠시 동안 내 눈은 의자를 무심하게 둘러보다가 맨 뒷줄 맨 끝 의자에 — 대개는 빈자리였던 — 새로운 학생, 즉 교장이 내게 그토록 허풍을 떨며 추천했던 앙리 양이 앉아 있는 것을 처음으로 보게 되었다. 나는 오늘은 안경을 끼고 왔다. 그래서 그녀의 외모가 한눈에 명확하게 들어왔다. 내가 혼동한 것이 아니었다. 그녀는 어려 보여서 만일 정확한 나이를 맞추어 보라는 질문을 받는다면 다소 당혹해 했을 듯싶다. 그녀의 여윈 몸은 열일곱 나이에 어울리는 것이었다. 좀 근심스럽고 몰두한 듯한 얼굴 표정은 앞으로 더 자라야 할 세월을 가리키는 듯했다. 그녀는 다른 모든 학생들처럼 하얀 깃이 달린 검은 드레스를 입고 있었다. 그녀의 얼굴은 다른 사람과 아주 달랐다. 아주 둥근 것도 아니고 좀 더 특징적이지만 균형 잡힌 얼굴이라고는 할 수 없었다. 머리형도 아주 달랐다. 우월한 부분은 더 더욱 발달했고 열등한 부분은 상대석으로 덜 발달되어 있었다. 나는 한눈에 그녀가 벨기에 사람이 아니라는 것을 확신했다. 그녀의 안색과 표정, 생김새, 외모는 벨기에 사람들과는 완전히 구분되는 것이었고 분명 다른 민족의 특징을 가지고 있었다. 살집이 많거나 피가 많고, 쾌활함이나 물질성, 경솔함이라는 성질의 선물은 좀 덜 받은 민족 말이다. 내가 처음 시선을 주자 그녀는 눈길을 아래로 고정시키고 앉아서 손 위에 턱을 올려놓고 내가 수업을 재개할 때까지 그 자세를 바꾸지 않았다. 그 어떤 벨기에 소녀도 그렇게 한 자세를 계속 유지하지 못할 것이고, 생각이 깊은 사람이라 해도 그 시간은 비슷했을 것이다. 그녀의 외양이 특이하고 플랑드르 사람 같지 않다는 것을 알게 되었지만 거기에 주목할 일은 별로 없었다. 그녀가 아름답지 않았기 때문에 나는 그녀의 아름다움에 대해 찬사를 표할 수 없었고, 그녀가 못생긴 것도 아니었기 때문에 그녀의 추함에 대해 애도를 표할 수도 없었던 것이다. 이마에는 근심에 시달린 흔적과 입술에 그와 상응하는 모양이 있는 것이 놀라움 비슷한 감정으로 내게 충격을 주었지만, 이런 흔적들은 그다지 괴팍하지 않은 관찰자라면 눈치 채지 않고 지나쳐 버릴 수 있는 것이었다.

자, 독자여, 비록 내가 앙리 양을 설명하는 데 한 페이지 이상을 들였지만 당신의 심안(心眼)에 그녀에 대한 분명한 그림을 남겨 주지 못했음을 잘 알고 있다. 나는 그녀의 용모와 눈, 머리칼에 칠을 하지도 않았고, 그녀 모습의 윤곽선을 그리지도 않았다. 그녀의 코가 매부리코인지 들창코인지, 턱이 긴지 짧은지, 얼굴이 각이 졌는지 타원형인지 알 수 없다. 나조차 첫날에는 알지 못했고, 나 스스로 조금씩조금씩 알게 된 지식을 독자에게 한꺼번에 알려 주는 것이 내 의도도 아니다.

나는 짧은 연습 문제를 내주어 학생들이 모두 받아 적게 했다. 새로 온 학생이 처음에는 새로운 형식과 언어로 인해 당황스러워 하는 것을 보았다. 한두 번 그녀는 내 말을 전혀 이해하지 못하겠다는 듯 고통스러워 보일 정도로 근심스럽게 나를 쳐다보았다. 다른 학생들이 준비되었을 때 그녀는 그러지 못했고, 다른 학생들처럼 빠르게 구절을 받아 적을 수가 없었다. 나는 그녀를 도와주지 않을 작정이었다. 나는 가차 없이 진행했다. 그녀는 나를 올려다보았고, 그 눈은 아주 분명하게 〈따라가지 못하겠어요〉라고 말하고 있었다. 나는 그 호소를 무시하고 의자에 아무렇게나 기대어 이따금 창밖의 무심한 풍경을 흘긋 보아 가면서 좀 더 빨리 읽어 내려갔다. 그녀를 다시 바라보니, 얼굴은 당황스러움으로 어두워져 있지만 아주 부지런히 받아 적고 있었다. 나는 잠시 멈추었다. 그녀는 그 틈을 타서 자신이 쓴 것을 잽싸게 훑어보았는데 부끄러움과 낭패감이 얼굴에 뚜렷했다. 자신이 말도 안 되게 썼다는 것을 명백하게 알아차린 것이었다. 10분 뒤 받아쓰기는 끝이 났고 고칠 시간을 잠시 준 뒤 나는 학생들의 공책을 거둬들였다. 앙리 양이 자신의 공책을 건네줄 때 그녀는 마지못해 내주었다. 하지만 일단 그 공책을 내 손에 넘겨주고 나자 마치 이제는 후회하지 않기로 결심하고 자신을 전대미문의 바보로 생각하는 듯한 근심스런 얼굴을 진정시켰다. 그녀가 쓴 것을 훑어보고 나서 나는 몇 줄이 빠졌지만 적어 놓은 것에는 거의 틀린 것이 없다는 것을 알게 되었다. 즉시 페이지 끝에 〈잘했음〉이라고 적은 뒤 되돌려 주었다. 처음에는 믿어지지 않는 듯했지만, 확신을 받은 듯 그녀는 미소를 지었다. 그러나 눈을 들지는 않았다. 그녀는 혼란스럽고 당황스러울 때에는 나를 쳐다볼 수 있지만 고마운 마음이 들 때는 나를 쳐다보지 못하는 것 같았다. 아름답다고 생각할 수는 없었다.

15

 다시 1학년 수업을 하게 된 것은 얼마간 시간이 지나서였다. 성령 강림절 축일이 사흘간이었고, 나흘째는 2반이 내 수업을 두 번째로 받는 날이었다. 교실을 옮기면서 나는 늘 그렇듯이 한 떼의 바느질꾼들이 앙리 양을 둘러싸고 있는 것을 보았다. 고작 12명 가량이었지만 50명이 내는 것만큼의 소음을 내고 있었다. 그들은 거의 앙리 양의 통제 하에 있지 않은 것 같았다. 한번은 서너 명의 학생이 성가신 요구를 하며 그녀를 공격하고 있었다. 그녀는 애를 쓰는 모습이었고 조용히 하라고 했지만 허사였다. 그녀는 나를 보았고 나는 그 눈 속에서 학생들이 자신을 따르지 않는 장면을 모르는 사람이 보게 되어 괴로워하는 것을 알아챘다. 그녀는 제발 질서를 지키라고 하는 것 같았다. 기도는 무용지물이었다. 그때 나는 그녀가 입술을 꽉 다물고 눈썹을 찌푸리는 것을 알아차렸고 내가 제대로 읽어 냈다면 그 표정은, 〈나는 최선을 다했어요. 그래도 비난받아야겠지요. 그러면 누구라도 날 비난하세요〉라고 말하는 것 같았다. 나는 그곳을 지나쳤다. 교실문을 닫았을 때, 그녀가 갑작스럽고 날카롭게 가장 나이 많고 가장 시끄러운 학생에게 이렇게 말하는 것을 들었다.

「아멜리아 밀렌베르크, 질문하지 말아요. 앞으로 일주일 동안 내게 도움을 청해도 소용없어요. 그동안 나는 말도 걸지 않고 도와주지도 않을 거예요.」

그 말은 강하게 — 아니 격렬하게 — 터져 나왔고 상대적인 침묵이 뒤따랐다. 그 고요함이 계속되었는지 나는 모른다. 나와 그 교실 사이에는 이제 2개의 문이 닫혀 있었다.

그 다음날은 1반이었다. 도착했을 때 나는 교장이 평소대로 2개의 교단 사이에 있는 의자에 앉아 있고 그녀 앞에는 앙리 양이 어쩐지 마음에 내켜 하지 않는 자세로 (내게는 그렇게 보였다) 서 있는 것을 보았다. 교장은 뜨개질하면서 말하고 있었다. 커다란 교실의 웅성대는 소리 한가운데에서 말하는 사람에게만 들리도록 그 사람의 귀에 말하기는 쉬운 일이었으며, 바로 그것이 로이터 교장이 자기 학교 교사에게 말하는 방식이었다. 앙리 양의 얼굴은 상당히 괴로운 듯 조금 붉어져 있었다. 어디서 내가 그런 결론을 내렸는지는 모르겠지만, 앙리 양의 표정 속에는 혼란스러움이 깃든 것 같았는데, 교장은 아주 침착하게 보였다. 그렇게 부드러운 속삭임과 그렇게 한결같은 태도가 질책하는 태도일 수는 없는 일이었다. 그랬다. 곧 그녀의 말이 아주 친절한 의도였음이 드러났던 것이다. 다음과 같이 끝맺는 말을 들었기 때문이다.

「*C'est assez, ma bonne amie; à present je ne veux pas vous retenir davantage* (됐어요, 아가씨. 이제는 당신이 어려움을 겪지 않았으면 좋겠네요).」

아무런 대답 없이 앙리 양은 돌아섰다. 불만스러움이 그녀의 얼굴에 뚜렷하게 드러났고 흐릿하고 짤막한, 그러나 씁쓸하고 못 미더워하고, 내 생각에 경멸하는 듯한 미소가 교실 내 자기 자리에 앉을 때 그녀의 입술을 말아 올리게 했다. 그것은 고작 1초 정도 지속된 비밀스럽고 자기도 모르게 나온 미소였다. 곧 우울한 분위기가 이어졌지만 한 가지 관심과 흥미에 의해 이내 사라졌다. 그때 내가 모든 학생들에게 독본을 꺼내라고 했던 것이다. 나는 보통은 읽기 수업을 싫어했다. 내 모국어를 그들의 투박한 입으로 말하는 것을 듣는 일은 엄청난 고문이었고 시범을 보이거나 가르쳐 주려고 내가 애써도 그들의 억양은 거의 고쳐지지 않는 것 같았다. 오늘도 평소대로 학생들은 제각각 자기들만의 어조로 혀짤배기소리를 내고 더듬거리고 웅얼거리며 쏘듯이 말했다. 약 15명 가량이 차례로 나를 괴롭혔고 이제 내 청각 신경은 모든 걸 포기하고 열여섯 번째 학생이 낼 불협화음을 예상하고 있었는데, 바로 그때 낮지만 충실한 목소리가 명확하고 정확하게 영어를 읽어 내려가는 것이었다.

「퍼스로 가는 길에 왕은 자신이 예언자라는 어떤 하일랜드[36] 여자를 만났다. 그녀는 왕이 타고 북쪽으로 여행하려고 하는 배 옆에 서 있다가, 커다란 목소리로〈왕이시여, 이 강을 지나가신다면 살아서는 되돌아오지 못할 것입니다〉라고 외쳤다.」(『스코틀랜드 역사』를 참조하시라.)

나는 놀라서 올려다보았다. 그 목소리는 영국인의 목소리였다. 억양은 순수하고 은구슬을 굴리는 듯했다. 단호함과 자신감만 더하면 훌륭한 교육을 받은 에섹스나 미들섹스 귀부인의 발음과 비교할 수도 있을 정도였다. 그러나 말한 사람 혹은 읽은 사람은 바로 앙리 양이었고, 가라앉아 있고 쓸쓸한 얼굴에서 그녀가 비범한 업적을 세웠다는 그 어떤 의식적인 표시도 찾아볼 수 없었다. 나 외에 놀라움을 드러낸 사람은 없었다. 로이터 교장은 부지런하게 뜨개질을 하고 있었

---

[36] 스코틀랜드의 고지대를 이름.

다. 그러나 나는 마지막 단락에서 그녀가 눈을 들어 올리고 내게 살짝 감사를 표하는 것을 눈치 챘다. 그녀는 선생이 읽는 방식의 탁월함을 완전히 알지 못했지만, 자신의 억양이 다른 사람들과는 다르다는 것을 인식하고 있었고 내 생각을 알고 싶어했다. 나는 무관심으로 표정을 가리고 다음 학생에게 계속하라고 지시했다.

수업이 끝났을 때 학생들이 흩어지느라 생긴 소동을 이용하여 앙리 양에게 다가갔다. 그녀는 창 근처에 서 있었고 내가 다가서자 물러났다. 그녀는 내가 밖을 내다보고 싶어한다고 생각했고 그녀 자신에게 말을 걸고 싶어한다는 것은 상상도 못하고 있었다. 나는 그녀의 손에서 연습 공책을 받아 들었다. 갈피를 넘기면서 나는 말을 걸었다.

「전에 영어 공부를 한 적이 있나요?」 내가 물었다.

「아니요, 선생님.」

「아니라고! 당신은 아주 잘 읽었어요. 영국에 가본 적이 있지요?」

「아, 아니에요!」 조금 기운찬 대답이었다.

「영국인 가족들과 같이 사나요?」

대답은 여전히 〈아니요〉였다. 여기서 내 눈은 공책 갈피에 〈프랜시스 에번스 앙리〉라고 적힌 것에 머물렀다.

「당신 이름인가요?」 내가 물었다.

「네, 선생님.」

내 질문이 중단되었다. 내 뒤에서 부스럭대는 작은 소리가 들렸고 등 바로 뒤에 책상 속을 살펴보는 체하는 교장이 서 있었다.

「앙리 양.」 교장이 올려다보며 앙리 양에게 말을 걸었다. 「학생들이 자기 물건을 챙기고 질서를 지키도록 복도로 가서 서 있어 주겠어요?」

앙리 양이 그 지시에 따랐다.

「정말 날씨 대단해요!」창문을 내다보면서 교장이 활기 차게 말했다. 그에 동의하고 나는 거기서 물러났다. 「새로운 학생은 어떤가요, 선생님?」물러나는 나를 따라오면서 그녀가 계속 질문했다. 「영어에 발전을 보이는 것 같은가요?」

「사실 판단을 내릴 수가 없습니다. 앙리 양은 발음이 상당히 좋습니다. 영어의 지식에 대해서는 아직 의견을 낼 만한 기회가 없었습니다.」

「그리고 타고난 능력은요, 선생님? 거기에 대해서는 걱정스럽군요. 최소한 평균적인 능력은 보장해 주셔서 제 걱정을 덜어 주실 수 있으세요?」

「교장 선생님, 평균적인 능력에 대해서는 의심할 이유가 없지만 저는 그녀에 대해 실제로는 거의 알지 못하고 앙리 양의 능력이 어느 정도인지 알아볼 시간도 없었어요. 안녕히 계십시오.」

그녀는 그래도 계속 질문했다. 「계속 지켜보시고 제게 당신 생각을 말씀해 주세요. 저 자신의 견해보다는 선생님의 견해에 더 많이 의지하거든요. 여자들은 남자들처럼 이런 것에 대해서는 판단을 내릴 수 없어요. 그리고 제 고집을 좀 이해하시고, 선생님, 제가 저 불쌍한 어린 아가씨에 대해 관심을 갖는 건 당연해요(불쌍한 것). 그녀에게는 거의 친척이 없어요. 의지할 수 있는 건 자신의 노력밖에 없거든요. 자기가 벌어들이는 것이 유일한 재산일 거예요. 지금 그녀가 하는 일은 한때 내가 했던 일이었어요. 거의 그랬죠. 그러니 그녀를 동정하는 건 당연한 일이에요. 이따금 그녀가 학생들을 다루면서 어려움을 겪는 것을 보면 저는 굉장히 분한 마음이 들어요. 그녀가 최선을 다한다는 것은 의심의 여지가 없어요. 의지는 탁월하죠. 하지만 선생님, 앙리 양은 기술과 단호함이 부족해요. 그 점에 대해서 그녀와 얘기해 봤지만 저는 입담이 좋지 못하고 아마도 명확하게 표현하지 못하는 것 같아요. 전혀 나를 이해하지 못하는 것 같거든요. 그러니까 틈이 날 때 이따금 그런 일에 대해 그녀에게 충고 한마디 해주시겠어요? 남자들은 여자들보다 훨씬 더 영향력이 있잖아요. 남자들은 여자들보다 훨씬 더 논리적으로 주장하잖아요. 그리고 선생님은 특히 남들이 따르도록 하는 굉장한 힘을 가지고 계세요. 당신의 충고 한마디면 그녀에게 득이 될 수밖에 없죠. 아무리 뽀로통하고 외고집이라 해도, 그렇지 않기를 바라지만, 당신 말을 안 듣지는 않을 거예요. 저로서는, 선생님 수업을 들을 때면 언제나 학생들을 다루는 것을 보고 배울 것을 얻어 간답니다. 다른 선생님들은 저에게 끊임없는 걱정거리들이죠. 그들은 어린 아가씨들에게 존경심으로 영향을 주지도 못하고 젊은이들이 갖고 있기 마련인 경솔함을 억누르지도 못해요. 선생님, 저는 선생님께 아주 절대적인 신뢰를 느낍니다. 그러니까 이 불쌍한 아이가 저 촐랑대고 기가 치솟아 있는 브라반트 아가씨들을 다룰 수 있도록 방법을 가르쳐 주세요. 그런데 한마디만 더 할게요. 그 아이의 *amour-propre*(자존심)를 놀라게 하지 마시고 그 아이에게 상처를 주지 않도록 조심하세요. 특히 그 점에서 그녀는 흠 잡힐 만하게 — 어떤 사람들은 우스꽝스럽게라고 하죠 — 감수성이 예민하다는 것을 어쩔 수 없이 인정해야겠어요. 이런 아픈 곳을 저도 모르게 건드려서 그녀가 이겨 내지 못할까 두려워요.」

이런 엄청난 장광설이 이어지는 동안 내 손은 바깥문의 자물쇠 위에 올라가 있었다. 나는 그것을 돌렸다.

「안녕히 계십시오, 교장 선생님.」 이렇게 말하고 나는 그곳을 벗어났다. 나는 교장의 이야기 보따리가 아직 다 풀어 헤쳐지지 않은 것을 알았다. 그녀가 나를 쳐다보았다. 그녀는 나를 더 오래 머물게 하려는 체했다. 나에 대한 그녀의 태도는 내가 그녀를 딱딱함과 무관심으로 대하기 시작했을 때부터 변했다. 그녀는 온갖 일에서 내게 거의 알랑거리는 태도였다. 그녀는 끊임없이 내 표정을 살폈고 수도 없이 사소하게 참견하여 나를 화나게 만들었다. 노예 근성은 압제를 만들어 내는 법이다. 이런 노예 같은 충성심은 내 마음을 누그러뜨리는 대신, 내 기분 속의 가차 없고 가혹한 것은 무엇이든 더 커지게 만들었다. 마법에 걸린 새처럼 그녀가 내 주위를 날아다니는 바로 그런 상황은 나를 단단한 돌기둥으로 바꾸어 버리는 것 같았다. 그녀의 아첨은 내 경멸감을 들쑤셨고, 그녀의 아양은 나를 더욱 침묵하게 했다. 좀 더 이득을 가져다 줄 플레 씨가 이미 그녀의 손아귀 속에 있고 또 이미 내가 그녀의 비밀을 알고 있음 — 그녀에게 나는 주저하지 않고 말했기 때문이다 — 을 깨닫고 있는데도 불구하고, 나를 사로잡기 위해 그렇게 애쓰는 것이 무슨 뜻인지 한 번씩 궁금했다. 실은, 진실을 의심하고 중용과 애정과 사심 없는 마음의 가치를 평가 절하하는 것 — 이런 자질들을 성격상의 약점으로 간주하는 것 — 이 그녀의 성격이었고, 자만심과 가혹함과 이기심을 힘의 증거로 간주하는 것도 역시 그녀의 성향이었던 것이다. 그녀라면 겸손한 사람들의 목을 짓밟을 것이고 경멸감을 드러내는 사람의 발치에는 무릎을 꿇을 것이다. 그녀라면 자비로움에는 은밀한 경멸로 대할 것이고, 무관심에는 그치지 않는 부지런함으로 구애를 할 것이다. 관용과 헌신, 열정은 그녀의 비위에 맞지 않는 것이었다. 위선과 사욕을 더 좋아했고 이것들이야말로 그녀의 눈에는 진짜 지혜로운 것이었다. 도덕적이고 육체적인 타락과 정신적이고 육체적인 열등함을 그녀는 너그럽게 바라보았다. 그런 것들은 자기가 가진 재산의 부족분을 메워 줄 수 있는 쓸 만한 예금으로 바뀔 가능성이 있는 얇은 막이었다. 폭력과 불의와 압제에 그녀는 넘어갔다. 그것들은 그녀의 원래 주인이었다. 그녀에게는 그것들을 증오할 기질이 없었고 그에 저항할 충동도 없었다. 그런 못된 기질이 명령하여 어떤 이들의 마음속에 깨워 놓은 분노에 대해 그녀는 알지 못했다. 이 모든 것들로 인한 결과, 옳지 못하고 이기적인 사람들은 그녀를 현명하다고 하고, 천하고 타락한 사람들은 그녀를 자비롭다고 하고, 오만하고 부당한 사람들은 그녀를 사랑스럽다고 이름하고, 처음에는 대개 그녀의 주장이 타당하다고 받아들이는 양심적이고 관대한 사람들은 그녀가 자기들과 같은 사람이라고 생각하게 되는 것이다. 하지만 머지않아 금박이 벗겨지면 진짜 재료가 그 아래에서 드러나고 양심적이고 관대한 이들은 그녀를 속임수를 쓰는 사람이라며 제쳐 버리는 것이다.

16

 2주 정도 프랜시스 에번스 앙리를 충분히 지켜보고 나서, 나는 그녀의 성격에 대해 좀 더 구체적인 견해를 가질 수 있었다. 나는 최소한 두 가지에서 그녀가 어느 정도 놀라운 장점을 가지고 있음을 알게 되었다. 그것은 인내와 의무감이었다. 그녀는 공부와 어려움에 맞서는 데 정말이지 능력이 있었다. 처음에는 그녀에게 다른 학생들에게 필요하다고 생각하는 것과 똑같은 도움을 주었다. 나는 매번 막힌 것을 풀어주는 것으로 시작했지만 곧 그런 도움이 그녀에게는 퇴보로 받아들여진다는 것을 알게 되었다. 그녀는 어떤 당당한 인내심으로 거기서 주춤했다. 그래서 나는 긴 과제를 내주었고 거기서 생길 수 있는 어떤 어려움도 혼자서 해결하게 내버려두었다. 그녀는 진지한 열정으로 그 과제에 임했고 한 가지 어려운 문제를 재빨리 해결한 다음 다른 문제를 열렬하게 요구했다. 그녀의 인내심에 대해서는 이 정도로 하자. 그녀의 의무감은 이런 식으로 드러났다. 그녀는 배우는 것은 좋아했지만 가르치는 것은 아주 싫어했다. 학생으로서의 발전은 그녀 자신에게 달려 있는 것이었고, 나는 그녀가 스스로를 정확하게 계산할 수 있다는 것을 알게 되었다. 그녀가 교사로서 성공하는 것은 어느 정도는 아니 어쩌면 전적으로 다른 사람의 의지에 달린 셈이었다. 이들 외국인들의 고집을 꺾어 자신을 따르게 하기 위해 싸움에 임하는 것이 그녀에게는 가장 고통스런 노력을 요하는 일이었다. 일반적으로 사람을 대하는 일과 관련해서는 자기 의지대로 행동에 옮기는 것이 망설임으로 주저할 때가 많았던 것이다. 자기 자신의 일과 관련된 상황에서는 강인하고 당황하지 않았으며 옳은 것에 대한 자신의 신념에 반한다면 언제라도 자기 기분을 의지에 따르도록 꺾을 수 있었던 것이다. 하지만 나쁜 성질이나 습관, 타인의 잘못, 특히 합리적인 것에는 귀가 멀고 대개의 경우 설득하는 말을 알아듣지 못하는 아이들의 잘못과 싸울 일이 있을 때면, 그녀의 의지는 행동하기를 거의 거부하는 때가 간혹 있었다. 그러면 곧 이어 의무감이 생겨나서 내켜 하지 않는 의지가 강제로 행동하게끔 만드는 것이다. 그 결과 쓸데없이 에너지와 노동을 허비하는 일이 빈번하게 일어났다. 프랜시스는 무척 애를 썼고 학생들에 대해서 악착같이 매달렸지만 얼마 못 가서 그녀의 양심적인 노력은 학생들의 그 어떤 유순함으로도 보상받지 못했다. 납득시키고 설득하고 통제하려는 그녀의 고통스런 시도에 저항하고 강압적인 수단을 사용하게 만들 수 있는 한, 학생들은 그녀에 대해 힘을 보유하고 있고 그녀에게 격심한 고통을 가할 수 있다는 것을 알고 있었기 때문이다. 인간 — 특히 어린아이들 — 은 자기가 힘을 소유하고 있음을 의식하고 있을 때 그 힘을 행사하는 쾌락을 거부하는 경우는 매우 드물다. 비록 그 힘이 오직 다른 사람들을 비참하게 만드는 것이라 하더라도. 학생의 감각이 교사의 감각보다 무디다 할지라도 학생의 신경이 더 질기고 육체적 힘이 더 상하다면 그 교사에 대해 막대한 유리함을 가진 것이 되고, 너무 어리고 너무 건강하고 동정심을 가지거나 삼가는 것을 알기에는 너무 생각이 모자라서 학생은 대개는 가차 없이 그 힘을 사용하게 된다. 프랜시스는 큰 고통을 받는 것 같았다. 계속되는 중압감이 그녀의 정신을 억압하는 것 같았다. 그녀는 그 학교에서 살지는 않는다고 했다. 로이터 양 학교 지붕 아래에서 얼굴에 늘 그늘이 진 골몰한 것 같고 미소가 사라진 듯한 슬프고 굳어 있는 분위기를, 그곳이 어디든지 간에 그녀 자신의 거처에서도 달고 다니는지 알 수는 없었다.

어느 날 나는 목동의 움막에서 빵을 살피는 앨프리드 대왕[37]의 흔한 일화를 늘려서 적어 보라는 과제를 내주었다. 대부분의 학생들은 단 한 가지 사건만을 만들어 냈다. 그들이 주로 공부해 왔던 것은 바로 짤막함이었다. 학생들이 써낸 이야기 대다수가 완전히 알아먹을 수 없는 것이었다. 실비와 레오니 르드뤼의 글만이 그나마 이해할 수 있고 앞뒤가 맞았다. 윌랄리는 정확성을 확보하고 수고를 덜 참으로 그 즉시 꾀바른 방법을 생각해 냈다. 그녀는 축약해 놓은 영국사를 어떻게 찾아내 가지고는 이야기를 멋지게 베껴 냈다. 나는 그녀의 노력의 산물 여백에다 〈멍청하고 기만적임〉이라고 적은 뒤 중간에서 반으로 찢어 버렸다.

한 장짜리 과제물 더미 마지막에서 나는 깔끔하게 적어 묶어 놓은 몇 장의 종이 가운데 하나를 보게 되었다. 나는 그 필

---

37 Alfred the Great(재위 871~899)는 덴마크의 바이킹들로부터 위협을 받던 시절 영국 웨스트 색슨즈를 통치했고 동앵글리아의 덴마크 왕 구트룸과 일전을 벌이다 크게 패한다. 이 일화는 왕이 패주하면서 남긴 것이다. 구트룸은 878년 웨섹스 지방을 침공했다가 앨프리드 대왕에 대패했는데 이때, 앨프리드 대왕은 그를 죽이지 않았으며 덴마크를 둘로 나누어 각각 통치했다.

체를 알고 있었기 때문에, 글쓴이가 누구인가 하는 추측을 확인받기 위해 〈프랜시스 에번스 앙리〉의 서명이라는 증거물이 거의 필요하지 않았다.

나는 주로 밤에 과제물을 고쳤고 주로 내 방에서 그런 일 — 지금껏 아주 성가셨던 — 을 했다. 그런데 내가 양초 냄새를 맡아 가며 그 가련한 교사의 원고를 훑어보는 일에 착수하면서 내 속에서 처음부터 어떤 흥미로움이 생겨나는 것을 느끼게 되자 이상하게 여겨졌다.

나는 생각했다. 〈이제 나는 그녀가 진짜 어떤 사람인지 살짝이라도 보게 되겠군. 그녀의 능력이 어떤 성질인지 어느 정도인지 알게 되겠지. 그녀가 외국어로 자신을 잘 표현하기를 기대해서는 아니지만, 만일 어떤 정신을 소유하고 있다면 여기에 그것이 반영되어 있을 테지.〉

이야기는 나뭇잎이 다 떨어진 거대한 겨울 숲 속에 자리한 색슨 족 농부의 오두막에 대한 묘사로 시작하고 있었다. 12월의 어느 날 저녁을 재현하고 있었는데, 눈송이가 떨어지고 목동은 큰 폭풍을 예견하고 있었다. 목동은 소운 강둑의 초지를 돌아다니는 가축 떼를 모으기 위해 도와 달라고 아내를 불렀다. 그는 아내에게 그들이 늦게 돌아올 것이라고 일러 주었다. 그 착한 여자는 저녁 식사를 위한 빵을 굽던 일에서 손을 떼기가 싫었지만, 가축 떼를 우선 안전하게 해야 하는 일이 중요하다는 것을 알고 있었기 때문에 양가죽 외투를 입고, 벽난로 근처 골풀로 만든 침대에 기대어 쉬고 있던 나그네에게 돌아올 때까지 빵 좀 봐달라고 했다.

그녀가 말했다. 〈젊은이, 우리가 나가고 나면 문을 잘 닫아야 하는 것을 잊지 말아요. 그리고 우리가 없을 때 절대 누구에게도 문을 열어 주지 마세요. 무슨 소리가 들리더라도 움직이지 말고 내다보지도 마세요. 곧 밤이 될 거예요. 이 숲은 아주 거칠고 외로운 숲이에요. 해가 지고 난 뒤 숲에서 이상한 소리가 종종 들려요. 늑대가 숲에 출몰하고 덴마크의 전사들이 이곳을 못살게 굴죠. 더 나쁜 얘기도 해야겠네요. 그러니까, 아이 울음 소리 같은 것을 들을지도 몰라요. 도와주려고 문을 열었다가는 아주 커다란 검은 황소나 끔찍한 유령 같은 개가 문지방을 넘어올지도 몰라요. 더 무시무시한 건, 창에서 뭔가 날개 달린 것이 퍼덕거리면 갈가마귀나 흰비둘기가 날아 들어와서 난롯가에 내려앉을 수도 있다는 거예요. 그런 방문객은 이 집에 분명 불행의 징조가 될 거예요. 그러니까 내 충고를 잘 새겨듣고 무슨 일이 있어도 절대 빗장을 벗기지 마세요.〉[38] 그녀의 남편이 멀리서 그녀를 불렀고 둘은 떠났다. 나그네는 혼자 남아서 한동안 밖에서 들리는 눈보라 소리와 저 멀리 불어난 강물 소리를 듣다가 생각했다.

〈오늘이 크리스마스 이브구나. 날짜를 기억하고 있지. 여기 목동의 오두막 지붕 아래 몸을 가리고 골풀로 만든 거친 침상에 혼자 앉아 있구나. 나, 왕국의 후계자인 내가 이 밤에 머물 곳을 가난한 농부에게 의지하고 있다니. 왕좌는 빼앗겼고 내 왕관은 침략자의 이마를 덮고 있다. 내겐 친구도 없고 나의 군대는 웨일스의 언덕에서 패하여 방랑하고 있다. 무자비한 강도들이 내 나라를 망쳐 놓았다. 내 신하들은 굴복했고 그들의 가슴은 야만적인 덴마크 인들의 발에 짓밟혔다. 운명이여! 그대가 악운을 다 행사했다면, 이제 무뎌진 칼날에 그대 손을 얹고 내 앞에 서라. 그렇다. 그대의 눈이 내 눈을 직시하며 왜 아직 내가 살아 있고 왜 아직 희망을 품고 있냐고 묻고 있음을 나는 알고 있다. 이교도의 악마여, 나는 그

---

38 이 대목은 샬럿 브론테가 영국 전래 민담에 많은 영향을 받았으며 그것이 작품에 뚜렷이 반영되고 있음을 보여 준다. 에밀리 브론테의 『워더링 하이츠』(1847) 역시 그런 특성이 매우 강하다.

대의 전능을 믿지 않으므로 그대의 힘에 굴복할 수 없다. 나의 신께서, 오늘 밤 인간의 형상을 한 그의 아들, 인간을 위해 고난을 당하시고 피를 흘리신 그의 아드님께서 너의 손을 제압할 것이고, 그분의 명령이 없으면 너는 한 칼도 휘두르지 못할 것이다. 나의 신은 죄가 없고 영원하며 전지(全知)하시다. 나는 그분의 존재를 믿는다. 비록 네게 약탈당하고 짓밟혔지만, 비록 발가벗기고 고독하고 의지할 것 없지만, 나는 절망하지 않는다. 나는 절망할 수 없다. 구트룸의 창이 내 피로 젖어 있어도 절망해서는 안 된다. 나는 경계하고 애써 나아가고 희망하고 기도한다. 야훼께서 때맞춰 도우시리라.〉

더 이상 인용할 필요가 없을 것이다. 과제물 전체가 이 비슷한 어조로 쓰여져 있었다. 철자가 틀린 것도 있었고 외국어 관용구도 있었으며 구성상 오류도 있었고 불규칙 동사를 규칙 동사로 바꾸어 놓은 것도 있었다. 위에서 예를 든 것처럼 대체로 짧고 어딘가 조잡한 문장으로 되어 있었으며 문체는 상당히 다듬을 필요가 있고 품위가 떨어졌다. 하지만 그래도 이제껏 나는 교사직을 경험하는 동안 그와 같은 글은 본 적이 없었다. 이 아가씨의 마음은 오두막과 2명의 농부, 왕관을 잃은 왕에 대한 그림을 착상했던 것이다. 그녀는 겨울 숲을 상상했고 고대 색슨 족의 유령 전설을 생각해 냈으며, 재앙을 당했지만 대왕의 용기를 인정하고 있었다. 그녀는 대왕의 기독교인다운 교육을 기억했고, 오래된 시절의 뿌리 깊은 자신감으로 그가 신화 같은 운명에 대항하여 성서의 야훼에게 도움을 구하고 있는 모습을 보여 주었다. 내게서 아무런 암시도 받지 않고 이렇게 적은 것이다. 주제는 정해 주었지만, 그것을 다루는 방식에 대해서는 나는 아무런 말도 하지 않았던 것이다.

〈그녀에게 말을 걸 기회를 찾든지 만들어 내든지 해야겠군.) 과제물을 말면서 나는 생각했다. 〈프랜시스 에번스라는 이름 말고 그녀에게 영국인다운 점이 무엇이 있는지 알아봐야겠어. 영어에 초보자는 아니야, 분명해. 하지만 영국에 가본 적도 없고 영어 수업을 받은 적도 없고 영국인 가족도 없다고 했지지.〉

다음 수업을 하는 동안 나는 늘 하던 대로 숙제에 대한 칭찬이나 꾸중은 거의 하지 않고 다른 숙제를 내주었다. 심하게 꾸중해 봤자 아무 소용이 없고 많이 칭찬해 주는 것은 거의 도움이 안 되기 때문이었다. 나는 앙리 양의 숙제에 대해서는 아무 말도 하지 않았으며 안경을 쓰고 그녀의 표정에서 숨겨진 감정을 해독해 내려고 애썼다. 그녀의 내면 속에 자신의 재능에 대한 의식이 깃들어 있는지 나는 알아내고 싶었다. 〈숙제를 잘했다고 생각한다면, 지금 표정은 가라앉은 것처럼 보이지.〉 나는 이렇게 생각했다. 그녀의 얼굴은 평상시처럼 수심이 가득하고 거의 우울해 보였다. 평상시처럼 그녀의 눈은 자기 앞에 펼쳐진 공책에 고정되어 있었다. 내가 학생들에게 숙제에 대해 짤막하게 짚어 주고 나자 그녀의 태도에 뭔가 기대하는 듯한 모습이 보였다는 생각이 들었다. 그러고 나서는 숙제 얘기는 내버려 두고 손을 비비면서 문법책을 꺼내라고 하자, 마치 즐겁고 흥미로운 것에 대한 흐릿한 예상을 이제는 포기한 것처럼 그녀의 분위기와 태도에 가벼운 변화가 스쳐 지나갔다. 그녀는 자신이 어느 정도 흥미를 가지고 있는 것에 대해 뭔가 이야기하기를 기다리고 있었던 것이다. 그에 대한 이야기는 이제 하지 않을 테니 기대는 오므라들고 슬픔에 젖어 가라앉아 버렸다. 하지만 주의력이 곧 그 빈 공간을 채웠고 일시적으로 일그러졌던 얼굴은 금방 회복되었다. 그러나 수업을 하는 동안 여전히 어떤 희망이 그녀에게서 쥐어 짜여져 나오는 것과, 만일 그녀가 자신의 고통을 드러내지 않는다면 그것은 그녀가 드러내려 하지 않기 때문이라는 것을 나는 보았다기보다는, 느꼈다.

4시에 종이 울리고 교실이 즉각 소란에 빠지자 나는 모자를 쓰고 교단을 떠나는 대신 잠시 동안 계속 앉아 있었다. 나는 프랜시스를 바라보았다. 그녀는 책을 바구니에 넣고 있었다. 바구니를 채운 뒤, 그녀는 머리를 들었다. 내 눈과 마주치자 그녀는 안녕히 계시라며 조용하고 공손한 인사를 했고 나가려고 돌아섰다.

그와 동시에 나는 손가락을 들며 「이리로 와요」라고 말했다. 그녀는 주저했다. 지금 두 교실을 꽉 메운 소란 때문에 그 말을 듣지 못한 것이다. 나는 오라는 손짓을 다시 했고 그녀가 다가왔다. 그녀는 교단에서 50센티미터 정도 떨어진 곳에 다시 멈추어 서서 수줍어하며 혹시나 내 뜻을 잘못 받아들였나 의심하는 것 같았다.

「올라와요.」 나는 단호하게 말했다. 그것이 바로 수줍음이 많고 쉽사리 당황스러워하는 성격을 가진 사람들을 다루는 유일한 방법이다. 그리고 살짝 손을 써서 이제 내가 바랐던 위치 — 2반이 밀려들어 오는 데서 가려지고 아무도 뒤에서 그녀의 말을 몰래 들을 수 없는, 내 책상과 창문 사이 — 에 그녀가 자리할 수 있게 했다.

「앉아요.」 나는 작은 의자를 주면서 거기에 앉게 했다. 나는 내가 하고 있는 일이 아주 이상하게 여겨질 수 있음을 알고 있었지만 거기에 신경을 쓰지 않았다. 프랜시스도 그것을 알고 있었기 때문에, 동요하고 떨리는 표정으로 보아 무척 신경 쓰고 있을 것 같아 걱정되었다. 나는 주머니에서 돌돌 만 그녀의 숙제를 꺼냈다.

「이게 당신 거죠?」 나는 그녀가 영어를 말할 수 있다는 것을 이제는 확실히 느꼈기 때문에 그녀에게 영어로 말을 걸었다.

「네.」 그녀는 분명하게 대답했다. 내가 그걸 펼쳐서 그녀 앞의 책상 위에 평평하게 놓고 연필을 쥔 손을 그 위에 놓았을 때 나는 그녀가 움찔하는 것을, 그러니까 얼굴이 달아오르는 것을 보았다. 그녀의 의기소침함은 뒤에서 타오르고 있는 태양으로 인해 구름이 빛을 발하는 것과도 같았다.

「당신 숙제에는 잘못이 많아요.」 나는 말했다. 「영어를 제대로 완벽하게 쓰기 위해서는 오랫동안 주의 깊게 공부해야 할 겁니다. 잘 들어요! 몇 가지 중요한 잘못을 지적해 주겠어요.」 그러고 나서 나는 조심스레 모든 실수를 지적하고 왜 그것이 실수인지, 단어와 구절을 어떻게 써야 하는지를 설명해 보였다. 이렇게 차분하게 지적하는 동안 그녀도 침착해졌다. 나는 계속했다.

「당신이 쓴 글의 내용에 대해서는, 앙리 양, 나는 놀랐어요. 그 속에서 어떤 취향과 공상의 증거를 보았기 때문에 나는 즐겁게 읽었습니다. 취향과 공상이 인간 정신의 가장 고매한 재능은 아니지만, 당신은 최고 수준은 아니어도 대다수의 사람들이 자랑할 수 있는 것을 넘어서는 정도로 그것들을 소유하고 있어요. 그러니까 용기를 가져요. 신과 자연이 당신에게 준 능력을 키우도록 하세요. 그 어떤 고통스런 위기나 불의의 압력을 받더라도 두려워하지 말고 그런 취향과 공상의 힘과 진귀함을 의식하고 자유와 완전한 위안을 얻어 내도록 하세요.」

〈힘과 진귀함!〉 나는 마음속으로 되뇌었다. 〈그래, 바로 그 말이야.〉 태양을 가리고 있던 구름이 흩어지고 그녀의 표정이 변했으며 거의 승리에 찬 미소가 눈에서 빛나는 것을 나는 보았기 때문이다. 그 미소는 이렇게 말하는 것 같았다.

〈제 본질을 그토록 많이 발견해 주셔서 기뻐요. 선생님은 말씀을 그렇게 조심스레 절제하실 필요가 없어요. 제가 저 자신도 모른다고 생각하세요? 그렇게 자상한 용어로 하신 말씀은 제가 아이일 때부터 완전하게 알고 있던 거예요.〉

그녀의 솔직하고 환한 표정이 분명히 이렇게 말했지만, 금세 그 얼굴의 빛과 용모의 광채는 가라앉았다. 자신의 재능에 대해 강하게 의식하고 있다면, 그녀는 자신을 괴롭히는 단점에 대해서도 마찬가지로 의식하고 있었다. 그리고 잠시 동안 잊고 있던 그 기억이 이제 놀라운 힘으로 되살아나서, 자신의 능력에 대한 의식이 표출되었던 그토록 생생한 특성을 금세 가라앉혀 버린 것이다. 감정이 그렇게 되돌아가는 것이 너무나 빨라서 그녀의 승리감을 질책으로 가로막을 시간도 없었다. 내가 이마를 찌푸리기도 전에 그녀는 심각해져서 거의 우울해 보일 지경이었다.

「감사합니다, 선생님.」 이렇게 말하고 그녀가 일어섰다. 그때 드러난 목소리와 표정에는 고마워하는 마음이 들어 있었다. 이제는 정말 회담을 끝내야 할 시간이었다. 왜냐하면 내가 주위를 둘러보았을 때 맙소사, 모든 기숙 학생들(통학생들은 다 가버렸다)이 내 책상 1~2미터 주위로 모여들어 눈과 입을 떡 벌리고 쳐다보고 서 있는 것이었다. 3명의 여교사들은 한데 모여서 속삭이고 있었고, 내 팔꿈치 바로 근처에는 교장이 낮은 의자에 앉아서 완성된 지갑의 장식술을 조용히 잘라 내고 있었다.

17

 결국 나는 앙리 양에게 말을 걸 대담한 기회를 포착했다가 불완전한 이득만을 얻은 셈이었다. 내 의도는 그녀가 어떻게 프랑스 식 성 외에도 두 개의 영국식 세례명인 프랜시스와 에번스를 얻게 되었는지, 또 어디서 그렇게 훌륭한 발음을 익히게 되었는지를 물어보는 것이었다. 내가 그걸 잊어버렸거나 우리 대화가 너무나 짧아서 물어볼 시간이 없었거나 둘 중 하나였다. 게다가 나는 그녀의 영어 실력을 반도 테스트해 보지 못했다. 영어로 그녀에게서 이끌어 낸 말은 〈네〉와 〈감사합니다, 선생님〉이 전부였다. 〈괜찮아.〉 나는 생각했다. 〈제대로 끝내지 못한 거야 앞으로 하게 되겠지.〉 나 스스로 한 약속을 지키지 못할 것도 없었다. 그렇게 많은 학생들 가운데에서 한 명의 학생과 특별하게 몇 마디를 나누기도 어려웠다. 하지만 〈뜻이 있는 곳에 길이 있다〉는 옛말대로, 그녀에게 다가갈 때마다 따라다니는 질투에 찬 시선과 속삭이는 험담에도 불구하고 앙리 양과 몇 마디라도 나누기 위한 기회를 나는 어찌어찌 계속 찾아냈다.
 「예를 들면 당신의 공책은,」 이것이 내가 종종 짤막한 대화를 시작하는 방식이었다. 시간은 언제나 수업이 끝나는 바로 그때였다. 교사와 학생 사이에 일반적인 여러 가지 엄격한 형식들을 강요하는 것이 그녀의 입장에서 보아 현명하고 올바른 것이라고 생각했기 때문에, 또 내 태도가 더 엄격해지고 더 당당해질수록 그녀의 태도가 편해지고 침착해지는 것 같았기 때문에, 일어서라고 손짓한 뒤 내가 그녀의 자리에 앉고 그녀가 내 옆에 공손하게 서 있게 했다. 그런 경우에 일반적으로 나타나는 효과에 비추어 보면 이상한 모순이기는 했지만 사실이 그러했다.

「연필.」 그녀를 처다보지도 않고 손을 내밀며 나는 말했다. (지금 나는 이 회담의 첫번째 간략한 보고서를 쓰려는 참이다.) 그녀가 내게 연필을 내밀었고, 나는 문법 문제 풀이에서 몇 가지 실수에 밑줄을 그으면서 이렇게 말했다.

「벨기에에서 태어나지 않았소?」
「네.」
「프랑스도 아니고?」
「네.」
「그러면, 고향이 어디지요?」
「제네바에서 태어났습니다.」
「프랜시스와 에번스는 스위스 식 이름이 아닐 텐데?」
「아닙니다, 선생님. 영국식 이름입니다.」
「맞아요. 아이들에게 영국식 이름을 지어 주는 것이 제네바의 풍습입니까?」
「*Non, monsieur; mais* (아니요, 선생님, 그런데) —」
「영어로 해요, 괜찮다면.」
「*Mais* (하지만) —」
「영어로.」
「하지만,」 (느리게, 당황해서) 「부모님 두 분 모두 다 제네바 사람인 건 아니었어요.」

「〈두 분 모두 다〉라고 하지 말고, 〈두 분 다〉라고 해요.」

「두 분 다 스위스 사람인 건 아니었어요. 어머니가 영국인이었습니다.」

「아! 영국계란 말이지?」

「네, 어머니의 조상들은 모두 영국인이었어요.」

「아버지는?」

「스위스 인이었습니다.」

「또? 직업은 무엇이었죠?」

「성직자 그러니까 목사, 교회를 갖고 계셨어요.」

「어머니가 영국 사람인데, 왜 영어를 좀 더 잘 하지 못해요?」

「*Maman est morte, il y a dix ans*(어머니는 돌아가셨어요, 10년 전에).」

「당신은 어머니의 모국어를 잊어버림으로써 어머니에 대한 기억에 경의를 표하는 건가요? 내가 당신과 얘기하는 농안은 프랑스 어를 잊어버리도록 해요. 계속 영어로 말해요.」

「*C'est si difficile, monsieur, quand on n'en a plus l'habitude*(너무 어려워요, 선생님, 더 이상 그런 습관을 갖고 있지 않으니까요).」

「전에는 그런 습관을 갖고 있었던 것 같은데? 이제 어머니 나라 말로 대답해요.」

「예, 선생님, 어릴 때는 프랑스 어보다 영어로 더 많이 말했어요.」

「왜 지금은 그러지 않죠?」

「영국인 친구가 없기 때문입니다.」

「아버지와 살고 있는 것 같은데?」

「돌아가셨습니다.」

185

「형제나 자매는?」

「아무도 없어요.」

「혼자서 삽니까?」

「아니요, 고모가 있어요. *Ma tante Julienne*(쥘리안 고모예요).」

「아버지의 누이?」

「*Justement, monsieur*(맞습니다, 선생님).」

「그게 영어인가요?」

「아니요, 잊어버려서……」

「만일 당신이 어린아이라면, 그 점에 대해 난 분명히 가벼운 벌을 주었을 거예요. 당신 나이라면…… 스물두셋 정도, 맞습니까?」

「*Pas encore, monsieur — en un mois j'aurai dix-neuf ans*(아직, 선생님, 한 달 후면 열아홉이 됩니다).」

「음, 열아홉이면 다 자란 나이고, 또 열아홉이 되고 나면 당신은 발전하고 싶은 마음이 아주 커져서 필요할 때만 영어로 말하는 것에 대해 선생이 두 번씩 상기시켜 줄 필요가 없겠죠.」

이 현명한 말에 대한 답은 듣지 못했다. 내가 올려다보았을 때, 나의 학생은 그다지 생기 띤 미소는 아니었지만 상당한 의미를 띤 미소를 짓고 있었다. 그 미소는 〈선생님은 자기도 뭔지 모르는 걸 말하고 계시네〉라는 것 같았다. 그 점이 너무나 뚜렷하게 드러나서 나는 내 무지함이 그렇게 암묵적으로 확인되는 것에 대해 좀 물어보기로 했다.

「자신의 발전에 전념하고 있습니까?」

「어느 정도는요.」

「앙리 양, 어떻게 입증할 수 있죠?」

이상한 질문을 무뚝뚝하게도 던졌다. 이 질문은 두 번째 미소를 자아냈다.

「아니, 선생님, 전 신경을 안 쓰는 게 아니에요. 저는 수업 내용을 잘 익히고 있어요······.」

「오, 아이들도 그럴 수 있어요! 그것 말고 뭘 더 하냐고요?」

「제가 뭘 더 할 수 있죠?」

「아, 분명히 많이는 안 되겠죠. 하지만 당신은 교사고 동시에 학생이기도 하죠?」

「네.」

「레이스 수선을 가르치죠?」

「네.」

「지루하고 바보 같은 일이죠. 그걸 좋아해요?」

「아니요. 지겨워요.」

「그런데 왜 그걸 계속합니까? 왜 역사나 지리, 문법 그런 거 아니면 산수라도 가르치지 그래요?」

「선생님께서는 제가 그런 과목에 확실한 실력이 있다고 확신하시는 건가요?」

「나는 모릅니다. 당신 나이라면 그래야겠죠.」

「하지만, 저는 학교에 가본 적이 없었어요, 선생님······.」

「그래요! 아니, 그러면 당신 친척들은, 아니 당신 고모는 뭘 하셨어요, 그분은 비난을 받아야겠군요.」

「아니에요, 선생님, 그렇지 않아요, 고모님은 좋은 분이세요. 그분은 잘못이 없어요. 그분은 할 수 있는 일을 다하셨어요. 저를 재워 주고 먹여 주셨어요.」(나는 앙리 양의 말을 문자 그대로 옮긴다. 따라서 앙리 양의 말은 프랑스 어를 곧이곧대로 옮긴 것이다.)「그분은 부자가 아니에요. 고작 1년에 1천2백 프랑의 연금을 받고 있을 뿐이죠. 저를 학교에 보내는 게 불가능했을 거예요.」

〈그럴 수도 있겠군.〉 그 말에 나는 이렇게 생각했다. 하지

187

만 처음 채택했던 독단적인 어조로 계속 말했다.

「당신이 일반적인 교육을 못 받고 자란 건 안된 일이군요. 만일 당신이 역사나 문법 같은 것을 알고 있었다면 차츰차츰 레이스 수선 같은 고역에서는 헤어나서 출세할 수 있었을 텐데.」

「저도 그러려고 합니다.」

「어떻게? 영어에 대한 지식만으로? 그걸로는 충분하지 않아요. 외국어 하나를 아는 게 지식의 전부인 가정교사를 받아들일 지체 높은 집안은 없어요.」

「선생님, 저는 다른 것도 알아요.」

「좋아요, 좋아. 당신은 베를린 산 양모로 뜨개질할 줄 알고 손수건과 옷깃에 수를 놓을 줄도 알겠죠. 그건 별 도움이 못 됩니다.」

앙리 양의 입술이 대답을 하려고 열렸지만, 대화를 오래 끌었다고 생각했는지 자제하고는 침묵을 지켰다.

「말해요,」 내가 참지 못하고 계속했다. 「실제로는 그렇지 않은데 겉으로 묵인하는 것처럼 보이는 게 난 싫어요. 말을 맺을 때 반박하려고 했잖아요.」

「선생님, 저는 문법과 역사, 지리, 산수 수업을 많이 들었어요. 각 과목마다 과정을 다 거쳤어요.」

「만세! 그런데 고모가 당신을 학교에 보내 줄 수 없었다면서 어떻게 그렇게 했죠?」

「레이스 수선으로요. 선생님이 그렇게 경멸하는 수단으로요.」

「정말입니까! 하지만 앙리 양, 이제부터는 그런 수단으로 어떻게 그런 결과를 만들어 냈는지를 영어로 설명하면 훌륭한 연습 기회가 될 거예요.」

「선생님, 우리가 브뤼셀로 온 직후 저는 고모님께 간청해서 레이스 수선을 가르쳐 달라고 했어요. 그게 쉽게 배울 수 있는 기술이자 직업이며 당장 돈을 벌 수 있다는 걸 알았기 때문이죠. 저는 며칠 안에 그걸 배웠고, 모든 브뤼셀의 귀부인들은 세탁할 때마다 손을 봐야 하는 아주 귀한 오래된 레이스를 가지고 있기 때문에 금방 일을 시작했어요. 저는 돈을 좀 벌었고 그 돈으로 제가 말한 과목을 공부했습니다. 그 가운데 조금은 책, 특히 영어로 된 책을 사는 데 썼어요. 영어를 잘 쓰고 말하게 되면 바로 가정교사나 학교 선생 자리를 찾아보려고 해요. 하지만 여기 학생들이 저를 얕잡아 보는 것처럼, 제가 레이스 수선일을 했다는 것을 알게 되면 사람들이 저를 얕잡아 볼 거라는 걸 알게 되었기 때문에 어려운 일이었어요. *Pourtant j'ai mon projet*(그래도 제게는 계획이 있어요.)」 그녀는 작은 소리로 덧붙였다.

「그게 뭐죠?」

「저는 영국으로 가서 거기서 살 거예요. 거기서 프랑스 어를 가르칠 거고요.」

그 말에는 힘이 실려 있었다. 그녀는 모세 시대에 이스라엘 사람들이 가나안을 말할 때 그랬으리라 짐작할 수 있을 정도로 〈영국〉을 발음했다.

「영국을 보고 싶어요?」

「네, 그럴 생각이에요.」

이때, 어떤 목소리, 그러니까 교장의 목소리가 끼어들었다.

「*Mademoiselle Henri, je crois qu'il va pleuvoir; vous feriez bien, ma bonne amie, de retourner chez vous tout de suite*(앙리 양, 비가 올 것 같아요. 아가씨, 집에 바로 가는 게 좋겠는데).」

이런 주제넘는 경고에 아무런 감사 표시도 하지 않고 앙리 양은 조용히 책을 거두었다. 그녀는 자기보다 우월한 사람을 향해 몸을 돌리려고 애쓰는 것처럼 나를 향해 공손하게 몸을 돌렸다. 비록 그녀의 머리가 숙이기를 거부하는 것처럼 보여 그 노력은 거의 실패에 가까웠지만. 그녀는 떠났다.

인내든 고집이든 그것의 씨앗 한 톨이 기질 속에 들어 있을 경우, 성가신 방해는 낙담을 주기보다는 오히려 자극을 준다고 알려져 있다. 로이터 교장은 날씨에 대한 언질을 하는 수고를 하느니 입 다물고 있는 편이 나을 뻔했다(어쨌든 그녀의 예상은 이 일로 잘못임이 드러났다. 그날 저녁에는 비가 내리지 않았던 것이다). 그 다음 수업이 끝났을 때, 나는 다시 앙리 양의 책상 앞에 섰다. 나는 그녀에게 이렇게 말했다.

「앙리 양, 영국에 대해 어떻게 생각하시오? 왜 거기로 가고 싶어하죠?」

내 계산된 무례함에 이제 익숙해져서 그녀는 더 이상 불안해 하거나 놀라지 않았고, 다만 프랑스 어에서 영어로 자신의 생각을 즉석에서 옮길 때 겪는 어쩔 수 없는 어려움 때문에 머뭇거리면서 대답했다.

「제가 듣고 읽은 바로는 영국은 뭔가 독특한 점이 있는 나라입니다. 영국에 대한 제 생각은 모호한 것이기 때문에 그걸 분명하고 확실하게 만들기 위해 가고 싶습니다.」

「흠! 일개 교사의 능력으로 거기 간다 해도 영국을 얼마만큼 볼 수 있을 것 같소? 어떤 나라에 대해 분명하고 확실한 생각을 얻기 위해서라니 이상한 생각이군요! 대영제국에 대해 당신이 볼 수 있는 모든 것은 학교나 기껏해야 한두 집안의 내부 모습뿐일 거요.」

「그래도 영국 학교고, 영국인 가정이겠죠.」

「두말하면 잔소리죠. 그래서 어쩌겠다는 겁니까? 그렇게 작은 자로 잰 관찰 결과가 무슨 가치가 있겠어요?」

「선생님, 유추를 통해 무언가를 배울 수는 없는 건가요? *échantillon*(사례), 그러니까 사례라는 건 종종 전체에 대해 생각할 수 있게 해준다고요. 그뿐만 아니라 좁고 넓다는 건 상대적인 말이에요, 그렇지 않아요? 선생님 눈으로 보시면 제 인생이 아마도 협소하게 보이겠죠. 완전히 지중해의 작은 동물, 그, 토프의 삶이겠죠, *comment dit-on*(영어로 뭐라고 하죠)?」

「두더지.」

「맞아요, 두더지, 땅속에서 사는 두더지는 제게도 협소하게 느껴져요.」

「좋아요, 앙리 양, 그러고 나서는? 계속하세요.」

「*Mais, monsieur, vous me comprenez*(하지만, 선생님, 알고 계실 텐데요).」

「전혀. 제발 얘기해 줘요.」

「글쎄요, 선생님, 별거 아니에요. 스위스에서 저는 무언가를 하긴 했지만 별건 아니었고, 배우기는 했지만 너무 적었고, 보긴 했지만 거의 보지 못했어요. 그곳에서의 제 삶은 고리처럼 닫혀 있었어요. 저는 매일같이 같은 길을 걸어 다녔고 거기서 벗어날 수가 없었어요. 가난하고 재주가 없었으니까 죽을 때까지 거기 그대로 있었다 해도 저는 결코 그걸 넓힐 수가 없었을 거예요. 배운 것도 별로 없었어요. 이런 되풀이되는 생활에 완전히 지쳐 버렸을 때 고모에게 브뤼셀로 가자고 애원했죠. 부자도 아니고 신분이 높은 것도 아니기 때문에 이곳에서도 저의 생활 범위는 전혀 넓지 않아요. 저는 여전히 좁은 곳을 돌아다니지만 풍경이 바뀌었어요. 영국으로 가면 한 번 더 바뀔 거예요. 저는 제네바의 중간 계급에 대해서는 조금 알고 있어요. 이제는 브뤼셀의 중간 계급에 대해서도 아는 게 있죠. 런던으로 가게 되면 런던의 중간 계급에 대해서 알게 될 거예요. 제 말을 알아들으시겠어요, 선생님, 아니면 영 모호한가요?」

「알겠어요, 알겠어. 이제 다른 주제로 넘어갑시다. 당신은 가르치는 데 인생을 걸겠다고 했어요. 하지만 당신은 별로 성공적이지 못한 교사예요. 학생들을 조용하게 만들지도 못하잖아요.」

이 가혹한 질문의 결과로 고통스럽고 혼란스러워 하는 홍조가 얼굴에 퍼졌다. 그녀는 책상으로 머리를 숙였지만 곧 고개를 들고 대답했다.

「선생님, 저는 솜씨 좋은 교사는 아닙니다. 사실이죠, 하지만 연습하면 나아질 거예요. 게다가 저는 어려움 속에서 일하고 있어요. 저는 여기서 바느질만 가르칩니다. 저는 바느질로는 아무런 능력도 우월함도 보여 줄 수 없어요. 그건 부수적인 기술이에요. 그리고 이 학교에서 아는 사람이 아무도 없어요. 저는 고립되어 있어요. 또 이교도이고, 그 때문에 영향력을 행사할 수 없어요.」

「또 영국에 가면 당신은 외국인이 되겠죠. 그 사실도 당신에게서 영향력을 빼앗아 갈 것이고 당신 주위의 모든 것에서 당신을 확실하게 떼어 놓게 될 겁니다. 여기서 거의 중요성을 갖고 있지 못한다고 한다면, 영국에서는 거의 관계를 맺지 못할 겁니다.」

「하지만 무언가를 배우게 될 거예요. 나머지는 어디서나 그랬던 것처럼 힘들 거예요. 그리고 만일 제가 싸워야 하고 혹은 져야 한다면, 플랑드르의 천박함보다는 차라리 영국의 오만함에 지고 싶어요. 게다가, 선생님······.」

자신을 표현할 말을 찾기 어려워서가 아니라 분명 분별력이 〈충분히 말했어〉라고 했기 때문인 듯, 그녀는 말을 그쳤다.

「얘기를 마무리해요.」 내가 재촉했다.

「게다가, 선생님, 저는 신교도들 사이에서 한번 더 살아 보고 싶어요. 그들은 구교도보다 더 정직하거든요. 구교의 학교는 미세한 구멍이 나 있는 벽과 속이 텅 빈 바닥, 가짜 천장으로 된 건물이에요. 선생님, 이 학교의 모든 교실에는 몰래 들여다보는 구멍과 몰래 귀 기울이는 구멍이 있어요. 도대체 이 학교와 여기 사는 모든 사람들은 남을 속이는 사람들인가요? 이 사람들 전부 다 거짓말하는 걸 합법적이라고 생각하죠. 증오하면서 우정을 가장하는 것을 그들은 예의라고 해요.」

「모두?」 내가 말했다. 「당신 말은 학생들, 그러니까 경험이 없고 경솔하고 옳은 것과 그른 것을 분별할 줄 모르는 아이들을 말하는 건가요?」

「정반대예요, 선생님. 아이들이 가장 진지하죠. 아이들이 이중 행동에 숙달되기에는 아직 시간이 더 필요해요. 아이들은 거짓말을 하겠지만 천진스럽게 해서 거짓말하는 걸 알 수 있어요. 하지만 어른들은 아주 나빠요. 그들은 외지인을 속이고 또 서로서로를 속여요……」

하인이 들어왔다.

「*Mdlle Henri — Mdlle Reuter vous prie de vouloir bien conduire la petite de Dorlodot chez elle, elle vous attend dans le cabinet de Rosalie la portière — c'est que sa bonne n'est pas venue la chercher — voyez-vous*(앙리 선생님, 로이터 교장께서 돌로도 아가씨를 집에 데려다 줄 수 있겠느냐고 하십니다. 문지기 로잘리 방에서 당신을 기다리고 있어요. 하녀가 데리러 오지 않았거든요).」

「*Eh bien! est-ce que je suis sa bonne — moi*(그럼, 내가 그 아이 하녀인가요)?」 앙리 양이 물었다. 그러고 나서 그녀는 내가 전에 한번 그 입술에서 보았던 것과 똑같은 씁쓸한 조소를 띠며 서둘러 일어나서 나가 버렸다.

18

 그 어린 영국계 스위스 아가씨는 분명히 모국어를 공부하는 데서 기쁨과 유익함을 얻어 내고 있었다. 그녀를 가르칠 때 나는 물론 일반적인 학교 규칙에 얽매이지 않았다. 나는 영어를 가르치는 일을 문학을 가르치는 통로로 삼았다. 나는 그녀에게 읽기 과목을 정해 주었다. 그녀는 영국 고전을 몇 권 모으고 있었는데, 그 가운데 일부는 어머니가 남겨 준 것이었고 나머지는 자기가 번 돈으로 산 것이었다. 나는 좀 더 최근 작품들을 빌려 주었다. 그녀는 이 모든 책들을 몹시 탐내어 읽었고 그걸 다 읽어 본 뒤 각 작품을 깔끔하게 요약해서 글로 적어 되돌려 주었다. 그녀는 작문도 좋아했다. 그런 일은 그녀 코의 호흡이 된 듯했고 점차 나아지는 노력의 결과로, 내가 처음에 취향과 공상으로 보았던 그녀의 자질들은 오히려 판단력과 상상력이라는 이름을 붙여야 한다고 나는 고백해야 했다. 내가 보통은 건조하고 인색하게 말하다가 가끔 그런 것에 대해 너무 많이 내비칠 때면, 내 칭찬 한마디가 이전에 자아냈던 찬란하고 떨 듯이 기뻐하는 미소를 나타나게 했는지 나는 찾아보았다. 하지만 프랜시스는 얼굴을 붉혔다. 만일 그녀가 미소를 짓는다면, 그것은 아주 부드럽고 수줍어하는 미소였다. 승리에 찬 시선으로 나를 올려다보는 대신, 그녀의 눈은 자신의 어깨 너머로 뻗어 와 공책의 여백에 연필로 지시 사항을 적고 있는 내 손에 머물러 있었다.

「자, 당신이 나아진 것에 내가 만족해서 좋아요?」

「네.」 그녀는 느리고 얌전하게 대답했고, 반쯤 가신 홍조가 다시 달아올랐다.

「하지만 나는 충분하게 말한 것 같지는 않은데?」 나는 계속 말했다. 「내 칭찬은 너무 차갑지요.」

그녀는 대답을 하지 않았고 그 모습이 조금 슬퍼 보인다고 생각했다. 그녀의 생각을 짐작해 보았고, 그렇게 해도 괜찮았다면 나는 그녀의 생각에 무척이나 반응을 보이고 싶어했을 것이다. 그녀는 이제 내 칭찬을 그다지 열렬하게 원하지 않았고 날 놀라게 하려고 열성을 부리지도 않았다. 자그마한, 영원히 자그마한 애정이 이 세상의 그 어떤 찬사보다 그녀를 더 기쁘게 만들었다. 그걸 느꼈기 때문에 나는 그녀의 공책 여백에 글을 쓰면서 그녀 뒤에 한동안 서 있었다. 나는 그 자리를 뜨거나 하던 일을 그만둘 수가 없었다. 무언가가 내 머리를 그녀의 머리 바로 옆에 두고, 내 손을 그녀의 손 바로 옆에 둔 채 그 위로 몸을 구부리게 만들었다. 그러나 습자책의 여백은 공간이 한정되어 있다. 틀림없이 교장은 그렇게 생각했을 것이다. 무슨 재주로 그걸 채우는 데 시간이 그렇게 걸리는지 확인해 보려고 그녀는 때때로 지나다녔다. 떠날 수밖에 없었다. 우리가 가장 좋아하는 일에서 억지로 떠나야 하는 것이다.

프랜시스는 앉아서 해야 하는 일 때문에 창백해지거나 몸이 약해지지는 않았다. 아마도 공부와 자신의 정신이 교감하다 생긴 자극으로 인해, 공부로 생긴 비활동성이 상쇄된 것 같았다. 그녀는 변했다. 정말이지 그녀는 눈에 띄게 급속하게 변했다. 그러나 더 나은 쪽으로 변화했다. 맨 처음 보았을 때 그녀의 얼굴은 어두웠고 안색은 창백했다. 아무런 즐거운 일이 없는, 이 세상 어디에도 환희를 저장해 둔 곳이 없는 사람처럼 보였다. 이제 희망과 즐거움의 공간만을 남겨 둔 채 구름은 그녀의 태도에서 사라졌고, 억눌려 있던 것을 살아나게 하고 창백하던 것에 채색을 하면서 맑은 아침처럼 그런 감정들이 자라났다. 억눌린 눈물로 그토록 어두웠고 계속되는 실의로 그렇게 그늘졌기 때문에 처음에는 색깔을 알 수 없었던 그녀의 눈은 마음속에 기운을 불어넣어 준 햇빛에 의해 찬란한 연갈색 눈동자를 드러냈다. 커다랗고 눈 속에 꽉 차고 기다란 속눈썹으로 가려져 있으며 불꽃이 배어 든 눈동자였다. 근심이나 의기소침이 종종 교류하는 둥글다기보다는 갸름하고 사려 깊고 여윈 얼굴의 그 핏기 없던 쇠약한 표정이 사라지고, 활짝 피어난 투명한 피부와 통통하게 살이 올랐다고도 할 수 있는 얼굴은 결연한 윤곽선을 부드럽게 만들었다. 그녀의 얼굴은 이렇게 이로운 변화에 한몫했다. 더 둥글어졌고 체형의 조화가 완벽해졌으며, 그녀의 우아한 중키로 보면 비록 아담하고 고상하고 유연하지만 아직도 전체적으로 마른 몸매의 선이 확실하게 통통해지지 않았다고 해서 아무도 유감스러워하지 않았다(최소한 〈나〉는 그랬다). 허리와 손목, 손, 발 그리고 발목을 섬세하게 돌리는 것이 내 균형감에 완전히 만족스러웠으며, 우아함에 대한 내 개념과 일치하는 가볍고 자유로운 움직임을 만들어 냈다.

이렇게 좋아지고 이렇게 삶에 눈뜬 앙리 양은 학교에서 새로운 발걸음을 내딛기 시작했다. 그녀의 정신력은 조금씩이기는 하지만 꾸준하게 스스로를 표명하여 오래지 않아 질투하던 사람들로부터도 인정을 얻어 냈고, 젊고 건강한 학생들은 그녀가 밝게 웃을 수 있고 즐겁게 대화할 수 있고 활기 차고 기민하게 움직일 수 있다는 것을 알게 되자 자신들과 같은 사람으로 관대히 받아들이게 되었다.

솔직히 말하면 나는 이런 변화를 정원사가 소중한 식물의 성장을 관찰하는 것과 같이 관찰했고, 그 정원사가 자기가 아끼는 나무의 성장에 기여했다고 할 수 있다면 나도 그 일에 기여한 셈이었다. 내 학생을 어떻게 해야 제일 잘 키울 수 있는지, 굶주린 감정을 어떻게 품어 줄 수 있는지, 절망적인 가뭄과 시들게 하는 질풍이 이제껏 자라지 못하게 한 내면의 활기를 어떻게 바깥으로 드러나게 해줄지를 찾아내는 것이 내게는 어려운 일이 아니었다. 끊임없는 관심과 주의 깊지만 말 없는 친절로, 엄격함이라는 거친 외투를 입은 채 늘 그녀 곁에 서 있는 것, 그리고 관심이나 따뜻하고 부드러운 말을 아주 드물게 슬쩍 내비치는 것만으로 진정한 본질이 알려지게 하는 것. 또 헌신적인 보살핌으로 도움을 주면서도 강제로 지시를 내리고 행동을 촉구하는 척하는 가면을 쓴 진정한 주목, 이것이 바로 내가 사용한 수단들이었다. 이러한 수단만이 깊이 울리는 만큼 민감하고, 당당하면서도 수줍어하는 프랜시스의 본성과 감정에 가장 잘 들어맞는 것이었기 때문이다.

내 체계가 가져온 이로움은 교사로서의 그녀의 태도도 바꾸어 놓을 만큼 뚜렷한 것이었다. 그녀는 이제 학생들이 따라야 하고 따르고 있음을 그들에게 동시에 확신시켜 주는 그런 활기와 단호한 분위기로 그들 가운데 자신의 자리를 확보했다. 학생들은 그녀에 대해 힘을 잃었다는 것을 느끼게 되었다. 만일 어떤 학생이 그녀에게 대항했다면 그녀는 더 이상 그런 반항을 마음에 담아 두지 않으려 했다. 그녀는 학생들이 고갈시킬 수 없는 편안함이라는 샘을 소유했으며 학생들이 쓰러뜨릴 수 없는 후원의 기둥을 소유했다. 전에는 모욕을 당하면 그녀는 울었다. 이제 그녀는 웃음을 짓는다.

그녀의 과제물 중 하나를 여럿 앞에서 읽혀 학생들 모두에게 그녀의 재능이 드러나게 했다. 나는 그 주제를 기억한다. 이민을 간 사람이 고향에 있는 친구에게 보낸 편지였다. 그 글은 간결하게 시작하고 있었다. 어딘가 자연스러우면서도 묘사적인 필치가 처녀림과 위대한 신세계의 강의 풍경 — 배와 깃발이 나부끼는 황량한 강 — 을 독자에게 펼쳐 보이고 있었으며 편지는 그곳에서 씌어진 것으로 되어 있었다. 정착민의 생활에 따르는 어려움과 위험이 암시되어 있었다. 그 주제에 대해 언급한 몇 마디에서 앙리 양은 결단과 인내, 노력의 음성이 잘 들리게 했다. 자신의 나라에서 그를 몰아낸 재앙도 암시되어 있었다. 거기에는 녹슬지 않는 명예, 굽히지 않는 독립심, 파괴될 수 없는 자부심이 글로 나타나 있었다. 지나간 세월도 얘기하고 있었고 이별의 슬픔과 부재의 아쉬움이 다루어지고 있었다. 힘차고 세련된 감정이 글 전체에서 웅변적인 숨결로 호흡하고 있었다. 마지막에는 위안도 주고 있었다. 그 글에서는 종교적인 믿음이 바로 말하는 이였고, 그 믿음은 말을 아주 잘했다.

그녀의 글은 품위가 있으면서도 정선된 언어로, 활기로 힘을 내고 조화로움으로 우아해진 문체로 설득력 있게 쓰여져 있었다.

로이터 양은 직접 말하거나 쓰지는 못했지만 자기가 있는 데서 읽거나 말하는 영어는 아주 잘 이해했다. 앙리 양의 글을 읽는 동안 그녀는 차분하고 바쁜 듯이 앉아서는 눈과 손가락은 보석 목걸이의 모양을 만들거나 아마포 손수건 둘레를 성기게 감치는 일에 몰두하고 있었다. 아무 말도 하지 않았고, 순수하게 무표정한 가면을 쓴 얼굴과 이마는 그녀의 입술만큼이나 침묵하고 있었다. 그녀의 표정에서 놀라움이나 즐거움, 칭찬, 관심사가 드러나지 않은 것과 마찬가지로 경멸이나 질투, 불쾌함, 지겨움도 드러나지 않았다. 만일 그 알 수 없는 표정이 무슨 말을 했다면, 당연히 이런 말이었을 것이다.

〈그 소재는 너무 진부해서 어떤 감정이나 의견도 생기지 않네요.〉

내가 읽기를 끝내자마자 잡담소리가 들려왔다. 앙리 양을 둘러싸고 밀어 대면서 학생들 몇 명이 찬사를 늘어놓으며 그녀를 포위하기 시작했다. 교장의 차분한 목소리가 들려왔다.

「어린 아가씨들, 외투와 우산을 챙겼으면 소나기가 거세지기 전에 집으로 서둘러 돌아가세요.」(비가 조금 내리고 있었다.) 「나머지는 하인들이 데리러 올 때까지 기다리세요.」 4시였기 때문에 학생들이 다 흩어졌다.

「선생님, 할 말이 있습니다.」 그녀는 교단 위로 올라오면서, 손짓으로 내가 쥐고 있던 모자를 잠시 내리기를 바라는 신호를 했다.

「교장 선생님, 좋으실 대로요.」

「선생님, 어떤 특정한 근면한 학생이 보인 발전을 드러내 줌으로써 젊은이들의 노력을 장려하는 것은 물론 탁월한 생각입니다. 하지만 지금 경우처럼, 앙리 양은 다른 학생들과는 동등하게 간주될 수 없다는 걸 모르시나요? 그녀는 다른 대부분의 학생들보다 나이가 많고 영어에 관한 지식을 익히는 데 특별한 능력을 가졌다는 유리함이 있어요. 반대로 생활 환경은 학생들보다 떨어집니다. 이런 상황에서 앙리 양을 공공연히 구별하면, 비교를 하게 만들고 자기의 목표를 형성해 가고 있는 학생들에게 전혀 이롭지 않은 감정을 불러일으킬 수 있어요. 앙리 양의 참 행복을 위해 갖고 있는 내 관심 때문에 나는 그녀에게서 이런 종류의 성가신 일을 가려 주고 싶은 맘이 드네요. 또 선생님, 전에도 암시를 드렸다시피 자존심은 그녀 성격에서 아주 두드러진 부분이에요. 명성은 이런 자존심을 키우는 경향이 있고, 그런 건 오히려 눌러 둬야 해요. 자존심을 키워 주기보다는 가만히 붙잡아 두는 것이 더 나을 거예요. 제 생각은 선생님, 욕심, 특히 〈문학적〉인 욕심은 여자의 마음속에서 보듬을 감정이 아니라고 봐요. 박수와 명성을 열망하도록 자극하는 것보다 자기의 진짜 직업 속에 있는 사회적 의무를 얌전히 수행하도록 믿게끔 가르치면, 앙리 양은 더 안전하고 행복해지지 않을까요? 그녀는 절대 결혼하지 않을 거예요. 가진 것도 너무 적고 친지도 없고 건강도 확실하지 않으니(결핵을 앓는 것 같은데, 어머니가 그 병으로 죽었죠) 결혼하지 않을 법도 하죠. 결혼이 가능한 처지로 올라설 수 있을지 나는 모르겠어요. 하지만 노처녀로 산다 해도 지금 같은 성격과 남 부끄럽지 않고 예의 바른 여성이 가져야 할 습관을 유지하는 것이 그녀에게 더 낫겠죠.」

「이론의 여지가 있겠습니까, 교장 선생님,」이것이 내 대답이었다. 「당신의 견해에는 아무런 의혹이 없습니다.」 그리고 또다시 장광설을 늘어놓을까 두려워서 나는 충심 어린 동의의 말로 표면을 가리고 물러났다.

위의 사건이 일어나고 나서 두 주가 지난 어느 날, 나는 앙리 양이 늘 참석하던 수업에 빠진 것을 일지를 보고 알게 되었다. 첫날과 둘째 날은 결석한 것에 의아해 했지만, 왜 그런가 물어보고 싶지는 않았다. 괜히 그걸 물었다가 바보같이 들뜬 웃음과 소문을 속삭이는 소리가 돌아다니게 할 위험에 빠지지 않고도, 우연히 돌아다니는 말로 내가 얻고자 하는 정보를 얻어 낼 수 있으리라고 믿었던 것이다. 하지만 일주일이 지나도 문 옆에 있는 책상의 의자가 여전히 비어 있고,

학급의 그 누구도 그런 상황에 대한 암시를 주지 않자 — 오히려 모든 학생들이 그 점에 대해서는 눈에 띄는 침묵을 지키고 있는 것을 알게 되었다 — 나는 이런 어리석은 수줍음의 얼음을 어떤 값을 치르고라도 깨뜨려야겠다고 결심했다. 나는 실비가 몸을 비비 꼬거나 킥킥거리는 등의 바보 짓을 하지 않고도 최소한 뜻이 통하는 대답을 해줄 수 있다는 것을 알았기 때문에, 그녀를 내 정보원으로 선택했다.

「*Où donc est Mdlle Henri*(앙리 선생님은 어디 계시지)?」 나는 어느 날 검토한 공책을 돌려주면서 그녀에게 물었다.

「*Elle est partie, monsieur*(떠나셨어요, 선생님).」

「*Partie! et pour combien de temps? Quand reviendra-t-elle*(떠났어! 언제? 얼마나 있다 오시지)?」

「*Elle est partie pour toujours, monsieur; elle ne reviendra plus*(영 가버렸어요, 선생님. 다시 돌아오지 않을 거예요).」

「아!」 나도 모르게 나온 탄식이었다. 잠시 뒤,

「*En êtes-vous bien sûre, Sylvie*(확실하니, 실비)?」

「*Oui, oui, monsieur, mademoiselle la directrice nous l'a dit elle-même il y a deux ou trois jours*(그럼요, 선생님. 교장 선생님께서 2~3일 전에 직접 말씀하신걸요).」

나는 더 이상 질문을 할 수가 없었다. 시간과 장소와 상황이 더 말할 수 없게 만들었다. 나는 실비의 말에 대해 언급을 할 수도 더 상세한 것을 물을 수도 없었다. 앙리 선생이 떠난 이유에 대해, 그것이 자발적인 것이었는지 다른 이유에서였는지 묻고 싶어 거의 입술에까지 말이 올라왔지만 삼켜 버렸다. 주위에 온통 귀가 있었던 것이다. 한 시간 뒤 복도에서 보닛을 쓰고 있는 실비 곁을 지나치면서 나는 잠시 멈춰 서서 물어보았다.

「실비, 앙리 선생님의 주소를 알고 있니? 나한테 그분의 책이 몇 권 있거든.」 나는 태연스레 덧붙였다. 「이걸 돌려주고 싶어서.」

「아니요, 선생님.」 실비가 대답했다. 「하지만 문지기 로잘리라면 가르쳐 드릴 수 있을 거예요.」

로잘리의 방은 바로 근처에 있었다. 나는 그리로 가서 질문을 되풀이했다. 눈치 빠른 프랑스 인 하녀 로잘리는 일을 하다 알겠다는 듯이 웃으며 나를 쳐다보았는데, 그 웃음은 바로 내가 결코 불러일으키고 싶지 않았던 그런 종류의 웃음이었다. 대답은 준비되어 있었다. 그녀는 앙리 양의 주소에 대해서는 아는 것이 아무것도 없었다. 그녀가 거짓말을 하고 있고 거짓말을 하라는 지시를 받았다고 생각했기 때문에, 애가 타서 돌아서다가 나는 내 등 뒤에 서 있는 누군가를 거의 쓰러뜨릴 뻔했다. 교장이었다. 내가 돌연하게 몸을 돌렸기 때문에 그녀는 두세 걸음 물러서게 되었다. 나는 사과를 할 수밖에 없었고, 예의 바르게라기보다는 간단하게 사과했다. 어떤 사람도 미행당하는 것을 좋아할 리가 없으며, 그때 그렇게 짜증이 나 있던 상황에서 로이터 교장을 보게 되자 화가 머리끝까지 솟구쳤다. 내가 몸을 돌린 순간 그녀의 표정은 굳어 있었고 어두웠으며 무언가 묻고 싶은 듯했다. 그녀의 눈은 거의 호기심으로 굶주린 듯한 표정으로 나를 향하고 있었다. 이런 표정이 사라지기 직전에 나는 그것을 보았다. 온화한 미소가 그녀의 얼굴에 퍼졌다. 내 거친 사과가 매끄러운 솜씨로 받아들여졌다.

「천만에요, 선생님. 그저 팔꿈치로 제 머리카락을 건드렸을 뿐인걸요. 그저 조금 흐트러졌을 뿐이에요.」 그녀는 머리를 흔들고 손가락으로 곱슬머리를 훑어 좀 더 풍성하게 흘러내리도록 느슨하게 만들었다. 그러고 나서 활발하게 말했다.

「로잘리, 지금 당장 가서 살롱의 창을 닫으라고 말하려고 왔어. 바람이 불어서 모슬린 커튼이 먼지로 뒤덮이겠어.」

로잘리가 갔다. 나는 생각했다. 〈자, 이래서는 안 되지. 로이터 교장은 자기가 엿들으려 한 치사한 행동이 핑곗거리로 덮일 거라고 생각하고 있어. 하지만 이 모슬린 커튼보다 그 핑계가 더 빤히 들여다보이는군.〉 그 훤히 들여다보이는 장막을 제치고 명백한 진실 한두 마디로 그녀의 간계에 대담하게 맞서고 싶은 충동이 치밀었다. 나는 〈징을 박은 신만이 미끄러운 바닥을 아주 단단하게 걷게 해주는 법이지〉라고 생각하고 이렇게 말했다.

「앙리 선생이 이 학교를 떠났다는군요. 해고된 겁니까?」

「아, 선생님과 몇 마디 나누고 싶은 이야기가 있어요.」 세상에서 가장 자연스럽고 사근사근한 분위기로 교장이 대답했다. 「하지만 여기서는 조용하게 얘기를 나눌 수가 없어요. 잠시 정원으로 가시겠어요?」 그녀는 나를 앞서서 전에 내가 말했던 유리문을 지나 밖으로 나갔다.

「저기,」 우리가 중앙의 오솔길 가운데에 이르러, 관목과 나무들의 잎사귀가 이제는 한여름이어서 우리 뒤와 우리 주위를 감싸며 학교 건물을 차단하고, 그래서 수도의 바로 한 중간에 있는 이 작은 땅에서조차 고립감을 주고 있는 곳에 이르렀을 때, 그녀가 이렇게 말했다. 「저기요! 배나무와 장미 관목만이 주위에 있을 때는 고요함과 자유를 느끼게 되죠. 선생님, 저처럼 선생님도 때로는 언제나 일상 생활 한가운데 있는 것, 항상 주위에 사람 얼굴이 있는 것, 항상 사람의 눈이 당신에게 머무는 것, 사람의 목소리가 항상 들리는 것에 지겨워질 때가 있을 거라고 감히 말하고 싶군요. 저는 이따금 작은 농장이 있는 시골에서 한 달을 통째로 자유롭게 보내고 싶다고 절실하게 바라고 있어요. *bien gentille, bien propre, tout entournée de champs et de bois; quelle vie charmante que le vie champêtre! N'est-ce pas, monsieur*(들판과 숲으로 둘러싸인 아주 아담하고 적당한 농가. 시골에서 살면 얼마나 즐거울까요, 그렇지 않아요, 선생님)?」

「*Cela dépend, mademoiselle*(경우에 따라서죠).」

「*Que le vent est bon et frais*(바람이 참 부드럽고 신선하네)!」 교장은 이렇게 계속 말했다. 부드럽고 달콤한 남풍이 불었으니 그녀의 말이 맞긴 했다. 나는 모자를 손에 들고 있었고 이 부드러운 바람은 내 머리칼을 스쳐 지나가며 향기처럼 관자놀이께를 누그러뜨려 줬다. 그러나 남풍의 신선한 효과도 표면 이상은 더 깊이 스며들지 못했다. 로이터 교장 옆에서 걸어가면서 내 마음은 여전히 뜨거웠고, 생각해 보니 화가 치밀어 나는 말했다.

「앙리 선생이 영 가버려서 오지 않는다고 하던데요?」

「아, 그래요! 그 일에 대해 며칠 전에 얘기를 하려고 했었는데, 시간이 너무 꽉 짜여져 있어서 내가 하려고 했던 일을 반도 못했죠. 할 일은 엄청나게 많은데 낮은 12시간밖에 안 된다니, 너무 짧다고 느끼신 적 있죠?」

「자주는 아닙니다. 앙리 양이 떠난 것은 자의가 아닌 것 같은데요? 만일 자의로 떠났다면 내 학생이니까 분명히 내게 언질을 주었을 텐데 말입니다.」

「오, 아무 말도 안 했다고요? 이상하네, 저는 그런 생각을 전혀 해보지 않았어요. 신경 써야 할 일이 너무나 많으면 그렇게 중요하지 않은 사소한 일은 잊어버리는 경향이 있죠.」

「그러면 앙리 선생을 해고하는 걸 아주 사소한 일이라고 생각하는 겁니까?」

「해고라고요? 오, 해고된 게 아니에요. 진심으로 말할 수 있어요, 선생님, 제가 이 학교의 교장이 된 이후로 남자든 여자든 어떤 교사도 〈해고된〉 적은 없으니까요.」

「그래도 이곳을 떠난 사람은 있겠죠, 교장 선생님?」

「많죠. 저는 자주 분위기를 바꿀 필요가 있다고 생각해요. 교사를 갈면 종종 학교 이익에 도움이 되죠. 학교 수업에 생기와 다양함을 주고, 학생들을 즐겁게 하고, 부모들은 노력하고 발전한다고 생각하게 되니까요.」

「남자 교사나 여자 교사가 지겨워졌을 때 그들을 해고하는 게 그래도 망설여집니까?」

「분명히 그런 극단적인 조치에 의지할 필요는 없죠. *Allons, monsieur le professeur — asseyons-nous; je vais vous donner une petite leçon dans votre état d'instituteur*(자, 선생님, 가요. 선생님이 교직 생활 하는 데 필요한 교훈 하나를 들려드리죠).」(나는 그녀가 한 말은 모두 프랑스 어로 적고 싶다. 영어로 옮기게 되면 의미가 상당 정도 사라진다.) 우리는 이제 정원의 〈그〉 의자[39]에 이르렀다. 교장은 거기 앉아서 내게 자기 옆에 앉으라는 신호를 보냈다. 하지만 나는 그저 의자에 무릎을 걸치고 머리와 팔을 커다란 금련화나무 잎이 무성한 가지에 기댄 채 서 있었다. 금련화의 황금빛 꽃은 라일락의 짙은 녹색 잎과 뒤섞여 은신처 위로 그림자와 햇빛이 한데 섞인 아치를 이루고 있었다. 로이터 교장은 잠시 침묵한 채 앉아 있었다. 어떤 새로운 움직임이 마음속에서 분명 일어나고 있었고 그녀의 교활한 이마 위로 그 본성을 드러냈다. 그녀는 무언가 걸작다운 방책을 궁리하고 있었다. 자기가 소유하지 못한 미덕을 가진 체하는 것으로 나를 유혹할 수 없다는 걸 몇 달 간의 경험으로 확신했기 때문에 — 내가 그녀의 본성을 읽어 냈고 자기 자신인 척 내비치는 성격에 대해서는

---

[39] 조라이드와 플레가 밤에 얘기를 나누었던 의자를 가리킴.

어느 것도 믿지 않을 것임을 알고 있었던 것이다 ― 그녀는 마침내 새로운 열쇠를 써먹어 보려고 결심했고 내 마음의 자물쇠가 그 열쇠로 열리는지 알아보려고 했다. 조금의 담대함, 정직한 한마디 말, 진실에 대한 일별이 그것이었다. 〈그래 해 볼 거야.〉 이것이 그녀의 마음속 결단이었다. 그러자 그녀의 푸른 눈이 날 향해 깜빡거렸다. 그 눈은 빛을 발하지는 않았다. 절제하는 미광 속에 빛을 발해 본 적이 없는 눈이었다.

「제 옆에 앉는 게 겁나세요?」 그녀가 놀리듯 물었다.

「플레 씨의 자리를 빼앗고 싶지 않습니다.」 나는 이렇게 대답했다. 그녀에게 무뚝뚝하게 말하는 버릇이 생겼기 때문인데, 이 버릇은 화가 나서 생긴 것이지만 그녀를 거슬리게 하는 대신 오히려 매혹을 주었기 때문에 고치지 않았던 것이다. 그녀는 눈을 내리깔고 눈꺼풀을 덮었다. 그녀는 불편한 듯 한숨을 쉬었다. 마치 새장 안에서 퍼덕이다가 감옥과 간수에게서 도망쳐 자연의 짝과 행복한 둥지를 찾으려는 새 같은 느낌을 주려는 듯이 그녀는 근심스런 몸짓으로 돌아앉았다.

「자, 가르쳐 주실 교훈이 뭐죠?」 나는 간결하게 물었다.

「아!」 그녀가 자신을 가다듬고 소리쳤다. 「당신은 아주 젊고 아주 솔직하고 두려움이 없으며 재능이 많고 우둔함은 절대 못 참고 천박한 건 그렇게 경멸하니, 교훈이 필요해요. 자, 여기 있어요. 이 세상에서는 힘보다는 민첩함으로 이루어지는 게 훨씬 더 많아요. 하지만 당신의 성격에는 힘뿐만 아니라 섬세함이, 자부심뿐만 아니라 책략도 있으니 물론 그걸 알고 있겠죠?」

「계속하세요.」 그녀의 아첨이 너무나 자극적이고 아주 세련되게 향을 뿌려 놓아서 웃음을 참기가 어려웠다. 손으로 가리려고 했지만 그녀는 꾹 눌린 웃음을 눈치 챘다. 그러고는 다시 자기 옆에 앉을 자리를 만들었다. 그때 유혹이 내 감각을 뚫고 들어왔지만 나는 머리를 젓고 계속 얘기하라고 한 번 더 말했다.

「그러면 좋아요, 만일 당신이 커다란 학교의 교장이 된다면 아무도 해고하지 마세요. 사실대로 얘기하면, 선생님(저는 당신에게 진실을 말할 거예요), 저는 언제나 소동을 일으키고, 고래고래 소리를 지르고, 한 명은 오른쪽으로 또 한 명은 왼쪽으로 보내고, 몰아붙이고 서두르는 사람들을 경멸해요. 제가 제일 좋아하는 일을 얘기해 드릴까요, 선생님?」 그녀가 다시 올려다보았다. 그녀는 이번에는 시선을 잘 배합해 놓았다. 교활함에다 존경심은 많이, 자극적인 교태는 조금, 자기 능력에 대한 의식은 숨기지 않고 드러낸 것이다. 나는 고개를 끄덕였다. 그녀는 내가 위대한 무굴제국 황제인 것처럼 대했다. 그렇다면 그녀에 대해 나는 무굴제국의 황제[40]가 되는 것이었다.

「선생님, 저는 바느질거리를 들고 의자에 조용하게 앉아 있는 것을 좋아해요. 어떤 상황이 제 앞을 행군해 지나가면 저는 그 행군을 지켜봅니다. 내가 원하는 길을 따라가는 한 나는 아무 말도 하지 않고 아무 행동도 하지 않아요. 저는 손뼉을 치고 〈만세! 정말 운이 좋아!〉라고 소리치며 이웃의 관심이나 질투를 불러일으키지는 않죠. 저는 아주 단순한 사람이지만 좋지 않은 일이 생기면, 그러니까 상황이 반대로 바뀌면 아주 주의 깊게 감시합니다. 꼼짝 않고 계속 뜨개질을 하며 입 다물고 있죠. 하지만 선생님, 때때로 저는 발을 살짝 내밀어 반란 사건을 소리도 없이 은밀하게 제가 바라는 방향

---

40 16세기 전반에서 19세기 중엽(1526~1857)까지 인도 지역을 통치한 이슬람 왕조.

으로 밀쳐 버립니다. 결과적으로 저는 성공했고 아무도 제 방법을 눈치 채지 못했어요. 그래서 남자나 여자 선생님이 문제를 일으키거나 무능해질 때, 그러니까 짧게 말해서 그들의 자리를 유지해 주면 학교가 손해를 보게 될 때, 전 뜨개질에 신경을 쏟는답니다. 사건은 진행되고 상황은 스쳐 지나가죠. 조금 삐딱하게 밀려나도 내가 비웠으면 하는 자리를 더 이상 보유할 수 없게 된답니다. 일이 벌어진 거예요. 무너진 벽돌은 치워지고 나를 본 사람은 아무도 없어요. 적을 만들지도 않았고 방해거리는 제거되는 거죠.」

잠시 동안 나는 그녀의 미끼에 대해 생각했다. 이제 연설은 끝났군, 나는 그녀를 역겨운 느낌으로 쳐다보았다. 「정말 당신답군,」 이것이 내 차가운 대답이었다. 「이런 식으로 앙리 선생을 쫓아냈단 말이오? 당신은 그녀의 일을 뺏고 싶어져서 그녀가 못 견디게 만들었단 말입니까?」

「절대 아니에요, 선생님. 저는 단지 앙리 양의 건강을 걱정했을 뿐이에요. 아니라니까요. 당신의 도덕적인 눈은 맑고 날카롭지만, 진실을 보지는 못했어요. 나는, 나는 언제나 앙리 양의 행복에 진정한 관심을 가지고 있었어요. 나는 그녀가 날씨에 아랑곳하지 않고 밖에 나가는 게 싫었어요. 그녀가 오래 일할 곳을 구하는 편이 더 낫겠다고 생각했어요. 또 이제 바느질을 가르치는 것보다 더 나은 무언가를 얻었다고 생각했죠. 이치를 따져 그녀에게 설명했고 스스로 판단하게 내버려 두었어요. 그녀는 내 의견이 옳다는 걸 알았고 그걸 받아들인 거예요.」

「훌륭하십니다! 자, 교장 선생님, 이제 주소를 가르쳐 주시면 고맙겠군요.」

「주소라고요!」 교장의 표정에 시커먼 돌 같은 변화가 생겼다. 「주소? 아, 좋아요, 가르쳐 드리고 싶지만, 선생님, 그럴 수 없어요. 이유를 말씀드리죠. 내가 그녀에게 주소를 물어볼 때마다 그녀는 언제나 그 질문에서 빠져나갔어요. 제 생각이 틀릴 수도 있겠죠, 하지만 그녀가 내게 주소를 숨기는 이유가 오해이긴 해도 당연하다고 〈생각했어요〉. 아마도 매우 가난한 동네를 가르쳐 주기가 망설여졌을 테니까요. 그녀의 수입은 얼마 안되고, 출신은 알려져 있지 않아요. 틀림없이 바스 빌르[41] 어디에서 살고 있겠죠.」

「내 최고의 제자를 놓치지는 않을 겁니다.」 나는 말했다. 「비록 거지로 태어나서 지하실에서 산다 해도 말이죠. 그 나머지, 그녀의 출신에 대해 근거 없는 걱정을 하는 건 말도 안 됩니다. 더도 덜도 아니고 그녀가 스위스 인 목사의 딸이란 걸 나는 어떻게 알게 되었죠. 그리고 보잘것없는 수입에 대해서라면, 그녀의 가슴이 풍성함으로 넘쳐흐르는 한, 지갑이 텅 비었다고 해서 전혀 개의치 않아요.」

「당신의 감정은 정말이지 고상하군요, 선생님.」 하품을 참는 체하면서 교장이 말했다. 그녀의 원기 왕성함은 이제 꺼져 버렸고 일시적인 솔직함은 닫혀 버렸다. 잠시 동안 공기 중에 펄럭거린 붉은색의 조그만 해적의 삼각 깃발 같은 뻔뻔스러움은 말려 들어가고, 위선이라는 커다랗고 음침한 색의 깃발이 성채 위로 다시 드리워졌다. 나는 그녀가 싫었기 때문에 대담을 중단하고 떠났다.

---

41 노동자들이 사는 지역.

19

　소설가들은 현실의 삶에 대한 연구를 절대 지겨워해서는 안 된다. 이런 의무를 성실하게 수행하면, 그들은 빛과 그림자를 생생하게 대조시켜 알록달록하게 짠 몇 점 안 되는 그림이나마 우리에게 보여 주게 될 것이다. 자신들의 주인공을 지극한 황홀함으로 들뜨게 하는 경우는 거의 없을 것이고, 절망의 나락으로 떨어뜨리는 일은 더 더욱 드물 것이다. 왜냐하면 인생에서 그토록 충만한 행복은 거의 맛보지 못한다 해도, 절망적인 고뇌의 시고 쓴맛을 보는 일도 그에 못잖게 드물 것이기 때문이다. 그렇지 않으면 우리는 정말로 야수처럼 감각적인 탐닉에 빠져 들어, 재능은 남용되고 혹사당하고 흥분되고 지나치게 긴장되어 마침내 즐거움을 누릴 수 있는 능력이 파괴될 것이다. 그렇게 되면 정말이지 우리는 아무런 도움도 받지 못하고 희망을 강탈당했다는 것을 알게 된다. 우리의 고뇌는 엄청난 것이지만 어떻게 그것이 끝날 수 있는가? 우리는 우리의 힘의 원천을 파괴해 버렸다. 삶은 고통일 뿐이고 믿음을 가지기에는 너무나 허약하다. 죽음은 분명 암흑일 것이다. 신과 영혼과 종교는 우리의 무너져 내린 정신

속에는 머물 자리를 찾을 수 없고, 그런 정신 속에서는 오직 악의 소름 끼치고 타락한 기억만이 기어 다니고 있다. 그리고 시간은 우리를 무덤 가로 데려가고, 죽음은 우리를 병으로 철저하게 파먹고, 고통으로 비틀고, 무자비한 절망의 뒤축은 교회 땅 속에 꽝꽝 밟아 묻어 버린 누더기 위에 우리를 내던져 버린다.

그러나 정연한 삶과 합리적인 정신을 가진 사람은 절대 절망하지 않는다. 그는 재산을 잃고 — 타격이긴 하다 — 잠시 비틀거린다. 그러고는 재빨리 일어선 그의 활력이 치유를 위해 작동한다. 적극성이 곧 회한을 누그러뜨린다. 질병이 그에게 영향을 미친다. 그는 고통을 참고 자신이 치료할 수 없는 것을 견디어 낸다. 날카로운 고통이 그를 고문한다. 그의 뒤틀린 사지는 어디에서 휴식을 찾을지 알지 못한다. 그는 희망의 닻에 기댄다. 죽음은 그가 사랑하던 것을 앗아 가 버리고, 그의 애정이 감아 올라갔던 나무줄기를 난폭하게 도려내어 꺾어 버린다. 암울하고 쓸쓸한 시기이며 소름 끼치는 고통이다. 하지만 어느 날 아침 종교가 그의 쓸쓸한 집에 햇빛을 비추고, 자신과 같은 사람들을 다른 세상과 다른 삶에서 다시 만나게 되리라고 말해 준다. 그녀[42]는 그런 세상은 죄로 더럽혀지지 않는 곳이라고 하고, 고통으로 쓰라림을 당하지 않는 시대의 삶이 온다고 말한다. 그녀는 인간이 이해할 수는 없지만 의탁하고 싶어하는 두 가지의 관념과 연관지어 자신이 보내는 위로를 더 강하게 할 것이다. 영원과 불멸이 바로 그것이다. 애통해 하는 자의 마음은 온통 빛과 평화로 이루어진 천국의 동산과 환희에 가득 차 거기 머물고 있는 영혼, 자유롭고 육신을 벗은 채 그의 영혼이 거기에 내려

---

42 종교를 가리킴.

앉게 될 날, 사랑으로 완전해지고 두려움이 씻겨 나간 재결합, 이런 것들에 대한 흐릿하지만 영광스런 어떤 이미지로 가득 차게 되어, 그는 용기를 얻어 해야 할 일에 맞서기 위해 나가고 인생의 의무를 다한다. 슬픔은 그의 마음에서 절대 짐을 거둬 주지 않겠지만, 희망은 그가 그것을 감당하게 만들어 줄 것이다.

그런데, 이런 얘기는 무슨 뜻이며 여기서 무슨 결론을 내릴 수 있는가? 이 이야기가 암시하는 것은 내 손에서 낚아채여 내 손이 닿지 않는 곳에 있는 나의 최고의 제자, 내 보물이 겪고 있는 상황이다. 거기서 이끌어 내야 할 결론은, 일관되고 이성적인 사람인 내가 회한과 실망과 슬픔이 이런 사악한 일로 인해 괴물 같은 크기로 자라지 않게 하는 것이었다. 또 내 마음의 자리를 몽땅 차지하게 해서도 안 되었다. 오히려 나는 그런 감정을 좁고 은밀한 구석 자리에 가두어 두었다. 낮에 일을 할 때에도 나는 침묵의 법칙 위에 그런 감정을 놓아두었다. 이 침울한 젖먹이들에 대해 나의 엄격함을 조금 느슨하게 풀어놓고 그들의 웅얼거리는 말에 귀 기울이는 것도 오직 밤에 내 방 문을 잠근 뒤의 일이었다. 그러면 그들은 그 복수로 내 베개 위에 올라앉고 내 침대에 나타나 깊은 밤의 기나긴 울음으로 잠 못 들게 했다.

일주일이 지나갔다. 나는 로이터 교장에게 한마디도 하지 않았다. 비록 돌처럼 차갑고 딱딱하지만 그녀에게 침착한 태도로 임했다. 그녀를 바라볼 때면 질투를 조언자로 삼고 속임수를 도구로 채택했던 사람에게 합당한 시선, 즉 말 없는 경멸과 뿌리깊은 불신의 시선으로 바라보았다. 토요일 저녁, 학교를 떠나기 전에 나는 그녀가 혼자 앉아 있는 식당으로 걸어 들어가 그녀 앞에 앉아서 처음 질문했을 때 지었던 것과 똑같은 고요한 어조와 태도로 물었다.

「교장 선생님, 프랜시스 에번스 앙리의 주소를 가르쳐 주시겠습니까?」

조금 놀랐지만 당황하지는 않고 웃으면서 그 주소를 알지 못한다면서, 그녀는 「일주일 전에 제가 설명한 걸 잊어버리셨나 봐요?」라고 덧붙였다.

「교장 선생님,」 나는 계속 말했다. 「그 아가씨가 사는 곳을 가르쳐 주신다면 정말 감사하겠습니다.」

그녀는 좀 당황하는 것 같았다. 그리고 마침내 놀라울 정도로 순진한 표정을 꾸미며 쳐다보면서 이렇게 물었다. 「제가 거짓말을 한다고 생각하세요?」

직접적인 대답은 계속 피하면서 나는 말했다. 「그렇다면 이 문제에 대해 내게 친절을 베풀지 않겠다는 겁니까?」

「하지만, 선생님, 모르는 걸 어떻게 얘기해 줄 수 있어요?」

「좋습니다. 확실하게 알아들었어요. 이제 몇 마디만 더 하겠습니다. 지금이 7월 마지막 주죠. 다음 달이면 방학이 시작됩니다. 다른 영어 교사를 찾을 수 있는 시간으로 잘 활용하시기 바랍니다. 8월 말이면 이 학교에서 자리를 내놓아야겠습니다.」

이 말에 대한 대답을 기다리지 않고 인사한 뒤 나는 곧 나왔다.

그날 저녁, 식사를 한 직후에 하인 한 명이 작은 꾸러미를 가져왔다. 그것은 내가 알고 있지만 당장 보기를 기대할 수 없는 이의 필체로 쓰여진 것이었다. 내 방에 혼자 있게 되자 즉시 뜯어보지 못할 일이 없었다. 거기에는 5프랑짜리 동전 4개와 영어로 적힌 짧은 글이 들어 있었다.

선생님, 어제 로이터 교장의 학교에 갔을 때, 선생님이 막 수업을 끝냈으리라는 것을 알고는 교실로 가서 얘기를 할 수 있을까 하고 청해 보았습니다. 로이터 교장이 나와서 벌써 가셨다고 하더군요. 아직 4시가 안 됐기 때문에 저는 그녀가 잘못 알고 있다고 생각했지만, 똑같은 일로 다른 날 온다 해도 허탕일 거라고 결론을 내렸습니다. 어떤 의미에서는 메모를 남기는 것이 좋을 듯합니다. 그 안에 선생님께 가르침을 받은 수업료 20프랑이 들어 있을 거예요. 그것으로 선생님께 신세 진 가외의 고마움을 충분하게 표현하지 못한다면, 제가 바랐던 작별 인사가 되지 못한다면, 또 제가 이렇게 하고 싶은 말을 하지 못한다면, 다시는 뵙지 못할 것 같아 얼마나 유감일는지요. 왜 말로 하면 그 뜻을 더 적절하게 전하지 못하는 걸까요. 만일 선생님을 만나 뵈었더라면, 저는 아마도 분명하지 않고 만족스럽지 못한 말만 웅얼거렸을 거예요. 제 감정을 설명하기보다는 오히려 잘못 전달하는 말 말이죠. 그러니 선생님을 만나지 못하게 된 것이 더 다행인지도 모르겠습니다. 선생님께서는 제 글이 아주 꿋꿋하게 슬픔을 견디고 있다는 얘기를 종종 하셨죠. 제가 그런 주제를 너무 자주 채택한다고 하셨습니다. 사실 가혹한 임무를 수행하는 것보다 그에 대해 글로 쓰는 것이 훨씬 더 쉽다는 것을 저는 알고 있어요. 뒤집혀진 운명이 제게 선고한 것들을 보고 느낄 때면 억압을 받기 때문이죠. 선생님은 제게 친절하게 대해 주셨어요. 정말 친절하게요. 저는 고통스럽습니다. 선생님과 헤어져서 가슴이 찢어지는 것 같아요. 이제 제게는 세상에서 아무런 친구도 없게 되겠죠. 하지만 제 고통 때문에 선생님을 괴롭히는 건 쓸데없는 일이에요. 제가 무슨 권리로 선생님이 공감해 주시기를 요구하겠습니까? 저는 권리가 없습니다. 이제 그만 적겠습니다. 안녕히 계십시오, 선생님.

　　　　　　　　　　　　　　　　　　　　F. E. 앙리

나는 이 메모를 수첩 속에 끼워 넣고 5프랑짜리 동전들은 지갑에 넣은 뒤 내 좁은 방을 이리저리 걸어 다녔다.

〈로이터 교장이 그녀가 가난하다고 했었지.〉 나는 생각했다. 〈가난하지만, 빚 이상을 갚았어. 나는 아직 4분의 1에 해당하는 수업을 못했는데, 그녀는 그에 해당하는 돈을 보냈어. 20프랑을 긁어모으기 위해 뭘 없애 버렸는지 궁금하군. 어떤 곳에 사는지, 고모는 어떤 사람인지, 잃어버린 직업을 대신할 어떤 자리를 구하고 싶어하는지 그것도 궁금하고. 분명히 오랫동안 여기 물어보고 저기 지원하면서 거절당하고 그에 실망하면서 이 학교 저 학교로 터벅터벅 걸어 다니게 될 거야. 수많은 저녁을 지치고 실패한 채 잠자리에 들겠지. 그런데 교장이 작별 인사도 못하게 했다고? 그녀와 함께 잠시 동안 교실 창가에 서서 머릿속에 모든 걸 정리해 놓고 단단히 준비한 뒤 어디서 사는지를 알아보기 위해 몇 마디 나눌 기회를 가졌을 것 같지도 않군. 쪽지에는 주소가 없어.〉 나는 수첩에서 편지를 꺼내 두 장을 다 살펴보면서 계속 생각했다. 〈분명히 여자는 여자야, 언제나 여자들처럼 일을 처리하네. 남자들은 편지에 기계적으로 날짜와 주소를 적는데. 그리고 이 5프랑짜리는 (나는 지갑에서 그걸 끄집어냈다) 만일 그녀가 소인국의 소포처럼 녹색 비단실로 단단히 묶는 대신 내게 직접 건네주었더라면, 그 작은 손에 다시 쥐어 주고 자그마하고 끝이 가는 손가락을 오므려 주어서 그녀의 수치심과, 자만심, 수줍음이 단호한 의지를 조금이나마 자아내게 만들어 줄 수 있었을 텐데. 그런데 어디 있는 거야? 어떻게 하면 만날 수 있을까?〉

방문을 열고 나는 부엌으로 내려갔다.

「누가 우편물을 가져왔죠?」 나는 내게 그걸 가져다 준 하인에게 물어보았다.

「*Un petit commissionnaire, monsieur*(꼬마 심부름꾼입니다, 선생님).」

「그가 무슨 말을 했나요?」

「*Rien*(전혀요).」

나는 뒷계단으로 걸어 올라갔다. 그걸 물어 알 수 있다면 기적이겠지.

〈괜찮아.〉다시 문을 닫으면서 나는 생각했다.〈괜찮아. 브뤼셀을 다 뒤져서라도 찾아낼 거야.〉

정말 그렇게 했다. 나는 매일같이, 4주 간을 틈이 날 때마다 그녀를 찾아다녔다. 일요일에는 하루 종일 찾아다녔다. 불르바르 거리에서 알레 베르트 거리에서 파크 가에서도 그녀를 찾아보았다. 생 귀될 성당과 생 자크 성당에서도 찾아보았다. 신교 교회 두 군데도 찾아보았고 셋 중 한 군데에서는 만날 수 있을 것을 의심하지 않고 독일식, 프랑스 식, 영국식 예배를 보는 신교도 교회에 나갔다. 내 모든 탐색은 아무런 결실도 맺지 못했다. 마지막으로 기대고 있던 담보물도 그 일로 인해 여타 계산들과 함께 똑같이 근거 없는 것으로 드러났다. 예배가 끝난 뒤 나는 각 교회의 문 앞에 서서 마른 몸 위로 드리워진 모든 겉옷을 꼼꼼히 살피고 젊은 아가씨의 머리를 가리고 있는 모든 보닛을 들여다보면서 사람들이 다 나올 때까지 기다렸다. 허사였다. 비스듬한 어깨 위의 검은 스카프를 당기며 나를 스쳐 가는 소녀 같은 얼굴들을 바라보았지만, 앙리 양과 똑같은 동작과 분위기를 가진 사람은 아무도 없었다. 띠로 갈색 머리칼을 맨 창백하고 사려 깊은 얼굴을 보긴 했지만 그녀의 이마와 눈, 그녀의 눈썹은 찾아내지 못했다. 내가 주목했던 특징들 — 넓은 이마와 밤색의 크고 진지한 눈과 그 위로 지나가던 섬세하지만 단호한 눈썹 — 을 찾아내지 못했기 때문에 내가 만난 모든 얼굴들의 눈,

코, 귀, 입이 내 앞에서 흩어져 버리는 것만 같았다.

〈아마도 브뤼셀을 떠나 버렸는지도 몰라. 자기 말대로 영국으로 가버렸을 수도 있지 않은가.〉 네 번째 일요일 오후에 루아얄 성당의 문에서 몸을 돌리면서 나는 이렇게 속으로 중얼거렸다. 성당의 문지기가 이제 막 문을 닫아걸었고, 나는 발길을 돌려 이제 광장에서 흩어졌거나 흩어지고 있는 중인 회중들의 마지막 무리를 따라 걸었다. 내가 막 영국인 남녀 몇몇을 지나쳤을 때였다. (맙소사! 왜 이 사람들은 옷을 좀 더 잘 차려입지 못하는가? 지나치게 주름을 잡고 단정치 못하고 값비싼 비단과 새틴으로 대강 만든 드레스와 비싼 레이스로 만든 크고 어울리지 않는 깃, 재단이 잘못된 코트와 이상한 유행의 바지가 매주 일요일마다 영국식 예배를 볼 때 루아얄 성당의 성가대를 가득 채우고 그게 끝나면 광장으로 쏟아져 나와, 코부르 성당 앞에서 바쁘게 인사하는 신선하고 말끔하게 차려입은 외국인들과 대조되어 영국 사람들이 불이익을 당하던 모습이 내 눈에는 아직도 선하게 떠오른다.) 나는 이들 영국인 부부들을 지나치고 예쁜 영국 아이들과 영국인 마부들과 하녀들을 지나쳤다. 나는 플라스 루아얄을 가로질러 루아얄 가로 접어들었다. 거기서 나는 방향을 돌려 오래되고 조용한 거리인 루뱅 가로 접어들었다. 약간 시장기를 느꼈던 것 같았는데, 플레 학교의 식당 테이블에 있을 식사, 즉 피스톨레와 물을 먹으러 돌아가고 싶지 않아서 빵가게에 들어가 어떻게 쓰는지는 모르겠지만 플랑드르 말로 쿠크(?)라는 빵 — 코린트나 영국식으로는 건포도 빵 — 과 커피로 다시 힘을 냈다. 그러고 나서 나는 루뱅 성문을 향해 느릿느릿 걸어갔다. 나는 금방 도시를 벗어났으며 구릉을 천천히 올라갔다. 그 구릉은 성문에서부터 오르막이었고 나는 여유를 부렸다. 구름이 끼긴 했지만 오후에는 찌는 듯이 더

웠으며 대기를 신선하게 해줄 바람 한 점 불지 않았던 것이다. 브뤼셀 사람 그 누구도 고독을 찾아 그렇게 멀리 돌아다닐 필요가 없었다. 자기가 사는 도시에서 2~3킬로미터만 움직이면 고요하고 공허하게 펼쳐진 넓은 들판 위로 도시가 이어지는 것을 알게 될 것이고, 그 들판이 풍요롭기는 하지만 브라반트의 수도 주위로 나무 한 그루 없고 길도 없이 너무나 따분하게 펼쳐지는 것을 알게 된다. 구릉 꼭대기에 올라서, 경작되어 있지만 활기 없는 들판을 멀리 바라보면서 이제까지 따라왔던 큰길을 벗어나고 싶어서 경사진 곳으로 들어섰다. 그곳은 거인국의 채마밭처럼 풍요롭고 지평선까지 광대하게 펼쳐져 있었으며, 그 지평선이 그어진 곳을 보니 거리로 인해 녹색의 땅거미가 짙푸른 청색으로 변해 있었고 폭풍을 불러올 것 같은 납빛 하늘의 색조와 뒤섞여 있었다. 나는 곧 오른쪽으로 난 샛길로 접어들었다. 그 길로 얼마 안 가 예상대로 들판으로 나왔으며, 내 바로 앞 들판 한가운데로 길고 높은 흰 벽이 쭉 뻗어 나가고 있었다. 그 위로 보이는 나뭇잎으로 보아 이 벽은 주목과 실편백나무[43]가 빽빽이 심어진 육묘장을 둘러싸고 있는 것 같았다. 이런 종류의 나무가 거대한 십자가 주위에 음울하게 모여들어 있고 흐릿하게 보이는 낮은 벽 위에 가지를 걸치고 있는 걸 보니, 이 십자가는 분명히 제일 높은 지대에 심어져 이들 기괴한 나무들의 꼭대기 위로 검은 대리석 같은 팔을 내뻗고 있음에 틀림없었다. 이렇게 잘 감추어진 정원을 가진 집은 도대체 어떤 집일까 하고 궁금해 하면서 나는 다가갔다. 나는 굉장한 저택을 보게 되리라고 기대하며 벽 모퉁이를 돌았고 거대한 철문을 만나게 되었다. 근처에는 문지기가 사용하는 듯한 오두막이

---

[43] 주목은 주로 묘지에 심고 실편백 나무는 죽음을 상징한다.

있었다. 하지만 열쇠를 달라고 할 필요는 없었다. 문이 열려 있었던 것이다. 나는 한쪽 문을 밀어 보았다. 돌쩌귀가 비에 젖고 녹슬어 움직일 때 암울한 신음소리를 냈다. 나무가 입구를 무성하게 감싸고 있었다. 길을 따라 올라가면서 나는 내가 들어가는 곳이 어떤 곳인지를 침묵의 언어로 분명하게 설명해 주고 있는 비문과 표지판을 내 양편에서 보았다. 이곳은 살아 있는 우리 모두가 언젠가 돌아갈 집이었다. 십자가와 기념비와 마르더라도 모양이 변하지 않을 꽃으로 만든 화환이 〈루뱅 성문 외곽 신교도 묘지〉임을 알려 주고 있었다.

똑같은 길을 계속해서 걸어도 단조로움을 느끼지 않고 반시간 가량을 충분히 걸어 다닐 수 있을 만큼 그곳은 넓었다. 묘지의 연대를 살펴보는 것을 좋아하는 사람들을 위해 이곳은 두어 시간 몰두하기에 충분할 정도로 다양한 비문이 있었다. 여기에 온갖 민족과 언어와 국적을 가진 사람들이 자신들의 주검을 매장시켜 놓은 것이다. 여기, 돌과 대리석 그리고 청동의 종잇장에 이름과 날짜, 마지막 사랑과 마지막 과시의 헌사를 영어로 프랑스 어로 독일어로 그리고 라틴 어로 써놓은 것이다. 여기에 영국 사람은 메리 스미스나 제인 브라운의 유골을 묻고 그 위에 대리석 기념비를 세운 뒤 거기에 그녀의 이름만을 새겨 놓았다. 저쪽에는 프랑스 인 홀아비가 자기의 엘미르나 셀레스틴의 무덤 위에 화려한 장미 덤불로 그늘을 만들어 주었고, 그 가운데에 작은 판석을 세워 그녀의 헤아릴 수 없는 덕성에 대해 마찬가지로 선명한 증언을 새겨 놓았다. 모든 민족과 종족, 혈족들이 그들 나름대로의 방식으로 애도를 표하고 있었다. 그런데 그 모든 애도 소리가 내는 침묵이라니! 느릿하고 부드럽게 구부러진 길을 걷는 내 발걸음만이 그 침묵을 깨는 유일한 소리였기 때문에 나를 놀라게 했으며, 나머지는 완전한 침묵이었다. 그날 오후에는 바람뿐만 아니라 그 변덕스럽게 방랑하던 대기까지 마치 담합을 한 것처럼 이곳저곳에서 잠에 빠져 있었다. 북쪽은 입을 다물고 있었고 남쪽은 침묵하고 있었으며 동쪽은 흐느끼지 않았고 서쪽도 속삭이지 않았다. 하늘에 떠 있는 구름은 무겁고 둔해 보였지만, 분명히 꼼짝도 않고 있었다. 이 묘지의 나무 아래에는 따뜻하고 숨죽인 그늘이 둥지를 틀고 있었고 그 그늘에는 실편백나무가 꼿꼿하고 고요하게 서 있었으며, 그 그늘 위로는 버드나무가 나지막하고 조용하게 늘어져 있었다. 아름다운 만큼이나 나른한 꽃들은 밤이슬 혹은 소나기를 무심하게 기다리고 있었고 무덤들과 무덤 속에 묻힌 이들은 해가 비치든 그늘이 지든, 비가 오든 가뭄이 지든 무감각하게 누워 있었다.

내 발자국소리가 성가셔서 나는 잔디를 밟으며 주목 덤불이 있는 곳으로 천천히 걸어갔다. 나는 나무 둥치 부근에서 무언가가 움직이는 것을 보았다. 시력이 약해서 모습을 제대로 보지 못하고 움직임만 감지했기 때문에 부서진 가지가 흔들리는 거라고 생각했지만, 그 어두운 그림자는 움직이면서 오솔길 입구에서 나타났다 사라졌다 했다. 나는 곧 그것이 살아 있는 것, 즉 사람이라는 것을 알아차렸다. 더 가까이 가면서 그 사람이 여자이고 천천히 이리저리 다니면서 내가 혼자라고 생각했던 것처럼 자기도 혼자라고 생각하고, 내가 상념에 잠겨 있었던 것처럼 그녀도 상념에 잠겨 있다는 것을 분명히 알 수 있었다. 그녀는 금방 원래 있었던 곳으로 여겨지는 자리로 곧 되돌아갔다. 그렇지 않았다면 벌써 알아보았을 것이다. 그곳은 나무로 빽빽한 곳에 가려져 있는 은신처 속에 있었다. 그녀 앞에는 흰색의 벽이 있었고 그 앞에 작은 비석이 세워져 있었으며, 비석 밑에는 신선한 떼가 돋아난 자리가 있었다. 새로 만들어진 무덤이었다. 나는 안경을 쓰고 그녀 뒤쪽으로 조용하게 가까이 다가갔다. 돌에 새겨진 비문을 훑어보았다. 〈쥘리안 앙리, 60세에 브뤼셀에서 죽다. 18XX년 8월 10일.〉 비문을 읽어 보고 나서, 근처에 살아 있는 사람이 있다는 것을 의식하지 못한 채 내 눈 바로 아래에 몸을 구부리고 생각에 잠겨 있는 그 모습을 보았다. 수수한 검은색 천으로 된 상복과 단순한 검정 크레이프 천으로 만든 보닛을 쓴 여위고 어린 모습이었다. 나는 그 사람이 누구인지 보았을 뿐만 아니라 느끼기도 했다. 그리고 손도 발도 꼼짝하지 않고 잠시 동안 서서 그 확신감을 즐겼다. 나는 한 달 동안이나 그녀를 찾아다녔지만 그녀의 흔적 하나 찾지 못했고 어디서라도 그녀를 우연히 만날 것이라는 희망을 접하거나 기회를 잡지도 못했었다. 기대를 버리도록 강요당했고, 불과 한 시간 전만 해도 인생의 흐름과 운명의 변덕이 그녀를 영원히 내 손이 닿지 않는 곳으로 데려가 버렸다는 실망스런 생각에 맥이 빠져 있었다. 그런데 보라, 묘지의 뗏장 위 비애의 길을 눈으로 따라가면서 의기소침함에 짓눌려 불쑥 고개를 숙였더니, 잃어버린 내 보석이 여기 눈물에 젖은 풀 위에 떨어져 이끼가 끼고 곰팡이가 슨 주목의 뿌리 위에 둥지를 틀고 있지 않겠는가.

프랜시스는 팔꿈치를 무릎 위에 올리고 머리를 손에 얹은 채 아주 조용하게 앉아 있었다. 나는 그녀가 꼼짝하지 않고 오랫동안 생각에 잠긴 자세로 앉아 있을 수 있다는 것을 알고 있었다. 마침내 눈물이 떨어졌다. 그녀는 자기 앞의 돌에 새겨진 이름을 바라보고 있었고, 그녀의 가슴은 분명 쓸쓸한 인생과 죽은 이에 대한 아쉬움이 이따금 너무나 지독하게 짓누르고 있는 그런 압박감을 견뎌 내고 있었다. 눈물이 펑펑 흘러내렸고 손수건으로 눈물을 닦고 또 닦아 냈다. 고통스런 흐느낌이 지나가자 이제는 격렬한 감정도 사라지고 전과 같이 고요하게 앉아 있었다. 나는 그녀의 어깨에 내 손을 부드럽게 얹었다. 더 이상 그녀가 추스르기를 기다릴 필요가 없었다. 이제 히스테리를 부리지도 기절할 것 같지도 않았기 때문이다. 갑작스럽게 밀면 정말로 놀라게 했을 것이다. 하지만 조용한 손길로 건드렸기 때문에 내가 바랬던 대로 주의를 일깨웠을 뿐이었다. 그녀가 재빨리 돌아보았다. 사고 작용이 특별히 전광석화와도 같은 사람이 있듯이, 이게 뭔가 하는 놀라움, 즉 혼자만의 시간을 무심코 건드린 이가 누구인가 하는 생각이 재빨리 몸을 움직이게 하기도 전에 이미 그녀의 머리 속에 들어와 가슴 속에서 번쩍였음을 나는 알 수 있었다. 놀라움으로 거의 알아보지도 못하고 날 향해 몸을 일으키지도 못했지만, 곧 인식이 눈동자에 말이라도 할 것 같은 생기를 불어넣어 주었다. 신경은 놀랐지만 표정은 거의 흐트러지지 않았고, 금세 아주 생생한 기쁨의 감정이 그녀의 모습 전체에서 환하고 따뜻하게 빛을 비추었다. 달아오른 홍조로 타오르고 퍼져 나가는 빛으로 반짝이던 아주 충만하고 절묘한 기쁨이 내 학생의 얼굴 위로 발산되는 것에 반응하여 내 마음으로 기쁨을 느끼고 나서야 나는 그녀가 초췌해지고 창백해진 것을 겨우 알아볼 여유가 생겼다. 그녀의 얼굴에 퍼져 나간 것은 무거운 여름 소나기가 지나간 뒤 비치는 여름 태양이었다. 그렇게 작열하면서 마치 불처럼 타오르는 그런 광채가 아니라면 도대체 무엇이 더 빨리 그 얼굴을 풍요롭게 만들어 줄 수 있겠는가?

나는 뻔뻔스러운 것을 아주 싫어한다. 청동 같은 이마와 무감각한 신경으로 된 뻔뻔스러움 말이다. 하지만 강한 가슴이 지닌 용기와 관대한 피가 지닌 열정은 사랑한다. 두려워하지 않고 내 눈을 똑바로 쳐다볼 때 프랜시스 에번스의 맑은 개암 빛깔 눈이 내는 빛을 나는 열렬히 사랑했다. 그녀가 다음과 같이 말한 어조를 사랑했다.

「선생님, 나의 선생님!」

내 손에 자기 손을 맡기는 그 동작을 나는 사랑했다. 무일푼이고 부모도 없이 거기 서 있는 그대로의 그녀를 사랑했다. 호색가에게는 매력 없을지언정 내게는 보물과도 같은, 이 세상에서 내가 가장 공감할 수 있는 최선의 대상. 나는 그렇게 생각했고 그렇게 느꼈다. 내 사랑의 보고(寶庫)를 봉인해 둘 이상적인 지성소. 분별과 신중함, 근면함과 인내, 자제와 극기의 화신. 내가 그녀에게 주고 싶었던 선물, 내 모든 애정이라는 선물을 충실하게 지킬 수호자, 믿음직한 문지기. 진실과 명예의 표본이며, 독립심과 양심의 표본이고, 삶을 정직하게 닦아 나가고 지켜 나갈 사람. 관대함이라는 우물을 품고 있고, 차분한 만큼 상냥하고 억누를 수 없을 만큼 순수한 열기를 소유하고 있으며, 가정이라는 지성소에 휴식과 편안함의 원천이 되는 자연스런 감정과 자연스런 열정을 소유하고 있는 사람. 나는 그녀의 가슴 속에서 그 우물이 얼마나 고요하고 깊게 보글보글 솟아오르고 있는지 알고 있었다. 위험한 불꽃이 이성이라는 눈 밑에서 얼마나 안전하게 타오르고 있는지도 알고 있었다. 불길이 언제 한순간 높고 강렬하게 치솟는지, 가열된 열기가 언제 인생의 물살을 그 수로에서 괴롭히는지 나는 보았다. 나는 이성이 저항을 완화시키고 섬광을 잔불로 만들어 버리는 것도 보았다. 나는 프랜시스 에번스를 믿었고 그녀를 존경했다. 그녀와 팔짱을 끼고 묘지를 나오면서 신뢰만큼이나 강하고 존경만큼이나 확고하며 그 두 감정보다 더 열렬한 감정, 사랑의 감정을 느꼈다.

「자, 나의 학생,」 암울한 소리를 내는 문이 우리 뒤에서 닫히자 내가 말했다. 「이제 내가 당신을 다시 찾아냈어요. 한 달 간의 수색은 길게 느껴졌지만 잃어버린 내 어린양이 무덤 주위를 헤매고 있는 것을 발견할 줄은 생각도 못했어요.」

그전에는 그녀를 반드시 〈마드무아젤〉이라고만 불렀는데, 학생이라고 부르고 보니 그녀와 나 둘 다에게 새로운 어조로 와 닿았다. 이런 호칭이 그녀의 감정을 전혀 흩뜨리지 않으며 마음속에 아무런 불협화음도 일으키지 않는다는 것을 그녀는 자신의 대답으로 알려 주었다.

「나의 선생님.」 그녀가 말했다. 「힘들게 저를 찾아다니셨어요? 제가 없어졌다고 마음 쓰실 줄 상상도 못 했어요. 하지만 선생님을 떠나게 되어서 매우 슬펐습니다. 그런 상황 때문에 마음이 좋지 않았는데, 더 큰 어려움이 그걸 잊어버리게 했어요.」

「고모님이 돌아가셨어요?」

「예, 2주 됐어요. 고모는 애통해 하며 돌아가셨고 저는 그분에게서 그런 마음을 몰아낼 수가 없었어요. 고모는 마지막 날 밤에도 계속해서 이렇게 되풀이하셨죠. 〈프랜시스, 내가 죽고 나면 너는 얼마나 외롭겠니, 아는 이도 없이.〉 그분도 스위스에 묻힐 수 있기를 바라셨죠. 노년에 레만 호수의 둑을 떠나자고 설득한 건 저였어요. 결국 이 플랑드르라는 납작한 곳에서 돌아가시게 한 것 같아요. 그분의 마지막 소원을 들어드리고 유해를 고향으로 모셔 가고 싶었지만 불가능한 일이었어요. 여기에다 그분을 묻을 수밖에 없었어요.」

「아주 잠깐 편찮으셨던 것 같은데?」

「3주 간이었어요. 고모가 쓰러지자 저는 로이터 교장에게 고모를 간호할 수 있게 말미를 달라고 했죠. 저는 금방 말미를 얻었어요.」

「기숙학교로 다시 온다고?」 나는 급하게 물었다.

「선생님, 제가 집에서 일주일을 보냈을 때, 막 고모를 침대에 눕혀 드렸던 어느 날 저녁 로이터 교장이 왔어요. 그녀는 고모 방에 들어가서 몇 마디를 했는데 늘 그렇듯이 아주 예의 바르고 상냥했어요. 그러고는 나와서 저와 한동안 같이 앉아 있었죠. 돌아가려고 일어서면서 이렇게 말했죠. 〈앙리 양, 당신이 아주 잘 가르쳐 주고 당신이 능숙하게 해낸 그 작은 일거리에서 학생들이 많은 걸 배운 건 분명 사실이지만, 이제는 당신이 내 학교에서 떠난 걸 아쉬워하지 않겠고, 앞으로 더 가르쳐 달라고 할 필요도 전혀 없게 되었어요. 당신보다는 재주가 못하지만 할 수 있는 한 앞으로는 보조 교사가 대신해서 어린 학생들을 가르치게 되었어요. 그리고 당신은 이제 틀림없이 좀 더 높은 자리의 직업을 찾게 될 거예요. 당신의 재능으로 이득을 볼 학교와 가족들을 어디에서나 찾게 될 거라고 나는 확신해요.〉 그러고 나서 그녀는 제 마지막 사분기에 해당하는 봉급을 주었어요. 틀림없이 교장 선생님은 그렇게 생각했겠지만, 학교에서 쫓아내려고 하느냐고 저는 아주 당돌하게 물었어요. 제 고상하지 못한 말에 미소를 짓더니 〈고용주와 고용인이라는 관계는 분명 해제되었지만, 자신은 여전히 날 안다는 것에서 즐거움을 간직했으면 하고 친구로서 저를 보게 되면 언제나 행복할 것〉이라고 했어요. 그러고는 거리 환경이 아주 좋다고, 또 날씨가 요사이는 계속 좋다고 몇 마디 하더니 아주 기분좋아하면서 가버렸어요.」

나는 속으로 웃었다. 이 모든 것이 정말로 교장다웠다. 예상하고 추측했던 행동 그대로였다. 프랜시스에 의해 저절로 교장의 거짓말이 드러나고 입증된 것이다. 자기가 〈앙리 양의 주소를 자주 물어보았다〉고, 과연, 〈앙리 양은 언제나 그 질문에서 빠져나갔어요.〉 기타 등등, 기타 등등. 그런데 자기가 전혀 모른다고 했던 주소의 집을 방문했다니!

내 학생과 나누고자 했던 다른 얘기들은 우리 얼굴과 길에 떨어지는 커다란 빗방울과, 멀기는 하지만 임박한 폭우의 징조로 방해를 받았다. 가라앉은 대기와 납빛의 하늘에서 분명히 드러나는 경고로 인해 나는 이미 브뤼셀로 되돌아가는 길을 택해야 했고, 이제 나는 나와 내 동행의 발걸음을 재촉하여 구릉을 내려가면서 속도를 더 높였다. 커다란 빗방울이 먼저 떨어진 뒤 큰비가 내리기까지에는 틈이 있었다. 그동안 우리는 루뱅 성문을 통과했고 다시 도시로 들어왔다.

「어디서 살죠?」 내가 물었다. 「집에 안전하게 들어가는 것을 봐야겠어요.」

「네주에 있는 노트르담 거리예요.」 프랜시스가 대답했다.

그곳은 루뱅 거리와 먼 곳이 아니었고, 천둥소리와 번개가 번쩍이는 가운데에서 떨어져 나온 구름이 그 납빛 덩어리를 억수같이 엄청나게 무진장 쏟아 붓기 전에 우리는 우리가 향하던 집 문 앞에 서 있게 되었다.

「들어오세요! 들어오시라고요!」 그녀를 집 안으로 들여놓고 내가 잠시 머뭇거리자 그녀가 말했다. 그 말이 내 문제를 해결해 주었다. 나는 문지방을 넘어서서 번개를 번쩍거리며 다가오는 폭풍우를 문을 닫아 차단해 버리고 그녀를 따라 위로 올라갔다. 그녀도 나도 비에 젖지 않았다. 문 위로 돌출한 부분이 비가 직접 내리치는 것을 막아 주었던 것이다. 처음 떨어진 커다란 빗방울 외에는 우리 옷을 적시지 않았다. 조금만 더 늦었어도 우리 옷은 마른 데가 없었을 것이다.

녹색 양모로 짠 작은 깔개 위를 건너서니 칠을 한 바닥과 중간에 정방형의 녹색 카펫을 깔아 놓은 작은 방이 나왔다. 가구는 몇 점 안 되지만 모두 밝은 색이고 아주 깔끔했다. 이 좁은 공간을 질서가 다스리고 있었다. 내 꼼꼼한 영혼이 편안하게 바라볼 수 있는 그런 질서였다. 그녀의 빈곤함에 대한 로이터 교장의 암시가 충분히 근거 있는 것임을 나는 완전히 알아챘고 그녀의 집에 모르는 척하고 들어가는 것은 이

레이스 수선공을 당황하게 할 것 같아서, 거기 들어가는 것을 주저해야 했다. 그곳은 빈궁하다 할 수 있었고, 사실 빈궁했다. 하지만 그곳의 깔끔함은 우아함보다 더 나은 것이었고, 깨끗한 난로에 환하고 작은 불이 타오르고 있었다면 궁궐보다 더 매력적이겠다는 생각이 들었다. 하지만 그곳에는 불이 지펴져 있지 않았고 연료가 준비되어 있지도 않았다. 이 레이스 수선공은 의지할 데 없이 유일하게 의지했던 친척의 죽음을 겪은 바로 이때, 그런 탐닉에 빠져 들 수 없었던 것이다. 프랜시스는 보닛을 벗기 위해 안쪽 방으로 들어가서 우아한 가슴과 가는 허리를 잘 드러내 주며, 희고 맵시 있는 목 뒤로 넘긴 티 한 점 없는 하얀 깃이 달린 아주 잘 어울리는 검정 천의 드레스를 입고, 풍성한 갈색머리를 관자놀이에다 부드러운 끈으로 매만지고 커다랗게 그리스 식으로 뒤로 땋은 뒤에 소박함과 깔끔함의 표본이 되어 나왔다. 장신구는 전혀 달지 않았다. 브로치도, 반지도 리본도 없었다. 그런 것 없이도 그녀는 충분했다. 몸에 잘 맞는 옷, 균형 잡힌 몸매, 우아한 자태가 보기 좋은 모양을 하고 있었다. 작은 거실로 다시 들어오면서 그녀의 눈은 즉시 난롯가를 둘러보고 있던 내 눈을 좇았다. 싸늘하게 비어 있는 난로가 내 마음속에 불러일으킨 내면의 동정심과 애처로움으로 인한 고통을 그녀가 대번에 읽어 냈음을 나는 알았다. 재빨리 꿰뚫어 보고, 재빨리 결정을 내리고, 실행에 옮기기는 더 재빠른 그녀가 즉시 네덜란드 식 앞치마를 허리에 둘렀다. 그리고 사라지더니 양동이를 들고 나타났다. 덮개가 덮여 있었다. 그걸 열고 그녀는 나무와 석탄을 꺼냈다. 그녀는 난로 속에 그것들을 솜씨 있고 간결하고 가지런하게 쌓아 올렸다.

〈저건 그녀가 모아 둔 것 다야, 그걸 손님 대접하느라 다 써버리겠군.〉 나는 생각했다.

「뭘 하는 거죠?」 내가 물었다. 「이렇게 따뜻한 저녁에 불을 지피겠다는 건 아니겠죠? 숨 막힐 것 같은데.」

「실은 선생님, 비가 와서 아주 싸늘한 것 같아서요. 또 찻물을 끓여야 해요, 일요일에는 차를 마시거든요. 선생님도 드시고 불을 쬐세요.」

그녀가 불을 피웠다. 나무는 금세 타올랐고, 어둠과 바깥 비바람의 거친 소동과 대조되어 이제 막 살아난 난로에 빛을 비추어 주기 시작하는 평화로운 열기는 기운을 확 돋워 주는 듯했다. 어느 구석에서 들려오는 나지막하고 가르릉대는 소리가 나 말고 다른 어떤 존재도 이런 변화를 기뻐한다는 것을 알려 주었다. 쿠션을 올려놓은 작은 발판에서 자다가 빛 때문에 깬 까만색 고양이가 다가와 무릎을 꿇고 있는 프랜시스의 옷에 머리를 문질러 댔다. 그녀는 그 고양이가 〈불쌍한 쥘리안 고모〉가 애지중지했던 고양이라며 쓰다듬어 주었다.

불을 지피고 난롯가를 깨끗이 닦은 뒤, 영국의 오래된 농가에서 본 기억이 있는 것 같은 아주 구형의 작은 주전자를 이제 붉게 타오르는 불꽃 위에 올려놓고, 손을 씻고 나자 프랜시스는 앞치마를 금세 다시 벗었다. 그러고 나서 찬장을 열고 찻쟁반을 꺼냈는데, 그 위에는 이미 도기로 된 다기 일습이 준비되어 있었다. 그 모양과 형태와 크기는 아주 고풍스러웠다. 작고 구식 모양을 한 은 스푼이 찻잔받침마다 놓여져 있었고, 마찬가지로 구식인 은으로 된 설탕 집게 한 벌이 설탕 그릇 위에 놓여져 있었다. 은으로 만든 계란 크기만 한 자그마한 크림통도 찬장에서 나왔다. 이렇게 준비를 다 갖추고 나자, 그녀는 문득 나를 쳐다보고는 내 눈 속의 호기심을 읽어 내고 웃으면서 이렇게 물었다.

「영국식 같은 가요, 선생님?」

「백 년 전의 영국식 같군요.」 내가 대답했다.

「정말이에요? 네, 이 쟁반 위의 모든 것들은 최소한 백 년은 된 것들이죠. 이 찻잔들과 스푼, 크림통은 모두 물려받은 거예요. 제 증조 할머니께서 할머니에게 물려주셨고, 그분은 제 어머니에게 물려주셨고, 제 어머니는 영국에서 스위스로 올 때 이걸 가져오셨어요. 그러고는 저한테 물려주신 거죠. 저는 아주 어렸을 때부터 다시 영국으로, 이것들이 온 곳으로 다시 가져가고 싶다는 생각을 했어요.」

그녀가 테이블 위에 피스톨레 몇 개를 올려놓았다. 그녀는 외국인들이 하는 식으로, 그러니까 물 6잔에 찻잎 한 스푼만큼의 비율로 차를 만들었다. 그녀가 내게 의자를 내주었고 내가 거기 앉자, 의기양양한 듯 물었다.

「고향에 있는 것 같은 생각이 조금이라도 드세요?」

「내가 만일 영국에 집이 있다면 꼭 이럴 거라는 생각이 드는군요.」 내가 대답했다. 사실, 영국인같이 생긴 아름다운 용모의 아가씨가 영국식 식탁에서 영어로 말하면서 안주인 노릇 하는 것을 보니 그런 생각이 들었다.

「그러면 집이 없다는 말씀이세요?」 그녀의 대답이었다.

「없어요, 가져 본 적도 없고. 내가 만일 가정을 갖는다면, 내 스스로 만들어야 해요. 그리고 그 일은 아직 시작도 하지 않았지요.」 이렇게 얘기하다 보니 내가 알지 못했던 어떤 고통이 내 가슴을 찌르는 것 같았다. 그것은 내 보잘것없는 처지와 내 부족한 벌이에 대한 부끄러움에서 온 고통이었으며, 그런 고통과 함께 내게는 더 많이 해내고 더 많이 벌고 더 나은 신분이 되고 더 많이 갖고 싶다는 강렬한 욕망이 생겨났다. 그리고 그렇게 일어난 소유욕으로 자극을 받아 간절해진 내 정신은 한번도 가져 보지 못한 가정과 마음속으로 갖고 싶다고 맹세한 아내를 한데 포함시킬 것을 열망하고 있었다.

프랜시스의 차는 뜨거운 물과 설탕과 우유를 섞어 놓은 것이나 다름없었으나 버터를 바르지 않고 내올 수밖에 없었던 피스톨레가 내 혀에는 만나[44]만큼이나 달콤했다.

식사는 끝났고 소중한 접시와 자기들은 씻겨져서 집어넣어졌고 밝은 색 테이블은 더 밝게 닦여졌다. 〈우리 고모 쥘리안의 고양이〉도 특별할 때 쓰는 접시에 담아서 준 양식으로 배를 채웠고, 난롯가에 흩어진 재도 깨끗이 훔쳐 낸 뒤, 프랜시스는 마침내 의자에 앉았다. 그녀가 내 맞은편 의자에 앉더니, 처음으로 약간 당황하는 기미를 드러냈다. 사실 나도 모르게 그녀를 좀 가까이서 바라보았고 눈으로 약간 지나치고 끈질기게 그녀의 걸음과 움직임을 따라 다녔기 때문에 그러는 것도 당연했다. 가늘고 고운 손가락으로 건드릴 때마다 생겨나는 재치 있고 깔끔하고 장식적이기까지 한 효과로, 자신의 우아하고 민첩한 움직임으로, 그녀는 내게 최면을 걸어 버린 것이다. 그리고 드디어 그녀가 조용히 앉아 있게 되자 얼굴에 나타난 지적인 면이 내게는 아름다움으로 보였고, 그래서 나는 그 얼굴을 바라보았던 것이다. 그러나 그녀의 안색은 휴식으로 잠잠해지기보다는 더 발그레해졌고, 내가 아주 좋아하는 빛 줄기를 들이마실 수 있을까 하여 눈꺼풀을 들어 올리기를 기다렸지만 그녀는 눈을 내리깔고 있었다. 불길이 부드러움으로 잦아들고 애정이 날카로움을 진정시켜 주며, 최소한 지금 이 순간만은 쾌락이 사고와 함께 유희하는 그런 눈빛을 기다렸지만, 내 기대는 보상받지 못했으며 마침내 나는 그렇게 실망할 만한 무슨 잘못을 했는가 하고 의심하게 되었다. 그녀가 꼼짝 않고 있는 이 마법을 깨뜨리려면 쳐다보는 것을 멈추고 얘기를 시작해야 했다. 그래서 권위적인 어조와 태도가 그녀에게 진정 효과를 줄 수 있다는

---

44 출애굽기에서 이스라엘 민족들이 사막에서 신으로부터 내려받은 음식.

것을 떠올리고 나는 이렇게 말했다.

「앙리 양, 영어책 한 권을 가져와요. 아직 비가 많이 내리니까 아마 30분 가량 더 있어야 할 것 같소.」

풀려나서 편안해진 그녀가 일어나 책을 가져와서, 내 옆에 마련해 준 의자에 바로 앉았다. 그녀는 일요일에 가장 어울릴 법한 종교적인 성격의 책을 감안해서인지 자신의 고전물 책장에서 『잃어버린 낙원』[45]을 골라 왔다. 나는 처음부터 읽으라고 했고, 그녀가 저 하늘의 시신(詩神), 〈오렙과 시나이 산의 비밀스런 꼭대기〉[46]에 올라 있고, 유대 인 목자에게 어떻게 혼돈의 자궁에서 세상의 잉태가 시작되었고 자라났는지를 가르쳐 준 그 뮤즈에게 밀턴이 영감을 구하는 대목을 읽는 동안 나는 전혀 방해를 받지 않고 그녀를 내 곁에 두고 있다는 즐거움, 달콤하고 내 귀를 흡족하게 하는 그 목소리를 듣는 즐거움, 때때로 그녀의 얼굴을 쳐다보는 즐거움이라는 세 겹의 즐거움을 누릴 수 있었다. 억양과, 멈춤, 강조 등에서 잘못을 찾아냈을 때 나는 특별히 마지막 특권을 잘 활용했다. 가르쳐 주는 동안 얼굴이 너무 빨개지지 않게 하면서도 그녀를 빤히 바라볼 수 있었던 것이다.

「됐어요.」 여섯 페이지 정도 읽은 뒤(천천히 읽은 데다 질문과 대답을 들으면서 종종 멈추었기 때문에 그녀에게는 상당한 시간이었다) 내가 말했다. 「됐어요. 그리고 이제 비가 그쳤으니 가봐야겠어요.」 실제로 그때 창문을 바라보니 하늘이 완전히 파래진 것을 알았기 때문이다. 천둥을 몰고 온 구름이 갈라져 흩어졌고 저물어 가는 8월의 태양이 창을 통해 루비색 빛을 발하고 있었다. 나는 일어서서 장갑을 꼈다.

---

45 존 밀턴(1608~1674)의 서사시.
46 『잃어버린 낙원』 제1권 6, 7행.

「로이터 교장이 해고한 자리를 대신할 다른 곳을 아직 찾지 못했죠?」

「예, 선생님. 여기저기에 다 물어보았지만 모두들 추천서를 요구했어요. 그리고 솔직히 말씀드리면, 저를 공평하지도 명예롭지도 않게 대했기 때문에 로이터 교장에게는 청하고 싶지 않아요. 그녀는 학생들이 제게 대들게 하려고 음흉한 수단을 썼고, 그래서 그 학교에 있는 동안 저를 불행하게 만들었어요. 결국에는 가면을 쓴 위선적인 행동으로 저를 쫓아냈죠. 저를 위해서 그러는 체했지만 사실은 저 자신의 생계뿐만 아니라 다른 사람의 생계까지 제 수고에만 달려 있던 아주 어려운 때에 제 주된 수입원을 빼앗았어요. 저는 그녀에게는 다시 부탁하지 않을 거예요.」

「그러면 어떻게 살아갈 생각이지요? 지금은 어떻게 살고 있어요?」

「아직 레이스 수선일을 하고 있어요. 잘만 하면 굶지는 않을 것이고, 아직은 노력하면 더 나은 일자리를 분명 얻을 수 있을 거라고 생각해요. 시도해 본 지 겨우 2주가 지났을 뿐인걸요. 아직 제 용기나 희망은 사라지지 않았습니다.」

「만일 원하는 걸 얻으면, 그 다음은? 궁극적인 전망은 뭐죠?」

「영국 해협을 건너갈 충분한 돈을 모으는 거예요. 저는 항상 영국을 가나안으로 생각했어요.」

「좋아요, 좋아, 곧 다시 당신을 찾아오겠소. 잘 있어요.」 나는 좀 무뚝뚝하게 그녀에게서 떠났다. 좀 더 따뜻하게 좀 더 감정을 표현하며 떠나라고 몰아 대는 마음속의 강력한 충동을 이겨 내기 위해 나는 애를 써야 했다. 그녀를 잠시 동안 가까이 끌어안아 주고 그녀의 뺨과 이마에 입 맞추어 준다면 얼마나 자연스러운 일이었겠는가? 나는 상식이 없는 사람이 아니다. 그게 바로 내가 원했던 모든 것이었다. 그걸로 흡족해 하면서 만족스런 마음으로 떠날 수 있었을 것이다. 이성은 이런 일에서조차 나를 거부했다. 이성은 그녀의 얼굴에서 눈을 돌리고 그녀의 집에서 발걸음을 돌리라고, 늙은 플레 부인의 집을 떠날 때처럼 건조하고 차갑게 그녀를 떠나라고 명령했다. 나는 순종했다. 하지만 나는 분노하여 언젠가는 복수하겠다고 맹세했다. 〈이 문제에서 내 성에 찰 정도로 할 수 있는 권리를 얻어 내고 말겠어. 아니면 싸우다 죽어 버릴 거야. 이제 내 앞에는 저 제네바 아가씨를 내 아내로 삼겠다는 한 가지 목적이 생겼어. 그녀가 자기 선생이 그녀에게 품고 있는 것만큼, 아니 그 반만큼이라도 관심을 갖고 있다면 내 아내가 되어 줄거야. 그렇지 않으면 내가 가르쳐 줄 때 그렇게 온순하고 그렇게 잘 웃고 그렇게 행복해 할 수 있겠는가? 내가 지시하고 고쳐 줄 때, 그렇게 차분하고 만족스럽고 물총새같이 평온한 표정을 하고 내 옆에 앉아 있겠는가?〉 내가 교실에 들어갔을 때 그녀가 얼마나 슬퍼하고 있었든 또 얼마나 당황하고 있었든, 몇 마디 말을 건네고 지시를 내리고 질책 비슷한 말을 하면 그녀는 그 즉시 행복의 은신처에 깃들어 차분해지고 다시 힘을 얻어 고개를 들고 쳐다보는 것을 나는 가까이 있어 본 뒤 알아차렸던 것이다. 질책이 그녀에게 가장 적절했다. 내가 꾸중하는 동안 그녀는 칼로 연필이나 펜을 깎거나 약간 조바심을 내거나 좀 시무룩해지거나 짧은 대답으로 자신을 방어하거나 했다. 몽땅 다 깎아 버릴 것 같아 내가 펜이나 연필을 뺏고 그 억눌린 생기를 좀 더 불러일으키려는 목적으로 단답형의 방어조차 못하게 하면, 그녀는 마침내 눈을 들고 즐거움으로 부드러워지고 저항으로 날카로워진 시선을 내게 보냈던 것이다. 그 시선은 솔직히 말하면, 이전에는 그 어떤 것도 그런 적이 없었는데, 어떻게 보면(다행히 그녀는 이걸 모르지만) 노예는 아닐지라도 내가 마치 그녀의 신하가 된 것 같은 전율감을 가져다 주었다. 그렇게 작은 소동이 벌어지고 난 뒤 그녀의 정신은 원래의 흐름을 종종 몇 시간 정도씩은 유지했던 것이다. 또 내가 이미 눈치 채고 있었던 것처럼, 그녀의 건강은 거기에서 자양분과 용기를 얻어 내고 있었고 고모의 죽음과 자신의 해고라는 일이 생기기 전에 그녀의 온몸을 거의 새로이 탄생시켜 놓았던 것이다.

위의 글을 적는 데는 몇 분밖에 걸리지 않았다. 그러나 프랜시스의 방에서 나와 계단을 내려오는 그 짧은 시간 동안 나는 이 모든 것들이 뜻하는 바를 생각해 보았던 것이다. 출입문을 여는 순간 나는 돌려주지 못한 20프랑을 기억해 냈다. 나는 잠시 멈추었다. 그 돈을 가져가는 것은 불가능했고, 원래 주인에게 강제로 돌려주는 것도 어려운 일이었다. 나는 이제 막 그녀의 소박한 집에서 그녀를 보았고, 그녀의 작은 집의 살림과 검소함에서 명백하게 드러나는 위엄 있는 가난과, 당당한 질서, 전통적인 것에 대한 까다로운 배려를 목격했던 것이다. 그녀는 빚 갚는 일에서 면제되기를 원치 않으리라는 것을 나는 확신했다. 그 돈을 누구도 받으려 하지 않으리라는 것도 분명했다. 나는 더 더욱 그랬다. 하지만 이 20프랑은 내 자존심에 짐이 되었고 처리를 해야만 했다. 괜찮은 방편 — 분명 서툴기는 하지만 내가 짜낼 수 있는 최선의 방편 — 이 떠올랐다. 나는 계단을 뛰어 올라가 문을 두드리고 급한 듯이 방으로 다시 들어갔다. 「앙리 양, 장갑 한 짝을 잊어버렸어요. 여기 두었을 텐데.」

그녀는 장갑을 찾으려고 얼른 일어났다. 그녀가 등을 돌리자, 난롯가에 서 있던 나는 찻잔만큼이나 오래된 도자기 장식품 가운데 하나인 작은 꽃병을 소리 없이 들어 올리고 돈을 그 아래로 밀어 넣었다. 「아, 여기 있네! 난로 울 안쪽에 빠뜨렸었군. 잘 있어요, 앙리 양.」 나는 두 번째로 그곳을 나왔다.

나의 즉흥적인 재방문은 아주 짧은 것이었지만 가슴 아픈 일을 보기에는 충분한 시간이었다. 나는 프랜시스가 그 따뜻한 붉은색의 작은 불씨를 벌써 난로에서 꺼내 버린 것을 알아차렸다. 하나하나 계산해야 하고, 세세한 것까지 아껴야 하기 때문에 그녀는 내가 떠나자마자 혼자서 누리기에는 그 사치가 너무 값비싸다고 없애 버린 것이다.

「아직 겨울이 아니라서 다행이군.」 나는 생각했다. 「하지만 두 달 후면 11월의 바람과 비가 더 많이 찾아오게 될 거야. 저 난로에 삽으로 석탄을 마음껏 넣어 줄 권리와 능력을 그때까지 얻을 수 있을까!」

길은 이미 말라 가고 있었다. 향기롭고 신선한 바람이 번갯불로 정화되어 대기 속에 불고 있었다. 나는 하늘이 오팔처럼 펼쳐지고 있는 서쪽을 등지고 떠났다. 창공이 진홍빛으로 뒤섞여 있었다. 티루스의 색조[47]로 찬란해진 커다랗게 부푼 태양이 그 테두리를 이미 지평선 아래로 내리고 있었다. 동쪽을 향해 걸어가면서 나는 커다란 구름 덩어리를 마주해야 했지만, 내 앞에는 저녁 무지개의 아치도 걸려 있었다. 높고 넓고 선명한, 완벽한 무지개였다. 나는 오랫동안 쳐다보았다. 내 눈은 그 광경을 들이마셨으며 또 내 머리도 그 광경을 빨아들였음에 틀림없다. 왜냐하면 그날 밤 오래도록 행복한 열기로 깨어 있다가 물러가는 구름 속에서 아직도 번쩍이고 별들 위로 은빛을 발하는 그 고요한 막전(幕電)을 바라보

---

[47] 티루스는 고대 페니키아의 항구 도시이며, 티루스의 색조는 진홍빛을 말한다.

면서, 나는 마침내 잠이 들었는데 꿈에서 그 지는 해와 구름 덩어리, 거대한 무지개가 다시 나타났던 것이다. 나는 어떤 테라스에 서 있었던 것 같다. 나는 난간 벽에 기대섰다. 어느 정도 깊은지 짐작할 수 없었지만 내 밑에는 공간이 있었다. 하지만 끝없이 밀려오는 파돗소리가 들렸기 때문에 나는 수평선까지 펼쳐진 바다가 있다고 믿었다. 쉴 새 없이 변하는 녹색과 짙은 푸른색의 바다 말이다. 저 먼 곳에선 모든 것이 부드러웠고 모든 것이 안개로 가려져 있었다. 물과 대기 사이에 있는 수평선 위에 황금빛이 반짝거리면서 떠다니다가 가까이 다가오더니 커지고 모양이 바뀌었다. 그 물체는 하늘과 땅 사이에 있는 무지개의 아치 아래에서 멈추었다. 부드러운 황혼 녘의 구름이 그 뒤에 퍼져 있었다. 그것은 날개를 단 듯 공중을 배회하고 있었다. 진주 같고, 양털 같고, 반짝이는 공기가 그 주위를 마치 옷인 양 흘러 다니고 있었다. 카네이션 색의 빛이 얼굴과 팔다리처럼 보이는 부분을 채색하고 있었다. 커다란 별이 천사의 이마를 고요한 광채로 비추어 주고 있었다. 빛 줄기 같이 반짝이는 쳐든 팔과 손이 머리 위의 무지개를 가리켰고, 내 마음속의 목소리가 이렇게 속삭였다. 〈희망은 수고에 미소를 보낸다!〉

20

 내게 필요한 것은 경제력이었다. 경제력은 이제 내가 획득해야 할 목표이고 결단이었다. 그러나 나는 그 지점에서 조금도 더 나아가지 못했다. 8월이면 학기가 종결되고 시험이 끝나며 상이 수여되고 학교는 흩어져서, 모든 대학의 문과 기숙학교의 출입구는 닫혀 버리고 10월 초나 중순이 될 때까지 열리지 않는다. 이제 8월 말일이 곧 다가오는데, 내 위치는 어디인가? 마지막 사분기가 시작되었을 때 이후로 내 발걸음은 한 보라도 나아갔던가? 그 반대로 나는 한 보 물러나 있었다. 로이터 교장 학교에서 영어 교사로서의 계약을 끝냄으로써 나는 내 스스로 연 수입의 20파운드를 잘라 내어 버렸다. 나는 1년 수입 60파운드를 40파운드로 감해 버린 셈이며 그 돈조차 지금은 지키기가 아주 어려웠다.

 플레 씨에 대해 얘기한 지는 좀 된 것 같다. 달밤의 산책이 이 이야기에서 그 신사를 두드러진 인물로 보여 준 것이 마지막으로 기록된 사건일 것이다. 그 사건 이후로 사실, 우리 관계의 태도에는 변화가 생겼다. 그 고요하던 시간과 구름한 점 없는 달과 열린 창이 내게 그의 이기적인 사랑과 거짓

우정의 비밀을 폭로했다는 것을 그는 몰랐기 때문에 그는 정말이지 계속 차분하고 정중했다. 하지만 나는 두더지처럼 가시가 돋고 산사나무 몽둥이처럼 딱딱해졌다. 그의 농담에 웃음 지을 수 없었고 그와 잠시라도 같이 있을 수가 없었다. 거실에서 커피를 마시자는 그의 초대는 늘 거절당했고, 그것도 아주 딱딱하고 단호하게 거절당했다. 로이터 교장에 대해 그가 농담으로 넌지시 말하는 것(그런 일은 여전했다)이 예전에는 내게 늘 별난 즐거움을 불러일으켰으나 나는 이제 꿈쩍도 않고 냉정하게 듣기만 했다. 오랫동안 플레는 내 차가운 태도를 아주 끈기 있게 참아 냈다. 관심을 더 보여 주기까지 했지만 정중하게 굽실거리는데도 불구하고 내 마음을 누그러뜨리거나 나를 움직이지 못하는 것을 알게 되자 그도 마침내 변해 버렸다. 그쪽에서도 냉랭해졌다. 그의 초대는 중단되었다. 그의 표정은 의심을 품고 어두워졌으며, 나는 그의 이마의 당황스럽지만 그늘진 모습에서 끊임없는 탐색과 어떤 추측들에 대한 비교, 거기서 어떤 설명을 이끌어 내려는 안절부절못하는 노력을 읽어 냈다. 얼마 안 가서 나는 그가 성공했다고 생각하게 되었는데, 그도 통찰력이 없지는 않았기 때문이다. 수수께끼를 해결하는 데 아마 조라이드 양도 도움을 주었을 것이다. 어쨌든 나는 불확실한 의심이 그의 태도에서 사라진 것을 곧 알게 되었다. 그는 우정과 진심을 가장했던 모든 것들을 폐기하고 삼갔으며, 형식적이기는 하지만 여전히 철저히 예의 바르게 처신했다. 이것이 바로 내가 바랐던 것이고 나는 이제 다시 비교적 편안해졌다. 그의 학교에 있다는 것을 좋아하지 않았다는 것은 사실이다. 하지만 거짓 고백과 이중의 언행에 대한 분노에서 자유로웠고, 특히 교장에 대한 호걸다운 증오나 질투심이 내 침착한 영혼을 전혀 흩뜨려 놓지 않았기 때문에 나는 견딜 수 있었다. 그가 내 가장 연약한 곳에는 상처를 내지 않았고 또 그 상처도 금세 아주 재빨리 치유되었으며, 비열한 방식으로 상처를 낸 것에 대한 경멸감과 어둠 속에서 비수를 들이대려 했던 그 손에 대한 영구적인 불신감만을 남겼다는 것을 나는 알게 되었다.

이런 상황은 7월 중순까지 이어졌으며 그러고 나서 작은 변화가 생겼다. 플레는 어느 날 밤 보통때보다 한 시간 늦게 분명 술에 취한 채 돌아왔다. 그에게 자기 나라 사람들이 갖고 있는 아주 나쁜 면이 몇 가지 있다면, 최소한 금주라는 좋은 점도 한 가지는 있었기 때문에 그 일은 예사로운 것이 아니었다. 하지만 이번에는 너무 취해서 홀의 종을 거칠게 흔들고 즉시 점심을 가져오라고 명령하여 — 정오라고 생각했기 때문인데, 사실 도시의 종은 이미 자정을 친 뒤였다 — 온 학교를 들쑤셔 놓은 뒤(학생들만 제외해 놓고, 왜냐하면 집에서 멀리 떨어진 건물에 있는 교실 위에 기숙사가 있기 때문에 당연히 이런 소동이 미치지 못했다), 시간을 안 지킨다고 하인들을 맹렬하게 꾸짖고 그의 어머니가 자라고 하니까 그 불쌍한 늙은 어머니를 훈계까지 했으며, 그러고 나서는 le maudit Anglais, Creemsvort (저 못된 영국놈, 크렘스보르트)에 대해 미친 듯이 지독하게 떠들어대기 시작했다. 나는 내가 읽고 있던 어떤 독일어 책 때문에 아직 잠들지 않았다. 나는 밑에서 포효하는 소리를 들었고, 교장의 목소리가 기이할 정도로 소름 끼치게 흥분되어 있음을 알아차릴 수 있었다. 나는 방문을 조금 열었다가, 그가 〈크렘스보르트〉가 내려올 것을 명령하고, 홀의 테이블 위에서 내 목을 잘라 지옥에서 온 영국 핏줄로 인해 이제 추잡한 처지에 놓였음에 틀림없는 자기 명예를 씻어 내겠다고 하는 것을 알게 되었다. 〈미쳤거나 엉망으로 취했군. 어쨌거나 노부인과 하인들이 잘 도와주겠지.〉 이렇게 생각했기 때문에 나는 곧바로 홀로 내려갔다. 그는 비틀거리고 있었고 눈알이 아주 미친 듯 굴러다니고 있었다. 정말로 볼 만한 광경이었다. 바보와 미치광이의 딱 중간이었다.

「자, 플레 씨,」 내가 말했다. 「자는 게 낫겠어요.」 그리고 나는 그의 팔을 잡았다. 물론 자기가 찾던 피의 소유자를 본 데다 그가 자기를 붙잡으니까 플레의 흥분은 엄청나게 치솟았다. 그는 몸부림치고 분노로 끓어올랐다. 하지만 취한 사람이 맨 정신을 가진 사람의 맞수는 되지 못했다. 그리고 정상일 때에도 플레의 마른 몸은 내 건강한 몸에 맞설 수가 없었다. 나는 그를 위층으로 데려가서 결국 침대에 눕혔다. 그러는 동안에도 그는 제대로 말은 안 되지만 뜻은 알아차릴 수 있는 위협의 말을 주절거렸다. 불충한 나라에서 온 배반자라고 비난하면서 동시에 조라이드 로이터도 저주했다. 그는 그녀를 *femme sotte et vicieuse*(멍청하고 타락한 계집)라고 하며 발작적인 음탕한 변덕으로 못 배워 먹은 협잡꾼에게 자신을 내던져 버렸다고 했는데, 맹렬한 허풍으로 그 마지막 호칭을 나를 향해 간접적으로 쏘아 보내고 있었다. 내가 밀어 넣어 준 침대 밖으로 탄력 좋게 튀어나오려는 그를 남겨 두고 나는 나왔다. 하지만 문을 잠그는 예방 조치를 취하고 나서 내 방으로 돌아와 아침까지는 그를 안전하게 가두어 두었다는 것을 확신하고, 아무런 방해도 받지 않고 이제 막 목격한 장면에서 결론을 내리게 되었다.

자, 이제는 분명히, 내 냉담함에 자극을 받고 내 경멸에 홀리고 내가 다른 사람을 더 좋아하지는 않을까 하여 흥분되고 자기가 쳐놓은 함정에 빠진 그 교장이, 날 사로잡으려고 했던 그 정열의 난리 법석 속에 자기가 걸려든 것이었다. 그동안의 상황을 알고 있던 나는 지금 목격한 내 고용주의 상황에서, 그의 연인이 애정을 다른 데로 옮겨 버렸음을 드러냈고 — 애정이라기보다는 성향이라고 해야겠다. 그런 주제에 갖다 대기에는 애정이라는 말은 너무 따뜻하고 너무 순수한 말이다 — 플레가 그녀의 텅 빈 가슴의 구멍을 보게 만들고, 그의 이미지를 비워 버리고, 이제는 그의 보조 교사의 이미지가 그 자리를 차지했음을 보여 주었다는 결론을 이끌어 냈다. 이 사건에 대해 이런 관점을 가지고 즐기고 있다는 것을 알아차리자 나는 조금 놀랐다. 플레는 세운 지 오래된 학교를 가지고 있고 아주 편리하고 아주 이로운 짝이므로(조라이드는 너무나 계산적이고 너무나 타산적인 여자니까), 그녀의 마음속에서 잠시 동안 그저 개인적인 선호가 세속적인 이득보다 우세하게 된 것이 아닐까 하고 나는 생각했다. 하지만 플레의 말로 보아 그녀가 그에게 퇴짜를 놓았을 뿐만 아니라 나에 대한 편애를 드러내기까지 했다는 것이 분명했다. 술 취해 그가 내뱉은 말 가운데는 이런 말도 있었다. 〈또 그 창녀가 너, 이 애송이 얼간이의 젊음에 홀딱 빠졌다고! 고상한 태도가 어쩌고, 그놈의 영국적인 격식이 저쩌고, 순수한 도덕성이라, 과연! *des moeurs de Caton a-t-elle dit — sotte* (카토[48]의 도덕성 좋아하시네, 멍청한 것)!〉 그녀의 영혼은 참 별난 영혼임에 틀림없다고 나는 생각했다. 재산과 지위를 지나치게 높게 평가하는 당연히 억센 성향을 가진 영혼임에도 불구하고, 무일푼 하급자의 냉소적인 경멸이 부유한 학교장의 아주 정성스런 아첨이 남긴 인상보다 더 깊은 인상을 남긴 것이다. 나는 속으로 웃었고, 이상하게 들리겠지만 그런 정복으로 인해 내 자존심이 기분 나쁘지 않은 자극을 받기는 했지만, 내 선한 감정은 고스란히 그대로 남아 있었다.

---

48 엄한 도덕성으로 알려진 고대 로마의 정치가.

그 다음날 로이터 교장을 만났을 때, 복도에서 잠시 보자면서 노예처럼 비굴해진 태도와 표정으로 내 주목을 끌려고 했는데, 그녀를 좋아할 수도 동정할 수도 없었다. 환심을 사려고 내 건강에 대해 몇 가지 질문을 하는 것에 간단하고 건조하게 대답하고 딱딱하게 인사한 뒤 그녀를 지나치는 것이 내가 할 수 있는 모든 것이었다. 그녀의 존재와 태도가 그때에는, 또 그 얼마 전과 그 이후로는 내게 특이한 영향을 미치고 있었다. 그녀의 존재와 태도가 내 본성의 좋은 점은 모두 가려 버리고 해로운 것만 방출하고 있었다. 내 감각을 무기력하게 만들 때도 가끔 있지만, 언제나 내 가슴을 굳어 버리게 했다. 나는 이미 손상이 가해진 것을 알아차렸고 변화를 주라고 나 자신과 싸웠다. 나는 늘 폭군을 미워했었다. 그런데, 보라 스스로를 내주는 노예를 소유하게 되자 나는 거의 내가 혐오하던 모습으로 바뀌어 버린 것이다! 매력적이고 여전히 젊은 숭배자로부터 이 뇌쇄적인 향기를 빨아들이는 데에는 일종의 천박한 희열이 있었던 것과 동시에 그 쾌락을 경험하는 것에는 타락이라는 기분 나쁜 느낌도 있었다. 그녀가 노예같이 부드러운 발걸음으로 내 주위를 몰래 걸어 다닐 때 마치 파샤[49]처럼 야만적이고 관능적인 느낌을 나는 동시에 받았다. 어떨 때는 그녀의 충성을 견뎌 냈고, 어떨 때는 물리쳤다. 나의 무관심 혹은 가혹함은 내가 차단하고 싶어했던 사악함을 키우는 것에 똑같이 기여했다.

「*Que le dédain lui sied bien*(경멸 당해도 싸지)!」 나는 한번은 그녀가 자기 어머니에게 말하는 것을 들었다. 「*il est beau comme Apollon quand il sourit de son air hautain*(거만한 미소를 지을 때면 아폴론처럼 멋져).」

---

49 이집트 사령관.

그러면 그 명랑한 노부인은 웃으면서 자기 딸이 홀린 것 같다고 말했다. 몸이 꼿꼿하고 어디 잘못된 데가 없는 걸 빼면 나는 어디도 잘생긴 구석이 없기 때문이라는 것이다. 그 노인네는 계속 말했다. 「*Pour moi, il me fait tout l'effet d'un chat-huant, avec ses bécicles*(내가 보기에는 안경 쓴 올빼미 같기만 한데).」

훌륭하신 마나님! 그녀가 너무 늙지 않았고 너무 뚱뚱하지 않고 너무 얼굴이 붉지만 않았더라면 가서 입을 맞추어 줄 수도 있었을 것이다. 자기 딸의 병적인 환상과 대조되어 그녀의 지각 있고 진실한 말들은 너무나 건전하게 들렸다.

광란의 발작을 벌인 다음날 아침 플레가 깨어났을 때 그는 그 전날 밤 무슨 일이 일어났는지 전혀 기억하지 못했고, 다행히 그의 모친은 내가 그의 타락상을 목격했다는 것을 알리지 않을 만큼 분별력을 갖고 있었다. 그는 자신의 슬픔을 치료하기 위해 두 번 다시 술에 의지하지 않았지만, 정신이 말짱할 때에도 쇠 같은 질투가 영혼 속에 스며들어 가 있음을 곧 드러냈다. 그의 성격의 여러 성분을 섞어 만들 때 철저한 프랑스 인이라면 원래 날 때부터 타고나는 광란적인 민족적 기질이 그에게도 천성적으로 빠지지 않은 것이다. 나에 대한 증오심을 그가 진짜 악마같이 입증하려고 했을 때, 술에 취해 분노를 드러내면서 그 기질이 처음으로 드러난 것 같았다. 그러나 이제는 표정을 순간적으로 뒤틀어 버리고, 우연히 내 시선이 마주칠 때 그 연한 푸른 눈의 맹렬한 빛을 통해 그 기질이 좀 더 은근히 드러났다. 그는 나와 말하는 것을 완전히 피했다. 이제 나는 그의 점잖은 태도라는 가식에서조차 벗어났다. 우리의 이러한 상호 관계 상황에서 내 영혼은, 가끔은 그 집에서 사는 것과 그런 사람 밑에서 일하는 것에 대해 거의 다스릴 수 없을 정도로 저항했다. 하지만 자기 처지의 속박에서 자유로운 사람이 어디 있겠는가? 그 당시 나는 자유롭지 못했다. 아침에 일어날 때마다 나는 그가 채운 멍에를 벗어던지고 거지라 할지라도 최소한 자유로운 사람으로 여행 가방을 들고 나오고 싶어 안달을 했다. 그러나 저녁에 기숙학교에서 돌아왔을 때 내 귀에는 어떤 즐거운 목소리가 들렸다. 내 눈에는 너무나 지적이면서 너무나 유순하고, 너무나 사려 깊으면서도 너무나 부드러운 어떤 얼굴이 보였다. 내 머리 속에는 당당하면서도 유연하고, 민감하면서도 현명하고, 진지하면서도 열정적인 어떤 인물이 떠올랐다. 열렬하고 온건하며 세련되었으면서 실질적이고 순수하면서 힘이 있고, 내 기억을 즐겁게 하면서도 괴롭히는 어떤 감정. 이 모든 것들과 함께 내가 맺고 싶어 갈망하는 새로운 유대에 대한 기대와 내가 떠맡고 싶어 애가 타는 새로운 의무감이 방황과 저항을 내게서 몰아내 주었고, 스파르타의 미덕의 빛으로 내 혐오스런 운명이 감당해야 할 인내를 보여 주었다.

하지만 플레의 분노는 가라앉았다. 그의 분노가 생겨나서 활개치다가 꺼져 버리는 데에는 두 주일로 충분했다. 그 기간 동안 비위 상하는 교사를 해고한 일은 옆 학교에도 영향을 미쳤는데 즉, 같은 기간 동안 나는 내 학생을 좇아 그녀를 찾아낼 결심을 분명히 했고, 그녀의 주소를 물어도 거절당하자 즉석에서 내 자리를 내놓은 것이었다. 이 마지막 행동이 즉시 로이터 교장에게 정신을 차리도록 만들었다. 너무나 오랫동안 황홀한 환상으로 길을 헤매던 그녀의 총명함과 그녀의 판단력은 그 환상이 사라지자마자 즉각 올바른 길 위에 다시 들어섰다. 올바른 길이란 경사지고 험한 원리 원칙의 길을 뜻하는 것이 아니고 — 그런 길로 그녀는 절대로 걸어 다닌 적이 없다 — 평탄하고 넓은 상식의 길, 즉 그녀가 최근에 밀려 돌아왔던 길을 말한다. 거기서 그녀는 자신의 늙은 구애자 플레의 자취를 조심스레 찾아보고, 그것을 발견하자 끈기 있게 쫓아간 것이다. 그녀는 곧 그를 따라 잡았다. 그녀가 그를 달래고 눈을 속이기 위해 무슨 재주를 부렸는지 모르겠지만 얼마 안 돼 그의 표정과 태도가 바뀐 것으로 보아, 그의 분노를 진정시켜 주고 그의 분별력에 가리개를 씌우는 데 성공했다. 그녀는 내가 그때도 그 이전에도 그의 맞수가 아니라는 것을 어찌어찌 확신시켰음에 틀림없다. 왜냐하면 나에 대한 분노로 가득했던 두 주가, 짜증스럽다기보다는 어이가 없었지만, 미칠 듯 기뻐하는 자기만족도 좀 섞인 채 지나친 정중함과 예의를 발작처럼 터뜨리며 끝나 버렸기 때문이다. 플레의 독신 생활은 프랑스 식답게, 마땅히 있어야 할 도덕적인 절제를 무시하고 지나가 버렸고, 나는 그의 결혼 생활도 역시 아주 프랑스적일 거라고 생각했다. 그는 종종 내게 자기 친지들 중 몇몇 가장들에게 자신이 얼마나 공포스러운 존재였는지를 자랑 삼아 말하곤 했다. 나는 이제는 플레가 스스로 어렵지 않게 대갚음당하리라는 것을 알아차렸다.

고비가 다가왔다. 휴일이 시작되자마자 무슨 기념할 일을 준비하라는 지시가 플레 씨 학교 전체에 울려 퍼졌다. 칠하고, 윤을 내고, 가구 등에 장식하는 사람들이 즉시 일에 착수했고, *la chambre de Madame*(부인의 방), *le salon de Madame*(부인의 살롱) 등에 대한 애기가 들렸다. 지금 이 집에서 마담으로 불릴 만한 영예를 가진 나이 든 마나님이, 자기가 사용하려고 아들더러 방을 내놓고 꾸미게 할 만큼 열성스런 효성을 불러일으켰다고는 생각할 수 없었기 때문에, 요리사와 두 명의 하녀 그리고 부엌 하녀와 공통으로 나는 새롭고 좀 더 젊은 부인이 이 화사한 방들의 소유자가 되려나 보다 하고 결론을 내렸다.

곧 다가오는 행사의 공식적인 발표가 있었다. 다음 주 중에 프랑수아 플레 교장과 조라이드 로이터 교장이 결혼이라는 인연으로 서로 결합할 것이었다. 교장은 직접 내게 이 사실을 알려 주었고, 내가 앞으로도 계속해서 그의 가장 유능한 교사이자 가장 신뢰할 수 있는 친구가 되어 주고, 내 보수를 연간 2백 프랑 더 올려 주고 싶다는 바람을 간절히 표현하면서 말을 마쳤다. 나는 그에게 감사를 표하고, 그 자리에서는 아무런 확답을 주지 않았다. 그가 나가자 나는 일할 때 입던 옷을 벗어던지고 코트를 입은 뒤 열기를 식히고 신경을 진정시키고 흐트러진 생각에 질서를 잡기 위해 플랑드르 성문 외곽으로 멀리 산책을 나섰다. 사실 나는 실질적으로는 해고 통지를 받은 것이었다. 이제 로이터 양이 플레 부인이 되리라는 것이 확실해졌기 때문에 곧 그녀의 집이 될 곳에 딸린 식구로 남아 있는 건 좋지 않으리라는 확신이 드는 것을 숨길 수가 없었고 숨기고 싶지도 않았다. 나를 향한 현재의 그녀의 태도는 위엄에서도 예의에서도 부족하지 않았다. 그러나 그녀의 옛날 감정도 바뀌지 않았다는 것을 알고 있었다. 예의 바른 태도가 그 감정을 억누르고 책략이 그것을 가려 주겠지만, 기회는 이 둘 보다 힘이 더 세고 유혹은 그 억압을 떨쳐 버리려 할 것이다.

나는 교황이 아니었다. 내가 교황처럼 무류(無謬)를 자랑할 수는 없었다. 간단히 말해서 내가 머물러 있게 된다면, 석 달 안에 의심 많은 플레의 집 지붕 아래에서 아주 사실적인 현대 프랑스 소설 한 권이 꾸며질 가능성이 있었다. 자, 현대 프랑스 소설은 실제로든 이론으로든 내 취향이 아니다. 인생 경험은 아직 얼마 안 되지만, 집안에서 일어난 흥미진진하고 로맨틱한 배신 행위로 인해 생겨난 결과의 사례를 가까이서 생각해 볼 기회가 있었던 것이다. 소설의 그 어떤 황금빛 광휘도 그 사례 속에는 없었다. 나는 발가벗겨지고 사실 그대로 인 모습으로 그런 사례를 보았었고, 그것은 아주 역겨웠다. 비열한 구실을 대고 습관적인 배신과 기만으로 인해 천박해진 정신을 보았고, 악에 물든 영혼에 감염된 타락한 육체를 보았다. 나는 이런 부자연스럽고 오래 지속된 광경에서 많은 고통을 받았다. 그런 고통을 겪었던 것을 지금에 와서는 유감으로 생각하지 않는다. 그런 짧은 회상이 유혹에 대해 가장 몸에 좋은 해독제로 작용했기 때문이다. 그 고통은 다른 사람의 권리를 침해하는 불법적인 쾌락이 기만적이고 독성을 띤 쾌락이라는 확신을 내 이성에 새겨 놓은 것이다. 그런 쾌락의 공허함은 그 당시에는 좌절감을 주고, 그 독성은 그 뒤로는 잔인하게 고문을 가하며, 그 결과는 영원한 타락이다.

이 모든 것에서부터 나는 플레의 학교를, 그것도 당장 떠나야 한다는 결론을 내리게 되었다. 〈하지만〉 신중함이 말했다. 〈너는 어디로 갈지 어떻게 살아야 할지도 모르잖아.〉 그러자 진실한 사랑에 대한 꿈이 떠올랐다. 프랜시스 앙리가 내 곁에 서 있는 것 같았고, 그녀의 가는 허리가 내 팔을 청하는 것 같았으며, 그녀의 손이 내 손을 부르는 것 같았다. 나는 그 손이 내 손 안에 깃들도록 만들어졌다고 느꼈다. 그런 권리를 포기할 수가 없었고 그녀에게서 영원히 눈을 뗄 수도 없었다. 그 눈에서 나는 너무나 많은 행복을 보았고 마음과 마음을 잇는 교감을 보았다. 그 눈의 표정에 나는 큰 영향력을 가지고 있었다. 그녀의 표정은 내가 환희의 불을 당길 수 있고 경외감을 불어넣을 수 있고 심오한 기쁨을 불러일으킬 수 있고 불꽃 튀는 정신을 고무시킬 수 있고 이따금은 즐거운 두려움도 일깨워 줄 수 있는 표정이었다. 이겨서 소유하고 싶은 희망과 일어나서 일하자는 결심이 나란히 줄을 서서 내게 저항하며 머리를 들었다. 그런데 나는 여기 철저한 빈궁의 심연으로 뛰어들려고 하는 것이다. 마음속의 목소리가 이렇게 주장했다. 〈이 모든 건 생기지도 않을 나쁜 일을 네가 두려워해서야!〉 저 엄격한 감시자 양심은 이렇게 대답했다. 〈생길 수도 있어. 너도《알고》있잖아.〉〈옳다고 생각하는 일을 해. 내 말을 따르면, 결핍의 구렁에서조차 나는 네가 단단하게 뿌리내리도록 심어 주겠어.〉 그리고 길을 따라 빨리 걸어가다 이상하게 내심 느껴지는, 보이지는 않아도 모든 곳에 나타나는 어떤 위대한 존재에 대한 생각이 떠올랐다. 그는 관대함으로 오직 내 행복만을 바라고, 내 마음속에서 선과 악이 싸우는 것을 지켜보고, 내가 그의 목소리를 좇아 내 양심의 속삭임에 귀 기울이는지 아니면 내가 길을 잃게 하려고 애쓰는 그의 원수이자 내 원수인 악한 영(靈)의 궤변에 귀 기울이는지 보려고 기다리고 있었다. 하늘이 암시하는 길은 거칠고 가팔랐고, 유혹이 꽃을 뿌려 놓은 녹색의 길은 이끼가 끼어 있는 내리막길이었다. 모든 존재하는 것들의 친구인 사랑의 신은 내가 허리띠를 졸라매고 울퉁불퉁한 오르막을 향하면 아주 기뻐 미소를 보낼 것이라는 생각이 들었다. 반대로 벨벳이 깔린 내리막으로 마음이 향하면 인간을 증오하고 신에게 대드는 악마의 이마에 승리의 번득임이 지필 것 같다는 생각이 들었다. 나는 갑작스레 길을 꺾었고 재빨리 발길을 되짚었다. 30분이 안 되어 나는 다시 플레 씨의 학교에 돌아와 있었다. 그의 서재에서 그를 찾아보았다. 짧은 회담과 간단한 설명으로 충분했다. 내가 확고하다는 것이 태도로 드러났고 아마도 그는 마음속으로는 내 결정을 받아들였을 것이다. 20분 간의 대화가 끝난 뒤 다른 사람을 구할 한 주라는 짧은 기간을 예고하고, 나는 내 방에 다시 돌아와서 가재도구들을 스스로 내놓았고 현재의 집에서 떠날 것을 스스로 선고했다.

21

 문을 닫자마자 나는 탁자에 편지 두 통이 놓여 있는 것을 보았다. 학생 가족들에게서 온 초대장일 거라고 생각했다. 나는 그런 관심의 표시를 간혹 받았는데, 친구가 없던 내게 그보다 더 흥미로운 서신은 불가능했다. 브뤼셀에 온 뒤로 우체부가 오는 것이 내 관심을 끈 적은 한번도 없었다. 나는 편지를 아무렇게나 집어 들고 냉담하고 느릿느릿하게 흘끗 보았다. 봉인을 막 뜯으려다 내 눈은 멈추었고, 손도 멈추었다. 백지를 보게 될 뿐일 거라고 예상했는데 생생한 그림을 보게 된 것처럼, 나는 나를 흥분시킨 것을 바라보았다. 봉투 하나에는 영국의 소인이 찍혀 있었다. 다른 봉투에는 여자 것으로 보이는 필체가 또렷하고 섬세하게 씌어 있었다. 두 번째 것을 먼저 뜯었다.

 선생님, 선생님께서 방문하셨던 바로 다음날 아침 무슨 일을 하고 가셨는지 알았습니다. 제가 매일같이 꽃병의 먼지를 턴다는 것을 분명히 알고 계셨을 거예요. 일주일 동안 저희 집에 온 사람은 선생님뿐이기 때문에, 그리고 브뤼셀에서는 요정이 돈을 두고 가지 않기 때문에, 누가 난로 위에 20프랑을 남겨 두었는지 의심할 필요가 없었습니다. 제가 테이블 밑에서 장갑을 찾아보려고 구부렸을 때 꽃병을 움직이는 소리가 들렸고, 그렇게 작은 병에 장갑이 들어갔다고 선생님이 상상한다는 게 이상하다고 생각했었어요. 자, 선생님, 이 돈은 제 것이 아니고 제가 가지고 있을 수가 없어요. 잃어버릴 수도 있고 무겁기도 하니까 이 편지 속에 동봉하지는 않겠지만, 선생님을 보게 될 때까지 보관하고 있겠습니다. 그리고 조금도 어려워하지 마시고 가져가시기 바랍니다. 그 이유는 첫째, 선생님, 선생님께서는 사람이 빚을 갚고 싶어한다는 것을 이해할 수 있으리라고 확신하기 때문입니다. 아무에게도 아무 빚도 지지 않는 것이 만족스러운 거니까요. 두 번째로는 지금은 아주 정직해질 수 있어서입니다. 제게 일자리가 생겼거든요. 두 번째 이유가 사실 편지를 쓰는 이유인데, 좋은 소식을 전하는 건 기쁜 일이고 최근에는 무슨 말이라도 할 수 있는 사람은 선생님뿐이거든요.

한 주 전에 선생님, 영국인인 워튼 부인이 저를 부르러 사람을 보내셨어요. 그분의 큰따님이 곧 혼인을 하는데, 어떤 부자 친척이 오래된 아주 값비싼 레이스로 만든 베일과 드레스를 선물해서, 그 사람들 말로는 보석만큼이나 귀한 건데 세월 때문에 조금 상해서 수선해 달라고 주문한 거죠. 저는 그 댁에 가서 고쳐야 했어요. 몇 가지 수옛거리도 맡겨서 제가 다 끝내는 데는 거의 한 주가 걸렸어요. 제가 일하는 동안 워튼 양이 방에 들어와서 저와 같이 앉아 있을 때가 있었습니다. 워튼 부인도요. 그들은 저더러 영어로 말하라고 했고, 어떻게 그렇게 영어를 잘 배웠느냐고 물었습니다. 또 뭘 할 줄 아느냐고 물었고, 무슨 책을 읽었느냐고 물었어요. 그들은 금세 저에 대해 놀라는 것 같더니, 제가 틀림없이 똑똑한 여직공이라고 생각한 것 같아요. 어느 날 오후에 위튼 부인이 제 프랑스 어 실력이 얼마나 정확한지 알아보려고 파리에서 온 여자분을 데려왔어요. 아마도 그 댁 어머니와 딸이 결혼 때문에 기분이 대단히 좋아져서 좋은 일을 해보자는 생각이 들어서였겠지만, 또 부분적으로는 원래 관대한 사람들이기 때문이겠지만, 결과적으로 그들은 제가 레이스 수선하는 것 말고 더 의미 있는 일을 하고 싶다고 표현했던 바람이 매우 지당하다고 결론을 내리고, 바로 그날 저를 마차에 태워 D부인의 집으로 갔어요. 그 부인은 브뤼셀에 있는 최고로 좋은 영국인 학교의 교장입니다. 그녀가 마침 프랑스 어로 지리와 역사, 문법, 작문을 가르칠 프랑스 인 여성을 찾는 것 같았어요. 위튼 부인이 저를 아주 열렬하게 추천해 주었죠. 두 딸이 그 학교의 학생이었기 때문에 부인의 후견으로 그 자리를 얻을 수 있게 되었습니다. 하루에 6시간 나가기로 했고 (행복하게도 그 집에서 살아야 한다고는 하지 않았어요. 제 집을 떠난다면 유감스러웠을 거예요), 보수로 D부인은 1년에 1천2백 프랑을 주기로 했습니다.

그러니까 선생님, 이제 제가 부자라는 것을 아시겠죠. 제가 바랐던 것보다 훨씬 더 부자입니다. 저는 감사해요, 섬세한 레이스일을 계속 하다 보니 시력이 상하기 시작해서 특히나요. 또 밤에 늦게까지 못 자고 아주 지겨워하면서도, 책을 읽거나 공부할 시간을 낼 수가 없었기 때문에 더욱 감사한 마음이 들어요. 병에 걸릴까, 생계를 유지하지 못할까 겁을 내기 시작하고 있었지요. 이 두려움은 이제 상당한 정도로 사라졌습니다. 그리고 선생님, 저는 저를 구해 주셔서 하느님께 너무나 감사하고 있고, 다른 사람이 즐거워하는 것을 보고 즐거워할 수 있을 만큼 아주 친절한 마음씨를 가진 어떤 사람에게 제 행복을 들려드려야 한다고 생각하기 때문에 선생님께 편지 쓰고 싶은 유혹을 이길 수가 없었어요. 편지 쓰는 일이 제게는 아주 행복한 일이고, 좀 지겹기는 하겠지만, 선생님이 읽으시기에 그렇게 힘들지는 않을 거라고 스스로에게 주장을 했죠. 제 핑계와 세련되지 못한 표현에 너무 화내지 마시고, 선생님의 사랑스런 학생을 믿어 주십시오.

F. E. 앙리

이 편지를 읽고 나는 잠시 동안 그 내용에 대해 곰곰이 생각해 보았고 — 즐거운 감정이었는지 다른 감정이었는지는 나중에 얘기하겠다 — 그 다음에 다른 편지를 집어 들었다. 그 편지는 내가 모르는 필체로 적혀 있었다. 남자의 것도, 그렇다고 꼭 여자의 것도 아닌 작고 좀 깔끔한 필체였다. 봉인에 문장(紋章)이 찍혀 있었는데, 시콤 집안의 문장은 분명 아니라는 것 외에는 아무것도 알아낼 수 없었다. 따라서 이 편지는 내가 거의 잊어버렸거나 분명 상당히 잊어 가고 있는 귀족 친척이 보낸 것일 수는 없었다. 그렇다면 누구에게서 온 것일까? 나는 봉투를 뜯었고, 그 안에 적힌 글은 다음과 같았다.

당신이 그 기름기 많은 플랑드르에서 아주 잘해 나가고 있으리라는 것을 나는 전혀 의심하지 않소. 아마도 기름진 땅의 지방층 위에서 살고 있겠지. 살덩어리 이집트 사람들 옆에서 검은머리에 갈색 피부를 하고 긴 코를 가진 이스라엘 사람처럼 앉아 가지고 말야. 아니면 성소 안 놋쇠솥 옆에서 제물을 바치는 데 쓰는 갈고리를 이따금 솥 안에 찔러 넣고 엄청난 국물 속에서 가장 기름진 뒷다릿살과 가장 살이 많은 가슴살을 끄집어내는 레위 족[50]의 악당 같은 아들

녀석처럼 말이지. 자네가 영국에 있는 그 누구에게도 편지를 쓰지 않기 때문에 나는 그걸 알고 있어. 자넨 정말이지 은혜를 모르는 개야! 내 추천이라는 탁월한 약효로 자네가 지금 살고 있는 클로버 수풀에 데려다 주었는데, 그 보답으로 아직 감사 인사나 사례조차 받지 못했어. 하지만 내가 자네를 보러 갈 것이고, 자네는 자네의 혼란스러워진 귀족의 머리를 가지고, 내가 도착하는 것과 동시에 자네에게 전달되기로 되어 있는 여행용 손가방 속에 이미 싸놓은 일종의 도덕적인 자극을 조금이나마 생각해 볼 수 있을 것이네.

그동안 나는 당신의 일에 대해 좀 알게 되었고, 브라운의 마지막 편지로 당신이 뚱뚱하고 조그마한 벨기에 여교장, 제노비 양인가 뭐 그런 여자와 지금 막 아주 유리한 결혼을 하려는 참이라는 것을 알게 되었네. 내가 도착하면 그녀를 한번 볼 수 있을까! 만약 그녀가 내 취향에 맞거나, 금전상의 관점에서 가치 있는 일이라는 생각이 들면 나는 당신의 귀중한 물건에 달려들어 당신이 물어뜯으려고 해도 그녀를 쟁취할 거야. 믿어도 된다고. 하지만 나는 뚱뚱한 여자는 좋아하지 않고, 브라운 말로는 그 여자가 작고 딱 벌어진 체격이라더군. 바짝 마르고 굶주린 인상을 한 당신 같은 친구에게 더 잘 어울린다고.

잘 지켜보고 있게, 자네의 ○○께서 어느 날 어느 시각에 오실지 알지 못하니까. (불경죄를 짓지 않기 위해, 빈칸으로 남겨 두겠네.)[51]

헌스던 요크 헌스던

---

50 레위 족은 유대 인의 신전에서 제사장 노릇을 맡았다. 레위기 11장 14~15절 참조.
51 〈그날과 그 시간은 아무도 모른다. 그러니 항상 깨어 있으라〉(마태오의 복음서 25장 13절)는 구절에 나오는 신랑 혹은 예수를 가리킨다.

〈흠!〉 나는 이렇게 내뱉었다. 편지를 내려놓기 전에 나는 조금도 상인의 필체답지 않은, 헌스던 그 사람이 아니면 정말로 그 누구의 것도 아닌, 작고 깔끔한 필체를 다시 훑어보았다. 그 필체는 친필과 그 성격 사이의 유사함을 얘기해 주고 있었다. 무슨 유사함 말인가? 그의 본성에 속하는 것이라고 내가 알고 있다기보다는, 그런가 하고 미심쩍어 하는 그의 독특한 얼굴과 어떤 특질들을 떠올려 보았던 것 같다. 〈그럴 만하지.〉

헌스던은 그때 브뤼셀로 오고 있다고 했지만, 언제 오는지 나는 몰랐다. 부의 절정에 올라 막 결혼할 참이고 따뜻한 둥지에 발을 들여놓고 안락하고 영양 상태가 좋은 조그마한 배우자 옆자리에 편하게 누우려는 나를 볼 기대를 하고 오고 있었다.

〈자기가 그린 그림이 실물과 얼마나 닮았는지 즐거움을 누렸으면 좋겠군.〉 나는 생각했다. 〈장미로 꾸민 침실에서 부리를 맞부비고 구구거리는 뚱뚱한 거북비둘기 한 쌍 대신 가난의 황량한 절벽 위에 짝도 없고 피신처도 없이 서 있는 독신의 야윈 가마우지를 발견하게 되면 그가 뭐라고 할까? 아, 저주받을 자 같으니! 오라지, 와서 소문과 사실 사이의 대조를 보고 웃으라지. 그가 그런 인간이 아니라 악마 그 자체라면, 나는 비굴하게 그의 길을 비켜 주거나 그의 냉소를 피하기 위해 미소를 짓고 기분좋은 말을 하지는 않을 거야.〉

그러고 나서 나는 다른 편지를 다시 떠올렸다. 그 편지는 귀를 틀어막는 방법으로는 가라앉힐 수 없는 소리를 내는 현(絃)을 건드렸다. 왜냐하면 그 소리는 내면에서 울려 왔기 때문이다. 그 커져 가는 소리가 절묘한 음악일 수는 있어도 그 운율은 신음소리였다.

프랜시스가 궁핍의 압박에서 구제되었고, 과도한 노동의

저주가 그녀에게서 벗겨졌다는 사실은 나를 행복감으로 가득 채워 주었다. 넉넉해지고 나서 그녀가 맨 처음 생각한 것이 나와 기쁨을 나누어 자신의 기쁨을 더 크게 하겠다는 것이었다는 사실은 내 마음속의 소망과 일치하고 나를 만족시켜 주는 것이었다. 그녀의 편지로 인한 이 두 가지 결과는 달콤한 과즙 두 방울처럼 즐거웠다. 하지만 그 잔에 세 번째로 입술을 갖다 대자 껍질이 벗겨져 시고 쓴 맛이 나왔다.

바라는 바가 수수한 두 사람이라면 런던에서 한 사람이 남부끄럽지 않게 살아가기에도 벅찬 수입만으로도 브뤼셀에서는 충분히 잘살 수 있을 것이다. 이것은 생활 필수품이 런던에서 훨씬 더 비싸다거나 세금이 브뤼셀보다 훨씬 더 많아서가 아니라, 이탈리아 인들이 성직자의 정략에 프랑스 인들이 허영심에 러시아 인들이 차르에 독일인들이 흑맥주에 어리석은 짓을 하는 것보다, 영국인들이 신의 땅 위에 있는 모든 나라 가운데 관습과 남들의 생각과 겉모습을 유지하려는 욕망에 대해 가장 어리석은 짓을 하고 있기 때문이고 가장 혐오스런 노예들이기 때문이다. 나는 벨기에의 한 소박한 집의 검소한 살림살이에서 상당한 분별력을 보았는데, 이것은 영국의 수많은 호화 저택의 우아함과 사치와 호사와 지나친 장식에 부끄러움을 느끼게 할 수 있는 것이었다. 벨기에에서는 돈을 벌 수 있다면 저축을 할 수도 있다. 이것이 영국에서는 거의 불가능한 일이다. 그곳의 겉치레는 근면함이 1년 동안 벌어들인 것을 한 달 안에 다 써버리게 한다. 유행을 노예처럼 쫓아다니느라 제일 풍요로우면서도 제일 가난한 나라라는 점에서 영국의 모든 계층들은 부끄러운 줄 알아야 한다. 이런 주제로 한 장(章)이나 두 장을 쓸 수도 있지만, 최소한 지금은 참아야겠다. 만일 내가 1년에 60파운드를 손에 쥘 수 있다면, 이제 프랜시스가 50파운드를 갖게 되었으니 오늘 저녁 바로 그녀에게 가서 참고 애태우며 초조하게 만들었던 그 말을 할 수도 있을 것이다. 가까스로 헤쳐 나가게 되겠지만, 우리의 수입을 합치면 서로 도와 가며 충분히 해나갈 수 있을 것이다. 우리는 절약이 추함으로 저주받지 않고, 옷과 음식과 가구를 아끼는 것이 천박함과 동의어가 아닌 나라에 살고 있기 때문이다. 그러나 일자리가 없는 보조 교사, 의지할 방편도 없는 사람, 도움을 받을 친지도 없는 자는 이런 것을 생각해서는 안 되었다. 사랑과 같은 감정, 결혼과 같은 말은 그의 가슴과 그의 입술에 자리를 잘못 잡은 것이었다. 그때 처음으로 나는 가난하다는 것이 무엇인지를 절실하게 느꼈다. 생계 수단을 내던지면서 내가 초래한 희생이 이제 새로운 양상을 띠기 시작했다. 올바르고 공정하고 명예로운 행동이 아니라, 경솔하고 미치광이 같은 행동으로 여겨졌다. 아주 지독한 자책이 가져다 준 격심한 영향 아래 나는 방을 몇 바퀴째 돌았다. 나는 벽에서 창까지 15분 가량 걸어 다녔다. 창가에 서니 자책감이 날 직면하고 있고, 벽 앞에 서니 자기 모멸감이 나를 바라보고 있었다. 바로 그때 양심이 말했다.

〈어리석게 질책하는 이여, 꺼져 버려!〉 그녀가 외쳤다. 〈그이는 자기 의무를 다했어. 그때 그랬으면 어땠을까 하는 식으로 그렇게 사람을 괴롭혀서는 안 돼. 영원하고 확실한 악을 피하기 위해 일시적이고 뜻밖에 생긴 이익을 포기해 버린 거야. 그가 잘한 거라고. 이제 생각하게 내버려 둬. 눈을 멀게 하는 먼지와 귀를 멀게 하는 잡음이 가라앉으면 그는 다시 길을 찾게 될 거야.〉

나는 자리에 앉았다. 나는 양손에 이마를 괴었다. 나는 한 시간, 두 시간을 생각하고 생각했다. 모두 헛된 일이었다. 지하의 감옥에 갇혀, 화강암과 화강암처럼 단단한 시멘트를 통해 새어 들어오는 빛을 찾으면서, 둘레의 1미터 두께의 벽과 머리 위의 건물 더미로 만들어진 철저한 암흑을 응시하고 있는 사람처럼 여겨졌다. 하지만 가장 뛰어난 석공의 솜씨에도 틈은 있는 법이고, 아마 틈이 있을 것이었다. 내 동굴 같은 방에도 틈이 있었다. 왜냐하면 결국 정말로 흐릿하고 약하고 의심스러워도 그래도 여전히 빛은 빛인 어떤 광선을 보았기 때문이다. 아니면 본 것 같았기 때문이다. 바로 양심이 내게 약속했던 좁은 길을 보여 주었던 것이다. 머리와 기억 속에서 두세 시간 고통스런 생각을 한 뒤에, 현재 처지에서 남아 있는 것들을 들추어냈고, 그것들을 한데 그러모아 어떤 대책이 나오게끔 함으로써 희망을 품게 된 것이다. 내 상황이란 간단하게 이런 것이었다.

한 석 달 전쯤 플레 씨는 자기 생일 잔치에, 브뤼셀 외곽에 있는 어떤 공공 휴양지에서 학생들에게 파티를 열어 주는 대접을 했는데, 지금은 지명이 기억 나지 않지만 에탕[52]이라고 불리는 작은 호수들이 근처에 여럿 있는 곳이었다. 거기에는 딴것들보다 큰 연못 하나가 있었는데 휴일이면 사람들이 작은 배를 타고 주위를 돌면서 즐기곤 하던 곳이었다. 포식하기 위해 만들어지고 준비된 정원의 그늘에서 아이들은 고프레[53]를 엄청나게 먹었고 루뱅 산 맥주를 여러 병 마셨으며, 연못에 배를 타러 가도록 허락해 달라고 교장에게 간청했다. 나이 든 학생들 6명이 그 허락을 얻어 냈고, 그들의 감독으로 내가 같이 가달라는 부탁을 받았다. 그 6명 가운데에는 가장 덩치 큰 어린 플라망드 인 장 바티스트 반덴후텐이 있었는데, 키가 크지는 않지만 열여섯이라는 어린 나이에도 본토박이의 특성을 보여 주며 널찍하고 묵직하게 성장한 학생이었

---

52 연못이라는 뜻.
53 와플과 비슷한 음식.

다. 우연히 장이 배에 첫번째로 타게 되었다. 그가 비틀거리면서 한구석으로 굴렀다. 배가 그의 무게로 요동을 쳤고 뒤집어졌다. 반덴후텐은 납덩이처럼 가라앉았다가 떠올랐고 다시 가라앉았다. 나는 즉시 외투와 조끼를 벗어던졌다. 나는 이튿에서 10년 동안 괜히 공부하고 배를 타고 목욕하고 수영한 것이 아니었다. 구조하기 위해 뛰어드는 것이 내게는 당연하고 쉬운 일이었다. 학생들과 노 젓는 사람은 고함을 질러 댔다. 그들은 한 명이 아니라 두 명의 익사자가 나오리라고 생각했던 것이다. 그러나 장이 세 번째로 떠오르자 나는 다리 한 쪽과 옷깃을 잡아챘고 3분 뒤에 그도 나도 안전하게 땅 위로 올라왔다. 사실대로 말하자면 그 선행은 보잘것없는 것이었다. 나는 거의 위험하지도 않았고 젖었다고 해서 감기에 걸린 것도 아니었기 때문이다. 하지만 장 바티스트가 유일한 희망인 반덴후텐 부부는 그 공적을 듣게 되자, 내가 그 어떤 감사로도 충분하게 보답할 수 없는 용감함과 헌신적인 태도를 보여 주었다고 생각했던 것 같다. 특히 반덴후텐 부인은 〈내가 자기들의 귀여운 아들을 너무나 사랑했음에 틀림없으며, 그렇지 않으면 그를 구하기 위해 목숨을 내놓았을 리가 없다는 것을 확신〉한다는 것이었다. 무기력하지만 정직해 보이는 반덴후텐 씨는 말을 거의 하지 않았다. 하지만 그는 도움이 필요할 때 자신에게 요청하여 자기가 내게 진 것이 틀림없는 신세를 갚을 기회를 줄 것을 약속받은 뒤에야 방에서 나갈 수 있게 했다. 바로 이 이야기가 그때 내게 희미한 빛이 되었던 것이다. 내가 유일한 출구를 발견한 것은 바로 여기에서였다. 흐릿한 빛이 새 나온 건 사실이지만 즐겁지 않았다. 또 내가 지나가고 싶은 그런 출구도 아니었다. 반덴후텐 씨의 호의에 대해 나는 아무런 권리도 없었다. 그에게 부탁을 할 수 있는 것은 내 선행이 바탕이 된 것이 아니었다. 나는 불가피함이라는 땅 위에 서야 했다. 나는 일자리가 없었고 일자리가 필요했다. 일자리를 얻을 수 있는 최선의 기회는 그의 추천장을 확보하는 데 있었다. 요청하기만 하면 가질 수 있다는 것을 나는 알았다. 내 자존심을 상하게 하고 내 생활 방식과 상치되어서가 아니라, 부정하고 게으른 까다로움에 빠지는 것처럼 느껴져서 청하지 못할 것 같았다. 포기해 버리면 죽을 때까지 후회할지도 몰랐다. 그러면 죄책감은 없을 것이었다.

그날 저녁 나는 반덴후텐 씨의 집으로 갔다. 하지만 활을 당기고 화살을 조준한 것은 허사로 돌아갔다. 활시위가 끊어진 것이었다. 나는 커다란 문의 종을 울렸다(부유층이 사는 곳에 있는 거대하고 멋진 집이었다). 하인이 문을 열었다. 나는 반덴후텐 씨를 만나고 싶다고 했다. 반덴후텐 씨와 그 가족은 오스텐드로 가서 이 도시에 없었고, 언제 돌아올지 모른다고 했다. 나는 명함을 남겨 두고 발걸음을 되돌렸다.

22

 일주일이 금세 지났다. 결혼식날이 되었다. 결혼식은 생 자크 성당에서 거행되었다. 처녀적 성이 로이터인 조라이드 양은 플레 부인이 되었다. 이렇게 변신한 지 약 한 시간 뒤 신문에 적힌 대로 〈이 행복한 한 쌍〉은 파리로 갔으며, 신문 기사에 따르면 거기서 신혼여행을 한다는 것이었다. 그 다음날 나는 학교를 그만두었다. 나와 내 소지품(책 몇 권과 옷가지)은 거기서 멀지 않은 거리에 내가 봐둔 수수한 하숙집으로 곧 옮겨졌다. 30분도 안 되어 옷가지는 옷장에 정리되었고 책은 책장에 꽂혔으며, 〈이사〉는 완료되었다. 한 가지 고통만 나를 괴롭히지 않았다면 그날 나는 불행하지는 않았을 것이다. 네주에 있는 노트르담 거리로 너무나 가고 싶었던 마음에 저항했지만, 내 앞날에 낀 불확실함의 안개가 걷힐 그런 시기가 올 때까지 그 거리를 피하겠다는 마음의 결심으로 나는 초조했다.

 아주 온화하고 아주 고요한, 감미로운 9월의 저녁이었다. 할 일이 아무것도 없었다. 그 시각에 프랜시스도 일이 끝났다는 것을 나는 알고 있었다. 나는 그녀가 선생님을 보고 싶어하지 않을까 하고 생각했다. 내가 내 학생을 원한다는 것을 나는 알고 있었다. 상상이 그럴듯한 즐거움으로 내 영혼 속에 부드러운 이야기를 불어넣으면서 낮게 속삭이기 시작했다.

〈그녀는 책을 읽거나 글을 쓰고 있을 거야.〉 상상이 말했다. 〈그녀 옆에 앉을 수 있어. 지나친 흥분으로 그녀의 평화를 놀라게 할 필요는 없어. 특이한 행동이나 말로 그녀의 태도를 당황스럽게 할 필요도 없어. 평소처럼 해. 그녀가 쓴 것을 들여다보고, 읽을 때 들어주고, 꾸짖거나 조용하게 칭찬해 줘. 그런 체계의 효과를 알고 있잖아. 기쁘면 생겨나는 그녀의 미소를 알고 있고 흥분하면 드러나는 표정을 알고 있잖아. 네가 갖고 싶어하는 그 표정을 일깨우는 비밀을 너는 가지고 있고, 그 다양한 즐거움 가운데서 고를 수 있어. 혼자 생각하는 것이 네게 편하다면 그녀는 너와 같이 조용히 앉아 있을 거야. 네겐 그녀를 마법에 걸어 둘 힘도 있어. 그녀는 지적이고 말도 잘할 줄 알지만, 넌 그녀가 입 다물고 있게 할 수도 있고 환한 표정을 수줍게 가리도록 만들 수도 있어. 하지만 그녀가 아주 지루할 정도로 얌전한 건 아니란 것도 알고 있지. 좀 특이한 즐거움을 느끼면서, 반항과 경멸, 금욕, 신랄함이 그녀의 감정과 표정에 강렬하게 한자리 차지하려고 나서는 것도 보았어. 그녀를 너처럼 다스릴 수 있는 사람은 거의 없다는 것을 알고 있지. 폭압과 불의의 손에는 부러지면 부러지지 결코 굽히지는 않으리라는 것, 그리고 이성과 애정만이 그녀에게 길잡이가 된다는 것도 알아. 이제 그런 영향력을 시험해 보라고. 해봐, 그건 열정이 아냐. 넌 그걸 안전하게 다룰 수 있을 거야.〉

〈가지 《않을》 거야.〉 그 달콤한 유혹에 대한 내 대답이었다. 〈인간은 어느 정도는 자기 자신의 주인일 수 있지만 그걸 넘어서면 안 돼. 내가 오늘 밤 프랜시스를 찾아가서 조용한 방에 그녀와 단둘이 앉아서 이성과 애정으로만 말할 수 있겠는가?〉

〈못하지.〉 이것이 지금 나를 정복하고 나를 통제하고 있는 사랑의 간결하고 열렬한 대답이었다.

시간이 정체되어 버린 것 같고 태양은 저물지 않으려는 듯했다. 시계는 똑딱거렸지만, 시곗바늘은 마비된 것 같았다.

「저녁에 왜 이리 덥지!」 나는 창문을 열어젖히며 소리쳤다. 그런 열기를 느낀 적은 정말이지 거의 없었다. 공동으로 사용하는 계단을 올라오는 발소리를 들으면서, 자기 방으로 올라가는 저 세 든 사람은 나처럼 마음과 처지가 불안한지, 아니면 어디 기댈 데가 있어 안정되고 구속되지 않은 자유로운 감정을 누리며 살고 있는지 궁금해졌다. 뭐야, 들리지도 않고 제대로 제기하지도 않은 문제를 나와 직접 풀어 보자는 건가! 그가 실제로 문을, 내 방문을 두드린 것이다. 재빠르고 신속하게 똑똑 두드리는 소리였다. 그리고 내가 문을 열어 주기도 전에 그는 문턱을 넘어섰고 문을 닫았다.

「그래, 어떻게 지냈나?」 무심하고 조용한 목소리가 영어로 말했다. 그러면서 방문객은 아무런 소란도 소갯말도 없이, 테이블 위에 모자를 내려놓고 그 모자 안에 장갑을 끼워 넣은 뒤 방 안에 있는 유일한 안락의자를 조금 앞으로 당겨 거기 조용하게 앉았다.

「자네 말할 줄 모르나?」 그는 태연하게, 내가 대답하건 하지 않건 마찬가지라고 암시하는 듯한 어조로 얼마 뒤 물었다. 사실, 나는 내 좋은 친구인 안경에 의지하는 것이 바람직하겠다는 것을 깨달았는데, 그것은 꼭 손님이 누구인가를 확인하기 위해서가 아니라(나는 이미 그를 알아보았다, 건방진 사람 같으니!) 그가 어떻게 보이는지, 또 그의 거동과 표정에 대한 확실한 인상을 얻기 위해서였다. 나는 아주 느긋하게 안경을 닦고 마찬가지로 신중하게 안경을 쓴 뒤 콧마루를 다치게 하거나 짧은 밤색 머리털 속에 뒤엉키지 않도록 안경을 잘 맞추어 썼다. 나는 햇빛을 등진 채 창가 자리에 앉아 있었고 그와 얼굴을 맞대고 있었다. 그는 언제나 자기가 꼼꼼히 살펴볼 수 있는 자리를 선호했기 때문에 위치가 바뀌었다면 더 좋아했을 자리였다. 그래, 〈그〉였다. 앉은 자리에서 보아도 180센티미터의 키에, 벨벳 깃을 단 짙은 색 여행용 외투와 회색 바지, 어두운 피부, 그리고 자연이 만들어 놓은 가장 독창적이면서도 가장 표나지 않는 〈그 자신의〉 얼굴을 한 틀림없는 그였다. 두드러지거나 기이하다고 할 부분은 하나도 없으면서도 그렇게 철저하게 독특한 효과를 내는 그런 얼굴은 없었다. 설명할 수 없는 것을 설명하려는 것은 아무런 소용이 없는 일이다. 서둘러 말할 게 없었기 때문에 나는 편하게 앉아서 그를 응시했다.

「아, 그러니까 게임을 하자는 건가?」 그가 마침내 말을 했다. 「좋아, 누가 먼저 지치는지 보자고.」 그리고 그는 천천히 멋진 담배 케이스를 꺼내 자기 입맛에 맞는 걸 하나 골라내서 불을 붙이고, 손 닿는 대로 선반에서 책을 한 권 꺼내더니 영국 X시 그로브 거리에 있는 자기 방에 앉아 있는 것처럼 차분하게 담배를 피우면서 책을 읽기 시작했다. 나는 그가 변덕을 부리면 자정까지라도 그 자세로 앉아 있을 수 있다는 것을 알고 있었다. 그래서 나는 일어나서 그의 손에서 책을 뺏은 뒤 말했다.

「부탁하지 않았으니, 맘대로 읽을 수 없어요.」

「바보 멍청이 같은 책이야.」 그가 말했다. 「그러니까 크게 손해 본 것도 없어.」 침묵이 깨어졌으므로 그가 계속 말했다. 「나는 당신이 플레의 집에 산다고 생각했지. 오늘 오후 거기

갔다가 기숙학교 거실에서 얼어죽겠다고 생각하고 있는데, 거기 사람들이 당신이 가버렸다고, 오늘 아침 떠났다고 얘기해 주더라고. 하지만 주소를 남겨 놓았더군, 이상하게 생각되지만. 내가 상상한 능력 이상으로 아주 실용적이고 지각 있는 예방 조치였어. 왜 떠난 건가?」

「플레 씨가 당신과 브라운 씨가 내 아내로 점찍은 여자와 결혼했기 때문이죠.」

「오, 그래!」 헌스던이 짧게 웃으며 대답했다. 「그러니까 아내와 직장을 다 잃은 거로구먼.」

「정확하게 그렇습니다.」

나는 그가 재빨리 노골적인 시선으로 내 방을 둘러보는 것을 보았다. 그는 좁은 공간과 초라한 가구를 확인했다. 그는 문제 상황을 단번에 파악했고 부유함이라는 죄에서 나를 석방시켰다. 이런 발견이 그의 기이한 마음에 흥미로운 효과를 만들어 냈다. 내가 아름답고 부유한 아내와 함께 멋진 거실에 놓여진 부드러운 소파에 기대 있는 것을 보았다면 그는 분명 나를 증오하게 되었을 것이다. 그런 경우 냉담하고 콧대 높게 잠깐 방문하는 것도 그의 예의 범절상으로는 극단적인 한계였을 것이고, 행운의 파도가 나를 수면 위로 부드럽게 받쳐 주는 한 그는 두 번 다시 내 근처에 오지 않았을 것이다. 하지만 내 방의 착색 가구, 벽지를 바르지 않은 벽, 우울한 고독이 그의 불굴의 오만함을 느슨하게 했고, 다시 말을 꺼내면 그 부드러운 변화가 그의 목소리와 표정에 어떻게 실려 나타날지 알 수 없었다.

「다른 직장을 구했나?」
「아니요.」
「구하고 있는 중인가?」
「아니요.」

「안됐군. 브라운에게 청해 보았나?」

「천만에요.」

「그렇게 했어야지. 그런 문제라면 그는 쓸모 있는 정보를 줄 힘이 있는데.」

「그분은 제게 한 번 아주 잘해 주었죠. 그런 요구를 할 권리가 제게는 없고, 그분을 성가시게 할 기분도 아닙니다.」

「아, 부끄러워서라면, 그리고 피해를 주는 게 싫어서라면 내게 부탁하면 되네. 오늘 밤에 그를 보게 될 거거든. 내가 한 마디 해줄 수 있어.」

「그러지 마시길 부탁 드립니다, 헌스던 씨. 이미 당신에게 빚이 있어요. X시에 있을 때 내게 중요한 도움을 주었고, 내가 죽어 가고 있던 굴에서 나를 꺼내 주었지요. 그 도움을 아직 갚지 못했고 거기에 지금 또 다른 빚을 더하는 것은 절대적으로 사절합니다.」

「그렇다면 만족스럽네. 자네를 그 저주받을 회계 사무소에서 꺼내 준 나의 유례 없는 관대함이 언젠가는 정당한 감사를 받으리라고 생각했네. 성서에 〈너는 네 식물(食物)을 물 위에 던지라. 여러 날 후에 찾으리라〉[54]는 말이 있지. 그래 맞아, 이 친구야. 나를 대단하게 받들어, 나 같은 사람도 없네. 흔해 빠진 사람들 속에서 나 같은 사람은 없어. 어쨌든 허튼소리는 집어치우고 잠시 동안이라도 말 되는 얘기를 해보세. 자네는 처지가 훨씬 더 좋아질 수 있는데, 게다가 내미는 손을 거절한다면 정말 바보야.」

「좋습니다, 헌스던 씨. 그 문제는 해결됐으니까 다른 얘기 좀 합시다. X시에는 무슨 소식이 ―」

---

[54] 선을 행하고 구제하라는 권고로 풀이되는데, 재난의 가능성을 고려하여 여러 가지 사업에 신중하게 투자할 것을 권하는 의미로도 해석된다. 전도서 11장 1절.

「아직 해결 안 됐다니까, X시로 가기 전에 해결해야 할 다른 문제가 있다고. 제노비 양(《조라이드》라며 내가 끼어들었다), 그래 그 여자는 진짜 플레와 결혼했나?」

「그렇습니다. 못 믿겠다면 생 자크 성당 신부님께 가서 물어보세요.」

「가슴이 찢어지겠군?」

「그런 것 같지 않습니다. 아무 문제 없고, 평소대로 잘 뛰고 있는데요.」

「그렇다면 자네의 감정은 내 생각보다는 좀 질이 떨어지는군. 그 일로 비틀거리지 않고 그런 타격을 견디다니 자네는 야비하고 무감각한 사람임에 틀림없어.」

「그 일로 비틀거려요? 프랑스 인 교장과 벨기에 인 여교장이 결혼하는 일로 도대체 왜 내가 비틀거려야 합니까? 후손들은 틀림없이 괴상한 잡종이 나오겠지만, 그건 그 사람들 일이지 내 일은 아닙니다.」

「그는 상스러운 농담에나 탐닉하는 인간이고 신부는 그와 서약한 여자라고!」

「누가 그런 말을 해요?」

「브라운.」

「헌스던 씨, 들으세요. 브라운은 늙다리 수다쟁이입니다.」

「맞아. 그렇지만 그의 수다가 절대 사실이 아니라면, 그러니까 자네가 조라이드 양에게 특별한 관심이 없었다면, 오, 이 젊은 선생 양반, 왜 당신은 그녀가 플레 부인이 되고 나서 직장을 그만두었지?」

「왜냐하면,」 나는 얼굴이 조금 뜨거워지는 것을 느꼈다. 「왜냐하면, 간단히 말해서 헌스던 씨, 나는 더 이상 대답하지 않겠습니다.」 그리고 나는 손을 내 바지 주머니에 깊이 찔러 넣었다.

헌스던이 승리한 것이다. 그의 눈과 웃음이 승리를 선포했다.

「도대체 뭘 조롱하는 거죠, 헌스던 씨?」

「자네의 모범적인 침착함을 보고 웃는 걸세. 좋아, 친구, 자네를 지겹게 하지는 않겠네. 어떻게 된 건지 알겠어. 지각 있는 여자라면 기회가 생길 경우 그렇게 하듯이 조라이드는 자네를 차버리고 더 부유한 사람과 결혼했다 이거지.」

나는 대답하지 않았다. 진짜 상황에 대해 설명해 줄 필요를 느끼지 못했고 오해받을 말을 할 일도 없으니, 그렇게 생각하라고 내버려 두었다. 그러나 헌스던의 눈을 가리기는 쉽지 않았다. 진실을 맞췄다는 것을 확인시켜 주지 않고 내가 침묵을 지키자 그는 의심을 하게 된 것 같았다. 그는 계속 말했다.

「합리적인 사람들이 늘 그렇게 행동하는 대로 일이 처리된 것 같군. 자네는 변변치 못하나마 자네의 젊음과 재주를 내세워 그녀의 지위와 돈과 교환하자고 했겠지. 자네가 소위 외모 혹은 〈사랑〉이라는 걸 계산에 넣은 것 같지는 않아, 그 여자가 자네보다 나이가 많다는 걸 난 알고 있거든. 브라운은 예쁘다기보다는 똑똑해 보이는 편이라고 했고. 그 여자는 더 나은 거래를 할 기회가 없었고 먼저 자네와 관계를 맺고 싶은 마음이 들었겠지. 그런데 잘 나가는 학교 교장인 플레가 더 좋은 카드를 들고 걸어 들어왔겠지. 그녀가 그걸 받아들였고, 그는 그녀를 얻어 낸 거야. 정당한 거래야, 완벽하게 사업적이고 합법적이야. 이제 다른 얘기 좀 하세.」

「하세요.」 그런 얘기를 끝내게 되어 아주 기뻤고, 이 반대 신문자의 총기를 흐려 놓아서 더 더욱 기뻐서 내가 말했다. 정말로 그랬다. 그의 얘기가 이제 위험한 문제에서 벗어났지만, 그의 날카롭고 주의 깊은 눈은 아직도 이전 생각에 사로

잡혀 있는 것 같았다.

「X시의 소식을 듣고 싶다고? 그런데 자네가 X에 관심 가질 게 뭐 있는가? 친구를 사귀지 않았으니 거기 남겨 둔 친구도 없잖은가. 남자도 여자도 자네 안부를 묻는 사람은 없어. 내가 만약 자네 이름을 여러 사람들 앞에서 꺼낸다면, 남자들은 내가 요한 사제[55] 얘기를 하나 싶을 거고, 여자들은 속으로 코웃음을 치겠지. 우리 X의 미녀들은 자네를 분명히 싫어했어. 도대체 무슨 재주로 그들의 비위를 거스르게 되었지?」

「모르겠군요. 거의 말을 건 적도 없으니까요. 그들은 제게 아무런 의미도 없어요. 멀리서 흘끗 보는 어떤 존재로만 생각했습니다. 그들의 옷과 얼굴이 때때로 눈에는 충분한 즐거움을 주기도 하지만, 그들이 하는 말을 이해할 수 없었고 그 표정을 읽어 낼 수도 없었어요. 어쩌다가 얘기를 주워들어도 결코 대단하게 생각할 수가 없었죠. 또 여자들의 입술과 눈이 벌이는 희롱은 제게 전혀 도움이 되지 않았어요.」

「그건 그 여자들 잘못이 아니라 자네 잘못이었어. 그 도시에는 예쁘고 똑똑한 여자들이 있어. 여자들은 어떤 남자도 얘기할 가치가 있는 존재들이고, 나는 그들과 즐겁게 대화를 할 수 있지. 그런데 당신은 재미있는 말을 하지 않았고, 지금도 그래. 여자들을 사랑스럽게 만들어 줄 수 있는 점이 당신에게는 전혀 없어. 나는 당신이 사람들로 가득 찬 방문 가에 앉아서, 고개를 숙인 채 듣기만 하고 말은 하지 않는 것을 보았어. 관찰만 하고 남을 즐겁게 해주지는 않아. 파티가 시작하면 뻣뻣하니 수줍음을 타고, 파티 중간에는 당황스러운 듯 경계하고 있고, 파티가 끝날 때면 오만하게도 지겨워하지.

---

55 Prester John은 중세 아시아를 통치했던 것으로 전해지는 전설상의 왕이자 사제.

그런 방법이 즐거움을 나누거나 흥미를 불러일으킬 수 있다고 생각하나? 아냐. 만일 당신이 대체로 인기가 없는 편이라면, 그건 그래도 싸기 때문이야.」

「됐습니다!」 내가 소리를 질렀다.

「아니, 아직 덜 됐어. 미인은 언제나 자네에게 등을 돌리지. 자네는 굴욕감을 느끼고, 그 다음에는 비웃게 되지. 이 세상에 있는 모든 갖고 싶은 것들 — 부와 명성, 사랑 — 이 자네에게는 언제나 높이 올라간 덩굴에 달린 잘 익은 포도 같은 것이라고 진심으로 나는 그렇게 생각하네. 자네는 그걸 올려다보겠지. 그 포도는 자네의 갈망하는 눈을 감질나게 하지. 하지만 손에 닿지 않아. 자네는 사다리를 가져올 재주가 없고, 포도가 시다고 투덜대면서 가버리는 거야.」

어떤 상황에서라면 이런 말은 신랄하게 들릴 수도 있겠지만, 지금은 아무런 흥분도 불러일으키지 않았다. 내 인생은 바뀌었고 내 경험은 X를 떠난 뒤로 풍부해졌다. 하지만 헌스던은 그걸 알 수가 없었다. 그는 나를 크림즈워스의 서기로만 보았다. 부유한 이방인들 속에서 경멸에는 딱딱한 태도로 맞서고, 비사교적이고 매력 없는 외모를 의식하고 있고, 분명히 보류될 거라고 생각하면서 주목해 달라 하지도 않고, 쓸데없다고 경멸당할 것을 알고 있기에 찬사조차 표하지 않는 종속적인 인간, 그것이 당시 그 서기의 특징이었다. 그때 이후로 젊음과 사랑스러움이 내 매일의 연구 대상이었다는 것, 시간이 날 때마다 찬찬히 그것들을 연구했다는 것, 수놓인 겉면 뒤편에 있는 진실의 평직(平織) 구조를 보았다는 것을 그는 알 수가 없었다. 날카로운 눈을 가지고 있었지만 그는 내 마음속을 꿰뚫어 볼 수 없었고 내 머리 속을 살펴보지 못했으며 내 독특한 공감과 반감을 읽어 낼 수도 없었다. 그는 대부분의 인간 정신에 막강한 힘을 행사하는 어떤 영향력 아래에서 내 감정이 얼마나 나지막하게 새어 나갔는지 인식할 수 있을 만큼 나를 오랫동안 알지 못했거나 제대로 알지 못했다. 나에게만 힘을 발휘했기 때문에 더 더욱 강력한 힘을 행사했던 그 영향력 아래에서는 내 감정이 얼마나 높게 얼마나 빨리 밀려 들어왔는지도 알아챌 수 없었다. 그는 또 로이터 양과 나 사이의 관계에 대한 소문을 조금이라도 의심할 수 없었다. 그녀의 기이한 유혹에 관한 이야기는 그와 다른 모든 사람들에게는 비밀에 부쳐졌다. 그녀의 교태와 간계는 나만이 목격했고 나만이 알고 있었다. 그러나 그런 것은 나도 어떤 인상을 〈줄 수 있다〉는 것을 입증해 주었기 때문에 나를 바꿔 놓았다. 자비로움과 힘으로 가득 찬, 더욱더 사랑스러운 비밀이 내 가슴 깊숙이 자리 잡고 있었다. 그 비밀은 헌스던의 냉소라는 가시를 빼주었고 수치심에도 고개 숙이지 않고 분노에도 흔들리지 않게 해주었다. 그러나 이 모든 걸 나는 전혀 말로 할 수가 없었다. 최소한 결정적인 말은 전혀 할 수 없었다. 불확실함이 내 입을 봉했으며, 헌스던에게 대답만 하면서 생겨난 사이사이의 침묵의 시간 동안 나는 그때에는 그에게 완전히 오해를 받기로 마음먹었고, 따라서 오해를 받았다. 그는 자기가 내게 너무 심했다고 생각했고 내가 그의 비판의 무게로 납작하게 눌렸다고 생각했다. 그래서 그는 틀림없이 언젠가는 고치게 될 거라고 내게 확신시켜 주었다. 나는 바로 인생의 출발점에 있고, 내가 다행히도 아주 지각이 없는 것은 아니기 때문에 내가 허방 짚는 것이 모두 좋은 교훈이 될 거라고 했다.

바로 그때 나는 빛을 향해 얼굴을 돌렸다. 다가오는 황혼과 창가 자리의 내 자리로 인해 마지막 10분 동안 그는 내 얼굴 표정을 살피지 못했다. 그러나 내가 움직이자 그는 어떤 표정을 알아채고 그걸 이렇게 해석했다.

「제기랄! 이 친구는 정말이지 지독하게 만족스런 표정을 짓고 있군! 부끄러워서 죽을 지경이라고 생각했는데 저기 앉아서 씩 웃으면서 마치 〈세상이야 어찌되든 내 알 바 아냐, 나는 조끼 주머니 속에 현자의 돌[56]을 갖고 있고 찬장 속에 생명의 불로 장수약을 갖고 있어. 나는 숙명과 운명 모두에서 자유로워〉라고 하는 것 같잖아!」

「헌스던 씨, 포도에 대해 얘기했죠. 나는 당신네 X시의 온실에서 자란 포도보다 내가 더 좋아하는 어떤 과일에 대해 생각하고 있어요. 특이한 과일이고 야생에서 자랐으며, 내 것이라고 표시해 두고 언젠가 따서 맛을 보고 싶어하는 과일이죠. 쓴맛을 보라거나 목말라 죽을 거라고 위협해도 소용없어요. 나는 내 입으로 달콤함을 맛볼 예상과 입술에 신선함을 가져다 줄 희망을 가지고 있어요. 나는 고약한 맛은 거절할 수 있고 피곤함을 견딜 수 있어요.」

「얼마 동안이나?」

「노력해 볼 수 있는 다음 기회가 올 때까지요. 성공해서 받는 상이 내 가슴의 보물이 될 터이니, 나는 황소 같은 힘을 발휘해 싸울 겁니다.」

「불운은 황소라도 같잖게 짓눌러 버리지. 분노가 자네를 끝도 없이 괴롭히는 것 같군. 자네는 입에 나무 숟가락[57]을 물고 태어났어. 틀림없어.」

「맞습니다. 제 말은, 제 나무 숟가락을 가지고 다른 사람의 은국자같이 쓰겠다는 거예요. 단단히 쥐고 잘만 다루면 나무 숟가락으로도 수프를 떠먹을 수 있어요.」

헌스던이 일어났다. 「알겠네.」 그가 말했다. 「자네는 남들

---

[56] *philosopher's stone*. 비금속을 황금으로 바꿀 수 있다고 여겨져 연금술사가 찾아 헤매던 물질로 실현 불가능한 이상을 가리킨다.
[57] 나쁜 운이라는 의미.

이 관심 없으면 제일 좋아지고, 도움받지 못할 때 제일 잘해 내는 그런 사람인 것 같으이. 자네 방식대로 해보게. 자 이제 가네.」 더 이상 아무 말 않고 그가 가려고 했다. 문 앞에서 그가 돌아섰다.

「크림즈워스 홀이 팔렸네.」 그가 말했다.

「팔렸다고요!」 내가 그 말을 그대로 따라 했다.

「그렇네. 자네 형이 석 달 전에 파산한 거 물론 알고 있겠지?」

「뭐라고요! 에드워드 크림즈워스가요?」

「맞아. 부인은 친정 아버지네로 갔고. 일이 뒤틀리니까 성질도 뒤틀려 버렸어. 그는 부인을 못살게 굴었어. 언젠가 자기 아내에게 폭군같이 굴 거라고 했었지. 그 사람은 ─ 」

「그래요, 그는, 그는 어떻게 되었어요?」

「특별한 건 아무것도 없어. 놀랄 것 없네. 그는 자신을 법의 보호 아래에 두었고 빚쟁이들과는 거의 거저 빚을 청산했지. 6개월 뒤에 다시 일어났고, 마누라를 구슬려 돌아오게 했고, 지금은 녹색 월계수처럼 번창하고 있다고.」

「크림즈워스 홀은, 가구도 다 팔렸습니까?」

「전부, 그랜드 피아노에서 머리핀까지.」

「오크나무 식당에 있던 것들도요, 그것들도 팔렸나요?」

「물론이지. 거기 있는 소파와 의자가 왜 다른 것보다 더 신성한 거지?」

「그림도?」

「무슨 그림 말인가? 내가 알기로 크림즈워스에겐 특별한 소장품이 없었어. 자기가 아마추어임을 떠벌린 적이 없었다고.」

「벽난로 양쪽에 걸려 있던 초상화 두 점이 있었어요. 헌스던 씨, 당신이 잊어버렸을 리가 없어요. 귀부인의 초상화를 주목한 적이 있었잖 —」

「아, 알겠네! 숄을 걸치고 있던 마른 얼굴의 귀부인 말이로 군. 물론, 그 그림도 다른 것들과 같이 팔렸지. 자네가 부자였 다면 그걸 살 수도 있었을 텐데. 그 그림이 당신 모친을 그린 거라고 했었지? 동전 한 푼 없는 게 어떤 건지 알겠군.」

알 만했다. 〈하지만, 반드시,〉 나는 생각했다. 〈언제나 가난 에 찌들려 살지는 않을 거야. 언젠가는 그림을 도로 살 거야. 그런데,〉 「그림을 누가 샀죠? 알고 있습니까?」 내가 물었다.

「어떻게 알겠나? 누가 뭘 샀는지 물어본 적 없네. 이 비현 실적인 사람은 자기가 관심 있는 것에 온 세상도 관심을 가 진다고 생각하고 있군. 자, 잘 있게. 내일 아침 나는 독일로 가네. 6주 뒤에 이리로 다시 올 거고, 아마 당신을 또 보러 올 지도 몰라. 그때도 실업자일지 궁금하군!」 그는 메피스토펠 레스[58]처럼 무정하게 조롱하듯이 웃었다. 그렇게 웃으면서 그는 사라졌다.

오랫동안 떠나 있어 아무리 무심해진다 해도 헤어질 때는 즐거운 인상을 남기려고 애쓰는 사람들이 있다. 헌스던은 그 렇지 않았다. 그와의 대담은 키니네를 한번 빨아들인 것 같 은 영향을 끼쳤다. 특이한 껄끄러움과 쓰라림과 씁쓸함을 농 축시켜 놓은 것 같았다. 키니네처럼 그것도 정신이 번쩍 들 게 했는지는 도무지 알 수가 없었다.

혼란스러워진 마음으로 인해 잠자리에 들 수가 없었다. 그 와의 만남 이후 그날 밤 거의 자지 못했다. 아침이 다가오자 나는 졸기 시작했지만 잠들지 못했고, 그때 내 침실이 붙어 있는 거실에서 발소리와 가구를 미는 시끄러운 소리가 들려

---

58 괴테의 『파우스트』에서, 파우스트 박사에게 나타나 그의 영혼을 교환 조건으로 청춘과 사랑을 주겠다고 하는 악마.

깼다. 그 움직임은 2분도 채 걸리지 않았다. 문이 닫히고 그 소리도 멈추었다. 나는 귀를 기울였다. 쥐 죽은 듯 조용했다. 꿈을 꾼 것인지도 모르고, 세 든 사람이 실수로 자기 방 대신 내 방으로 들어온 것일 수도 있었다. 아직 5시도 안 된 시각이었다. 나도 태양도 아직 완전히 깨어나지 않았다. 나는 돌아 누워 곧 잠에 빠졌다. 내가 일어났을 때는 약 2시간이 지난 뒤였고, 그 일은 잊어버리고 있었다. 그런데 방에서 나와 내 눈에 처음 보인 물건으로 인해 그 일이 다시 생각났다. 거실문 앞에다 그냥 밀어 넣어 아직 문 끝에 기대어져 있는 것은 나무로 포장한 상자였다. 거친 재질에 널찍했지만 얄팍했다. 분명 짐꾼이 밀어 넣었을 텐데 거실에 아무도 없으니까 그냥 입구에 남겨 둔 것이었다.

〈이건 내 것이 아닌데,〉 다가가면서 나는 생각했다. 〈다른 사람 것이겠지.〉 나는 주소를 살펴보기 위해 몸을 숙였다.

〈윌리엄 크림즈워스 귀하, 브뤼셀, ○○거리, ○○번지〉

나는 놀랐지만 알아보는 제일 좋은 방법은 그 속을 들여다보는 것이라고 결론을 내리고, 끈을 자르고 상자를 열었다. 양옆을 조심스레 붙이고 녹색의 거친 천으로 내용물이 포장되어 있었다. 소포를 묶은 끈을 펜나이프로 잘라 내고 봉합한 곳을 떼어 내자 넓어진 틈으로 금박을 입힌 무언가가 보였다. 판자와 포장을 한 거친 천을 벗겨 내고 아주 큰 액자틀로 싼 커다란 그림 한 점을 상자에서 들어냈다. 창에서 들어오는 빛이 잘 비치도록 의자에 그 그림을 기대 놓고 나는 뒤로 물러섰다. 나는 벌써 안경을 쓰고 있었다. 초상화 화가의 하늘(아주 어둡고 위협적인 하늘)과 전통적인 짙은 색조로 그려진 원경의 나무가, 어두운 구름과 거의 한데 뒤섞인 듯한 부드러운 짙은 머리의 그림자가 드리워져 있는 창백하고 생각에 잠긴 여자의 얼굴을 아주 돋보이게 하고 있었다. 커다랗고 엄숙한 눈이 사려 깊게 내 눈을 들여다보고 있었다. 여윈 뺨이 섬세하고 작은 손 위에 놓여 있었다. 우아하게 드리워진 숄은 마른 몸매를 반은 가리고 반은 드러내 주고 있었다. 누가 듣고 있었다면, 10분을 침묵 속에서 응시한 후에 내가 〈어머니〉라고 외치는 말을 들었을 것이다. 한 번 더 불러 봤을 수도 있겠지만, 혼자서 큰 소리로 해본 첫마디가 내 의식을 깨워 버렸다. 미친 사람만이 혼잣말을 한다는 생각이 들었고 그래서 대신 독백을 생각해 냈다. 나는 그 지적인 모습과 사랑스러움, 그리고 아, 섬세한 회색 눈에 깃든 슬픔과 그 이마의 정신력, 그리고 진지한 입에 나타난 진귀한 감성에 대해 오랫동안 생각했고 오랫동안 묵상했다. 그때 그 아래로 시선을 옮기다가 그림 구석 액자틀과 캔버스 사이에 꽂힌 작은 편지에 머물렀다. 나는 먼저 속으로 물어보았다. 〈누가 이 그림을 보냈지? 누가 날 생각하고 크림즈워스 홀의 폐허에서 이걸 구해 내서 원래 소유자가 보호하도록 이걸 보냈을까?〉 나는 틀 사이에서 그걸 꺼내 읽어 보았다.

아이에게 사탕을 주고 바보에게 종을 주고 개에게 뼈다귀를 보내는 데에는 일종의 어리석은 즐거움이 있지. 아이가 얼굴에 온통 설탕을 묻히고, 바보의 희열이 그 어느 때보다 그를 더 바보같이 만드는 것을 목격하고, 개의 본성이 뼈다귀에 달려드는 걸 당신이 보게 되면 난 복수를 하는 거네. 윌리엄 크림즈워스에게 그의 어머니의 초상화를 주면서 나는 그에게 사탕과 종과 뼈다귀를 한꺼번에 준 셈이네. 그 장면을 보지 못해서 유감이군. 경매인이 내게도 그런 즐거움을 약속했더라면 나는 입찰가에 5실링을 더 보태 주었을 텐데.

H. Y. H.

추신 어젯밤 당신은 내게 빚진 목록에 다른 걸 절대 더 보태고 싶지 않다고 했지. 당신에게 그 수고를 덜어 주었다고 생각하지 않나?

나는 녹색 포장천으로 그 그림을 싸서 상자 안에 다시 넣고 그 모든 것을 침실로 가져온 뒤, 침대 밑에 넣어 버렸다. 내 기쁨은 이제 신랄한 고통으로 오염되었다. 편하게 보게 되기 전에는 더 이상 보지 않기로 했다. 그때 만약 헌스던이 왔다면, 나는 그에게 이렇게 말했을 것이다. 〈헌스던, 나는 당신에게 빚진 게 없어요. 단 한 푼도. 당신은 조롱으로 그 빚을 돌려 받은 겁니다.〉

더 이상 차분하게 있을 수 없을 정도로 예민해져서 아침을 먹자마자 나는 반덴후텐 씨의 집으로 다시 찾아갔다. 처음 찾아간 뒤로 일주일도 지나지 않았기 때문에 그가 집에 있을 거라고는 거의 기대하지 않았지만 그가 언제 돌아올지나 알아볼 수 있을 거라고 생각했다. 내가 예상했던 것보다 더 좋은 결과가 나를 기다리고 있었다. 아직 가족은 오스텐드에 남아 있지만 반덴후텐 씨는 일이 있어서 그날 브뤼셀에 와 있었던 것이다. 그는 활기 찬 사람은 아니지만 차분하고 조용한 친절로 나를 맞아 주었다. 그의 사무실에 자리한 지 5분도 되지 않아 낯선 사람에게서는 거의 느낄 수 없는 그런 편안함을 그에게서 발견했다. 어쨌든 청탁을 하는 일이 내게는 무척이나 고통스러운 것이었기 때문에 나는 스스로의 침착함에 놀랐다. 나는 이런 평정이 어디에 기초하고 있는지 자문해 보았다. 나는 그것이 속임수일까 봐 두려웠다. 나는 곧 그 토대를 흘끗 보았고, 그것이 아주 단단하다는 것을 확신했다. 나는 내가 어디에 서 있는지 알고 있었던 것이다.

반덴후텐 씨는 부자고 존경을 받고 있고 영향력이 있었다.

나는 가난하고 얕보이고 있으며 아무런 힘이 없었다. 그러니까 우리는 이 사회의 전반적인 구성원들이 서 있는 세상에 서 있었던 것이다. 그러나 한 쌍의 인간으로서 우리는 서로서로에게 그 위치가 뒤바뀌어 있었다. 이 네덜란드 사람(그는 플랑드르 사람이 아니라 순수한 네덜란드 사람이었다)은 분별 있고 정확한 판단력을 가지고 있지만, 느리고 가라앉아 있고 지적인 면은 좀 부족했다. 그 앞에 있는 영국인은 계획과 실천 양면을 착상하고 실현함에 있어서 그보다 더 신경질적이고 적극적이며 재빨랐다. 그 네덜란드 인은 관대하고 영국인은 의심이 많았다. 간단히 말해서 우리는 서로 꼭 들어맞는 성격이었지만, 내 정신은 그 사람보다 더 열정적이고 행동적이어서 본능적으로 주도권을 넘겨받아 손에 쥔 것이다.

이 점을 확실히 하고 내 위치를 분명히 인식한 뒤, 나는 완전한 자신감만이 불러일으킬 수 있는 진정한 솔직함으로 내 문제에 대해 그에게 얘기했다. 그런 부탁을 받는 것이 그에게는 즐거움이었다. 그는 나를 위해 작은 노력을 할 기회를 주어서 고맙다고 했다. 나는 내게 도움을 달라는 것이 아니라 나 스스로 날 도울 수 있는 방법을 가르쳐 달라는 것이라고 그에게 계속해서 설명했다. 그의 수고를 바라는 것이 아니라(수고는 내가 할 몫이니까) 정보와 추천서만을 바란다고 했다. 나는 가려고 금방 일어섰다. 내가 떠날 때 그는 손을 내밀었다. 이것은 영국인의 경우는 아니지만, 외국인에게는 대단히 의미심장한 행동이었다. 미소를 교환하면서 나는 그의 진실한 얼굴에 나타난 관대함이 내 얼굴의 지적인 면보다 더 우월하다고 생각했다. 나 같은 유형의 인간들은 빅터 반덴후텐의 정직한 가슴 속에 깃든 그런 영혼과의 접촉을 통해 진통제가 주는 것 같은 위안을 경험하는 법이다.

그 다음 두 주간은 여러 가지 변화가 많이 일어난 기간이었다. 그동안의 내 삶은 유별나게 유성과 별똥별이 많이 나타나는 가을 밤하늘과도 같은 것이었다. 희망과 두려움과 기대와 실망이, 번뜩이는 소나기처럼 천정(天頂)에서 지평선으로 떨어졌다. 그러나 그 모든 것은 덧없이 지나갔고 환영이 사라져 버릴 때마다 어둠이 재빨리 뒤따라왔다. 반덴후텐 씨는 성심으로 나를 도와주었다. 그는 내게 여러 곳의 교사직을 알아봐 주었고, 내가 얻어 내도록 스스로도 애를 썼다. 그러나 한동안의 청원과 추천은 헛된 것이 되었다. 내가 막 걸어 들어가려고 할 때 내 면전에서 문이 닫혀 버리거나 다른 후보자가 나보다 앞서서 들어가 나의 시도를 무용지물로 만들어 버렸다. 화가 나고 흥분했지만, 나는 아무런 실망감도 느끼지 않았다. 한 번의 실패 뒤 금세 또 다른 실패가 이어져서 의지에 자극제가 되었다. 나는 까다로움을 잊어버렸고 수줍음을 이겨 냈으며 자존심을 쥐어짜냈다. 나는 부탁했고 인내심을 발휘했고 항의했고 독촉했다. 행운의 여신이 편애하는 사람을 둘러싸고 보호하고 있는 막을 그렇게 밀고 들어가연 것이다. 내 인내심은 나를 알려지게 했다. 내 끈덕짐은 나를 눈에 띄게 했다. 사람들이 나에 대해 물었고 전에 가르치던 학생들의 부모들은 아이들에게서 내가 능력이 있다는 이야기를 들었으며 그 이야기를 퍼뜨렸다. 아무렇게나 전해진 그 소리는 마침내 널리 퍼지지 않았다면 결코 도달하지 않았을 어떤 사람들의 귀에까지 이르게 되었다. 그리고 마지막 시도를 한 뒤 무엇을 해야 할지 몰라 하던 위기의 상황에, 침대맡에서 음울하고 거의 필사적으로 생각하면서 앉아 있던 어느 날 아침, 행운의 여신은 내게 시선을 돌리고 비록 한번도 그녀를 본 적은 없었지만 마치 오랜 친지처럼 친숙하게 고개를 끄덕여 보이며 내 무릎에 상을 던져 주었다.

18XX년 10월 둘째 주, 나는 브뤼셀의 한 대학에서 연봉

3천 프랑으로 전체 영어 수업을 맡을 교수로 임명되었다. 또 그 자리에 수반되는 명예와 명성으로 인해 개인 지도를 함으로써 더 많은 수입도 확보할 수 있게 되었다. 이런 소식을 전해 준 공식적인 서한에는 거상(巨商)인 반덴후텐 씨의 강력한 추천으로 내 마음대로 선택권을 행사할 수 있게 되었다는 말도 적혀 있었다.

이 소식을 듣자마자 나는 반덴후텐 씨의 사무실로 달려가 그의 코 아래에 이 서류를 들이밀었다. 그가 그것을 살펴보고 난 뒤, 나는 그의 양손을 잡고 넘치는 힘을 주체하지 못하고 감사함을 표시했다. 나의 활기 찬 말과 힘찬 제스처로 이 네덜란드 인의 차분함은 평상시와 다른 감정을 드러냈다. 그는 내게 도움이 되어서 행복하고 기쁘다고 했다. 그러나 그런 감사를 받을 만한 일을 한 것은 아무것도 없다는 것이었다. 그는 1상팀[59]도 내놓지 않았고, 그저 서류 한 장에 몇 줄 끼적였을 뿐이라는 것이다.

나는 그에게 되풀이해서 말했다.

「당신은 저를 무척이나 행복하게 만들어 주었습니다, 그것도 제게 맞는 방식으로요. 당신의 친절한 손이 내민 은혜가 저는 싫지 않습니다. 신세를 져서 당신을 피하고 싶은 마음이 드는 것도 아닙니다. 오늘부터 당신은 저를 절친한 친구로 받아 주셔야 합니다. 이 순간부터 저는 당신과 교분을 나누는 즐거움을 계속해서 떠올릴 테니까요.」

「*Ainsi soit-il*(동감입니다).」 인자한 미소로 동의하면서 그가 대답했다. 나는 그 미소의 태양빛을 가슴에 담은 채 돌아왔다.

---

[59] 프랑스의 화폐 단위. 약 100분의 1프랑.

23

집으로 돌아오니 2시였다. 부근의 호텔에서 막 날라 온 식사가 테이블 위에서 김을 내고 있었다. 나는 먹으려고 앉았다. 접시 위에 깨진 조각이 쌓여 있고 삶은 쇠고기와 강낭콩 대신 유리 조각이 있었다 해도, 나는 그걸 실패의 신호로 받아들일 수는 없었을 것이다. 식욕이 달아났다. 맛을 느낄 수 없는 음식을 보고 있자니 참을 수가 없어서, 전부 찬장 속에 집어넣고 나서 〈저녁까지 뭘 하지〉 하고 생각했다. 아직 6시가 되기 전이었기 때문에 네주에 있는 노트르담 거리로 가는 것은 헛된 일일 것이었다. 거기 사는 한 사람(내게는 오직 한 명만이 거기 살고 있었다)은 그곳 어디에서 일에 매여 있었다. 나는 2시부터 6시까지 브뤼셀 거리와 내 방 안을 걸어 다녔다. 그동안 나는 한번도 자리에 앉지 않았다. 6시가 칠 때 나는 내 방에 있었다. 나는 얼굴과 열이 나는 손을 이제 막 씻고 거울 옆에 서 있었다. 뺨은 진홍빛이고 눈에서는 불길이 솟고 있었지만 전체적인 모습은 아주 안정되고 침착해 보였다. 계단을 재빨리 내려가 밖으로 나가면서 황혼이 구름 속에 드리워진 것을 보니 기뻤다. 그런 그늘은 내게는 고마운 가리개였고, 북서쪽에서 변덕스레 불어오는 바람을 들이마시니 늦가을의 냉기가 신선하고 서늘하여 흡족했다. 하지만 내가 지나친 여자들은 숄을 두르고 있고 남자들은 외투 단추를 단단히 여미고 있는 걸 보니 남들은 추운 모양이었다.

우리는 언제 정말 행복해지는가? 나는 그때 행복했던가? 아니다. 절박하고 점점 커져 가는 불안이 내 신경을 괴롭히고 있었다. 좋은 소식이 찾아왔던 바로 그 순간부터 나를 괴롭혀 오고 있었던 것이다. 프랜시스는 어떻게 지내고 있을까? 그녀를 본 것은 10주 전이었고, 그녀의 소식을 듣거나 편지를 받은 것은 6주 전이었다. 나는 그녀의 편지에 간단하게, 친절하지만 차분하게 답장을 했고 계속 서신을 주고받자거나 만나자는 얘기는 전혀 하지 않았다. 그 당시 내 자그마한 배는 운명의 가장 높은 파도 위에 걸려 있었고, 다가올 소용돌이가 그 배를 어떤 해안에 내던질지 알지 못했다. 아무리 작은 바늘땀으로라도 내 운명과 그녀의 운명을 한데 꿰매서는 안 되었다. 암초에 부딪혀 부서질 운명이거나 모래톱에 좌초할 운명이라면 다른 어떤 배도 내 재앙에 함께 해서는 안 된다고 결심했던 것이다. 하지만 6주는 긴 시간인데 그녀가 아직 잘 지내고, 잘해 내고 있을까? 지상에서의 행복은 그 끝을 모른다는 언명에 모든 현자들이 동의하지 않았던가? 완전한 만족감 — 하늘에서만 흐른다는 물에서 떨어진 한 방울 — 과 나 사이에는 겨우 반 블록의 거리만이 있다는 생각을 내가 감히 했었던가?

나는 그 집 문 앞에 서 있었다. 나는 그 고요한 집으로 들어섰다. 나는 계단을 올라갔다. 로비에는 아무도 없었고 조용했으며 모든 문은 닫혀 있었다. 나는 깔끔한 녹색 매트를 찾아보았다. 그것은 당연히 원래 자리에 있었다.

〈희망의 신호로군!〉 이렇게 생각하고 나는 계속 걸어갔다.

〈하지만 좀 더 침착해야겠어. 달려 들어가서 소동을 피우면 안 돼.〉 조급해지는 걸음을 억지로 누른 채, 나는 매트 위에 섰다.

〈왜 이렇게 조용한 걸까? 집에 있나? 아무도 없나?〉 나는 속으로 물어보았다. 난로에서 재가 떨어지는 것 같은 작은 소리가 들렸다. 움직임이 있었다. 불길이 부드럽게 일고 있었던 것이다. 그리고 방 안에서 사람이 내는 나직한 바삭거리는 소리가 계속 들려왔고, 앞뒤로 걷는 고른 발소리가 들려왔다. 홀린 듯 나는 그 자리에 섰다. 내 긴장한 귀에 어떤 목소리가 보답을 해주었을 때, 나는 더 더욱 홀린 듯 못 박혀 버렸다. 너무나 나직하고, 독백을 하는 것과도 같아 그녀가 혼자 있음에 틀림없다는 생각이 들었다. 사막에 있는 고독함이라면 혹은 버려진 저택의 홀에서라면 그런 식으로 말했을 것이다.

〈내 아들아, 오직 한 번.〉 그가 말했다.
〈저 어두운 동굴 속을 걸었다,
쇠 같은 박해의 시절,
신이 대지를 버렸던 시절에
뷸리의 붉은 학살의 수렁에서,
한 방랑자가 걸어 나왔다.
불현듯 밤바람이 불어오니,
그는 이따금 멈춰 서서 뒤를 돌아보았다.
세비오 등성이를 터벅거리니
예리한 추적자들의 소리가 들려왔고,
화이틀로 산마루에서 몇 번씩이나
죽음의 화살이 그 사이로 번뜩였단다.〉 운운.[60]

---

60 Sir Walter Scott(1771~1832)의 시 *The Covenanter's Fate*의 도입부. 뷸리와 세비오는 각각 아일랜드와 영국의 지명.

오래된 스코틀랜드의 발라드가 부분부분 낭송되다 멈추었다. 잠시 쉰 뒤 또 다른 시가 프랑스 어로 이어졌는데, 그 내용을 옮기면 다음과 같았다.

처음, 나는 주의 깊게 보았어,
그러자 따뜻한 관심이 이어졌지.
그 관심은 점점 더 커져서,
감사함을 낳았네.

순종은 자연스레 생겨났고,
노력은 고통이 아니었어.
힘이 들면, 한 마디의 말, 한 번의 눈길만으로도
다시 나에게 힘을 주었네.

여러 심술궂은 굴레에서
그가 나를 빼내어 주기 전까지
더욱 충실한 요구로만
그리고 더욱 단호한 재촉으로만.
남들에게선 거둬들인 의무를,
내게서는 거두지 않았지.
그는 조금도 놓치지 않았고
그 어떤 결점도 용납하지 않았어.

내 동료들이 길을 잃고 헤매면,
그는 그들의 방랑을 조금도 비난하지 않았지.
내가 길에서 비틀거리면
그의 분노는 맹렬히 타올랐어.

옆방에서 누군가가 움직이는 소리가 났다. 몰래 듣다가 놀랄 일이 생겨서는 안 될 것이었다. 나는 서둘러 문을 두드리고 서둘러 들어갔다. 프랜시스는 바로 내 앞에 서 있었다. 그녀는 방 안을 천천히 걸어 다니고 있었고 그녀의 발걸음은 나의 출현으로 멈추었다. 황혼과 고요하고 불그스레한 난롯불만이 그녀와 함께 있었다. 내가 들어서기 전까지 그녀는 빛과 어둠이라는 두 자매들과 시로 얘기를 나누고 있었던 것이다. 첫번째 시는 그녀에게는 낯설고 먼 곳의 음성이며, 산의 메아리와도 같은 월터 스콧 경의 시였다. 두 번째는 스타일과 내용으로 보아 그녀 자신의 마음으로 쓴 시 같았다. 그녀의 얼굴은 엄숙했고 표정은 집중되어 있었다. 그녀는 정신을 쏟던 일에서 막 되돌아온 듯, 꿈에서 막 깨어난 듯 미소가 사라진 눈길을 내게 보냈다. 옷은 간소하게 잘 차려입고 있었고 짙은 색 머리는 부드럽게 매만져 두었으며 조용한 방은 정리가 잘되어 있었다. 그런데 그녀의 사려 깊은 표정과 진지한 의지력, 묵상과 우연한 영감에 잘 빠지는 경향은 사랑과 무슨 관련이 있단 말인가? 〈아무 관련 없어요.〉 이것이 그녀 자신의 부드럽지만 슬픈 표정이 들려준 대답이었다. 그 표정은 〈저는 힘을 키워야 하고 시에 매달려야 해요. 살아가는 동안 힘은 저를 받쳐 줄 것이고 시는 저를 위로해 줄 거예요. 인간의 애정은 꽃을 피우지 않고 인간의 열정도 절 위해서는 빛을 발하지 않아요〉라고 말하는 것 같았다. 다른 여자들도 그런 생각을 한다. 만일 자신이 생각하는 것처럼 쓸쓸한 삶을 살았다 하더라도 프랜시스는 다른 수많은 여자들보다 더 나빠지지는 않았을 것이다. 모든 사람들이 경멸하는 족속인 완고하고 형식적인 노처녀들을 보라. 그들은 어릴 때부터 지금까지 체념과 인내라는 격언으로 배를 채웠다. 수많은 노처녀들은 그 메마른 식사로 뼈만 남은 인간이 되었다.

자기 억제는 너무나 오랫동안 그들의 사상이 되어 왔고 너무나 영속적인 목표가 되어서 마침내 그것들은 노처녀들의 본성 가운데에서 좀 더 부드럽고 좀 더 즐거운 면을 다 빨아들여 버려, 그들은 가죽 조금과 수많은 뼈로 만들어진 금욕 생활의 표본 그 자체로 죽는다. 해부학자들은 이 세상의 모든 사랑스런 아내나 당당한 어머니에게 있는 심장과 똑같은 심장이 말라죽은 노처녀의 시신에도 있다고 말할 것이다. 진짜 그럴까? 난 정말이지 잘 모르겠다. 하지만 의심이 간다.

나는 앞으로 걸어가 프랜시스에게 〈안녕하시오〉라고 인사한 뒤, 자리에 앉았다. 내가 고른 의자는 그녀가 방금 일어섰던 의자 같았다. 그 의자는 덮개가 열린 책상과 종이가 놓여진 작은 탁자 옆에 있었다. 처음에는 날 제대로 알아보았는지 알 수 없었지만 이제는 알아본 것 같았다. 부드럽지만 조용한 목소리로 그녀가 인사를 받았다. 나는 전혀 조바심을 드러내지 않았다. 그녀는 내게서 암시를 받았고 아무런 놀라움도 표하지 않았다. 우리는 늘 그랬던 것처럼 선생과 학생으로 만났다. 그 이상은 아무것도 아니었다. 나는 종이에 손을 대려 했다. 지켜보고 준비하고 있던 프랜시스는 안쪽 방으로 들어가서 초를 가져와 불을 붙이고 내 옆에 놓아 준 뒤, 창에 커튼을 치고 이미 환하게 타고 있는 난롯불에 새로 석탄을 조금 더 넣고, 테이블로 두 번째 의자를 당겨 와서 내 오른쪽 약간 떨어진 곳에 앉았다. 맨 위의 종이는 어떤 진지한 프랑스 작가의 시를 영어로 옮겨 놓은 것이었지만, 그 바로 밑에 시가 적힌 종이가 있었다. 여기에 나는 손을 올려놓았다. 반쯤 일어선 프랜시스는 아무것도 아니고 그저 시를 베낀 것이라며 빼앗긴 전리품을 되찾으려고 조금 움직였다. 그녀가 오래 저항하지 않는다는 것을 알고 있기에 나는 단호하게 저항했다. 하지만 이번에는 그녀의 손가락이 그 종이를 단단히 쥐고 있었다. 나는 조용히 그 손가락을 떼어 내야 했다. 움켜쥔 그녀의 손가락은 내 손이 닿자 풀려 버렸고 그녀의 손은 물러나 버렸다. 내 손도 그녀의 손을 따라가려고 했으나 당분간은 그런 충동을 허락할 수 없었다. 첫번째 페이지는 내가 몰래 들은 시로 가득 차 있었다. 그 다음 내용은 반드시 그녀 자신의 경험은 아니었으나 그녀의 경험이 상당 부분 들어가 있음을 암시하고 있었다. 자기 본위의 생각은 피하고 공상은 단련되었으며 가슴은 만족하고 있었다. 앞에서처럼 번역하겠는데, 거의 직역이다. 그 시는 다음과 같이 이어진다.

> 병이 나의 길에 머물러 있을 때,
> 그도 초조한 것 같았어
> 자신의 학생이 쇠약해져
> 그의 뜻을 따를 수 없었으니.
>
> 어느 날 침대로, 고통과 내가
> 싸우고 있는 곳으로 불려와
> 그가 머리를 숙여 하는 말,
> 「하느님, 그녀는 〈살아나야〉 합니다!」
>
> 부드럽게 누르는 그의 손을 느꼈지,
> 잠시 내 손 위에 머물렀던,
> 내 의식을 표하고 싶었네
> 대답의 표시로.
>
> 하지만 말할 힘도 움직일 힘도 없어
> 마음속으로 느낄 뿐이었어

희망의 느낌, 사랑의 힘
그들이 치유를 시작했지.

그가 방에서 나가자,
내 가슴은 그의 발걸음을 따랐지.
새로운 노력으로 보여 주고 싶었어,
말로 할 수 없는 이 감사함을.

다시 한번 내 자리를 찾게 되자,
길고 긴 공허, 교실에서,
그의 얼굴에 나타난 흔치 않은 미소,
한순간 지나갔네.

수업은 끝이 났고, 종도 울렸어
즐거운 휴식과 놀이를 알리는,
그는 지나가면서 잠시 들러
자상하게 한마디했어.

「제인, 내일이면 당신은 자유예요
지루한 임무와 규칙에서.
오늘 오후 난 그 창백한 얼굴을
학교에선 보지 않을 거예요.」

「정원 그늘의 자리를 찾아요,
운동장 소음에서 멀리 떨어진 자리.
태양은 따뜻하고, 공기는 달콤한 곳.
내가 찾으러 갈 때까지 거기 있어요.」

길고도 즐거운 오후에
나는 그 녹색의 정자로 들어갔지,
사위가 조용하고, 고요하며, 나 혼자였어
새와 벌과 꽃들뿐.

하지만, 선생님의 목소리를 들었을 때
창에서 〈제인〉이라고 부르는 소리
그 말에 기뻐 나는 들어갔지,
그 소란한 학교로 다시금.

홀에서 왔다 갔다 하는 그이,
내가 지나가자 그는 멈추었지.
엄격하던 그 이마는 주름을 풀었고,
깊숙이 자리한 눈을 들어 올렸네.

「그다지 창백하진 않군,」 그가 낮게 중얼거렸지,
「자, 제인, 좀 더 쉬어요.」
내가 미소 짓자, 그의 부드러운 이마가
즐거운 미소로 보답해 주었어.

내가 완전히 건강해지자, 그는
엄한 표정을 다시 지었고,
그리고 이전처럼 제인의 잘못은
조금도 받아 주려 하지 않았지.

가장 긴 과제, 가장 어려운 주제가,
옛날처럼 다시 내 몫이 되었고
지금도 나는 애를 쓰지, 모든 공부에서

제일 앞 선 자리에 내 이름을 두려고

그래도 그는 칭찬을 아끼고 내주기 싫어하지,
하지만 나는 읽는 법을 배웠어
그 얼굴의 비밀스런 의미를,
그게 바로 내 최고의 상이야.

그의 급한 성질이 슬픔을 자아내는
어조로 말을 해도
슬픔을 느끼는 그 순간 위로를 받지
달래 주는 몇 마디 말로.

또 귀한 책 몇 권을 빌려 주면,
혹은 향기로운 꽃을 주면,
나는 질투의 시선에도 움츠리지 않아,
기쁨의 힘에 의지하여.

마침내 성적이 나왔어.
가장 힘겨웠던 공부에서 나는 이겼어,
보상이, 월계관이, 고동치는
내 이마 위에 둘러졌어.

선생님의 무릎 아래 나는 몸을 숙였지,
내민 왕관을 쓰려고,
녹색 잎을 통해 내 관자놀이에
달콤하면서도 강렬한 전율이 흘렀어.

이 승리의 시간이 내겐

쓰디쓴 슬픔의 시간이었어.
그 다음날 나는 바다를 건너야 했고,
다시는 돌아올 수 없어.

한 시간이 흘러, 선생님의 방에서,
나는 그와 함께 단 둘이 앉았어,
얼마나 끔찍한 암울함인지를 말했지,
기쁨 뒤에 작별이 던져졌으니.

그는 거의 말을 않았고, 시간은 짧았어,
배는 곧 돛을 올리고,
쓰디쓴 슬픔 속에 흐느끼는 동안,
선생님은 그저 창백한 얼굴이었지.

그들이 재촉했고, 선생님은 가라고 했어,
사람들이 날 잡아당겼어.
그는 나를 단단히 잡고 낮게 속삭였지.
「왜 우리를 갈라놓는 거지, 제인?」

「내가 돌봐 주는 것이 행복하지 않은가?
나의 충실함이 입증되지 않았는가?
다른 사람들이 내 사랑하는 이를
그렇게 진실되고 그렇게 깊은 사랑으로 품어 줄까?」

「오, 하느님, 내가 키운 이 아이를 지켜 주소서!
오, 이 부드러운 머리를 지켜 주시고
바람이 높고 폭풍이 거칠어질 때
보호막으로 그녀를 감싸 주소서!」

「또 부르는군, 자, 가요, 내 가슴을 떠나시오.
그대의 진실된 거처를 떠나시오, 제인.
허나 속고 거절당하고 짓눌리면,
내게 다시 돌아와요.」

읽고 나서, 나는 내내 다른 걸 생각하면서 꿈꾸듯 여백에다 연필로 표시를 했다. 〈제인〉은 지금 내 곁에 있고 아이가 아니라 열아홉의 여인이라는 생각을 했다. 그녀가 내 것이 될 거라고, 그렇게 내 마음은 확신을 했다. 빈곤이 보내는 저주는 이제 내게서 벗겨졌고 질투와 시샘도 멀리 사라졌으며 우리의 이 조용한 만남을 그것들은 알지도 못했다. 선생의 태도 속에 낀 서리도 녹아 버린 것 같았다. 내가 녹든지 안 녹든지 어쨌든 해빙이 재빨리 찾아오는 것을 느꼈다. 이제는 더 이상 눈이 딱딱한 시선을 연습할 필요가 없고, 이마도 굵은 주름을 만들 일이 없는 것이다. 마음속의 불길이 겉으로 드러나는 것이 허용되었고 열렬한 응답을 찾고 요구하고 이끌어낼 수 있게 되었다. 이런 생각을 하는 동안 나는 헤르몬 산[61]의 풀조차 내 감정이 이 시간의 희열을 들이마신 것보다 더 감사하게 일몰의 신선한 이슬을 마시지는 못했을 것이라고 생각했다.

프랜시스는 불편한 듯 일어섰다. 그녀는 나를 지나 난롯불을 휘저으러 갔는데, 휘저을 필요가 없는 일이었다. 그녀는 난로 위의 작은 장식품을 들었다가 다시 내려놓았다. 그녀의 드레스는 내게서 1미터도 안 되는 곳에서 물결을 일으켰다. 가볍고 꼿꼿하며 우아하게 그녀는 난로 앞에 똑바로 서 있었다.

---

[61] 시편 133편 3절에 나오는 산. 〈헤르몬 산에서 시온 산 줄기를 타고 굽이굽이 내리는 이슬 같구나. 그곳은 야훼께서 복을 내린 곳, 그 복은 영생이로다.〉

우리가 다스릴 수 있는 충동도 있지만, 호랑이처럼 도약해서 우리를 덮쳐 버리고 우리가 그 충동에 대해 알기 전까지는 그런 충동이 주인이기 때문에 오히려 우리를 다스리는 충동도 있다. 그래도 그런 충동이 완전히 나쁜 것만은 아닐 것이다. 조용한 만큼 짧고 느끼기도 전에 끝나 버리는 그런 과정으로 인해 아마도 이성은 본능이 생각하는 행위의 온전함을 확인해 준 것 같고, 그 일이 일어나는 동안 수동적으로 가만 있는 것이 정당하다고 느끼는 것 같다. 나는 내가 이치를 따지거나 계획을 세웠거나 의도하지 않았다는 것을 안다. 하지만 한순간 테이블 근처의 의자에 혼자 앉아 있었는데, 바로 그 다음 순간에 나는 프랜시스를 내 무릎 위에 끌어당겨 재빠르고 단호하게 거기 앉히고 엄청난 끈기로 잡아 두었던 것이다.

「선생님!」 프랜시스는 이렇게 말하고는 잠잠해졌다. 그녀의 입술에서 다른 말은 나오지 않았다. 처음 몇 분이 지나는 동안 그녀는 정말 당황한 것 같았다. 그러나 놀라움은 곧 가라앉았다. 공포도 분노도 이어지지 않았다. 결국, 그녀는 늘 존경했고 믿었던 사람에게 그전보다 조금 더 가까이 있었던 것뿐이었다. 당황해서 가만 있을 수밖에 없었겠지만, 신중함으로 인해 저항이 필요 없는 순간에는 저항하지 않은 것이었다.

「프랜시스, 당신은 나를 얼마나 많이 생각하오?」 나는 물었다. 대답이 없었다. 이런 상황은 말로 하기에는 너무나 새롭고 놀라운 상황이었다. 그런 생각이 들자 비록 견디기 어렵지만 잠시 동안 그녀의 침묵을 꾹 참았다. 나는 곧 질문을 되풀이했고, 아마도 그 어조는 아주 부드럽지는 않았을 것이다. 그녀가 나를 바라보았다. 분명 내 얼굴은 침착함의 표본은 아니었을 것이고 눈도 고요하고 잠잠한 우물은 아니었을 것이다.

「말해 봐요.」 내가 재촉했다. 그러자 아주 나지막하고 급하지만 여전히 장난기 섞인 목소리가 이렇게 말했다.

「*Monsieur, vous me faites mal; de grâce lâ chez un peu ma main droite*(선생님, 아파요. 오른손을 조금만 놓아 주세요).」

나는 그 〈오른손〉을 정말이지 좀 무자비하게 꽉 쥐고 있다는 것을 알게 되었다. 원하는 대로 해주고, 세 번째로 좀 더 부드럽게 물었다.

「프랜시스, 당신은 나를 얼마나 많이 생각하오?」

「*Mon maître, j'en ai beaucoup*(선생님, 많이 생각해요).」 이것이 진실한 대답이었다.

「프랜시스, 내 아내가 될 만큼 나를 생각하나요? 당신의 남편으로 받아들일 만큼?」

나는 그녀의 마음속 동요를 느꼈다. 나는 〈사랑의 자주 빛깔〉이 뺨과 관자놀이, 목에 퍼져 나가는 것을 보았다. 나는 그 눈에 대고 물어보고 싶었지만 눈을 덮은 속눈썹과 눈꺼풀이 그걸 방해했다.

「선생님,」 마침내 부드러운 목소리가 말했다. 「*Monsieur désire savoir si je consens — si — enfin, si je veux me marier avec lui*(선생님은 제가 동의하는지 알고 싶으세요, 그러니까 제가 선생님과 결혼하고 싶어하는지를요)?」

「*Justement*(맞아요).」

「*Monsieur sera-t-il aussi bon mari qu'il a été bon maître*(좋은 선생님이었는데 좋은 남편도 되어 주실 건가요)?」

「노력하겠소, 프랜시스.」

침묵이 이어졌다가 새롭지만 여전히 차분하고 나를 기쁘게 하면서도 안달 나게 하는 그 음성 뒤에, 그 어조와 완벽한 조화를 이루는 *sourire à la fois fin et timide*(짓궂으면서도 수줍은 미소)가 이어졌다.

「*C'est-à-dire, monsieur sera toujours un peu entêté, exigeant, volontaire*(그러니까, 언제나 고집을 피우고 까다롭게 굴고 제멋대로 하겠다는 뜻이군요) — ?」

「내가 그랬소, 프랜시스?」

「*Mais oui; vous le savez bien*(물론이죠, 알고 계시잖아요).」

「그것 말고는 아무것도 아니란 말이오?」

「*Mais oui; vous avez été mon meilleur ami*(아니죠, 저의 가장 좋은 친구셨어요).」

「프랜시스, 내게 당신은 무엇이오?」

「*Votre dévouée élève, qui vous aime de tout son coeur*(성실한 학생이고, 진심으로 그를 사랑하는 사람이죠).」

「내 학생은 자기 인생을 나와 함께하려고 할까? 이제 영어로 말해요, 프랜시스.」

생각하느라 잠시 시간이 걸렸다. 천천히 말한 그녀의 대답은 다음과 같았다.

「당신은 언제나 저를 행복하게 만들어 주셨어요. 당신의 말을 듣고 싶었고, 당신을 바라보고 싶었고, 당신 곁에 있고 싶었어요. 당신이 아주 착하고 아주 뛰어난 분이라고 믿어요. 부주의하고 게으른 사람에게는 엄하지만 똑똑하지는 않아도 주의 깊고 부지런한 사람에게는 친절하다고, 아주 친절하다는 것을 알고 있어요. 선생님, 영원히 선생님과 같이 살면, 〈기쁠〉 거예요.」 그리고 그녀는 내게 꼭 안기려는 듯이 조금 움직였지만 곧 자제하고 진지하고 힘 있게 덧붙였다. 「선생님, 제 인생을 당신과 함께하겠습니다.」

「아주 좋아요, 프랜시스.」

나는 그녀를 내 가슴에 좀 더 가까이 당겼다. 나는 처음으로 그녀의 입술에 입을 맞추었고 이제 우리 사이에 이루어진 서약을 그 입맞춤으로 봉인했다. 그러고 나서 그녀와 나는 침묵했는데 길지는 않았다. 그 짧은 침묵의 시간 동안 프랜시스가 무슨 생각을 했는지 나는 알지 못했으며, 알려고 하지도 않았다. 표정을 살피려고 애를 쓰지 않았고 그녀의 평정이 흔들리게 하지도 않았다. 내가 느낀 평화를 그녀도 느끼기를 바랐다. 내 팔이 여전히 그녀를 안고 있었던 것은 사실이지만, 저항으로 그 포옹을 더 단단하게 하지 않는 한 충분히 부드러운 구속이었다. 내 시선은 붉은 난롯불에 머물렀고, 내 가슴은 그 속에 든 것을 가늠하고 있었다. 아무리 짚고 짚어 봐도 그 깊이는 측량할 수 없었다.

「선생님,」 겁에 질린 생쥐처럼 행복감에 꼼짝 않던 내 조용한 동반자가 마침내 입을 열었다. 지금 이렇게 말을 하면서도 그녀는 머리를 거의 들지 않았다.

「음, 프랜시스?」 나는 과장되지 않은 대화를 좋아한다. 사랑의 미사여구로 사람을 못 당하게 만드는 것도 내 방식이 아니고 이기적이고 추근거리는 애무로 괴롭히는 것도 내 방식이 아니다.

「*Monsieur est raisonnable, n'est-ce pas* (선생님은 합리적인 분이시죠)?」

「그래요, 합리적인 사람인지 영어로 물으면 특히 더 그래요. 그런데 왜 그런 걸 묻지? 내 태도가 격렬하거나 주제넘지는 않을 텐데, 내가 그다지 담담한 편이 아닌가요?」

「*Ce n'est pas cela* (그게 아니라) ─」 프랜시스가 입을 뗐다.

「영어로!」 내가 상기시켰다.

「알았어요, 선생님. 저는 그저 제 교사직을 당연히 그대로 유지하고 싶다고 얘기하고 싶었어요. 선생님도 계속 가르치실 거지요?」

「아, 그래요! 그게 내 유일한 생계 수단이지.」

「*Bon*(좋아요)! ― 좋다고요. 그러니까 우리는 같은 직업을 가지게 되는 셈이네요. 맘에 들어요. 당신처럼 그 일을 계속하려는 제 노력은 그럼 당신과 마찬가지로 걸림이 없는 거죠, 선생님?」

「내게서 독립하려는 계획을 세우고 있구먼.」 내가 말했다.

「네, 선생님. 방해가 되어서는 안 돼요. 어떤 식으로든 짐은 안 될 거예요.」

「하지만 프랜시스, 아직 나는 내 앞날이 어떤 건지 당신에게 얘기하지 않았어요. 나는 플레 씨의 학교를 나와서 거의 한 달을 찾아다닌 끝에 1년에 3천 프랑의 봉급을 주는 다른 자리를 구했어요. 여기에 조금만 가외로 노력하면 쉽게 2배로 만들 수도 있지. 그러니까 당신이 수업을 하러 가서 녹초가 될 필요가 없다는 걸 알겠지. 6천 프랑이면 당신과 내가 살아갈 수 있고, 그것도 아주 잘살 수 있어요.」

프랜시스는 곰곰이 생각하는 것 같았다. 신이 들판의 백합에게 그러는 것처럼, 자신이 사랑하는 대상을 책임질 수 있다는 생각 그러니까 먹여 주고 입혀 줄 수 있다는 생각 속에는 남자로서의 능력을 칭찬해 주고 그의 영광스런 자부심에도 부합되는 무언가가 있다. 그래서 그녀가 결정을 내릴 수 있도록 나는 계속 말했다.

「지금까지 사는 게 당신에게는 충분히 고통스럽고 힘겨운 것이었어, 프랜시스. 당신에게는 완전한 휴식이 필요해요. 당신이 버는 1천2백 프랑은 우리 수입에 그다지 중요한 보탬이 되지는 않을 거예요. 그런데 그걸 벌기 위해 얼마나 희생을 해야 하는가 말야! 이제 수고하지 않아도 돼, 당신은 분명 지쳐 버릴 거야. 그리고 당신을 쉬게 해줄 수 있는 행복을 내가 갖게 해줘요.」

프랜시스가 내 열변에 적절한 관심을 기울였는지는 확신할 수 없다. 평소대로 공손하게 재빨리 대답하는 대신 한숨만 쉬더니 이렇게 말했다.

「정말 부자가 되셨군요, 선생님!」 그러고는 내 팔 안에서 불편한 듯 뒤척였다. 「3천 프랑!」 그녀가 중얼거렸다. 「난 고작 1천2백 프랑인데!」 더 빨리 말했다. 「하지만 당분간만 그럴 거예요. 그리고 선생님, 제 일을 그만두라고 하셨나요? 아, 안 돼요! 전 그 일을 놓지 않을 거예요.」 그리고 그녀의 자그마한 손가락이 내 손을 꼭 쥐었다. 「당신의 보호를 받자고 결혼한다고요, 선생님! 그럴 수는 없어요. 사는 게 얼마나 지겨워지겠어요! 당신은 아침부터 저녁까지 학생이 많고 시끄러운 교실로 가르치러 갈 거고, 저는 할 일도 없이 쓸쓸하게 집에 있으라고요. 그러면 분명히 우울해지고 뚱해질 거고, 당신도 금세 날 지겨워하게 될 거예요.」

「프랜시스, 당신은 책을 읽고 공부하면 되잖아, 당신이 그렇게 좋아하는 두 가지 일 말이야.」

「선생님, 그럴 수 없어요. 저는 사색적인 생활을 좋아하지만 활동적인 생활은 더 좋아요. 저는 어떤 식으로든 활동을 해야 하고 또 당신과 같이 활동해야 해요. 선생님, 저는, 놀기 위해서만 모이는 사람들은 함께 일하고 함께 고통받는 사람들처럼 서로를 정말로 아주 좋아하거나 서로를 아주 높이 존경할 수 없다는 걸 알고 있어요.」

「정말 맞는 말을 하는군.」 마침내 내가 말했다. 「당신 뜻대로 해요. 그게 최선의 길이니까. 자, 이렇게 즉석에서 동의를 했으니 그 보답으로 자발적으로 입 맞추어 주어요.」

그녀는 잠시 주저하다가 입 맞추는 솜씨에는 초보자인 사람이 당연히 그런 것처럼, 내 이마에 아주 수줍고 부드럽게 입술을 갖다 대었다. 나는 그 작은 선물을 빌린 것으로 치고 후한 이자를 붙여 재빨리 되갚았다.

내가 그녀를 처음 만난 이후로 프랜시스가 정말 많이 변했는지 나는 모르겠다. 그러나 이제 보니 내가 보기에 그녀는 상당히 변한 것 같은 느낌이 들었다. 처음 보았을 때의 특징으로 내가 기억하고 있던 그녀의 슬픈 눈과 창백한 뺨 그리고 낙담하고 쓸쓸한 표정은 완전히 사라졌고, 이제는 우아함으로 옷을 갈아입은 얼굴이 보인다. 미소와 보조개 그리고 장밋빛이 얼굴 윤곽을 동그랗게 하고 혈색을 밝게 만들어 주고 있었다. 그녀에 대한 내 강렬한 애정은 내 본성 속의 어떤 독특한 통찰력을 입증해 주는 것이 아니겠냐는 기분좋은 생각을 더듬는 버릇이 내게 있었다. 그녀는 아름답지도 않았고 부자도 아니었으며 뛰어난 능력이 있는 것도 아니었다. 하지만 그녀는 내 인생의 보물이었다. 그러니까 나는 특별한 감식안을 가진 사람임에 틀림없다. 그러나 오늘 밤 나는 그동안 내가 저지른 실수에 눈을 떴다. 내 취향이 독특할 뿐이지, 육체적인 매력보다 정신적 가치가 더 우월하다는 것을 발견하고 진가를 알아보는 내 능력이 독특한 것은 아니라는 의구심이 들기 시작했다. 내게 프랜시스는 육체적인 매력이 있는 여자였다. 그녀에게는 극복해야 할 육체적 장애가 없었고, 눈과 치아, 안색, 체형 그 어디에도 으뜸가는 남자 학자의 찬사를 거머쥘 만한 결점은 없었다. (여자는 정말로 못생긴 남자도 능력만 있으면 사랑할 수 있기 때문이다.) 그녀가 *édentée, myope, rugueuse, ou bossue*(이가 빠지고 근시고 주름이 생기고 곱사등이)라 해도 그녀를 향한 내 감정은 여전히 다정했겠지만 정열을 느낄 수는 없었을 것이다. 나는 저 어리고 가련한 기형아 실비에게 애정은 느꼈지만 사랑할 수는 없었다. 프랜시스의 정신적인 면이 맨 처음 내 관심을 불러일으켰고 아직도 내 강력한 편애를 받고 있는 것은 사실이지만,

나는 그녀의 우아한 몸도 좋아했다. 나는 그녀의 맑은 갈색 눈과 희고 고운 피부, 가지런하고 청결한 치아와 섬세하고 균형 잡힌 몸매를 응시하면서 순수한 육체적 쾌락을 느꼈다. 그리고 그런 쾌락을 난 포기할 수 없었다. 나 역시 기질적으로 까다로운 감각주의자라는 것이 드러난 셈이다.

자, 독자여, 앞의 두 페이지에서 나는 당신에게 꽃에서 딴 신선한 꿀을 내주었다. 그러나 우리는 그렇게 감미로운 음식만을 먹으며 살 수는 없다. 그렇다면 잠시 기분 전환으로 약간 쓴맛을 한 방울만 맛보도록 하자.

조금 늦은 시각에 나는 내 거처로 돌아왔다. 사람은 먹고 마시는 것과 같은 하찮은 일도 해야 한다는 것을 잠시 잊고 식사를 거른 채 나는 잠자리에 들었다. 나는 하루 종일 들떠 있었고 움직였으며 그날 아침 8시 이후로 아무것도 먹지 않았다. 게다가 지난 두 주 동안 몸도 마음도 쉬지 못했다. 지난 몇 시간은 달콤한 흥분 상태였고 여전히 가라앉지 않아 한밤중이 지나도록 들뜬 황홀경 속에서 내게 그토록 필요했던 휴식을 취하지 못하고 있었다. 마침내 졸기 시작했지만 얼마 가지 않았고 깼을 때는 아직도 상당히 어두웠다. 내가 깨어난 상황은 욥[62]의 면전에 성령이 지나가던 상황과 비슷했으며, 욥처럼 내 〈몸의 털이 주뼛했다〉. 나와 욥을 계속 비교할 수 있는 이유는 비록 아무것도 보지 못했지만 정말이지, 〈무슨 말씀이 내게 가만히 임하고 그 가느다란 소리가 내 귀에 들〉렸기 때문이었다. 〈그런데 은은히 들려오는 한 소리 있어 가늘게 나의 귓전을 울리니〉,[63] 그것은 이런 말이었다. 〈삶의 절정에 죽음이 찾아온다.〉[64]

62 구약 성서 욥기의 주인공.
63 앞 구절과 함께 각각 욥기 4장 12절, 16절.
64 영국 국교회의 장례식 때 읊는 구절.

그런 소리와 그 소리에 뒤따른 고뇌의 냉기를 느끼게 된 것을 초자연적인 것으로 간주할 사람들이 많을 것이다. 하지만 나는 그것이 반작용의 결과라는 것을 즉시 알아차렸다. 인간은 죽을 수밖에 없다는 사실 때문에 늘 한계를 느끼는데, 지금 비틀거리고 슬퍼하는 것도 나 역시 죽을 수밖에 없다는 사실 때문이었다. 바로 얼마 전에 목표를 향해 황급하게 돌진했던 내 영혼이 비교적 약한 육체를 너무 긴장시켰기 때문에 신경이 삐걱거리고 듣기 싫은 소리를 낸 것이었다. 캄캄함이 임하므로 심히 두려웠다. 전부터 알고 있었지만 내게서 영원히 떠나 버렸다고 생각했던 어떤 존재가 내 방에 쳐들어왔음을 느꼈다. 나는 일시적으로 우울증[65]의 제물이 되었다.

우울증은 내가 잘 아는 이, 아니 내 어린 시절의 손님이었다. 나는 1년 동안 그녀[66]와 동거하며 그녀를 즐겁게 해주었고 그동안 그녀를 마음속 비밀로 묻어 두고 있었다. 그녀는 나와 같이 누웠고 나와 같이 먹었고 나와 같이 산책을 나가서 숲속의 은신처와 언덕의 움푹한 곳을 보여 주었다. 거기 함께 앉아 그녀는 내게 음울한 베일을 드리워 나로부터 하늘과 태양, 풀과 푸른 나무를 가려 버릴 수 있었다. 죽음같이 차가운 가슴으로 나를 푹 싸안고 뼈밖에 없는 팔로 나를 안은 채. 그때 그녀가 내게 어떤 이야기를 들려주었던가! 내 귀에 그녀가 어떤 노래를 흥얼거려 주었던가! 그녀가 사는 나라, 무덤에 대해 이야기해 주며 머지않아 나를 데려가겠다고 얼마나 약속하고 또 약속했던가. 그리고 나를 시커멓고 음침한 강가로 데려가 강 건너편 달빛보다 더 허연 빛 속에 서 있는 무덤

---

65 당시의 우울증 또는 심기증(心氣症)은 심리적인 면만이 아니라 몸에 나타나는 증상까지도 포함하고 있다.
66 우울증을 가리킴.

과 비석과 기념비로 울퉁불퉁한 기슭을 보여 주었다. 그 창백한 무덤 더미를 가리키며 그녀는 〈죽음의 도시란다〉라고 속삭이면서, 〈너를 위해 마련된 집도 있어〉라고 덧붙였다.

내 어린 시절은 외로웠고 고아였으며 형제나 자매도 없어 쓸쓸했다. 나이가 들면서 애정은 많지만 대상은 거의 없고 불타오르는 염원과 음울한 전망, 강렬한 욕구와 박약한 희망을 가진 채 모호한 정신적 방황을 하다 길을 헤매는 나를, 마녀가 발견하고 멀리서 내게 유혹적인 등불을 들어 올려 둥근 천장으로 된 그녀의 공포의 집으로 나를 꾀어들인 것은 전혀 놀라운 일이 아니었다. 〈그때〉 그녀의 마법이 힘을 행사했던 것도 놀랄 게 못 되었다. 하지만 〈지금〉, 내 길이 넓어지고 있고 내 전망이 밝아지고 있는 이때, 내 애정이 그 쉴 곳을 찾았고 오랜 비행 끝에 지쳐 날개를 접은 내 욕망이 막 결실의 무릎 바로 위에 내려앉아 부드러운 손의 애무를 받으며 따뜻하고 만족스런 그곳에 깃든 지금, 도대체 왜 우울증이 날 찾아왔단 말인가?

어린 새 신부를 향한 신랑의 마음을 상하게 하는 무시무시하고 소름 끼치는 정부를 물리치듯 나는 우울증을 물리치려 했다. 허사였다. 그녀는 그날 밤과 그 다음날, 그리고 그 다음 8일 동안 나를 마음대로 뒤흔들었다. 그 뒤 내 정신은 천천히 원래 상태로 되돌아왔다. 식욕이 되돌아왔고 2주 뒤에 나는 건강해졌다. 나는 평소대로 내내 돌아다녔고 내가 겪은 것을 누구에게도 말하지 않았다. 하지만 악한 영이 내게서 떠나자 기뻤으며 내 마음속 악마의 끔찍한 압제에서 자유로워져 나는 다시 프랜시스를 찾아가 그녀 곁에 자리 잡았다.

24

 맑고 서리가 내린 11월의 어느 일요일, 프랜시스와 나는 오래 산책했다. 우리는 불르바르 거리를 따라 도시를 한 바퀴 돌았는데 나중에 프랜시스가 조금 지쳐서, 피곤할 때 쉬라고 간간이 나무 아래 만들어 놓은 길 옆 의자 가운데 하나에 앉았다. 프랜시스는 스위스에 대해 얘기하던 중이었다. 스위스 이야기는 그녀를 활기 차게 만들었다. 눈도 입만큼이나 매우 웅변적으로 말하는구나 하는 생각을 막 하고 있는데, 그녀가 말을 멈추고 이렇게 얘기했다.

 「선생님, 저 신사분이 당신을 아는가 봐요.」

 나는 그쪽을 쳐다보았다. 유행에 맞춰 차려입은 남자 3명이 막 지나가고 있었다. 외모뿐만 아니라 분위기와 걸음걸이로도 영국인이라는 것을 알 수 있었다. 그 셋 중 가장 키가 큰 사람이 헌스던 씨라는 것을 나는 즉시 알아차렸다. 그는 프랜시스에게 모자를 들어 올려 인사하는 중이었다. 그러고는 내게 씩 웃음을 보내고 지나갔다.

 「누구예요?」

 「영국에서 알던 사람이오.」

「왜 제게 인사를 하는 거죠? 저를 알지도 못하는데요.」
「아니, 자기 나름대로는 당신을 알고 있어요.」
「어떻게요, 선생님?」 (그녀는 아직도 나를 〈선생님〉이라고 부르고 있었다. 나는 좀 더 친근한 말을 쓰라고 설득했지만 그렇게 되지 않았다.)
「그 눈의 표정을 읽지 못했어요?」
「눈의 표정이요? 아뇨, 뭐라고 했는데요?」
「그 눈이 당신에게는, 〈처음 뵙는군요, 빌헬미나 크림즈워스?〉, 내게는 〈그러니까 마침내 맞수를 찾았군, 당신과 같은 종류의 여자가 거기 앉아 있구먼〉이라고 했지.」
「선생님, 그 사람의 눈에서 그걸 다 읽어 냈을 리가 없어요. 금세 지나가 버렸잖아요.」
「나는 그 이상을 읽었어, 프랜시스. 아마 오늘 저녁 나를 찾아오거나 머지않아 그런 일이 생기리라는 것도 읽어 냈어요. 분명히 당신에게 소개시켜 달라고 할 거야. 당신 집에 데려가도 될까?」
「좋으실 대로 하세요. 이의 없어요. 정말 저도 그분을 더 가까이서 봤으면 해요. 참 특이한 인상인데요.」
내 예상대로 헌스던 씨는 그날 저녁 찾아왔다. 그가 한 첫 마디는 이것이었다.
「교수님, 자랑할 필요는 없어. 대학에 자리 잡은 걸 알고 있고 나머지 사연도 알고 있어. 브라운이 얘기해 주었지.」 그는 1~2일 전에 독일에서 돌아왔다고 했다. 그러고 나서 길에서 나와 같이 있던 사람이 플레-로이터 부인이냐고 갑자기 물었다. 나는 좀 강하게 부인하려다가 잠시 생각하고 자제한 뒤, 그런 체하고 그녀를 어떻게 생각하느냐고 물어보았다.
「그녀에 대해서는 직접적으로 얘기하지. 하지만 먼저 할 말이 있어. 당신은 건달이야. 다른 사람의 아내와 산책할 일이 뭐 있나. 이런 외국의 잡동사니에 뒤섞이기에는 좀 더 건전한 의식을 갖고 있다고 생각했었는데.」

「그 숙녀는 어땠냐니까요?」

「분명히, 자네에겐 과분한 여자야. 자네와 비슷한 부류지만 자네보다 나은 데가 있어, 미인은 아니지만 말야. 하지만 그녀가 일어섰을 때(당신 둘이 걸어가는 걸 뒤돌아서 보았거든) 체형과 자태가 좋다고 생각했지. 이 외국인들은 우아함이 뭔지 알고 있어. 도대체 그녀가 왜 플레와 결혼했지? 그와 결혼한 지 석 달도 안 됐지, 그는 틀림없이 얼간이야!」

그가 더 이상 실수하게 내버려 둘 수가 없었다. 싫어졌다.

「플레? 플레 부부에 대해서는 머리가 참 잘 돌아가는군요! 언제나 그 사람들 얘기만 하고요. 조라이드 양과 당신이 결혼했으면 좋을 뻔했어요!」

「그 젊은 아가씨가 조라이드 양 아니었나?」

「아닙니다. 조라이드 부인도 아니고요.」

「그럼 왜 거짓말을 했지?」

「거짓말한 적 없습니다. 당신이 너무 덤빈 거예요. 제 학생입니다. 스위스 아가씨죠.」

「그러면 당신은 물론 그녀와 결혼할 거고? 아니라고 하지 말게.」

「결혼요! 운명의 여신께서 우리에게 10주만 더 허락해 주신다면 그럴 생각입니다. 그녀는 내게 자그마한 야생 딸기죠, 헌스던, 그 달콤한 맛이 당신의 온실 속 포도에서 내 마음을 돌리게 만들었어요.」

「그만! 자랑은 그만, 과장도 그만. 듣지 않겠어. 뭘 하는 여자지? 그녀는 어떤 〈계급〉인가?」

나는 웃었다. 헌스던은 무의식적으로 〈계급〉이라는 말을 강조했는데, 사실 공화주의자이고 귀족을 증오하지만 노르만 족과 노르만 정복 시대의 작위가 지배하던 왕국에 살던 귀족들만큼이나 자신의 유서 깊은 혈통과 가계, 가족의 신분을 자랑스러워했다. 헌스던은 스탠리가 코브던[67]과는 짝지으려 하지 않았을 것과 꼭 마찬가지로 자신보다 낮은 〈계급〉 출신의 아내를 맞는 것에 대해서는 거의 생각도 해보지 않았을 것이다. 나는 내가 불러일으킨 경이로움을 즐겼다. 내 실천이 그의 이론에 승리한 것을 즐겼다. 탁자 위로 몸을 숙이고 느리지만 기쁨을 억누른 채 간단하게 말했다.

「그녀는 레이스 수선공이에요.」

헌스던이 나를 찬찬히 살폈다. 놀랐다고 〈말하지는〉 않았지만 놀란 표정이었다. 그는 훌륭한 혈통에 대한 자기 나름의 개념을 가지고 있었다. 내가 아주 성급한 시도를 하려 한다고 그가 의심하는 것을 나는 알아차렸다. 그러나 열변이나 충고를 누르고 그는 이렇게만 대답했다.

「그래, 당신 일에 대한 최고의 재판관은 당신이니까. 레이스 수선공 역시 지체 높은 신분도 될 수 있고 좋은 아내도 될 수 있겠지. 하지만 배우지도 못했고 재산도 없고 지위도 없으니까, 그녀가 당신을 행복하게 해줄 수 있는 능력을 충분히 타고났는지 마땅히 철저하게 확인했겠지. 친지는 많은가?」

「브뤼셀에는 한 명도 없어요.」

「좀 낫군. 이런 경우 친지라는 이들이 진짜 해악이 될 때가 있지. 계급이 낮은 사람들과 줄줄이 연결되면 죽을 때까지 당신에게 따분한 일만 생길 게 틀림없을 테니까.」

한동안 아무 말 없이 좀 더 앉아 있다가 헌스던은 일어나서 조용히 인사를 했다. 내게 손을 내미는 그 점잖고 사려 깊은

---

67 14대 더비 백작 Lord Stanley와 Richard Cobden(1804~1856)은 1845년 곡물법 폐지 논란 당시 의회에서 서로 적수였다.

태도(전에는 한번도 그런 적이 없었던)는, 내가 끔찍한 바보짓을 했다고 그가 생각하고 있음을 확인시켜 주었다. 그리고 내가 망하고 패했으니 빈정대고 냉소를 보낼 때가 아니라 정말로 관대함과 조심스러움을 보여 주어야 할 때라는 듯했다.

「잘 있게, 윌리엄.」 자비롭고 동정적인 표정을 띠면서 아주 부드러운 목소리로 그가 말했다. 「잘 있게, 이 친구야. 당신과 당신의 미래의 아내가 부유해지길 바라고, 그녀가 당신의 괴팍스런 영혼을 만족시켜 주기를 바라네.」

그의 표정에 나타난 엄청난 동정심을 보고 웃음을 참느라 나는 무지하게 애를 써야 했다. 하지만 엄숙한 분위기를 유지하면서 이렇게 말했다.

「앙리 양을 만나 보고 싶어할 줄 알았는데요?」

「오, 이름이 그랬던가! 그래, 괜찮다면 만나 보고 싶긴 하지만.」 그가 머뭇거렸다.

「그런데요?」

「절대 방해는 되고 싶지 않네.」

「그럼 갑시다.」 내가 말했다. 우리는 길을 나섰다. 헌스던은 궁핍하고 작고 가구 없는 다락방에 사는 그 가난한 어린 교사 애인을 보여 주려는 나를 무모하고 경솔한 인간이라고 생각했음에 틀림없다. 하지만 사실 정신의 외투 삼아 그가 입고 다니기 좋아하는 그 무정한 껍데기 아래에는 그의 성격의 핵심이 들어 있기 때문에, 그는 진짜 신사처럼 행동할 준비가 되어 있었다. 거리를 걸어가는 동안 그는 정중하게 말을 했는데 거의 부드럽기까지 했다. 한번도 내게 그렇게 예의 바르게 대한 적이 없었다. 우리는 그 집에 도착해서 들어가 계단을 올라갔다. 복도에 이르러 헌스던은 위층으로 이어지는 좁은 계단을 오르기 위해 몸을 돌렸다. 나는 그의 마음이 다락을 향해 있는 것을 알았다.

「여깁니다, 헌스던 씨.」 프랜시스의 문을 두드리면서 내가 조용하게 말했다. 그가 몸을 돌렸다. 그만의 독특한 예의범절상 자신이 실수했다는 것에 그는 약간 당황하고 있었다. 눈은 녹색 깔개로 돌렸지만 헌스던은 아무 말도 하지 않았다.

우리는 걸어 들어갔고 프랜시스는 우리를 맞기 위해 탁자 근처의 자리에서 일어섰다. 그녀의 상복은 그녀를 수녀나 은둔자처럼 보이게는 했지만 어쨌든 아주 도드라진 분위기를 풍기고 있었다. 상복의 위엄 있는 간소함은 아름다움에는 아무것도 보태 주지 않았지만, 품위에는 많은 것을 보태 주었다. 엄숙한 검정색 메리노 드레스를 부각시켜 주기에는 하얀색 깃과 소맷부리의 마무리로도 충분했다. 장식은 전혀 없었다. 누가 처음 말을 걸 때 사랑하기보다는 존경해야 할 여자로 보이게 하는 늘 그런 모습으로 그녀는 차분하고 우아하게 인사를 했다. 나는 헌스던 씨를 소개해 주었고, 그녀는 프랑스 어로 알게 되어 기쁘다고 말했다. 완벽하고 세련된 억양과 나지막하지만 듣기 좋고 풍성한 음성은 단번에 그 효과를 만들어 냈다. 헌스던은 프랑스 어로 인사를 건넸다. 전에 그가 프랑스 어를 하는 것을 들어 본 적이 없었다. 그는 프랑스 어를 아주 잘 구사했다. 나는 창가 자리로 가 앉았고 헌스던 씨는 주인의 청으로 난로 근처의 의자를 차지했다. 내 자리에서 나는 그 두 사람과 방 전체를 한눈에 볼 수 있었다. 방은 아주 깨끗하고 환해서 반짝거리는 작은 장식장처럼 보였다. 꽃을 가득 꽂아 둔 탁자 중앙의 유리병과 신선한 장미 한 송이씩 담아 둔 난로 위 자기로 만든 컵 하나하나가 잔칫날 같은 분위기를 만들어 내고 있었다. 프랜시스는 진지했고 헌스던 씨는 자제하고 있었지만 둘 다 서로 공손했다. 그들은 프랑스 어로 유창하게 얘기했다. 평범한 주제가 아주 훌륭하고 품위 있게 다루어졌다. 그 둘처럼 예의 바름의 표본 같은 사람들은 만나 본 적이 없는 것 같았다. 헌스던은 (외국어라서 거북하니까) 말을 정정하고 가다듬을 수밖에 없어서 기벽을 부릴 수가 없었던 것이다. 마침내 영국 얘기가 나와서 프랜시스는 계속 질문을 했다. 해가 떠오르자 어두운 밤하늘이 변하는 것과 마찬가지로 그녀는 조금씩 활기를 띠면서 변해 갔다. 처음에는 이마가 환해지는 것 같더니, 다음에는 눈이 반짝거렸고 표정이 느긋해졌으며 움직임도 꽤 많아졌다. 가라앉았던 표정은 점점 따뜻해졌고 명쾌해졌다. 지금 내게 그녀는 아름다워 보였다. 이전에는 그저 조신한 아가씨처럼 보였을 뿐이었다.

섬나라에서 막 온 영국인에게 그녀는 물어볼 것이 많았다. 열렬한 호기심으로 그녀는 그를 몰아붙였으며 불이 얼음장 같은 독사를 녹이듯이 금방 헌스던의 자제력을 녹여 버렸다. 독사라는 그리 기분좋지 않은 비유를 쓴 것은, 그가 큰 체구를 똑바로 하고 고개를 쳐들고 약간 숙였다 머리를 젖히고 널찍한 색슨 족의 이마에서 머리칼을 뒤로 넘기면서, 대화 상대자의 열렬한 어조와 열성적인 표정이 그의 영혼과 눈 속에 단번에 불 지펴 일으킨 거의 야만적인 풍자의 섬광을 내비칠 때 헌스던은 내게 겨울잠에서 깨어나는 뱀을 생생하게 연상시켰기 때문이다. 프랜시스가 그녀의 본모습이었던 것처럼 그도 그의 본모습이었고, 그는 이제 자기 나라 말로만 그녀에게 말을 걸었다.

「영어도 아십니까?」 그가 먼저 던진 질문이었다.

「조금 압니다.」

「그래요, 그러면 당신은 곧 많이 알게 될 겁니다. 먼저 저는 당신이 제가 아는 어떤 사람들(엄지손가락으로 나를 가리키며)과 별 다르지 않은 양식을 가지고 있다고 생각했어요. 그렇지 않으면 영국이라는 저 추잡한 소국에 대해 그렇게 광신적인 관심은 절대 보이지 않았을 테니까요. 그런데 지금은 그런 것 같아요. 당신 표정에선 영국 공포증이 읽히고 당신의 말에선 그게 들려요. 아가씨, 왜 눈꼽만큼이라도 이성을 가진 사람들이 그 아무것도 아닌 영국이라는 이름에 열정을 느낄 수 있는 거죠? 5분 전에 나는 당신이 대수녀원장 같다고 생각했고 그래서 존경심이 들었는데, 이제 보니 지독한 토리 당원에다 지독한 교리를 따르는 스위스의 여자 예언자 같다는 생각이 드는군요!」

「영국인이신가요?」 프랜시스가 물었다.

「그렇습니다.」

「그런데 싫어하시는군요?」

「좋아한다면 유감이겠죠! 조그맣고 타락했고 타산적이고 신과 왕으로 저주받은 나라고 불쾌한 오만으로 가득 차 있고 ─ 제가 사는 곳에선 그렇게 말하죠 ─ 속수무책인 빈곤 상태. 악습으로 썩어 버렸고, 편견으로 좀먹은 나라라고요!」

「다른 나라도 대부분 그렇죠. 어디든지 악습과 편견이 있어요. 하지만 다른 나라보다 영국은 덜하다고 생각했어요.」

「영국에 와서 보세요. 버밍엄과 맨체스터, 런던의 세인트 자일즈[68]에 와서 우리 나라의 체계가 어떻게 작동하고 있는지에 대해 현실적인 개념을 가져 봐요. 귀족 제도의 위엄 있는 발자국을 자세히 살펴보고, 그 제도가 걸어가면서 어떻게 사람들을 짓밟고 어떻게 핏속을 헤치고 나가는지를 보세요. 영국 시골집 문으로 머리를 들이밀어 보라니까요. 컴컴한 난롯재받이 돌 위에서 굶주림이 웅크리고 겨울잠 자는 것, 이불도 없이 침대에 벌거벗고 누워 있는 질병, 무식함과 함께

---

[68] 버밍엄과 맨체스터는 영국의 대표적인 공업 지대이고 세인트 자일즈는 빈민가이다.

파렴치함이 심술궂게 설치고 다니는 꼴을 한번 보라니까요. 사실 무식함이 가장 좋아하는 애인은 사치이고, 이엉을 얹은 오두막보다야 왕자가 사는 궁전을 더 좋아하지만 ─」

「저는 영국의 비참함과 사악함을 생각하고 있었던 것이 아니에요. 좋은 면을 생각하고 있었고, 하나의 나라로 당신의 성격 속에 고무되어 있는 그 무엇을 생각하고 있었어요.」

「좋은 점은 없어요, 전혀. 최소한 당신이 알고 있는 것 중에는 없어요. 당신은 산업의 노력과 기업의 성과 혹은 과학의 발견들을 이해할 수 없으니까. 편협한 교육과 낮은 지위로 인해 당신은 그런 점을 이해하기 어려워요. 그리고 역사적이고 시적인 것과 관련해서라면, 당신이 그런 엉터리를 의미했다고 추측해서 모욕을 주고 싶지는 않아요.」

「부분적으로는 그런 의미였어요.」

헌스던이 웃었다. 지독한 모욕을 주는 웃음이었다.

「그랬다니까요, 헌스던 씨. 당신은 그런 연상에서 전혀 즐거움을 찾지 못하는 그런 사람인가요?」

「아가씨, 연상이란 게 뭡니까? 나는 그런 것을 한번도 본 적이 없어요. 그것의 길이, 넓이, 무게, 가치, 그래요, 〈가치〉가 얼마입니까? 시장에서는 가격이 얼마나 될까요?」

「당신을 사랑하는 사람에게 당신의 초상화는, 연상을 위해서라면 가격을 매길 수가 없겠죠.」

그 수수께끼 같은 사람 헌스던은 이 말을 듣고 예리한 면도 있다고 느낀 것 같았다. 왜냐하면 모르고 약한 면을 건드렸을 때 드물지 않게 나타나는 일로, 그의 얼굴이 붉어졌기 때문이다. 곤혹스럽다는 듯한 표정이 잠시 그의 눈을 어둡게 했다. 상대의 급소 찌르기에 이어진 짧은 대화의 중단을, 그는 자기가 사랑받고 싶은 방식으로 누군가가 자신을 사랑해 주고 자기가 솔직하게 그 사랑을 되돌려 줄 수 있는 누군가가 있으면 좋겠다는 바람으로 메웠다.

숙녀께서는 짧은 모험을 계속했다.

「당신의 세계가 아무런 연상도 떠올릴 수 없는 세계라면 헌스던 씨, 영국을 그렇게 증오하는 것을 더 이상 이상하게 여기지 않겠어요. 저는 정말이지 천국이 뭔지 천사는 어떤 존재인지 몰라요. 하지만 천국을 제가 떠올릴 수 있는 가장 훌륭한 곳이라 하고 천사는 가장 고매한 존재라고 한다면, 천사들 중 하나이고 충성스러움 그 자체인 아브디엘 천사(그녀는 밀턴을 떠올리고 있었다)가 만일 갑자기 연상 능력을 뺏기면, 나는 그가 〈영원의 문〉에서 곧장 튀어나와 하늘을 떠나 지옥에서 잃어버린 걸 찾으러 다닐 거라 생각해요. 그래요, 그가 〈지독하게 경멸하며〉 몸을 돌린 바로 그 지옥에서요.」[69]

이 말을 할 때 프랜시스의 어조는 그녀의 이야기처럼 두드러졌고 〈지옥〉이라는 말이 튀어나올 때는 좀 갑작스레 강하게 발음되어, 헌스던은 황송하게도 존경의 시선마저 살짝 보내는 것이었다. 남자든 여자든 그는 강한 것을 좋아했다. 그는 감히 인습적인 한계를 없애 버리려는 것이면 뭐든지 좋아했다. 그는 숙녀가 단호한 어조로 〈지옥〉이라고 말하는 것을 이전에는 한번도 들어 본 적이 없었고, 그 소리가 숙녀의 입술에서 나와서 좋아했다. 프랜시스가 한 번 더 현을 울렸다면 그는 기꺼이 기뻐했겠지만 그건 그녀의 방식이 아니었다. 괴팍한 열정을 과시하는 것이 그녀에겐 결코 즐거움을 가져다 주지 않았고, 대체로 고통스런 특이한 상황이, 잠복한 채 타오르고 있는 심연에서 그런 열정을 강제로 끄집어내려고 할 때 그녀의 목소리에서 들려오고 그녀의 표정에서 빛을 낼 뿐이었다. 그녀는 내게도 한두 번 친밀한 대화 중에 신경질

---

[69] 『잃어버린 낙원』 제7권 206행과 제5권 906행.

적인 말로 과감한 생각을 내뱉은 적이 있었다. 하지만 그런 현시의 시간이 지나가 버리면 나는 다시 불러낼 수가 없었다. 저절로 나타났다가 저절로 사라져 버렸다. 그녀는 미소로 헌스던의 흥분 상태를 곧 잠재웠고 논쟁의 주제를 다시 불러와서 이렇게 말했다.

「영국이 아무런 가치가 없다면, 왜 대륙에서는 영국을 그렇게 존중해 주죠?」

「어떤 어린아이라도 그런 질문은 하지 않을 것 같군요.」 자신에게 질문하는 사람의 어리석음을 질책하지 않고는 한번도 답을 가르쳐 준 적이 없는 헌스던이 이렇게 대답했다.「당신이 만약 내 학생이었다면, 별로 먼 데 있지 않는 저 개탄할 사람의 학생이었다는 불운을 겪었다고 생각되는 바, 그런 무식함을 고백할 자리에 당신을 앉혀 두었을 거요. 아가씨, 프랑스의 예의 바름과 독일의 선한 의지, 스위스의 비굴함을 사다 준 것이 우리 영국의〈금〉이라는 것을 왜 모르시오?」그는 악마처럼 조롱했다.

〈비굴함〉이라는 말을 감지한 프랜시스가 이렇게 말했다. 「스위스요! 당신은 우리 나라 사람을 비굴하다고 하는 건가요?」그녀가 발딱 일어섰고 나는 웃음을 참을 수가 없었다. 그녀의 시선에는 분노가 있었고 태도는 반항적이었다. 「제 앞에서 스위스를 모욕하는 건가요, 헌스던 씨? 제가 스위스와 아무런 연관도 없다고 생각하세요? 제가 언제나 알프스의 마을에 무슨 사악함이 있나 무슨 타락이 있나 그것만 생각하고, 우리 나라 사람들의 훌륭한 동포애와 피로써 얻어 낸 자유, 그리고 우리 나라 산이 가져다 주는 자연의 영광을 언제라도 마음에서 저버릴 준비가 되어 있다고 생각하세요? 잘못 보셨어요, 잘못 보셨다고요!」

「훌륭한 동포애? 당신이 뭐라고 부르든지, 당신 나라 사람들은 지각이 있는 사람들이오. 당신에게는 추상적인 생각일 뿐인 것을 그들은 시장에 내다 팔 수 있는 품목으로 만들어 버리지. 지금까지 그들은 자신들의 훌륭한 동포애와 피로 벌어들인 자유를 외국인 왕의 하인이 되려고 팔아 버렸어요.」

「한번도 스위스에 가본 적이 없죠?」

「아니, 거기 두 번 가봤소.」

「당신은 그곳을 전혀 몰라요.」

「압니다.」

「당신은 앵무새가 뜻도 없는 소리로 삑삑거리는 거나 이곳 벨기에 사람들이 영국인을 용감하지 않다고 하거나, 프랑스 사람들이 영국인을 배신자라고 하는 것과 같이 스위스 사람이 돈을 밝힌다고 하는군요. 당신의 견해는 전혀 공정하지 못해요.」

「거기엔 진실이 있어요.」

「들으세요, 헌스던 씨, 당신은 내가 비현실적인 여자인 것 이상으로 비현실적인 남자예요. 당신은 진짜로 존재하는 것이 무엇인지 인식하지 못하니까요. 당신은 무신론자가 신과 자신의 존재를 부인함으로써 신과 자기 영혼을 없애 버리는 것처럼 개개인의 애국심과 국가의 위대함을 없애 버리고 싶어해요.」

「어디로 도망치려는 거요? 당신은 빗나가고 있어요. 우린 스위스 사람들이 돈을 밝히는 기질이 있다는 얘기를 하고 있었던 것 같은데.」

「그랬죠. 하지만 만일 당신이 내일 스위스 인들이 돈을 밝히는 사람들이라는 것을 입증해 준다 해도(그럴 수 없겠지만요) 나는 스위스를 계속 사랑할 거예요.」

「그러면 당신은 3월의 암말처럼 미쳐 버려서 엄청나게 많은 흙과 목재, 눈, 얼음을 팔아 치우고 싶은 정열에 푹 빠져 들겠군.」

「그 무엇도 사랑하지 않는 당신만큼이야 미쳤겠어요.」

「내가 미치는 데는 방식이 있지. 그런데 당신에게는 방식이 없군요.」

「당신 방식은 창조물에서 생기를 쥐어 짜낸 뒤, 소위 그 용도라는 걸로 바꾸기 위해 그 생기를 쓰레기의 비료로 만드는 거죠.」

「당신은 추론하는 법을 전혀 모르는군요. 당신에겐 논리가 없어요.」 헌스던이 말했다.

「감정이 없는 것보다 논리가 없는 것이 더 나아요.」 이렇게 쏘아붙였지만 프랜시스가 지금은 찬장에서 탁자로 왔다 갔다 하면서 탁자 위에 식탁보를 덮고 접시와 칼과 포크를 얹어 놓는 것으로 보아 호의적인 생각은 하고 있지 않다 해도 최소한 호의적인 태도에는 여념 없는 것처럼 보였다.

「빈정대는 겁니까, 아가씨? 내가 감정도 없는 사람이라고 생각하나요?」

「언제나 당신 자신의 감정과 다른 사람들의 감정에 끼어들고, 이렇고 저렇고 그런 감정의 불합리함을 강요하고는 그것이 논리와 맞지 않다고 생각하기 때문에 억눌러야 한다고 명령하는 것 같아요.」

「내가 맞다니까요.」

프랜시스는 조그마한 식품 저장고 같은 곳으로 들어가 버렸다. 그녀는 곧 다시 나타났다.

「당신이 맞다고요? 절대 아니에요! 그렇게 생각한다면 엄청나게 잘못 알고 있는 거예요. 불 좀 보게 제발 얌전히 계세요, 헌스던 씨. 조리할 게 좀 있어요.」 (불 위에 스튜 냄비를 올려놓는 데 시간이 좀 걸렸고 그동안 그녀는 음식을 저었다.) 「맞다니요! 신이 인간에게 준 그 어떤 즐거운 감정이라도 파괴하는 게 맞다는 것 같군요. 애국심같이 인간의 이기심을 온 세상에 퍼뜨리는 그런 감정은 더 더욱 말이죠.」(불길을 휘젓고, 냄비를 내렸다.)

「스위스에서 태어났소?」

「그렇다고 해야죠. 아니면 왜 우리 나라라고 하겠어요?」

「그런데 어디서 영국인의 얼굴과 몸을 갖게 되었소?」

「저는 영국인이기도 해요. 제 피의 반은 영국인이죠. 따라서 제게는 고귀하고 자유롭고 운 좋은 이 두 나라에 대해 관심을 가지고 이중의 애국심을 내세울 권리가 있어요.」

「어머니가 영국인이셨소?」

「네, 네. 그리고 당신 어머니는 달나라나 유토피아에서 오신 분 아니에요? 유럽의 그 어떤 나라도 당신에겐 관심을 불러일으키지 못하니까요.」

「정반대요, 나는 온 나라의 애국자요, 당신이 날 제대로 이해할 수 있다면. 내 나라는 이 세계 전부요.」

「그렇게 방대하게 퍼진 공감력은 깊이가 아주 얕을 수밖에 없어요. 식탁으로 오시겠어요, 선생님?」달빛 아래 독서에 몰두한 체하고 있는 내게 그녀가 말했다.「선생님, 저녁 식사 차려 놨어요.」

이 말은 그녀가 헌스던 씨와 주고받던 말과는 아주 다른 음성이었다. 그렇게 짤막하지 않았고 더 차분하고 더 부드러운 목소리였다.

「프랜시스, 왜 저녁을 준비했죠? 오래 있을 생각이 아니었어요.」

「아, 선생님, 하지만 시간이 좀 지났고 식사가 준비됐잖아요. 드셔야만 해요.」

음식은 물론 외국 음식이었다. 솜씨 있게 조리되고 깔끔하게 차려진 두 가지의 적지만 맛있는 고기 요리로 되어 있었다. 샐러드와 〈프랑스 산 치즈〉가 마무리를 하고 있었다. 먹는 일이 두 교전국 사이에 짤막한 휴전을 하게 만들었지만, 식탁을 물리자마자 그들은 곧 싸움을 다시 시작했다. 새로운 논쟁의 주제는 종교적인 관용 정신에 관한 것이었는데, 이에 대해 헌스던 씨는 스위스가 자유를 좋아한다고 공공연히 알려져 있기는 해도, 종교적 관용 정신이 스위스에 강하게 존재하고 있다고 단언했다. 여기서 프랜시스는 아주 최악으로 대응했는데, 그 이유는 논쟁의 기술이 부족해서가 아니라 문제가 되고 있는 핵심에 대한 그녀 자신의 진짜 견해가 어쩌다 보니 헌스던 씨의 견해와 꽤 일치했기 때문이었고, 그래서 반박을 위한 반박을 했을 뿐이었다. 마침내 그녀는 그와 생각이 같다고 고백하고 손을 들었지만, 자기가 졌다고 생각하지는 않는다는 것을 알아두라고 했다.

「위털루에서 프랑스도 그랬었지.」 헌스던이 말했다.

「그것과 비교해서는 안 되죠.」 프랜시스가 응수했다. 「우리 전투는 모의 전투였어요.」

「모의든 실제든, 당신은 졌어요.」

「아뇨, 논리도 표현력도 없지만, 제 견해가 당신과 정말로 다른 어떤 문제에서는, 방어할 수 있는 별다른 말이 없다 해도 저는 제 견해를 고수할 거예요. 말 없는 단호함 때문에 당신은 당황스러울 거예요. 위털루 전투 얘기를 하셨죠! 나폴레옹의 말대로라면 당신 나라 웰링턴 장군은 거기서 패배했을 가능성이 컸어요. 그러나 웰링턴은 전쟁의 법칙에 굴하지 않았고 전쟁의 계략에 구애받지 않고 승리했어요. 저도 그를 따를 거예요.」

「당신이 틀림없이 그럴 거라고 내가 보장하죠. 아마 당신 속에는 그와 똑같이 어떤 완강한 요소가 있는 것 같군요.」

「없다면 섭섭하겠죠. 웰링턴과 텔은 형제지간인 거죠, 그리고 저는 우리의 영웅 빌헬름 텔의 위대한 인내심을 영혼 속에 가지고 있지 않은 스위스 사람은 남자든 여자든 경멸해요.」

「텔이 웰링턴과 같은 사람이라면, 그는 애스[70]예요.」

「애스가 보데[71] 아닌가요?」 나를 향해 프랜시스가 물었다.

「아니, 아니.」 내가 대답했다. 「에스프리-포르[72]라는 뜻이지. 자,」 나는 그 둘 사이에 새로운 언쟁이 끓어오르는 것을 보고 이렇게 말했다. 「이제 정말 가야 할 시간이에요.」

헌스던이 일어났다. 「안녕히 계시오.」 그가 프랜시스에게 말했다. 「나는 저 영광스런 영국으로 내일 떠나오. 브뤼셀에 다시 오려면 1년이나 그 이상이 걸릴지도 몰라요. 여기 올 때마다 당신을 찾아올 거고, 당신을 용보다 더 맹렬하게 만들어 낼 수단을 찾아냈는지 당신은 그때 알게 될 거요. 오늘 저녁 당신은 꽤 잘해 냈고, 다음 회담에서도 내게 곧장 도전하겠죠. 그동안 당신은 윌리엄 크림즈워스 부인이 될 운명이겠군요. 어린 숙녀께서 안됐군! 하지만 당신은 영혼의 불꽃을 소유하고 있어요. 잘 간직해서 그 이로움을 저 교수한테 고스란히 전해 주어요.」

「결혼하셨어요, 헌스던 씨?」 갑자기 프랜시스가 물었다.

「아니요. 나는 당신이 내 표정으로 날 성 베네딕트[73] 같은 사람이라고 짐작했으리라 생각했는데.」

「음, 언제 결혼하시든 절대 스코틀랜드에서 부인을 구하지 마세요. 왜냐하면 만일 당신이 헬베티아[74]를 모독하고 그 나라를 욕보이기 시작하면, 더구나 텔이라는 이름과 같은 빈도

---

70 *ass*. 바보를 가리킴.
71 *baudet*. 프랑스 어로 나귀. 무식한 사람.
72 *esprit-fort*. 강인한 정신의 소유자.
73 독신자를 뜻함.
74 스위스의 라틴 어 이름.

로 〈애스〉라는 말을 언급한다면(선생님은 〈애스〉를 〈에스프리-포르〉라고 해석해 주셨지만, 바보라는 걸 알고 있거든요), 당신의 알프스 출신 신부는 어느 날 밤, 당신네 셰익스피어의 오셀로가 데스데모나의 목을 조른 것처럼 그녀의 골수 브르타뉴[75] 출신 남편의 목을 조를지도 몰라요.」

「경고를 하시는군.」 헌스던이 말했다. 「자네도 마찬가지네. (내게 고개를 끄덕이며) 하지만 그 무어 인[76]과 그의 상냥한 부인에 대한 재미있는 이야기를 듣고 싶어지네, 임기응변으로 만들어 낸 구도에 따라 내용이 뒤바뀔 테니 말야. 하지만 이게 마지막 대결이오. 잘 있어요, 아가씨!」 그는 마치 찰스 그랜디슨 경이 해리엇 바이런[77]의 손에 꼭 그렇게 했을 법하게 그녀의 손에 머리를 숙였고, 이렇게 덧붙였다. 「이런 손가락에 죽어 보는 것도 매혹적이겠는걸.」

「*Mon Dieu*(맙소사)!」 그 큰 눈을 뜨고 또렷한 아치형의 눈썹을 치켜올리며 그녀가 중얼거렸다. 「*c'est qu'il fait des compliments! je ne m'y suis pas attendu*(맙소사 칭찬을 다 하시네! 생각지도 못했네요).」 그녀는 반은 화가 나고 반은 즐거워서 웃음을 짓고, 이국적인 우아함으로 정중히 인사를 했으며 그들은 헤어졌다.

거리로 나서자마자 헌스던이 내 옷깃을 잡아챘다.

「저 여자가 당신의 레이스 수선공이라고?」 그가 말했다. 「그리고 당신은 그녀에게 청혼해서 훌륭하고 위대한 일을 했다고 생각하겠지? 시콤 집안 자손인 당신은 여직공을 취해서 신분에 대한 경멸감을 입증해 보였어! 자기 감정에 속아 강

---

75 영국을 가리킴.
76 오셀로를 가리킴.
77 소설가 Samuel Richardson(1689~1761)의 남녀 주인공으로, 감상적인 인물형의 전형.

혼(降婚)에 서약해서 스스로를 망친 걸 생각하니 안됐구먼!」
「제 옷깃이나 놔요, 헌스던.」
헌스던은 오히려 나를 이리저리 잡아 흔들었다. 나는 그의 허리를 잡고 싸웠다. 어둠이 내렸고 거리는 한적하고 불빛 하나 없었다. 우리는 서로 치열하게 싸웠다. 보도 위에 둘 다 구르고 난 뒤 힘겹게 겨우 일어나서 우리는 좀 더 차분하게 걸어가기로 했다.
「그래요, 저 여자가 나의 레이스 수선공입니다.」 내가 말했다. 「그리고 영원히 내 것이 될 거예요, 신의 뜻이죠.」
「신의 뜻이 아니야. 그렇게 추측해서는 안 돼. 동업자랑 당신이 그렇게 잘 들어맞는 일이 뭐가 있단 말인가? 그리고 그녀는 〈선생님〉이라면서 당신을 존경심까지 갖고 대하더군, 당신에게 말을 할 때 어조를 바꾸어서 마치 당신이 실제로 우월한 존재라는 듯이 말야! 당신이 아니라 내가 그녀를 선택해서 그녀가 최고의 자리까지 오르는 행운을 얻는다 해도 나 같은 사람에게는 그런 경의를 보낼 수 없겠지.」
「헌스던, 당신은 하룻강아지예요. 당신은 제 행복의 표지 밖에 보지 못했어요. 그 다음 이어지는 이야기는 모른다고요. 그 이야기의 재미와 다양한 감미로움과 두근거리게 만드는 흥분을 감히 생각도 못할 거예요.」
이제 복잡한 거리에 접어들었기 때문에 헌스던은 낮고 굵은 음성으로, 계속 자랑을 늘어놓아 자기 분노를 자극하면 무서운 일을 저지르겠다고 협박하면서 입 다물고 있으면 좋겠다고 말했다. 나는 옆구리가 아플 때까지 웃었다. 우리는 곧 그가 묵고 있는 호텔에 이르렀다. 들어가기 전에 그는 이렇게 말했다.
「자만하지 말게. 당신의 레이스 수선공은 자네에게 과분하지만, 내게는 모자라. 내 이상형에는 육체적으로도 정신적으로도 이르지 못해. 못 미치지. 나는 저 창백한 얼굴에 흥분 잘 하는 어린 헬베티아 여자(그건 그렇고, 그녀는 튼튼한 〈융프라우〉[78]라기보다는 신경이 날카롭고 변덕스런 〈파리지엔〉다운 점이 훨씬 더 많아)를 훨씬 능가하는 어떤 여자를 꿈꾸고 있지. 자네의 앙리 양은 내 상상 속의 여왕과 비교하면 몸은 허약하고 정신은 특징이 없어. 자네는 정말이지 저 조그맣고 특이한 여자를 견뎌 낼 수 있을 거야. 하지만 나는 결혼한다면 저 까다롭고 발육 부전의 아이가 내보일 수 있는 것보다 더 고상하고 더 잘 발육된 몸은 물론이고, 더 순수한 혈통에 더 조화로운 외모를 가진 사람과 하게 될 거라고.」

「그러려면, 천국에서 불 붙은 석탄 덩어리 하나를 가져 달라고 천사에게 뇌물을 먹이세요.」내가 말했다.「그걸 가지고 루벤스 그림 속의 여자들 중에 제일 키가 크고 제일 뚱뚱하고 뼈는 찾아볼 수 없고 온몸에 피가 꽉 들어찬 여자에게 생명의 불길을 지피라고요. 난 알프스에서 온 요정 곁에 내버려 두시고. 당신을 질투하지는 않을 테니까요.」

거의 동시에 두 사람은 등을 돌렸다. 아무도〈신의 축복을〉이라고 말하지 않았으며 그 다음날 우리 사이에는 바다가 요동 치고 있었다.

---

[78] 아가씨의 독일 말.

25

 2개월이 좀 더 지나 프랜시스는 고모의 애도 기간을 끝냈다. 새해의 첫 휴일인 1월의 어느 날 아침, 나는 마차를 타고 반덴후텐 씨만을 동행하여 네주의 노트르담 거리로 갔다. 나만 내려서 위층으로 올라가, 춥고 맑게 갠 서리 내린 날에는 전혀 어울리지 않는 종류의 옷을 입은 채 분명 나를 기다리고 있었던 프랜시스를 보았다. 그 순간까지 나는 그녀가 검은색이나 어두운 색 천이 아닌 옷을 입은 것을 한번도 본 적이 없었다. 그녀는 온통 흰색으로 된 반투명한 직물로 만든 하얀 드레스를 입고 창가에 서 있었다. 그녀의 옷차림은 분명 매우 간소했지만 아주 밝고 풍성하고 둥둥 떠 있는 것 같아서 인상적이고 잔칫날답게 보였다. 베일이 그녀의 머리를 덮고 무릎 아래까지 늘어져 있었다. 자그마한 분홍색 화관이 그리스 식으로 두껍게 땋아 올린 그녀의 머리에 베일을 고정시켜 얼굴 양옆으로 부드럽게 흘러내리게 하고 있었다. 그런 차림으로 이상하게도 그녀는 울고 있었다. 아니면 내가 오기 전부터 울고 있었던 것 같았다. 준비가 되었느냐고 물으니까 그녀는 울음을 억지로 참는 듯한 목소리로, 〈네, 선생님〉이라고 대답했다. 탁자 위에 있던 숄을 집어 들어 둘러 주었을 때 삼키지 못한 눈물이 끊임없이 뺨 위로 흘러내렸을 뿐만 아니라 내가 이끌 때 갈대처럼 떨기까지 했다. 너무나 가라앉은 분위기여서 마음이 안 좋다며 왜 그러느냐고 묻자, 그녀는 이렇게만 대답했다. 「어쩔 수가 없어요.」 그러고는 스스로 다급하게 내 손을 잡기는 했지만, 일어나 나와 같이 방에서 나와 무시무시한 어떤 일을 끝내려고 애쓰는 사람처럼 재빠르고 불안한 걸음으로 계단을 내려왔다. 나는 마차에 그녀를 태웠다. 반덴후텐 씨가 그녀를 맞았고 자기 옆에 앉혔다. 우리는 신교 예배당에 모두 같이 가서 영국 국교회의 기도서에 따라 예배를 올렸고 그녀와 나는 결혼했다. 반덴후텐 씨가 신부를 인도해 주었다.

우리는 신혼여행을 가지 않았다. 평온하게도 우리는 널리 알려진 처지가 아니었고 행복하게 고립된 형편이어서 우리의 수수함은 그런 특별 조치를 요구하지 않았던 것이다. 우리는 앞으로 우리의 소명이 있는 그 도시 한 곳에서 가장 가까운 외곽에 있는 내가 구해 놓은 작은 집으로 바로 갔다.

결혼식이 끝나고 서너 시간 뒤 프랜시스는 눈같이 흰 드레스를 벗고 좀 더 따뜻한 천으로 된 예쁜 라일락색의 드레스와 화사한 검정 실크 앞치마를 입고 라일락색 리본으로 마무리 장식을 단 레이스 깃을 단 채, 그다지 넓은 거실은 아니지만 깔끔하게 장식된 카펫 위에 무릎을 꿇고 내가 탁자에서 건네주는 책을 어지러운 책장 위에 정리하고 있었다. 문 밖에서는 눈이 내리치고 있었다. 오후가 되자 날씨가 험하고 추워졌다. 납빛의 하늘은 온통 눈이 흩날리고 있는 듯했고, 거리는 벌써 하얀 눈으로 발목 깊이까지 쌓여 있었다. 난롯불이 환하게 타오르고 새 집은 참으로 깨끗하고 신선하게 보였으며 가구는 모두 배치를 마쳤고 정리할 것은 얼마 안 되는 유리잔과 자기와 책 정도였다. 차 마실 시간이 될 때까지 그 일을 했고, 내가 합리적인 영국식 스타일로 차 만드는 법을 분명히 가르쳐 주고 찻잎을 포트에 넘치도록 담는 걸 보고 당황했던 것을 극복한 뒤 프랜시스는, 내게 적절한 영국식 식사를 차려 주었다. 거기에는 초도 찻주전자도 난롯불도 안락함도 부족하지 않았다.

한 주간의 휴가가 물 흐르듯 지나갔고 우리는 다시 일에 착수했다. 아내와 나는 우리가 일하는 사람들이고 노력해서 빵을 벌어야 할 운명이며 아주 부지런한 사람들이라는 것을 인식하고 참으로 진지하게 일을 시작했다. 우리의 하루하루는 철저히 일로 짜여 있었다. 우리는 아침 8시에 헤어져서 오후 5시가 되어서야 다시 만날 수 있었다. 하지만 매일의 소란스럽고 바쁜 나날들을 그토록 달콤한 휴식에는 견줄 수가 없었다! 기억 속을 들여다보면 그 작은 거실에서 보낸 저녁 시간이 과거 저물 녘의 이마를 둘러싸고 있는 길다란 루비끈처럼 보인다. 세공한 보석처럼 늘 그대로의 모습이었지만 그것은 하나하나 찬란하게 타오르는 보석이었다.

1년 반이 흘렀다. 어느 날 아침(휴일이었고, 우리는 우리만의 하루를 가지게 되었다) 프랜시스는 어떤 주제를 두고 오래 궁리하다가 마침내 결론을 내리자 내 판단력을 시금석으로 하여 그것이 온당한지 봐줬으면 한다면서, 「충분치 않아요.」라고 갑작스레 말했는데, 그녀에게 흔치 않은 말투였다.

「이번엔 뭐지?」 커피잔에서 얼굴을 들면서 나는 물었다. 나는 그때 프랜시스와 같이 그 멋진 여름날(6월이었다) 시골의 어떤 농장으로 산책 가서 거기서 점심을 먹을 생각을 하면서 기대에 차 느긋하게 커피를 젓고 있었다. 「이번엔 뭐지?」라고 하면서 나는 그녀의 얼굴에 나타난 진지한 열정 속에 매우 중대한 계획이 깃들어 있는 것을 보았다.

「맘에 들지 않아요.」그녀가 대답했다. 「지금 당신은 1년에 8천 프랑을 벌어요(사실이었다. 내 노력과 정확한 시간, 우리 학생들의 발전이 널리 알려진 것, 내 지위가 가져다 준 명성, 이런 것들이 지금껏 도움이 되었다). 그런데 저는 비참하게도 아직 1천2백 프랑밖에 안 돼요. 더 〈잘할 수〉 있는데. 그렇게 〈하고 말 거예요〉.」

「당신은 나만큼 부지런히, 오래 일하고 있어, 프랜시스.」

「맞아요, 선생님. 하지만 적절한 방식으로 일하는 것은 아니에요. 분명히 그래요.」

「당신은 변화를 주고 싶어하는군. 마음속에 더 발전하려는 계획을 가지고 있어. 가서 보닛을 써요. 산책하는 동안 그 계획을 얘기해 줘요.」

「예, 선생님.」

잘 훈련받은 아이처럼 유순하게 그녀가 들어갔다. 그녀는 순종과 단호함의 희한한 혼합물이었다. 앉아서 그녀에 대해 생각했고, 그녀가 다시 나타났을 때 그 계획은 어떤 것인지 궁금해 했다.

「선생님, 미니(우리 집 하녀)더러도 외출하라고 했어요, 날씨가 이렇게 좋으니까요. 그러니까 당신이 문 잠그고 열쇠 좀 챙겨 줄래요?」

「키스해 줘요, 크림즈워스 부인.」이것이 내 다소 엉뚱한 대답이었다. 그녀가 자기의 가벼운 여름옷과 자그마한 시골풍 보닛에만 너무 신경 쓰는 것 같고, 언제나 그렇지만 그때 내게 말하는 태도가 너무 애정이 없고 무덤덤하게 예의만 차리는 것 같아서 내 가슴은 그녀를 보자 부풀어 올라 그 고집을 만족시키려면 키스를 받아야 할 것 같았기 때문이었다.

「저, 선생님.」

「왜 항상 나를 〈선생님〉이라고 하지? 〈윌리엄〉이라고 해

봐요.」

「이름을 부를 수가 없어요. 또 〈선생님〉이 당신에게 딱 맞아요. 저는 그 말이 제일 좋아요.」

깨끗한 모자와 멋진 숄을 걸치고 미니가 나갔기 때문에 우리도 집을 홀로 조용하게, 최소한 시곗소리는 남겨 두고 출발했다. 우리는 곧 브뤼셀을 벗어났다. 들판이 우리를 맞아 주었고 이어서 마차소리가 울리는 길에서 멀리 떨어진 오솔길로 접어들었다. 우리는 금세 아주 시골의 정취가 완연한, 녹색으로 둘러싸여 격리된 보금자리에 이르렀는데 마치 영국의 어느 시골 지역인 것만 같았다. 산사나무 아래 키가 낮고 이끼가 낀 풀이 난 언덕이 너무나 유혹적인 자리를 내주어 거절할 수가 없었다. 거기에 앉아 영국의 야생화처럼 보이는 꽃이 우리 발치에서 자라나 있는 것을 감탄하고 자세히 살펴보다가, 아침 식사 때 언급했던 주제가 떠올랐다.

〈계획이라는 게 뭘까?〉 그녀가 자기 직업에서 발전하고 싶어한다면, 우리가 아니 최소한 그녀가 올라야 할 그 다음 단계는 당연한 일이었다. 그녀는 학교를 세우자고 제안했다. 우리는 우리가 버는 한도 내에서 아주 잘해 왔기 때문에, 이미 조심스런 규모로 시작해 볼 수 있는 돈을 갖고 있었다. 또한 우리 일에 도움을 줄 수 있다는 의미에서 그 무렵에는 아는 사람도 많았고 적극인 사람들도 많았다. 비록 방문을 주고받는 범위가 이전처럼 제한적이기는 했으나, 교사로서 여러 학교와 여러 집안에 널리 알려져 있었다. 자기 계획을 말하고, 프랜시스는 말을 맺으면서 미래에 대한 희망도 넌지시 비쳤다. 건강하게 살고 웬만큼 성공할 수만 있다면, 그녀는 우리가 앞으로 독립할 수 있을 것이고 때가 되면 독립된 삶을 누릴 수 있으리라는 것을 확신하고 있었다. 그러면 그녀도 나도 편안히 살 수 있을 것이었다. 그때 우리가 영국에서 살지 말란 법이 어디 있는가? 영국은 아직도 그녀에게 약속의 땅이었다.

나는 그녀의 방식에 아무런 방해도 놓지 않고 반대 의견도 제기하지 않았다. 나는 그녀가 침묵하고 활동을 하지 않거나 남들과 비교했을 때 활동을 덜 하면서 살 수 있는 사람은 아니라는 것을 알고 있었다. 그녀에게는 완수해야 할 의무가 필요했다. 그것도 매우 중요한 의무가. 해야 할 일, 자극을 주고 몰두할 수 있고 이로운 일이 필요했다. 강인한 능력이 그녀의 몸 속에서 꿈틀대면서 넉넉한 자양분과 자유로운 활동을 요구하고 있었다. 내 힘은 그녀의 힘을 굶주리게 하거나 구속하는 그런 힘이 아니었다. 오히려 나는 그런 힘을 지지해 주고 활동할 수 있도록 더 넓은 공간을 마련해 주는 데 기쁨을 느꼈다.

「괜찮은 계획을 생각해 냈군, 프랜시스.」 내가 말했다. 「좋은 계획이야, 실행에 옮겨요. 찬성이오, 그리고 어디서든 언제든 내 도움이 필요하면 요청하기만 해요, 무조건 도와주겠소.」

프랜시스의 눈은 한두 방울 반짝이는 눈물까지 글썽이며 고마움을 표시했고, 곧 눈물을 거두었다. 또 직접 내 손을 잡더니 자기 양손으로 한동안 아주 단단히 쥐고 있었지만, 〈고마워요, 선생님〉이라는 말 외에는 아무런 말도 하지 않았다.

우리는 천국 같은 하루를 보냈고 여름날의 보름달이 길을 밝혀 주는 가운데 집에 늦게 돌아왔다.

먼지투성이에 푸드득거리고 쉴 새 없는 날개를 단 내게 10년의 세월이 흘렀다. 소란과 활동과 긴장된 노력의 세월이었다. 그 세월 동안 나와 내 아내는 우리 직업에서 최대한의 발전을 이룰 첫 시도를 했고, 유럽의 여러 수도에서 진보가 소용돌이치며 이루어지는 동안 우리는 거의 휴식을 몰랐고 놀 줄도 몰랐으며 도락은 생각도 하지 않았다. 그러나 우리의 삶이 나란히 달려가고 손에 손을 잡고 나아가는 동안 우리는 불평하지도 후회하지도 비틀거리지도 않았다. 희망이 큰 응원이 되어 주었고 건강이 우리를 지켜 주었다. 조화로운 사고와 행동이 여러 어려움을 덜어 주었고, 마침내 성공이 근면함을 북돋워 주는 상을 내려 줄 때도 있었다. 우리 학교는 브뤼셀에서 가장 인기 있는 학교 가운데 하나가 되었고, 차츰 우리는 수업료를 올리고 교육 체계를 향상시켰으며 학생들의 선발 조건도 까다로워져서 마침내 벨기에 최고 가문 출신의 아이들을 데리고 있게 되었다. 우리는 또 영국에 유력한 연고를 가지게 되었는데, 처음에는 청하지도 않았던 헌스던 씨의 추천으로 시작된 것이었다. 죽 영국에 있었던 그는 억지소리로 내 번창을 악담하다 되돌아가서는 얼마 안 돼 그 도시의 어린 상속녀 한 떼를 보냈다. 그의 사촌들이었다. 〈크림즈워스 부인이 다듬어 주시도록.〉 그는 이렇게 말했다.

이 크림즈워스 부인은 어떤 의미에서는 아주 다른 여자가 되었고 어떤 의미에서는 여전했다고 할 수 있다. 상황에 따라 그녀는 너무나 달라져서 나는 내게 아내가 둘인가 하고 생각할 정도였다. 결혼할 때 그녀의 본질적인 능력은 이미 드러났지만, 그것은 여전히 신선하고 아름다웠다. 하지만 다른 능력이 힘차게 튀어나와 가지를 멀리 뻗고 나무의 외적인 특성을 완전히 바꾸어 놓았다. 단호함과 활동성과 모험심은 빽빽한 잎사귀와 시적 감수성과 열정으로 덮여 있었다. 그러나 여전히 거기서 꽃은 피어났고, 늦된 성장과 가혹한 자연의 심술 아래에서도 순수함을 유지했으며 이슬을 머금고 있었다. 아마도 이 세상에 그런 꽃이 있다는 비밀을 아는 사람은 나밖에 없겠지만, 이 꽃들은 내게 언제든지 더없이 훌륭한 향기를 뿜어 주었고 찬란하고 품위 있는 아름다움을 선물로 주었다.

넓은 이마에는 아주 걱정스런 생각이 담겨 있고 진지한 태도에는 매우 계산된 위엄을 띠고 있는 당당하고 우아한 여교장이 낮 시간의 우리 집과 학교를 다스렸다. 아침을 먹고 난 직후 나는 이 숙녀와 헤어지곤 했다. 나는 나의 대학교로 가고 그녀는 자신의 교실로 갔다. 낮의 한 시간을 위해 돌아오면 그녀는 항상 교실에 있었고, 일에 전념하고 있었다. 그녀가 나타나면 조용함과 부지런함, 규칙 준수도 따라다녔다. 가르치고 있지 않을 때면 눈과 몸짓으로 살피고 지도했으며 그때 그녀는 빈틈없이 살피고 염려하는 것처럼 보였다. 교육에 대한 이야기를 나눌 때 그녀의 면모는 더욱 생기를 띠는 것이었다. 일에서 어떤 즐거움을 느끼는 것 같았다. 간단하고 꾸미지 않았지만 학생에게 거는 그녀의 말은 결코 진부하거나 건조하지 않았다. 그녀는 틀에 박힌 식으로는 말하지 않았다. 그녀는 말할 때 자신만의 언어로 말했으며 그 언어는 아주 굳세고 인상적일 때가 많았다. 이따금 역사나 지리에서 좋아하는 부분을 설명할 때에는 열렬한 가운데 진정한 열변을 토하곤 했다. 최소한 그들 가운데 나이가 들고 똑똑한 학생들은 자신들보다 더 우월한 정신의 언어를 잘 알아들었다. 학생들은 그것을 느꼈으며 일부는 고상한 감정으로부터 깊은 인상을 받았다. 교사와 여학생들 사이에 특별한 애정을 나누는 관계는 거의 없었지만 프랜시스의 학생들 중 어떤 아이들은 곧 그녀를 진심으로 사랑하게 되었고, 모든 학생들이 그녀를 존경하게 되었다. 일반적으로는 학생들에게 진지한 태도를 보였지만, 그들이 발전하고 집중해서 그녀를 기쁘게 하면 상냥해지기도 했고, 언제나 철저하게 섬세하고 사려가 깊었다. 꾸중이나 처벌이 필요한 때면 대개는 충분할 정도로 참았다. 그러나 종종 일어나는 일이었지만, 누군가가 그런 인내를 악용하면 날카롭고 갑작스럽고 번갯불 같은 가혹함이 그 죄인에게 자신이 잘못을 저지른 정도를 가르쳤다. 자비로운 빛이 그녀의 눈과 태도를 부드럽게 할 때도 있었지만 매우 드문 일이었다. 학생이 아프거나 집이 그리워 쇠약해지거나 어머니를 잃은 어린아이일 경우, 혹은 친구들보다 훨씬 더 가난해서 부족한 옷과 값싼 장신구 때문에 보석으로 치장한 백작의 어린 딸과 비단옷을 입은 아가씨들의 경멸을 받는 경우에만 그녀는 부드럽게 대했다. 그렇게 어린 새 같은 학생들에게 교장 선생님은 아주 부드러운 보호의 날개를 펼쳐 주었다. 밤이면 그들의 침대맡에 와서 따뜻하게 이불을 여며 주었다. 겨울이면 난로 옆에 늘 편안하게 자리 잡았는지 보고 돌봐 주었다. 케이크나 과일을 좀 먹이기 위해 아이들을 차례로 자신의 살롱에 불러와서 난롯가의 발판에 앉히고, 하루 저녁 집에서처럼 안락하고 거의 집인 것 같은 자유를 누리도록 상냥하고 부드럽고 편안하게 용기를 북돋워 주고 보살펴 주며 이야기해 주었다. 그리고 잘 시간이 되면 진정한 애정으로 입 맞추어 주고 보내 주었다. 교장 선생님은 영국 남작의 두 딸 줄리아와 조지아나 G양, 벨기에 백작의 딸 마틸드 양, 그 외 수많은 귀족 집안의 딸들을 다른 여학생들과 마찬가지로 돌봐 주었고 다른 학생들과 마찬가지로 학업을 향상시키도록 신경 써주었다. 그러나 편애하는 내색을 비쳐 차별을 한다는 생각은 꿈에도 하지 않는 것 같았다. 그녀는 한 고귀한 집안의 딸인 아일랜드 남작의 어린 딸 레이디 캐서린을 무척 사랑했다. 그러나 그 사랑은 그녀의 열정적인 가슴과 명석한 머리, 관대함과 천재성을 향한 사랑이었지 지위와 계급은 아무것도 아니었다.

  아내가 자기 학교 수업을 해달라고 요구해서 매일 한 시간씩 가는 것을 제외하면 나는 오후도 대학교에서 보냈는데, 아내는 그 한 시간 수업이 꼭 필요하다고 했다. 그녀는 내가 학생들과 함께 지내면서 학생들의 성격을 이해하고 집에서 일어나는 모든 일을 파악하고 자기 관심사에 나도 관심을 가져야 하며 풀리지 않는 문제점에 대해 자기가 물을 때 의견을 내놓을 수 있어야 한다고 말했다. 그녀는 그런 문젯거리를 늘 들고 왔고 학생들에 대한 내 관심이 꾸벅꾸벅 졸게 내버려 두지 않았으며 내가 알고 동의하지 않으면 중대한 일은 절대 변경하지 않았다. 내가 수업을 할 때(문학 수업이었다) 그녀는 손을 무릎에 얹고 그 누구보다도 관심을 집중하면서 내 곁에 앉아 있는 것을 좋아했다. 교실에선 내게 거의 말을 걸지 않았다. 말을 걸 경우 눈에 띄게 존경심을 보이는 태도로 했다. 모든 일에서 내가 늘 선생님이 되게 하는 것이 그녀의 기쁨이고 즐거움이었다.

오후 6시면 나의 일과는 끝이 난다. 나는 집으로, 내 천국인 집으로 돌아온다. 우리만의 거실로 내가 들어서는 그 시간이면 언제나 교장 선생님은 내 눈 앞에서 사라지고 내 작은 레이스 수선공 프랜시스 앙리가 내 품 안에서 마술처럼 되살아난다. 그녀의 선생님이 자기처럼 그 밀회의 장소에 반드시 나타나지 않았다면, 그리고 그가 진실한 입맞춤으로 〈안녕하세요, 선생님〉이라는 부드러운 말에 즉각 답하지 않았다면 그녀는 무척이나 실망했을 것이다.

그녀는 프랑스 말로 말하곤 했고 고집을 부려 벌도 많이 받았다. 내가 선택한 벌이 공정하지 못했던 것 같다. 왜냐하면 잘못을 고치기는커녕 늘 되풀이하도록 조장한 것 같기 때문이다. 저녁 시간은 우리만의 것이었다. 해야 할 일을 이행하기 위한 힘을 새로 얻기 위해 그런 휴식은 반드시 필요했다. 이따금 우리는 내내 대화를 나누었는데, 나의 어린 제네바 아가씨는 이제는 자신의 영어 교수에게 완전히 익숙해졌고 그를 너무나 사랑하기에 무서워할 수는 없게 되어 무한정

신뢰를 품게 되었으므로, 자기 자신과 교감할 주제만큼이나 그와 대화할 주제도 절대 부족하지 않았던 것이다. 그런 순간이면 배필과 함께 한 새처럼 행복해진 그녀는 타고난 활기와 명랑함, 독창적인 면을 내 앞에서 펼쳐 보였다. 그녀는 또 상당한 장난기와 짓궂음도 보여 주었는데, 사납고 기지에 찬 심술을 부리는 동안은 완전히 엉터리 악마처럼 굴면서 내 〈영국인다운 희한한 성질〉, 〈섬사람의 변덕〉이라고 부르는 것을 돋우고 놀리고 약올리곤 했다. 그러나 이런 경우는 드물었고 꼬마 요정 같은 장난은 얼마 가지 않았다. 날 공격할 때면 늘 사용하는 프랑스 어를 그녀는 활력과 핵심과 묘미를 아주 잘 살려 사용했기 때문에, 말싸움에서 좀 심하게 몰리면 나는 내가 늘 내리던 판결문으로 그녀에게 저항하고 나를 놀린 그 요정의 몸을 꽉 끌어안아 버렸다. 헛된 생각이었다! 손이나 팔을 잡는 그 순간 꼬마 요정은 사라져 버렸다. 그 도발적인 미소는 감정이 풍부한 갈색 눈 속에서 녹아 버리고, 미소가 있던 그 자리에 드리워진 눈꺼풀에서 부드러운 존경의 시선이 빛나고 있는 것이었다. 나를 자극하던 선녀를 붙잡았는데 알고 보니 내 팔 안에는 순종적이고 잘못했다고 하는 자그마한 인간 여자가 있는 것이었다. 그러면 나는 벌로 한 시간 동안 영어로 된 책을 보고 읽게 했다. 나는 종종 이런 식으로 그녀에게 워즈워스[79]처방을 내렸는데, 워즈워스는 곧 그녀를 진정시켜 주었다. 그녀는 워즈워스의 심오하고 청명하며 진실한 정신을 이해하는 데 어려움을 겪었다. 그가 쓰는 말도 그녀에게는 쉬운 것이 아니었다. 그녀는 질문을 해야 했고 설명해 달라고 간청해야 했고 어린아이나 초보자가 되어야 했고 내가 자신의 선배이고 지도자임을 확인해야 했

---

79 William Wordsworth(1770~1850). 영국의 낭만주의 시인.

다. 더욱 열정적이고 상상력이 풍부한 작가들이 뜻하는 바를 그녀의 본능이 즉각적으로 꿰뚫었고 자기 것으로 만들었다. 바이런은 그녀를 흥분하게 만들었고 스콧은 그녀의 사랑을 받았다. 워즈워스에게서만 쩔쩔매고 경이로움을 느꼈으며 자기의 의견을 밝히는 데 주저했다.

하지만 내게 책을 읽어 주든 얘기를 하든, 프랑스 어로 놀리든 영어로 간청하든, 요령껏 장난을 치든 점잖게 질문하든, 재미에 빠져 이야기하든 주의 깊게 듣고 있든, 〈방긋〉 웃든 〈벙긋〉 웃든, 9시만 되면 그녀는 반드시 내게서 떠나 버렸다. 나를 포기해 버렸다. 그녀는 내 품 안에서 빠져나가 내 곁을 떠나 램프를 들고 사라져 버렸다. 저 위층에 그녀의 사명이 있었던 것이다. 나는 가끔 따라가서 지켜보기도 했다. 먼저 그녀는 도르투아(학생들의 침실이다)의 문을 열고, 하얀 침대가 두 줄로 늘어선 사이로 긴 방을 소리 없이 미끄러지듯 걸어가면서 잠자는 아이들 모두를 살폈다. 만일 어떤 아이가 깨어 있고 특히 슬픔에 젖은 아이가 있다면 얘기를 해주고 달래 주었다. 모두가 안전하고 고요하다는 것을 확인하기 위해 몇 분 동안 서 있다가 그 방에서 밤새 타고 있는 취침 등불의 심지를 잘라 준 그녀는 소리 없이 문을 닫고 물러 나왔다. 그러고 나서 그녀는 우리 침실로 미끄러지듯 걸어갔다. 우리 침실에는 작은 방이 붙어 있었다. 아내는 그걸 찾고 있었다. 침대가 하나 더 있었는데, 아주 작은 침대였다. 이 작은 침대로 향하면서 그녀의 얼굴(내가 따라가서 지켜보았던 날 밤)은 변했다. 엄숙한 얼굴이 열렬함으로 달아올랐다. 그녀는 한 손에 쥐고 있던 램프를 다른 손으로 가렸다. 그녀는 베개로 몸을 숙이고, 잠자는 아기 위에 몸을 기울였다. 아기의 잠은 깊고도 고요했다. (최소한 그날 저녁에는. 하지만 늘 그러리라 믿는다.) 짙은 색 눈꺼풀은 눈물로 젖어 있지 않았다. 동그란 뺨에는 열도 없었다. 싹을 틔우고 있는 몸을 해치는 나쁜 꿈도 꾸지 않았다. 프랜시스는 가만히 바라보고 있었다. 미소 짓고 있지는 않았지만 가장 깊은 곳에서 우러나오는 행복이 그녀의 얼굴을 가득 채우고 빛을 발하고 있었다. 행복하고 힘찬 감정이 온 몸에서 작용하고 있었고 그녀는 꼼짝도 하지 않았다. 나는 그녀의 가슴이 부풀어오르고 입술이 살짝 벌어지고 숨결이 점차 가빠지는 것을 분명 보았다. 아이가 웃었다. 그러자 마침내 어머니도 웃으면서 나지막하게 중얼거렸다.「우리 아들을 축복해 주소서!」그녀는 아기에게 몸을 꼭 구부리고 그 이마에 가장 부드러운 키스를 해주고 그 작은 손을 잡아 준 뒤 드디어 몸을 돌려 나왔다. 나는 그녀보다 먼저 거실로 와 있었다. 2분 뒤에 들어오면서 불을 끈 램프를 내려놓고 그녀는 조용히 말했다.

「빅터는 잘 자고 있어요. 자면서 웃네요. 선생님, 당신하고 똑같이 웃어요.」

이 빅터는 물론 그녀의 아들이고 결혼한 지 3년째 되는 해 태어났다. 아들의 세례명은 반덴후텐 씨에게 경의를 표하며 지은 이름이었는데, 반덴후텐 씨는 언제나 우리가 신뢰하고 사랑하는 친구로 남아 주었다.

이제 프랜시스는 착하고 사랑스런 아내였다. 나도 그녀에게 착하고 공정하고 믿음을 주는 남편이었기 때문이다. 가혹하고 질투심 많고 무관심한 남자 — 난봉꾼, 방탕한 인간, 술주정꾼, 폭군 — 와 결혼했더라면 얘기가 달라졌을 것이다. 그녀에게 한번 그런 문제를 제기한 적이 있었다. 한동안 생각하고 난 뒤 그녀의 대답은 이러했다.

「그런 불행을 견디려고 노력했을 거예요, 아니면 한동안은 고쳐 보려고 했을 거예요. 하지만 견딜 수 없고 고칠 수 없다는 것을 알게 되면 돌연히 그리고 소리 없이 그 박해자를 떠났겠죠.」

「하지만 법으로 강제로 돌아오게 한다면?」[80]

「뭐라고요! 주정뱅이, 난봉꾼, 이기적인 탕자, 불공정한 바보에게요?」

「음.」

「돌아왔겠죠. 그의 못된 면과 내 비참함을 고쳐 볼 수 있을지 어떨지 재확인하게 되겠죠. 그게 안 된다면 다시 떠났을 거예요.」

「만일 또다시 강제로 돌아오게 되어서 같이 살아야 한다면?」

「모르겠어요.」 그녀가 다급하게 말했다. 「왜 그런 걸 묻지요, 선생님?」

그녀의 눈 속에서 이상한 기운을 보았고 그 목소리를 깨우리라 마음먹었기 때문에 나는 대답을 했다.

「선생님, 어떤 여자가 자기와 결혼한 남자에 대해 진정으로 지긋지긋함을 느낀다면 결혼 생활은 노예 생활이 될 게 분명해요. 올바른 사고를 하는 사람이라면 노예 생활에 저항할 것이고 저항한 대가로 고통을 받는다 해도 그 고통에 맞서야 해요. 자유로 가는 유일한 길이 죽음의 문을 통과해야 나온다 해도 그 문을 반드시 거쳐야 해요. 자유 없이 살 수는 없으니까요. 선생님, 저는 그럴 경우 제 힘이 허용하는 한 저항할 거예요. 힘이 다 빠지면 저는 분명 피신하겠죠. 죽음은 분명 악법과 악법의 결과에서 저를 보호해 줄 거예요.」

「자발적인 죽음이라, 프랜시스?」

---

80 그 당시 이혼을 할 경우 최소한 재산 문제에서 남편 쪽은 유리할 수도 있었지만 부인 쪽은 전적으로 불리했다. 결혼과 동시에 부인은 남편의 여느 재산과 마찬가지로 소유물의 개념이 되었고, 특히 신분이 높은 사람의 경우 별거를 한다거나 부인이 자취를 감추는 것은 상상하기 힘든 일이었다.

「아뇨, 선생님. 저는 제게 주어진 고뇌의 모든 고통을 이겨 내고 정의와 자유를 위해 끝까지 싸울 용기와 원칙을 갖고 있어요.」

「참을성 있는 그리즐[81]은 절대 못 되겠군. 자, 만일 운명이 당신에게 노처녀로만 살게 했다면, 그러면 어쩔 거지? 독신 생활에 대해서는 어떻게 생각하오?」

「분명 그다지 좋아하지는 않아요. 노처녀의 삶은 틀림없이 공허하고 지루한 삶일 거라고 생각해요. 마음속은 긴장되고 텅 비어 있겠죠. 제가 노처녀였다면 그 공허를 채우고 아픔을 가라앉히기 위해 노력하면서 삶을 보냈을 거예요. 아마 실패할 수도 있었을 테고, 다른 독신 여성들처럼 경멸당하고 하찮은 대접을 받으며 상심하고 낙담하여 죽었을 거예요. 하지만 전 노처녀가 아니에요.」 그녀가 재빨리 덧붙였다. 「선생님이 아니었다면 저도 그랬을 거예요. 크림즈워스 교수가 아닌 그 어떤 남자도 제게 맞지 않았을 거예요. 프랑스 인, 영국인 혹은 벨기에 인, 그 어떤 신사도 제가 사랑스럽다거나 예쁘다고 생각하지 않았을 거예요. 많은 사람들에게서 인정을 받을 수 있었다 해도 그걸 좋아하게 되었을지 의심스러워요. 자, 이제 크림즈워스 교수의 아내가 된 지 8년이 되었는데, 내 눈에 보이는 그는 어떤 사람이죠? 존경할 만하고 사랑스러운 사람……?」 그녀가 말을 멈추었다. 목소리가 뚝 끊겼고 눈이 갑자기 흐려졌다. 그녀와 나는 나란히 앉아 있었다. 그녀가 팔을 내 몸에 감고 진지하고 열정적으로 나를 꼭 끌어안았다. 그녀의 온 존재의 에너지가 커다래진 검은 눈에서 빛을 발하고 있었고, 생생해진 뺨을 진홍빛으로 물들였다. 그녀의 표정과 움직임은 감화를 받은 듯했다. 표정에서는 대

---

81 날카로운 울음소리를 내는 아마존의 앵무새.

단한 빛이 발산되고 있었고 움직임에는 대단한 힘이 있었다. 약 30분 후 그녀가 차분해지자, 나는 조금 전 모습을 바꾸어 놓고 시선을 그토록 오싹하고 타오르게 만들고 몸짓을 그렇게 급격하고 강인하게 만든 그 거친 힘은 어디로 가버렸느냐고 물어보았다. 그녀는 고개를 숙이고 부드럽고 순순하게 웃었다.

「어디로 갔는지 말할 수 없어요, 선생님.」 그녀가 말했다. 「하지만 그게 필요하면 다시 나타난다는 건 알고 있어요.」

10년의 세월이 흘렀고, 우리는 독립된 삶을 실현해 냈다. 목표가 그렇게 빨리 이루어진 이유는 세 가지였다. 첫째, 우리는 아주 열심히 일했다. 둘째, 성공하지 못하게 잡아끄는 방해물이 없었다. 셋째, 투자할 자본이 생기자마자 두 명의 아주 숙련된 투자 고문, 즉 이름이 반덴후텐과 헌스던인 벨기에와 영국 각각 한 명씩의 고문이 골라야 할 투자 종목에 대해 충고를 해주었다. 그들의 제안은 공정했고 즉각 실행에 옮겼기 때문에 결과는 이득을 남겨다 주었다. 얼마나 수익을 올렸는지 말할 필요는 없을 것이다. 나는 반덴후텐 씨와 헌스던 씨와 상세한 내용을 주고받았다. 그 사람들 얘기에 관심 갖는 사람은 아무도 없을 것이다.

계산이 끝났고 직업상의 관계를 정리한 뒤, 우리는 둘 다 물신(物神)이 우리의 주인이 아니고 우리 인생을 그를 섬기는 데 허비하고 싶지도 않다는 데 동의했다. 우리의 바람은 도를 넘지 않았고 생활 습관은 수수했기 때문에, 이제 생계를 꾸려 나가고 우리 아들에게 남겨 주기 충분할 만큼 소유하게 되었다. 게다가 항상 수지 균형을 맞추고 적절한 동정심과 이타적 활동으로 잘 꾸려 나가면, 아내 일에서 박애 정신을 발휘하고 자선을 행할 수도 있을 것이다.

우리는 영국으로 날아가기로 결심했고 영국에 무사히 도

착했다. 프랜시스는 자신의 일생의 꿈을 이루었다. 우리는 영국 제도의 이쪽 끝에서 저쪽 끝까지 여행하면서 여름과 가을을 몽땅 바쳤고 그 뒤에는 런던에서 겨울을 보냈다. 그러고 나서 이제는 살 곳에 정착해야 할 때라고 생각했다. 내 마음은 간절히 내가 태어난 곳을 향하고 있었다. 지금 내가 사는 곳은 내 고향이며 지금 이 글을 쓰고 있는 곳은 우리 집 서재이다. 우리 집은 X시에서 50킬로미터 정도 떨어진 한적하고 약간 언덕 진 곳 한가운데 자리 잡고 있다. 공장의 매연이 아직 초목을 훼손하지 않고 여전히 깨끗한 물이 흐르는 지역이었다. 그곳 황야 지대 구릉 사이로 난 고사리가 많은 골짜기에는 원시 야생의 자연 그 자체와 이끼고사리 블루벨 갈대와 헤더[82]의 냄새, 자유롭고 신선한 미풍이 아직 간직되어 있었다. 우리 집은 경관이 좋다. 낮고 긴 창이 달려 있고, 현관문 위로는 시렁을 얹어 나뭇잎이 드리워진 포치가 있는 그다지 넓지 않은 집인데, 지금 같은 여름 밤에는 장미와 아이비로 이루어진 아치처럼 보인다. 정원은 대체로 잔디가 깔려 있고 언덕 모양으로 만들어져 이끼처럼 키 작고 부드러운 들꽃을 심어 자그마한 별 모양의 독특한 꽃들로 가득하며, 그 꽃의 미세한 잎사귀들로 섬세한 수가 놓여진 채 자리 잡고 있었다. 경사진 정원의 아래로는 쪽문을 달아 잔디처럼 푸르고 아주 길며 그늘지고 한적한 오솔길로 열리게 했다. 이 오솔길에 깔린 잔디에서 봄의 첫번째 데이지 꽃이 피어났고, 거기서 데이지 길이라는 이름이 생겨났으며 이 집의 특징이 되기도 했다.

내가 말한 그 오솔길은 나무가 울창한 계곡에서 끝이 난다. 주로 떡갈나무와 너도밤나무로 이루어진 이 숲은 데이지

---

82 히스의 한 종류.

길보다 더 오래되었을 뿐만 아니라 훨씬 더 큰 엘리자베스 조의 구조물인 아주 오래된 저택 부근으로 그늘을 드리우며 뻗어 나가고 있는데, 그 저택은 내게도 독자에게도 친숙한 어떤 사람의 재산이고 집이다. 그렇다, 이 숲 터와 박공이 많고 굴뚝은 더 많은 저 회색 저택 헌스던 우드에서 요크 헌스던은 아직도 결혼하지 않고 살고 있다. 60~70킬로미터 이내에 최소한 20명 가량의 젊은 숙녀들이 그의 탐색을 기꺼이 도와주리라는 것을 알고 있지만 내 생각에는 아직 자신의 이상형을 찾지 못한 것 같다.

5년 전 그의 부친이 돌아가시고 저택과 땅은 그의 몫이 되었다. 집안 유산에 부과된 얼마의 빚을 갚기에 충분했으므로 그는 무역일을 그만두었다. 나는 그가 여기에 살고 있다고 했는데 1년에 5개월 이상 이곳에 머무는 것 같지는 않다. 그는 여기서 저기로 돌아다니고 겨울 동안에도 잠시 동안은 언제나 도시에서 보낸다. 이곳에 올 때면 자주 손님들을 데리고 오는데 개중엔 외국인들도 있다. 어떤 때는 독일인 철학자이고 어떤 때는 프랑스 인 학자이다. 한번은 불만에 가득 찬 야만인 같은 인상의 이탈리아 사람을 데려왔는데, 그는 노래도 하지 않고 연주도 하지 않았다. 프랜시스는 그가 *tout l'air d'un conspirateur*(꼭 음모자 같은 분위기)를 띠고 있다고 단언했다.

헌스던이 초대하는 영국인 손님은 모두가 버밍엄 아니면 맨체스터 출신이었다. 냉철한 사람들이었고, 한 가지 생각에만 몰두하며, 하는 얘기는 자유 무역에 관한 것이었다. 외국인 손님들도 정치인들이었다. 그들은 유럽의 진보라는 광범위한 주제, 즉 유럽 대륙에 자유주의적 정서를 확산시킨다는 주제를 취했다. 그들 정신의 명판(名板) 위에는 러시아와 오스트리아, 그리고 교황의 이름이 붉은색 잉크로 새겨져 있었다.[83] 그들 중 몇몇이 격렬한 논쟁을 하는 것을 들은 적이 있다. 그렇다, 나는 헌스던 우드에 있는 오크로 마감한 오래된 식당에서 여러 나라 말들로 벌어진 토론에 참석했다. 그곳에서 북유럽의 낡은 전제 정치와 남유럽의 낡은 미신에 관해서는 단호한 생각을 하는 사람들이 모여 독창적인 식견을 즐겨 나누었다. 또 주로 프랑스 말과 독일 말로 튀어나오는 아주 시시한 얘기도 많이 들었지만 그건 그냥 지나가기로 하자. 헌스던은 철없는 이론가들을 참아 주었다. 그는 실제적인 사람들과는 손과 마음으로 맹약하는 것 같았다.

헌스던 우드에서 혼자 머물게 되면(그런 일은 거의 없지만) 그는 대개 한 주일에 두세 번 데이지 길로 접어들곤 했다. 여름 저녁이면 그는 우리 집 포치에서 시가를 피우고 싶은 인류애적인 동기가 생기는 것 같았다. 그는 장미 속의 집게벌레를 죽이려고 그런다고 말하는데, 자기의 관대한 훈증 소독이 아니면 우리 집이 틀림없이 그 벌레로 뒤덮일 거라는 것이었다. 비가 오는 날에도 대개 그를 만나게 된다. 그의 말에 따르면, 내 정신적 티눈을 짓밟아 줌으로써 내가 광기를 부리게 할 때가 되었거나, 호퍼[84]와 텔의 기억에 모욕을 가해 크림즈워스 부인 속에 있는 용을 강제로 재림하게 만들어야 할 때라는 것이다.

우리도 역시 헌스던 우드에 자주 간다. 그리고 나도 프랜시스도 거기를 방문하는 것을 아주 좋아한다. 다른 손님이 와 있으면 그들의 성격은 흥미로운 연구 주제가 된다. 그들의 대화는 흥미진진하고 신기한 것이었다. 주인도 주인이 고른 모임도 지방적 협소함이 전무하다는 사실이, 대도시적이

---

83 이들 나라와 가톨릭이 압제적인 체제임을 가리킨다.
84 Andreas Hofer(1767~1810). 티롤 지방의 애국자.

고 거의 국제 도시적인 자유와 폭넓음을 대화 속에 부여해 주었다. 헌스던은 자기 집에서는 예의 바른 사람이었다. 내키기만 하면 그는 손님을 즐겁게 해줄 수 있는 지치지 않는 힘을 가지고 있었다. 그의 집 그 자체도 흥미로웠다. 저택의 방들에는 이야기가 깃들어 있는 듯했고, 복도는 전설적이며, 마름모꼴 유리를 이어 붙인 격자창의 기다란 줄이 있는 천장 낮은 침실들은 오래된 세계의 귀신이 나올 듯한 분위기를 띠고 있었다. 여행할 때면 그는 골동품을 많이 수집해 와서 판벽널로 장식했거나 태피스트리를 친 여러 방에 그것들을 아주 안목 있게 잘 배치해 두었다. 나는 거기서 귀족 전문가가 탐냈을 법한 한두 점의 그림과 한두 점의 조각상을 본 적이 있다.

나와 프랜시스가 헌스던과 같이 식사를 하고 저녁 시간을 보낼 때면 그는 종종 집까지 우리와 함께 걷는다. 그의 숲은 거대하고 수목 중 일부는 오래되고 높이가 엄청났다. 숲에는 구부러진 길이 있는데, 그 길은 숲속의 빈터와 풀숲으로 이어지면서 데이지 길로 돌아가는 길을 조금 멀게 만들었다. 우리가 보름달의 덕을 보게 되고 밤 날씨가 온화하고 향기로울 때, 또 웬 나이팅게일이 노래를 하고 오리나무에 가려진 어떤 시냇물이 그 노래에 부드럽게 동참할 때면, 숲 주인이 우리 집 문간에서 돌아서기 전에 약 15킬로미터 떨어진 어느 마을의 교회종이 자정을 알린 적도 여러 번이었다. 그런 시각이면 그의 말은 자유롭게 흘러나왔고, 낮 시간이나 여러 사람 앞에 있을 때보다 훨씬 더 조용하고 부드러웠다. 그럴 때면 그는 정치와 토론을 잊어버리고 자기 집의 과거와 가족사를 곰곰이 생각하며 스스로와 자기 자신의 감정에 대해 반추하는 것 같았다. 모든 것이 특별했기 때문에 이 모든 주제는 특이한 묘미가 가해진 것이었다. 6월의 어느 찬란한 밤에 내가 그의 관념상의 신부를 가지고 그를 비아냥거리고 언제 나타나서 그녀의 이국적인 아름다움을 오래된 헌스던 오크 나무에 접목할 거냐고 물었더니, 그는 갑작스레 이렇게 대답했다.

「당신은 그녀를 관념이라고 하는군. 하지만 보게, 여기 그녀의 그림자가 있어. 실체가 없다면 그림자도 있을 수 없지 않나.」

그는 〈구부러진 길〉의 깊숙한 곳에서 우리를 인도해 공터로 이끌어 주었는데, 거기서부터 너도밤나무 숲이 사라지면서 하늘이 훤히 트였다. 구름에 가리지 않은 달이 이 빈 터에 빛을 쏟아 부었고 헌스던은 그 달빛 아래 상앗빛의 작은 조각상 하나를 쑥 내밀었다.

프랜시스가 그걸 먼저 유심히 뜯어보았다. 그러고 나서 내게 건네주었다. 그래도 자기의 자그마한 얼굴을 내 얼굴 가까이 대고 내가 그 조각상을 어떻게 생각하는지 보려고 내 눈을 좇았다. 아주 아름답게 재현된 조각상이었고 그가 언젠가 말했던 〈순수한 혈통에 조화로운 몸〉을 한 정말 어떤 여자의 얼굴 같다고 생각했다. 그 조각상은 어두운 색이었다. 새까만 머리는 이마에서 넘겨진 것이 아니라 관자놀이에서 넘겨져, 그런 아름다움은 치장하지 않아도 된다는 듯 아니 치장하는 것을 경멸한다는 듯 아무렇게나 젖혀져 있는 것 같았다. 이탈리아 인 같은 눈은 상대를 똑바로 쳐다보고 있고 독립적이고 단호한 눈이었다. 입은 섬세하면서도 단정했고 턱도 마찬가지였다. 그 조각상 뒤에는 〈루시아〉라고 금분(金粉)으로 씌어 있었다.

「진짜 사람 머리 같은데요.」 내 결론이었다.

헌스던이 미소 지었다.

「그런 것 같네.」 그가 대답했다. 「루시아의 모든 게 진짜

였지.」

「이 여자가 당신이 결혼하고 싶지만 할 수 없었던 사람인가요?」

「분명 결혼하고 싶어했지. 그리고 〈하지 않았다〉는 건 〈할 수 없었다〉는 데 대한 증거겠지.」

그는 이제 프랜시스가 쥐고 있는 그 조각상을 다시 손에 넣고는 감추어 버렸다.

「〈당신은〉 어떻게 생각하시오?」 코트로 가리고 단추를 채운 뒤 그는 프랜시스에게 물었다.

「루시아가 한때 분명 사슬에 매여 있었지만 그걸 끊어 버렸다고 확신해요.」 이상한 대답이었다. 「결혼의 사슬이라는 뜻은 아니고요.」 그녀는 잘못 알아들을까 봐 걱정했는지 말을 정정하며 이렇게 덧붙였다. 「어떤 종류의 사회적인 사슬이란 말이었어요. 그 얼굴은 견디기 힘든 구속 아래에서 어떤 격렬하고 가치 있는 능력을 얻어 내기 위해 노력했고 그 일에 성공하고 승리한 사람의 얼굴이에요. 루시아의 능력이 자유로워졌을 때, 그 능력이 넓은 날개를 활짝 펴고 그녀를 …… 보다 더 높은 곳으로 데려갔다고 확신해요.」

「어디보다요?」 헌스던이 물었다.

「당신이 따를 수 있는 〈관습〉보다 더 높은 곳.」

「아주 짓궂어졌어요. 무례하시구먼.」

「루시아는 무대에 당당히 섰어요.」 프랜시스가 계속했다. 「당신은 그녀와 결혼하는 것에 대해 한번도 진지하게 생각하지 않았고요. 당신은 그녀의 독특함과 대담함, 몸과 정신의 에너지를 찬양했겠죠. 그녀의 자질, 그게 뭐든지 간에, 노래든 춤이든 연극적 표현이든 당신은 그걸 좋아했어요. 그녀의 아름다움을 숭배했고 그 아름다움은 당신 자신의 마음이 동하는 그런 종류였어요. 하지만 그녀는 당신이 아내로 삼을 생각도 하지 않는 그런 영역을 가득 채웠어요.」[85]

「천재적이야.」 헌스던이 말했다. 「맞고 안 맞고는 다른 문제지만. 그런데 당신은 자신의 자그마한 마음속 램프가 루시아의 화려한 장식 촛대 옆에 있으면 너무 흐릿해질 것 같지 않소?」

「맞아요.」

「최소한 솔직하시군요. 그러면 교수님께선 당신이 보내는 어둑한 빛에 곧 불만을 품게 될 텐데?」

「선생님, 그럴까요?」

「섬광을 견디기엔 내 시력이 늘 너무 약하지, 프랜시스.」 우리는 이제 쪽문에 이르렀다.

조금 전에 나는 지금이 감미로운 여름 밤이라고 했다. 정말 그렇다. 며칠 계속해서 멋진 날씨가 이어졌고 오늘이 그 가운데 가장 멋진 날이다. 건초가 우리 소유의 들에서 막 날라져 왔고 그 향기는 아직 공기 중에 머물러 있다. 한두 시간 전에 프랜시스는 잔디 위에서 차를 마시자고 제안했다. 도자기 찻잔이 차려진 둥근 탁자가 너도밤나무 아래 놓여진 것이 보인다. 헌스던이 올 것이다. 아니 오는 소리가 들린다. 무언가에 대해 권위적으로 법을 정해 버리는 그의 목소리가 들린다. 저건 프랜시스가 답하는 소리이다. 물론 그에게 반박하고 있다. 그들은 빅터에 대해 논쟁하고 있는데, 헌스던은 어머니가 아이를 졸장부로 만들고 있다고 단언하고 있다. 크림즈워스 부인이 복수를 한다.

「누군가(헌스던)가 〈멋진 녀석〉이라고 부르는 사람이 되느니 졸장부가 되는 게 천 배는 더 나아요.」 또 그녀는 만일 헌

---

85 여기서 루시아는 결혼하지 않고 자기 일을 하며 경제적으로 독립적인 삶을 사는 여성을 대변하는 듯하다. 하지만 당시 관습상 독신 여성이 그런 지위를 누린다는 것은 현실적으로 불가능했다.

스던이 그저 어떻게 언제 어디서 왜 나타났다 사라지는지 아무도 모르는 혜성이 아니라 이웃에 붙박이로 살게 되면, 그의 반항적인 말씀들과 말도 안 되는 교리로 많은 아이들을 버려 놓을 것 같기 때문에 최소한 1백50킬로미터는 떨어진 학교에 빅터를 보내기 전에는 무척이나 마음이 불편할 거라고 했다.

책상 위에 있는 이 글을 덮기 전에 빅터에 대해 할 말이 있다. 하지만 도자기 잔에 은스푼을 땡그랑거리는 소리가 들리니 짧게 할 수밖에 없겠다.

빅터는 내가 잘생긴 사람이 아니고 그의 어머니가 미인이 아닌 것처럼 예쁜 아기라고 할 수는 없었다. 빅터는 프랜시스처럼 커다랗고 나처럼 깊숙이 자리한 눈을 가진 창백하고 마른 아이였다. 몸은 야위었지만 균형은 충분히 잡혀 있었다. 건강은 좋았다. 나는 빅터처럼 적게 웃는 아이는 본 적이 없고, 앉아서 재미있는 책을 읽을 때나 자기 어머니나 헌스던 혹은 내가 들려주는 모험과 공포나 놀라운 이야기를 듣는 동안 눈살을 그렇게 엄청나게 찌푸리는 아이도 본 적이 없다. 조용한 편이지만 불행한 아이는 아니었다. 심각하지만 침울한 것도 아니었다. 즐거운 감정에는 너무도 격렬하게 빠져 들었고 자기 통제가 안 될 지경이었다. 자기 어머니의 무릎에서 옛날식으로 철자 교본을 가지고 읽는 법을 배웠다. 그리고 그런 방법으로 몰아 댈 필요 없이 해나가기 시작하자 아이 엄마는 상아 글자판을 사줄 필요는 없고 다른 학습 도구를 시도해야만 할 것 같다고 생각했다. 읽을 줄 알게 되자 빅터는 탐독가가 되었고 지금도 그렇다. 장난감은 늘 별것 없었지만 더 원하지도 않았다. 자기가 소유한 것과는 거의 애정에 가까운 편애의 서약을 맺은 것 같았다. 우리 집의 한두 마리 동물을 향한 이런 감정은 거의 열정에 가깝게 강해졌다.

헌스던 씨는 빅터에게 매스티프 종 강아지를 주었는데, 빅터는 기증자의 이름을 따서 그걸 요크라고 불렀다. 그 개는 아주 훌륭한 개로 자랐고 그 맹렬함은 어린 주인이 옆에 있으면서 쓰다듬어 주면 아주 순해졌다. 빅터는 요크가 없으면 아무 데도 가지 않고 아무것도 하지 않으려 했다. 요크는 빅터가 공부하는 동안은 그의 발치에 누워 있었고 정원에서 같이 놀았으며, 오솔길과 숲에서 함께 산책했고, 밥 먹을 때면 빅터 의자 옆에 앉았고 언제나 빅터 손으로 주는 먹이를 먹었으며 아침에 일어나 빅터가 가장 먼저 찾는 대상이었으며 밤에 마지막으로 보는 대상이었다. 요크는 어느 날 헌스던 씨와 같이 X시로 갔다가 거리에서 광견병에 걸린 개에게 물렸다. 헌스던이 집에 데려와 그 일을 내게 설명해 주자마자 나는 곧장 뜰로 가서 상처를 핥으며 누워 있는 요크를 총으로 쏘았다. 요크는 즉사했다. 요크는 내가 총을 겨누는 것을 보지 못했다. 나는 개 뒤에 서 있었다. 집에 들어가 10분도 안 되어 내 귀는 고통스러운 신음소리로 먹먹해졌다. 뜰에서 그 소리가 들려왔기 때문에 나는 다시 그리로 나가 보았다. 빅터가 죽은 매스티프 개 옆에 무릎을 꿇은 채 그 위로 몸을 숙이고 황소 같은 목을 끌어안으며 격렬한 슬픔의 분노 속에 빠져 있었다. 빅터가 나를 보았다.

「아, 아빠, 절대로 용서하지 않을 거예요! 절대로 용서하지 않을 거예요!」 그 아이가 소리를 질러 댔다. 「요크를 쐈죠, 창문에서 봤어요. 그렇게 잔인하실 줄은 몰랐어요. 더 이상 아빠를 사랑할 수 없어요!」

그런 일이 필요했던 이유를 설명하기 위해 한결같은 목소리로 나는 한참 애를 써야만 했다. 아이는 글로 옮기기 어려운, 아무리 해도 위로할 방법이 없고, 쓰라리며, 내 가슴을 찌르는 어조로 되풀이했다.

「치료할 수도 있었을 거예요. 한번 해보기는 했어야죠. 뜨거운 쇠로 상처를 지지거나 소독약을 발라 주었어야죠. 틈도 안 주셨고 이제는 너무 늦었어요, 죽었다고요!」

빅터는 무감각한 개의 시체 위로 완전히 풀썩 주저앉아 버렸다. 나는 슬픔이 어느 정도 그 아이를 기진맥진하게 만들 때까지 한동안 끈기 있게 기다렸다. 그리고 나서 빅터를 안아 올려 제일 잘 위로해 줄 거라고 확신하며 아이 어머니에게 데려다 주었다. 그녀는 창문에서 그 일을 다 지켜보고 있었다. 자기 감정으로 내 곤란을 더 하게 할까 봐 나서지 않았지만 빅터를 받아 안을 준비는 되어 있었다. 그녀는 아이를 자애로운 가슴과 부드러운 무릎으로 받아들였다. 한동안 자신의 입술과 눈과 부드러운 포옹으로만 그를 달래 주었다. 그리고 나서 훌쩍이는 소리가 가라앉자, 요크는 죽을 때 아무런 고통도 느끼지 못했고 저절로 죽게 내버려 두었더라면 요크의 마지막은 아주 끔찍했을 거라고 얘기해 주었다. 그녀는 또 무엇보다도, 내가 잔인한 것이 아니며(내가 잔인한 사람이라는 생각이 불쌍한 빅터에게 가장 예리한 고통을 준 것 같았기 때문이다), 그렇게 행동하게 된 것은 요크와 빅터에 대한 내 애정 때문이고 이렇게 쓰라리게 우는 것을 보고 아버지 마음이 지금쯤 거의 다 찢어졌을 거라고 했다.

아주 느리고 아주 달콤한 목소리로 들려준 이러한 생각과 이러한 이치가 그렇게 상냥하고 그렇게 자비로운 애무와 결합되지 않았더라면, 가엾게 여기는 동정심이 그토록 풍부하게 일어난 표정과 결합되지 않았더라면, 아무런 효과도 발휘하지 못했을 것이고 빅터는 자기 아버지의 진짜 아들이 되지 못했을 것이다. 효과를 발휘했다. 빅터는 진정되었고 어머니의 어깨에 얼굴을 묻고 계속 어머니의 품 안에 안겨 있었다.

잠시 올려다보면서 빅터는 어머니에게 요크가 아무런 고통도 겪지 않았고 내가 잔인한 사람이 아니라고 했던 말을 다시 해달라고 했다. 치유의 말이 되풀이되었고 빅터는 뺨을 어머니 가슴에 묻고 다시 고요해졌다.

몇 시간 지나서 빅터가 내 서재로 와서 용서해 달라고 했고 화해하고 싶다고 말했다. 나는 그 아이를 내 옆으로 당겨서 한동안 데리고 있으면서 많은 이야기를 했다. 그동안 그 아이는 여러 감정과 생각들을 드러냈고 나는 그것들이 옳다고 인정해 주었다. 술잔 위로 번쩍이는 걸 좋아하고 파괴적인 불길을 향한 열정을 불러일으키는 정신의 빈약한 불티에 불과한 〈좋은 녀석〉이나 〈멋진 녀석〉 같은 면은 그에게 별로 없다는 것을 내가 알았다는 것은 사실이다. 하지만 나는 그 아이의 가슴 속 토양에서 연민과 애정과 충실함의 싹이 건강하게 부풀어 오르는 것을 보았다. 나는 그 아이의 지성의 정원에서 이성과 정의와 도덕적 용기라는 건전한 원칙들이 풍성하게 자라면서, 말라 버리지만 않는다면 비옥한 결실도 약속해 주고 있음을 발견했다. 그래서 나는 아이의 넓은 이마와 아직 창백하고 눈물에 젖은 뺨에 입 맞추어 주고 마음을 편하게 해준 뒤 내보냈다. 그러나 그 다음날 요크가 묻힌 둔덕 위에 몸을 숙이고 얼굴을 손으로 가린 빅터를 보았다. 아이는 몇 주 동안 우울해 했고 다른 개를 가지겠느냐는 제의에 귀를 기울이기까지는 1년이 더 걸렸다.

빅터는 빨리 배운다. 곧 이튼에 가야 하는데 거기서 보내는 처음 한두 해는 완전히 비참한 시기가 되지 않을까 한다. 나와 자기 어머니 그리고 집을 떠나는 일이 그의 마음에는 비통한 아픔이 될 것이다. 단조로운 일은 빅터에게 맞지 않겠지만 경쟁심과 지식과 영예로운 성공에 대한 갈증이 머지 않아 그를 자극하고 보상해 줄 것이다. 나는 내 유일한 올리브 가지를 뽑아 내어 먼 곳에 이식하게 될 그 시간을 정해야 한다는 것에 대해 심한 반감을 느꼈다. 또 그 문제로 프랜시스와 얘기했을 때 그녀는 마치 내가 어떤 두려운 일이라도 암시하는 것처럼 고통을 참으며 내 말을 듣는 것이었다. 그 일에 대해 그녀의 본성이 전율하기는 했지만 그녀의 강인함은 스스로 움츠리게 하지는 않았다. 그러나 단계는 밟아야 하고 그렇게 〈될 것이다〉. 왜냐하면 프랜시스는 자기 아들을 졸장부로 만들지는 않겠지만 그녀 스타일의 대우와 인내와 안온한 부드러움에 아들이 젖게 만들 것인데, 아들은 다른 누구에게서도 그런 것들을 접할 수 없을 것이기 때문이다. 나처럼 그녀도 빅터 성격의 어떤 면 — 일종의 전기 같은 열정과 힘 — 을 알고 있다. 그것은 이따금 불길한 불똥을 방출한다. 헌스던은 그걸 빅터의 정신이라 하고 고삐를 채워서는 안 된다고 한다. 나는 원죄를 범한 아담의 기운으로 보는데, 〈채찍으로〉 쳐 아들에게서 몰아내지는 못한다 해도 최소한 안전하게 길들일 수는 있어야 한다고 생각한다. 또 빅터에게 자제력이라는 능력을 철저하게 가르쳐 줄 육체적 고통이나 정신적인 고통을 상당하게 덜어 줄 것이라고 생각한다. 프랜시스는 자기 아들의 이런 두드러진 〈어떤 면〉에 아무런 이름도 붙이지 않고 있다. 그러나 빅터가 이를 갈고 눈을 번득이거나 실망과 불행, 갑작스런 슬픔 혹은 부당하다는 생각에 대해 맹렬히 반항하려는 기미를 보이면, 그녀는 빅터를 가슴에 안거나 둘이서만 숲으로 산책을 간다. 그리고 그녀는 철학자처럼 빅터에게 이유를 설명해 주고 빅터는 언제나 그 이유를 받아들였다. 그러면 그녀는 사랑의 눈으로 그를 바라보고 빅터는 사랑에 의해 반드시 설복될 수 있는 것이다. 하지만 앞으로 이 세상이 그의 격렬함과 대면할 때에도 이성이나 사랑이 무기가 될 수 있을까? 아, 그렇지 않다! 빅터의 짙은 눈동자의 섬광과 여윈 이마에 덮인 구름, 앙 다문 입술의 선명한 윤곽 때문에 이 아이는 언젠가는 달콤한 말 대신 타격을, 입맞춤 대신 발길질을 받게 될 것이다. 그러면 억눌린 분노의 발작으로 그의 몸은 병들 것이고 영혼은 미쳐 버릴 것이다. 그러나 가치 있고 유익한 고통의 시련을 통해 그 아이는 더 현명하고 더 나은 사람이 될 거라고 나는 확신한다!

나는 지금 빅터를 보고 있다. 아이는 헌스던 옆에 서 있고 헌스던은 너도밤나무 아래 잔디 위에 앉아 있다. 헌스던은 아이의 옷깃에 손을 얹고 도무지 알 수 없는 어떤 원리를 그의 귀에 주입시키고 있다. 빅터는 미소를 지으며 흥미롭게 듣고 있는 것 같아 지금은 아주 좋아 보인다. 빅터는 웃을 때 절대 자기 엄마 같아 보이지 않는다. 햇빛이 저렇게 드물게 비치다니 유감이다! 빅터는 헌스던을 편애한다. 내가 저 사람에 대해 생각했던 것보다 훨씬 더 강력하고 단호하고 무차별적이며, 적당하다고 생각되는 것 이상으로 강하고 충만한 애정이다. 프랜시스도 불안감을 드러내지는 않으면서 그걸 지켜보고 있다. 자기 아들이 헌스던의 무릎에 기대고 있거나 그의 어깨에 머리를 묻고 있으면 그녀는 공중을 선회하는 매로부터 자기 새끼를 지키려는 비둘기처럼 불안하게 왔다 갔다 한다. 그녀는 헌스던도 자기 아이들을 가졌으면 좋겠다고 한다. 왜냐하면 그래야 아이들의 자만심과 단점을 자극하는 것이 위험하다는 것을 더 잘 알 수 있기 때문이라는 것이다.

프랜시스가 서재의 창으로 다가와서 창을 거의 반쯤 뒤덮고 있는 병꽃나무 잎을 걷어 내고 차가 준비되었다고 말한다. 내가 계속 바쁜 걸 보더니 아내는 방으로 들어와 조용히 내 곁으로 와 내 어깨 위에 손을 올려놓았다.

「*Monsieur est trop appliqué* (선생님은 너무 열심이세요).」
「이제 다 끝났어요.」

내가 끝낼 때까지 기다리려고 그녀가 의자를 끌어 와서 거기 앉았다. 서쪽으로 기우는 태양빛처럼 여름날 저녁의 휴식이 내 감각에 즐거움을 준다면, 그녀의 존재는 신선한 건초 냄새와 짜릿한 꽃향기처럼 내 정신에 즐거움을 주었다.

그런데 헌스던이 오고 있다. 그의 발자국소리가 들리더니 이쪽으로 다가와 창으로 몸을 기울이며 통 큰 손으로 인동덩굴[86]을 쑥 내밀어 벌 두 마리와 나비 한 마리를 날려 보냈다.

「크림즈위스! 크림즈위스, 불렀잖아! 부인, 저 사람 손에서 펜을 뺏고 머리 좀 들게 하세요.」

「아, 헌스던? 듣고 있어요 ─」

「어제 X시에 갔었지. 자네 형 네드[87]는 철도 사업에 투자해서 크로이소스 왕보다 더 부자가 되어 가고 있더군. 피스 홀에서는 그를 〈수사슴 뿔〉[88]로 부르더라고. 브라운에게서 들었지. 반덴후텐 부부와 장 바티스트가 다음 달에 자네를 보러 올 거라던데. 플레 얘기도 해줬지. 가정적 화평이야 세계 최고라 할 수는 없지만 사업에서는 *on ne peut mieux*(더 할 나위 없어요)라면서, 애정에서 그 어떤 사소한 시련이 있다 해도 그 둘은 사업의 번창으로 상당히 위로를 받을 거라고 결론을 내리더군. 플레 씨 부부를 이리로 한번 초대하지 그러나, 크림즈위스? 당신의 첫번째 애인이었던 조라이드를 정말이지 만나 보고 싶어. 부인, 질투하지 마세요, 이 사람은 그 숙녀를 기분 전환 삼아 좋아했던 겁니다. 그게 사실이겠

---

86 *woodbine*. 영국인을 뜻함.
87 에드워드의 별칭.
88 Piece Hall은 직물을 사고 팔던 곳이며, 〈수사슴 뿔〉은 원문의 *stag of ten*을 옮긴 것으로 운 좋은 사람을 뜻하며, 원래 뿔의 가지가 10개인 수사슴을 사냥꾼들이 아주 좋아했다는 데서 나온 말이다. 또 주식을 사서 급히 차익을 남기고 되파는 사람을 〈스태그〉라 한다.

죠. 브라운 말로는 지금은 몸무게가 70킬로그램이 넘는다는구먼. 교수님, 당신이 뭘 놓쳐 버렸는지 이제 알겠죠. 자, 선생, 그리고 부인, 만일 차 마시러 나오지 않으면 빅터와 나는 우리끼리 마실 겁니다.」

「아빠, 오세요!」

역자 해설
여성이 휘두르는 남성적 폭력

샬럿 브론테(Charlotte Brontë, 1816~1855)는 생전에 출판한 모든 작품에 커러 벨Currer Bell이라는 필명을 썼다. 여자 이름도 그렇다고 꼭 남자 이름도 아닌 커러라는 이 모호한 이름을 사용한 이유는 〈여자라는 이유로 편견을 받고 싶지 않아서〉였다. 조지 엘리엇이라는 필명으로 메리 앤 에번스는 최소한 처음에는 독서 대중에게 남자라는 인상을 심어 주고자 했으리라는 짐작을 하게 하는데, 그것은 빅토리아 시대 여성 작가라면 정도의 차이는 있겠으나 기본적으로는 공통된 심리였을 것이다. 하지만 샬럿과 에밀리, 앤 자매 각각의 필명인 커러와 엘리스(앨리스가 아니다), 액튼은 이름이라기보다 오히려 성(姓)에 가깝고 따라서 성감(性感)이 배제된 느낌을 준다고 하겠다. 아마 브론테 자매가 의도한 것도 그런 점이었을 것이다. 여자라는 편견을 받고 싶지 않았지만 그렇다고 남자를 가장하고 싶지도 않았던 것이다.

『교수』(1857)는 샬럿 브론테의 첫 소설이었다. 하지만 사후 출판되었을 정도로 출판사 측의 첫 반응은 시원찮은 것이었다. 소설을 세 권짜리로 출판하는 것이 그 당시 관행이었기 때문에 비교적 얇은 편인 『교수』는 뭔가 아쉬운 듯한 느낌을 주었을 수도 있다. 그 다음 작품인 『제인 에어』(1847)와 『셜리』(1849)를 완성하고 나서도 작가는 출간을 시도했으나 역시 이루어지지 않았다. 하지만 그는 『교수』를 손보기보다는 『빌레트』라는 새로운 작품을 씀으로써, 자신의 첫 소설이 하나의 독립된 작품이라는 생각을 양보하지 않았다. 개작하라는 권유를 물리쳤기 때문이다. 작가의 판단이 옳았다고 할 수밖에 없다. 『교수』가 『빌레트』의 원형이라 할 수 있고, 『빌레트』가 『교수』를 새로 쓴 작품이라는 해석도 가능하지만 조금만 깊이 들여다보면 두 작품은 완전히 다른 작품임이 드러나기 때문이다.

상인인 아버지와 귀족 출신인 어머니 사이에서 태어났으나 일찍 부모를 여의었기 때문에 열 살 터울의 형과 떨어져 외가의 도움으로 자란 윌리엄 크림즈워스는, 이튼에서 학업을 마친 뒤 위선적인 외가 친척들과 의절하고 친가에서 자란 형을 찾아 북부의 공업 지대를 찾아간다. 그러나 에드워드는 아주 속물이고 냉혹한 사람이 되어 버렸고, 윌리엄은 형에 대해 크게 실망하게 된다. 그곳에서 알게 된 특이한 인물인 헌스던의 소개로 바다 건너 벨기에로 건너간 윌리엄은 뜻밖에 남자 기숙학교 영어 선생 자리를 얻게 되며, 교장인 플레 씨는 물론 이웃의 여학교 교장 로이터 양과도 친분을 갖게 된다.

로이터 양과의 관계에서 우쭐해 했던 윌리엄의 젊은이다운 열정은 그러나, 그녀가 플레와 몰래 정혼한 사이란 것을 알게 됨으로써 무너져 버린다. 그 와중에 윌리엄은 로이터의 학교 보조 교사인 앙리 양의 참 모습에 차츰 눈을 뜨게 된다. 둘 사이를 시기한 로이터 교장의 횡포에도 불구하고 둘은 마침내 남편과 아내가 되고, 몇 가지 행운과 성실한 노력의 결과로 이국 땅에서 재산과 명예와 아들을 얻게 된다. 그리고 둘은 젊은 시절의 꿈대로 고국인 영국으로 돌아와 헌스던을 이웃으로 두고 행복하게 살게 된다. 이상이 이 소설의 대략적인 내용이다.

이 작품에서는 윌리엄과 프랜시스라는 두 명의 남녀가 주인공이지만 사실 이 둘은 한 인물의 두 가지 특성을 분리해 놓은 것이라 할 수 있다. 즉 윌리엄은 남자 몸을 한 프랜시스이고 프랜시스는 여자 몸을 한 윌리엄이다. 우울증으로 고통받는 윌리엄의 심리는 프랜시스의 심리와 흡사하고, 프랜시스가 간혹 드러내는 불 같은 열정은 윌리엄을 떠올리게 한다. 윌리엄은 프랜시스를 통해 자신의 성(性) 아래 억눌려 있는 여성적 정서를 표출하고, 프랜시스는 억압된 남성적 야심을 윌리엄을 통해 표출한다. 윌리엄-프랜시스가 훨씬 상식적인 관계이기는 하지만, 에밀리 브론테의 『워더링 하이츠』(1847)의 히스클리프와 캐서린이 마치 둘로 나누어진 한 몸처럼 독자에게 각인되는 정황과 비슷하다고 하겠다. 첫 소설에서 남녀 각각 둘로 분리되어 재현된 인물들은 작가의 마지막 발표작인 『빌레트』에서 하나의 여성 인물 루시 스노로 구현된다.

우선 『교수』는 브론테가 어릴 때 지은 이야기인 『앵그리아 이야기』를 제외하면 그의 네 소설 중 유일하게 남성 화자의 시점을 채택하고 있으며, 자립 *Self-Help*이라는 당대의 주요 이데올로기를 주제로 부각시키고 있다는 점에서 『빌레트』와 구분된다. 윌리엄이라는 청년이 경제적으로 정신적으로 독립하여 한 가정을 꾸리고 사회적으로 성공을 거둔다는 이야기는, 초기 산업 사회에서 출신과 배경의 도움 없이 근대적인 개인으로 독립한다는 당대의 정신적 지향을 파악하게 해 준다. 그렇다면 이렇게 인기 있는 주제를 다룬 소설인데 왜 그렇게 냉대를 받았을까. 세 권짜리 소설이 하나의 표준 양식이던 시절에 상대적으로 분량이 짧아서였다는 해석은 어딘지 미흡하다. 거기에는 분명 다른 이유가 있으며 바로 그 이유가 이 소설의 특징인 것이다.

브론테의 심리 묘사는 『제인 에어』에서 탁월하게 빛을 발하는데, 특히 인간 내면의 그늘에 도사린 어떤 불가해한 기운을 읽어 내는 데는 독보적이라고 생각한다. 즉 악인과 선인으로 인물을 양분하는 것이 아니라, 내성적인 인물의 강력한 내면 에너지나 매우 현실적인 인물의 모순된 심리 같은 면을 생생하게 묘사하고 있다는 것이다. 윌리엄 새커리William Thackery가 쓴 『배니티 페어』의 베키 샤프는 깜찍한 헛똑똑이에 바람둥이로서 아무리 두고 봐도 평생의 반려자나 오래 두고 사귈 친구감이 될 만한 자질은 결국 보여 주지 못한다. 『설득』의 앤 엘리엇은 지인의 충고를 받아들임으로써 연인과 헤어져 8년을 노처녀 딱지를 단 채 살았지만 과거로 되돌아간다 해도 그 충고에 다시 따랐을 것이라고 할 만큼 사려 깊고 고운 성격이다. 그러나 그녀가 겪었을 긴 밤과 황량한 세월에 대해 저자 제인 오스틴Jane Austen은 별로 표현해 주지 않는다. 브론테는 이 점에서 좀 특별했다.

어린 제인이 숙모에게 대드는 장면(『제인 에어』), 셜리가 개에 물린 팔을 불로 지지는 대목(『셜리』), 루시와 꼬마 폴리의 그 침착함(『빌레트』)은, 여주인공을 흔히 묘사하는 방식이 아니었다. 겉으로 침착하고 차가워 보이는 인간 내면의 타오르는 열기와 그 열기의 강렬한 힘을 브론테는 치밀하게 묘사한다. 〈나, 루시 스노는 침착했다.〉 이 말은 〈나는 내 몸속의 불로 타 죽을 것 같다〉는 뜻을 뒤집어 놓은 것에 다름 아니다. 이와 같이 인간(특히 여성)의 내적 에너지가 갖는 힘에 대해 근거가 있든 없든 불안감을 느꼈던 빅토리아 시대 사람들에게, 여자도 아닌 남자 주인공이 여자들처럼 우울증에 시달리는 모습은 분명 낯설었을 것이다. 주인공 윌리엄은 우울증에 시달리는 〈젊은 남자〉이다. 청년이 된 후부터가 아니라 어릴 때부터 영(靈)에 이끌려 묘지를 헤매기도 하고 밤새 우울증에 시달리며, 로이터 교장이나 프랜시스 등과의 관계에서는 사도-마조히즘도 여실히 드러내 보인다. 이렇게 남성의 음성으로 생생하게 전달하는 심리적 갈등과 불안, 그리고 모호한 성 정체성(윌리엄과 헌스던의)이 당대의 최우선적인 독자이자 대부분 남성인 출판업자들에게 어떤 불편함과 불안감을 주기에 충분했던 것이다.

윌리엄과 프랜시스가 바다 건너 이국 땅에서 여러 가지 어려움을 겪다가 결국 성공하여 영국으로 돌아와 안정된 삶을 누린다는 결말은 피상적으로는 결말답게 보이지만, 어쩐지 『제인 에어』처럼 끝이 열려 있는 듯한 느낌을 준다. 그것은 결말 부분에서 주로 묘사되고 있는 아들 빅터와, 소설 전체에서 분신처럼 출몰하는 헌스던이라는 인물 때문이다. 윌리엄이 들려주고 있는 어린 빅터의 기질은 제인과 아주 흡사하여 빅터는 마치 남자 제인의 어린 시절을 보여 주는 것만 같다. 헌스던은 여성적 특성을 내비치는 로체스터 같은 인물인데, 프랜시스는 빅터 곁에서 어슬렁거리는 그를 불길하게 여긴다. 마치 아들의 내면에 잠재된 열정적인 기질이 그로 말미암아 환기되어 뛰쳐나올까 두려워하는 것처럼. 앤 브론테와는 아주 판이하고 에밀리 정도는 아니지만, 샬럿의 소설에는 이렇게 인간의 내면 속을 불안정하게 떠다니는 알 수 없는 에너지가 가득 차 있다.

『교수』를 습작 취급해서는 안 되는 또 하나의 이유는, 이 작품에서 강렬하게 노출되는 당대의 사회상과 정치, 경제, 종교 등에 대한 작가의 적극적인 관심과 진지한 태도 때문이다.

그리고 이것이 바로 출판에 그토록 어려움을 겪게 만든 또 다른 이유로 짐작되는 요소이다. 작가는 가톨릭 교회, 귀족주의, 프티 부르주아 등 권위적이고 위선적인 것들에 대한 경멸감을 숨기지 않으며, 편협하다는 비판을 받을 수도 있는 인종주의적 주장마저 한다. 작가가 생존했던 시기가 영국 역사에서는 어떤 시기였을까. 샬럿 브론테는, 멀리는 스페인 무적함대를 격파했을 때부터 시작하고 가까이는 나폴레옹 전쟁의 승리에서부터 기미를 보여 마침내 대영제국의 팽창이 점점 가속화되어 그 절정기를 향해 내달리던 시기를 살았다. 그 시대는 영국이 산업혁명의 선두 주자로 완전히 자리 매김하고, 세계 각지에 식민지를 확보한 시대였다. 브론테 가족이 살았던 요크셔는 영국의 대표적인 산업 지대이며, 이들은 러다이트 운동(노동자들의 기계 파괴 운동)이 가장 치열하게 일어난 지역 바로 근처에 살았다. 그 당시 서구 세계의 중심이라 할 영국하고도 산업주의의 중심지에서 그들은 있는 듯 없는 듯 살았다지만, 그런 흐름과 소용돌이가 작가에게 아무런 흔적을 남기지 않을 수는 없었을 것이다(작가의 두 번째 소설 『셜리』는 노동자와 고용주 사이의 갈등이 폭력적으로 드러나는 에피소드를 다루고 있다).

하지만 그 시기는 대영제국의 틀을 단단히 세운 시기였을 뿐만 아니라 더욱 중요하게는, 제국의 균열의 징조가 비치기 시작하는 시기였다고 할 수 있다. 아일랜드 감자 기근, 식민지 경쟁, 자본주의의 폐해, 열악한 노동자의 상황, 임박한 전쟁(보어 전쟁)의 기운, 빅토리아 여왕 치세의 정체감 등, 겉보기에는 세계의 반의 반을 통치하는 나라였지만, 이미 극점에 도달했기에 이제 서서히 내리막의 전조들이 시야에 들어오기 시작하는 제국이었던 것이다. 그런 역사상 흔치 않은 아주 치열한 시기를 호흡하면서, 민감한 촉수를 지닌 이 작가는 자신이 보고 들은 바를 글로써 생생하게 포착한 것이다. 계속 뻗어 나가고는 있지만 이미 뒷덜미를 잡혀 있는 영국 상황에 대한 짤막한 소묘가 바로 『교수』에 적잖게 포함되어 있다. 이 소설의 가장 두드러지는 〈자립 정신〉의 어두운 이면을 바로 이런 시대 상황에 대한 암시와 함께 지적하고 있기 때문에 당대의 독자들이 불편하게 느꼈다고 보는 것이 정당할 것이다.

이렇게 가라앉아 있다가 불쑥불쑥 돌출하거나 장마철 습기처럼 눈에 보이지는 않지만 감지되는 불안과 난폭함과 냉담함의 정서는, 당시 영국 사회의 정서가 반영된 것으로 보아야 한다. 사람의 용모와 체형으로 그의 인격을 파악하려 했던 관상학과 골상학, 상호 감시의 시선들, 개인의 자립이라는 작품 속의 이 모든 양상들은, 팽창일로에서 더 이상 치고 올라갈 곳은 없는데 내적 욕구를 끄기는 불가능한 19세기 중반 이후 영국(유럽)의 산업 사회가 집단적으로 앓고 있던 병증을 표현한 것이다. 작가가 헌스던의 말을 통해 지적하고 윌리엄과 프랜시스를 통해 암묵적으로 드러내는 그 모든 사회상과 개인들의 내면은 실로 대영제국의 선민들에게는 불편한 것은 물론이고 두려움을 주기에 충분한 것이었다.

작가에게는 편견도 많아 보인다. 그가 저지대, 브라반트, 혹은 플랑드르라며 다소 비하하고 있는 지금의 남프랑스와 벨기에 연안은, 사실 엘리자베스 1세가 즉위할 무렵까지만 해도 영국령이었으며, 영국의 입장에서는 대륙으로의 교두보나 다름없는 중대한 지역이었다. 그 지역 사람들과 문화에 대한 경멸감, 가톨릭 교회의 타락상, 물질주의에 대한 혐오는 그 깊이가 매우 깊다. 그러나 이것은 당시에 만연하던 물질주의와 종교의 타락상에 대한 맹렬한 비판으로 해석해야 할 것이다. 아일랜드 이민 2세로서, 가난한 목사의 딸이었고 외국 경험을 많이 한 작가는 분명 천성적으로 경험적으로 독특한 이력의 작가임에는 분명한데, 그런 경험을 자신만의 언어로 강렬하게 표현했다는 데 그의 탁월함이 있다. 목사의 딸임에도 신화와 전래 민담 등을 풍부하게 언급하고, 비교적 개방적인 종교관을 보여 주고 있으며, 계급 의식에 있어 유연하고(거의 급진적이기까지 하다), 아주 실질적인 경제관을 보유하고 있다는 점도 이 소설을 읽는 가운데 놓치지 말아야 할 대목들이다.

케이트 밀렛, 일레인 쇼월터, 샌드라 길버트, 수전 구바와 같은 페미니스트들의 필력으로 샬럿 브론테는 페미니즘적 읽기의 단골 작가가 되어 왔다. 그들의 지적은 매우 날카롭고 통찰력이 있음은 물론이다. 하지만 그에 더하여 작가는 이 세계와 저 세계 사이의 괴리 속에 위치한 인간이라면 공통으로 지고 있는 어떤 정신적이고 도덕적인 의무에 대한 그치지 않는 도전이라는 주제를 더 중시하지 않았는가 하는 것이 옮긴이의 생각이다. 그도 그럴 것이 샬럿 브론테의 소설에는 이성과 상상, 여성적 신과 남성적 신이라는 비물질적 존재의 대립이 늘 한 부분을 차지하고 있기 때문이다. 또 이 소설에서는 조라이드 로이터가 그 대표적 인물이 될 것이고 『빌레트』에서는 베크 부인이 그 사례가 될, 〈여성이 휘두르는 남성적 폭력〉에 대해 작가가 신랄하게 비판하고 있는 것도 단순한 성대별이 그의 비판 대상이 아님을 입증해 주고 있는 바라 하겠다. 작가가 원한 것은 한 개체 속에 깃든 다양성에 대한 존중과 공감의 시선, 그리고 그런 다양성을 지키고자 고군분투하는 인간에 대한 따스한 포옹일 것 같다.

번역을 다시 검토하면서 등골이 오싹했다면 엄살이겠지만 처음부터 다시 하면 안 될까 하는 소심증이 도지기는 했다.

하지만 내가 발견하지 못한 오류를 더 엄정한 눈이 아량 있게 지적해 준다면 깊이 감사드리겠다는 말로 변명을 대신한다. 일차적으로 이 소설을 옮겼을 때 사용한 것은 다른 판본이었지만 후에 펭귄 출판사 본으로 대조했고 또 이 판본에는 저자의 서문이 실려 있으므로, 최종 번역 대본은 펭귄 출판사의 *The Professor*(1989)라는 것을 밝힌다.

  석사 학위 논문을 쓰면서 글이 막히면 머리 식힐 요량으로 틈틈이 옮겨 두었던 것이 이 소설이었다. 그러다 3년 전 여름 방학을 이용해 번역을 완전히 마쳤다. 여유가 생기면 떠오르는 미뤄 둔 어떤 일처럼, 이 소설은 내게 보람이기도 했지만 실은 큰 짐이었다. 국내 초역을 했다는 부담감과 함께 샬럿 브론테라는 작가에게 다가갈 또 다른 통로를 제공하게 되었다는 기쁨은 대단하다.

  〈그 모든 영광을 자신이 아니라 자신 위에 올라서야만 바라보이는 다른 것들에게 돌리는 산〉을 얘기해 준 내 영원한 타자에게 고마움을 전한다.

2003년 가을
배미영

샬럿 브론테 연보

1816년 출생   4월 21일 요크셔 손튼에서 패트릭 브론테 목사와 마리아 브랜웰 사이의 셋째 딸로 샬럿 브론테 출생.

1817년 1세   6월 26일 패트릭 브랜웰 브론테 출생.

1818년 2세   7월 30일 에밀리 제인 브론테 출생.

1820년 4세   1월 17일 앤 브론테 출생. 4월 20일 패트릭 브론테가 해워스의 부목사로 임명되어 가족은 요크셔의 킬리 근처 해워스로 이사.

1821년 5세   9월 15일 어머니 마리아 브론테가 암으로 사망(38세).

1824년 8세   8월 10일 샬럿과 마리아, 엘리자베스가 랭커셔에 있는 목사들의 딸을 위한 학교인 코완 브리지 스쿨에 들어감(에밀리는 11월 25일 입학).

1825년 9세   5월 언니 마리아 사망. 6월 샬럿과 에밀리가 집으로 돌아온 직후 언니 엘리자베스도 사망.

1825~1830년 9~14세   브론테 남매는 이모인 미스 엘리자베스 브랜웰의 도움으로 자람.

1829년 13세   샬럿이 후일 〈글래스타운〉과 〈앵그리아 이야기〉로 발전

되는 글을 짓기 시작함.

1831년 15세 1월 샬럿이 로 헤드Roe Head에 있는 미스 마가렛 울러의 학교에 등록함.

1832년 16세 5월 학업을 마치고 집으로 돌아와 동생들을 가르침.

1835년 19세 7월 교사로서 앤과 함께 로 헤드에 다시 감.

1838년 22세 5월 교사 자리를 그만두고 집으로 돌아옴.

1839년 23세 봄과 여름에 걸쳐 짧은 기간 가정 교사직을 맡음.

1841년 25세 3월 화이트 부인집의 가정 교사직을 맡음(12월까지). 앤은 3월부터 1845년 6월까지 에드먼드 로빈슨 목사 집안의 가정 교사직을 맡음.

1842년 26세 2월 샬럿과 에밀리가 벨기에 브뤼셀에 있는 에제르 씨의 기숙학교에 등록함. 10월 29일 이모 엘리자베스 브랜웰의 죽음. 11월 집으로 돌아옴.

1843년 27세 1월 브뤼셀로 다시 가 영어를 가르치고 자신의 공부를 계속함.

1844년 28세 1월 브뤼셀을 떠나 해워스로 돌아옴. 브론테 자매들이 학교를 운영하고자 시도했으나 실패. 이 해부터 다음 해에 걸쳐 에제르 씨에게 샬럿이 편지를 씀.

1845년 29세 5월 부목사 아서 벨 니콜스가 부임함. 7월 브랜웰이 로빈슨 가의 개인 교사 자리에서 해고됨.

1846년 30세 5월 『커러, 엘리스, 액튼 벨 시집』 출간. 6월 『교수』를 완성하여 여러 출판사에 문의했으나 거절당함. 8월 『제인 에어』 집필 시작.

1847년 31세 10월 스미스 엘더 출판사에서 『제인 에어』 출판. 상당한 호응을 얻음. 12월 에밀리 브론테의 『워더링 하이츠』와 앤 브론테의 『애그니스 그레이』 출간.

1848년 ³²세 6월 앤의 『와일드펠 홀의 거주인』 출간. 9월 24일 브랜웰 사망(31세). 12월 19일 에밀리 사망(30세).

1849년 ³³세 5월 28일 앤 사망(29세). 스카버러에 묻힘. 10월 스미스 엘더 출판사에서 『셜리』 출간.

1850년 ³⁴세 5~6월 런던 방문. 7월 조지 리치먼드가 샬럿의 초상화를 그림. 8월 소설가 엘리자베스 개스켈을 만남.

1852년 ³⁶세 10월 13일 니콜스가 샬럿 브론테에게 청혼. 패트릭 브론테 목사는 이에 반대함.

1853년 ³⁷세 1월 『빌레트』 출간.

1854년 ³⁸세 6월 29일 부목사 A. B. 니콜스와 결혼.

1855년 ³⁹세 3월 31일 사망.

1857년 3월 개스켈 부인의 『샬럿 브론테의 일생』 출간. 6월 6일 스미스 엘더 출판사에서 니콜스 목사의 서문을 붙여 『교수』 사후 출간.

1861년 6월 7일 패트릭 브론테 사망(85세).

1925년 샬럿이 10대부터 써왔던 『열두 번의 모험과 다른 이야기들 *The Twelve Adventurers and Other Stories*』가 사후 출간.

1931~1938년 샬럿과 에밀리, 앤, 브랜웰의 전집인 『셰익스피어 헤드 브론테 *The Shakespeare Head Brontë*』 전 19권 출간.

1933년 샬럿의 『앵그리아 이야기 *Tales of Angria*』 사후 출간.

1971년 샬럿의 『다섯 편의 중편소설 *Five Novelettes*』 출간.

열린책들 세계문학 096 교수

옮긴이 배미영 1968년 대구에서 태어나 영남대학교에서 영문학 박사 과정을 수료했다. 샬럿 브론테의 작품에 대하여 석사 학위 논문을 썼고 현재 미하일 바흐찐의 예술 철학 사상을 길잡이 삼아 제인 오스틴, 에드거 앨런 포, 앤 브론테의 작품을 분석하는 박사 학위 논문을 준비하고 있다.

지은이 샬럿 브론테 **옮긴이** 배미영 **발행인** 홍예빈·홍유진
발행처 주식회사 열린책들 **주소** 경기도 파주시 문발로 253 파주출판도시
전화 031-955-4000 **팩스** 031-955-4004 **홈페이지** www.openbooks.co.kr
Copyright (C) 주식회사 열린책들, 2003, *Printed in Korea.*
ISBN 978-89-329-1024-6 04840 **ISBN** 978-89-329-1499-2 (세트)
발행일 2003년 11월 30일 초판 1쇄 2009년 12월 20일 세계문학판 1쇄 2023년 4월 5일 세계문학판 3쇄

이 도서의 국립중앙도서관 출판예정도서목록(CIP)은 서지정보유통지원시스템 홈페이지(http://seoji.nl.go.kr)와 국가자료공동목록시스템(http://www.nl.go.kr/kolisnet)에서 이용하실 수 있습니다.(CIP제어번호:CIP2009003647)

열린책들 세계문학
Open Books World Literature

001 죄와 벌 전2권
표도르 도스또예프스끼 장편소설 | 홍대화 옮김 | 각 408, 512면

죄와 벌의 심리 과정을 따라가며 혁명 사상의 실제적 문제를 제시하는 명작

- 고려대학교 선정 〈교양 명저 60선〉
- 미국 대학 위원회 선정 SAT 추천 도서

003 최초의 인간
알베르 카뮈 장편소설 | 김화영 옮김 | 392면

20세기 문학의 정점을 이룬 알베르 카뮈 최후의 육성

- 1957년 노벨 문학상 수상 작가

004 소설 전2권
제임스 미치너 장편소설 | 윤희기 옮김 | 각 280, 368면

〈소설이란 무엇인가〉라는 주제를 작가, 편집자, 비평가, 독자의 입장에서 풀어 나간 작품

- 〈이달의 청소년도서〉 선정
- 한국 간행물 윤리 위원회 선정 〈청소년 권장 도서〉

006 개를 데리고 다니는 부인
안똔 체호프 소설선집 | 오종우 옮김 | 368면

삶의 진실과 인간의 참모습을 웃음과 울음으로 드러내는 위대한 작품

- 1993년 서울대학교 선정 〈동서 고전 200선〉
- 2002년 노벨 연구소가 선정한 〈세계문학 100선〉

007 우주 만화
이탈로 칼비노 단편집 | 김운찬 옮김 | 416면

25편 단편 속 신비로운 존재 〈크프우프크〉를 통해 환상적으로 창조된 우스꽝스러운 우주

008 댈러웨이 부인
버지니아 울프 장편소설 | 최애리 옮김 | 296면

난해한 〈의식의 흐름〉 기법과 〈내적 독백〉을 시도한 영국 모더니즘 소설의 고전

- 2005년 『타임』지 선정 〈100대 영문 소설〉, 〈20세기 100선〉
- 2009년 『뉴스위크』 선정 〈세계 100대 명저〉

009 어머니
막심 고리끼 장편소설 | 최윤락 옮김 | 544면

혁명의 교과서이자 인간다운 삶의 권리를 일깨우는 영원한 고전

- 1912년 그리보예도프상
- 2006년 이고르 수히흐 교수 〈러시아 문학 20세기의 책 20권〉
- 서울대학교 권장 도서 100선

010 변신
프란츠 카프카 중단편집 | 홍성광 옮김 | 464면

어디에도 안주하지 못하는 인간의 모습을 초현실적으로 그려 낸 카프카의 주옥같은 단편들

- 서울대학교 권장 도서 100선

011 전도서에 바치는 장미
로저 젤라즈니 중단편집 | 김상훈 옮김 | 432면

신화와 SF의 융합, 흥미롭고 지적인 중단편 소설집

012 대위의 딸
알렉산드르 뿌쉬낀 장편소설 | 석영중 옮김 | 240면

역사적 대사건을 가정 소설과 연애 소설의 형식에 녹여 내어 조망한 산문 예술의 정점

- 2000년 한국 백상 출판 문화상 번역상

013 바다의 침묵
베르코르 소설선집 | 이상해 옮김 | 256면

전쟁과 이데올로기에 가려진 인간성에 대하여 고찰한 레지스탕스 문학의 백미

014 원수들, 사랑 이야기
아이작 싱어 장편소설 | 김진준 옮김 | 320면

유대인 학살에서 살아남은 네 남녀의 사랑과 상처를 그린 소설

- 1978년 노벨 문학상 수상 작가

015 백치 전2권
표도르 도스또예프스끼 장편소설 | 김근식 옮김 | 각 504, 528면

백치 미쉬낀을 통해 구현하는 완전한 아름다움과 순수한 인간의 형상

- 피터 박스올 〈죽기 전에 읽어야 할 1001권의 책〉

017 1984년
조지 오웰 장편소설 | 박경서 옮김 | 392면

감시하고 통제하는 전체주의의 권력 앞에 무력해지는 인간의 삶

- 2009년 『뉴스위크』 선정 〈세계 100대 명저〉
- 『타임』지가 뽑은 〈20세기 100선〉

019 이상한 나라의 앨리스
루이스 캐럴 환상동화 | 머빈 피크 그림 | 최용준 옮김 | 336면

시공을 초월하며 상상력과 호기심의 한계를 허무는 루이스 캐럴의 환상 동화

- 2003년 BBC 〈영국인들이 가장 사랑하는 소설 100편〉
- 2004년 〈한국 문인이 선호하는 세계 명작 소설 100선〉

020 베네치아에서의 죽음
토마스 만 중단편집 | 홍성광 옮김 | 432면

삶과 죽음, 예술과 일상이라는 양극의 주제를 다룬 걸작
- 1929년 노벨 문학상 수상 작가
- 피터 박스올 《죽기 전에 읽어야 할 1001권의 책》

021 그리스인 조르바
니코스 카잔차키스 장편소설 | 이윤기 옮김 | 488면

카잔차키스가 그려 낸 자유인 조르바의 영혼의 투쟁
- 2002년 노벨 연구소가 선정한 《세계문학 100선》
- 2004년 《한국 문인이 선호하는 세계 명작 소설 100선》
- 2005년 동아일보 선정 《21세기 신고전 50선》
- 피터 박스올 《죽기 전에 읽어야 할 1001권의 책》

022 벚꽃 동산
안똔 체호프 희곡선집 | 오종우 옮김 | 336면

거창한 사상보다는 삶의 사소함을 객관적인 문체로 그린, 가장 완숙한 체호프의 작품
- 2006년 이고르 수히흐 교수 《러시아 문학 20세기의 책 20권》
- 미국 대학 위원회 선정 SAT 추천 도서
- 서울대학교 권장 도서 100선

023 연애 소설 읽는 노인
루이스 세풀베다 장편소설 | 정창 옮김 | 192면

담백하고 섬세한 문체와 간결한 내용에 인간의 탐욕과 자연의 거대함을 담은 환경 소설
- 1989년 티그레 후안상
- 1998년 전 세계 베스트셀러 8위

024 젊은 사자들 전2권
어윈 쇼 장편소설 | 정영문 옮김 | 각 416, 408면

인간의 어리석음, 광기, 우스꽝스러움을 탁월하게 포착한 전쟁 소설이자 심리 소설
- 1945년 오 헨리 문학상
- 1970년 플레이보이상

026 젊은 베르테르의 슬픔
요한 볼프강 폰 괴테 장편소설 | 김인순 옮김 | 240면

사랑의 열병을 앓는 전 세계 젊은이들의 영혼을 울린 감성 문학의 고전
- 2003년 크리스티아네 취른트 《사람이 읽어야 할 모든 것, 책》
- 피터 박스올 《죽기 전에 읽어야 할 1001권의 책》

027 시라노
에드몽 로스탕 희곡 | 이상해 옮김 | 256면

명랑한 영웅주의, 감미로운 연애 감정, 기발하고 화려한 시구들이 돋보이는 명작
- 미국 대학 위원회 선정 SAT 추천 도서

028 전망 좋은 방
E. M. 포스터 장편소설 | 고정아 옮김 | 352면

영국 사회의 계층 간 갈등과 가치관의 충돌을 날카롭게 포착한 걸작
- 1998년 랜덤하우스 모던 라이브러리 선정 《최고의 영문 소설 100》
- 피터 박스올 《죽기 전에 읽어야 할 1001권의 책》

029 까라마조프 씨네 형제들 전3권
표도르 도스또예프스끼 장편소설 | 이대우 옮김 | 각 496, 496, 460면

많은 인물군과 에피소드를 통해 심오한 사상과 예술적 깊이를 보여 주는 도스또예프스끼 40년 창작의 결산
- 국립중앙도서관 선정 청소년 권장 도서 50선
- 서울대학교 권장 도서 100선
- 서머싯 몸 선정 세계 10대 소설

032 프랑스 중위의 여자 전2권
존 파울즈 장편소설 | 김석희 옮김 | 각 344면

자유에 대한 정열이 고갈된 20세기에 대한 탁월한 우화
- 1969년 실버펜상
- 2005년 《타임》지 선정 《100대 영문 소설》

034 소립자
미셸 우엘벡 장편소설 | 이세욱 옮김 | 448면

성(性) 풍속의 변천 과정을 중심으로 전개되는 두 형제의 쓸쓸한 삶을 다룬 작품
- 1998년 「타임스 리터러리 서플러먼트」 선정 《올해의 책》
- 2002년 국제 IMPAC 더블린 문학상
- 1998년 『리르』 선정 《올해 최고의 책》

035 영혼의 자서전 전2권
니코스 카잔차키스 자서전 | 안정효 옮김 | 각 352, 408면

카잔차키스 자신의 삶의 여정을 아름답게 묘사한 자전적 소설

037 우리들
예브게니 자먀찐 장편소설 | 석영중 옮김 | 320면

인간이 인간일 수 있음을 방해하는 모든 제도를 거부하는, 디스토피아 소설의 효시
- 2006년 이고르 수히흐 교수 《러시아 문학 20세기의 책 20권》
- 피터 박스올 《죽기 전에 읽어야 할 1001권의 책》

038 뉴욕 3부작
폴 오스터 장편소설 | 황보석 옮김 | 480면

추리 소설의 형식을 빌려 장르의 관습을 뒤엎어 버린, 가장 미국적인 소설
- 피터 박스올 《죽기 전에 읽어야 할 1001권의 책》

039 닥터 지바고 전2권
보리스 파스테르나크 장편소설 | 홍대화 옮김 | 각 480, 592면

장엄한 시대의 증언으로 러시아 문학의 지평을 넓힌 해빙기 문학의 정수

- 1958년 노벨 문학상
- 미국 대학 위원회 선정 SAT 추천 도서
- 『타임』지가 뽑은 〈20세기 100선〉

041 고리오 영감
오노레 드 발자크 장편소설 | 임희근 옮김 | 456면

〈인간 희극〉 시리즈의 으뜸으로, 이후 방대한 소설 세계를 열어 주는 발자크의 대표작

- 2002년 노벨 연구소가 선정한 〈세계문학 100선〉
- 연세대학교 권장 도서 200권

042 뿌리 전2권
알렉스 헤일리 장편소설 | 안정효 옮김 | 각 400, 448면

10여 년간의 철저한 자료 조사로 재구성된 르포르타주 문학의 걸작

- 1977년 퓰리처상
- 1977년 전미 도서상
- 2004년 〈한국 문인이 선호하는 세계 명작 소설 100선〉
- 2005년 헨리 포드사 선정 〈75년간 미국을 뒤바꾼 75가지〉

044 백년보다 긴 하루
친기즈 아이뜨마또프 장편소설 | 황보석 옮김 | 560면

꿈꾸는 듯한 현실과 현실 같은 상상이 절묘하게 어우러진 소비에트 문화권 최고의 스테디셀러

- 1983년 소비에트 문학상
- 1994년 오스트리아 유럽 문학상

045 최후의 세계
크리스토프 란스마이어 장편소설 | 장희권 옮김 | 264면

신화적 인물과 모티프를 현대적 관심사들과 결합시킨 지적 신화 소설

- 1988년 프랑크푸르트 도서전 선정 〈올해의 책〉
- 1988년 안톤 빌트간스상
- 1992년 독일 바이에른 주 학술원 대문학상
- 피터 박스올 〈죽기 전에 읽어야 할 1001권의 책〉

046 추운 나라에서 돌아온 스파이
존 르카레 장편소설 | 김석희 옮김 | 368면

20세기 냉전이 낳은 존 르카레 최고의 스릴러

- 1963년 서머싯 몸상
- 1963년 영국 추리작가 협회상
- 1963년 미국 추리작가 협회상
- 2005년 『타임』지 선정 〈100대 영문 소설〉

047 산도칸 ― 몸프라쳄의 호랑이
에밀리오 살가리 장편소설 | 유향란 옮김 | 428면

말레이시아 해를 배경으로 펼쳐지는 해적 산도칸과 그의 친구 야네즈의 활약상

- 피터 박스올 〈죽기 전에 읽어야 할 1001권의 책〉

048 기적의 시대
보리슬라프 페키치 장편소설 | 이윤기 옮김 | 560면

예수가 행한 기적의 이면을 인간의 입장에서 조명한 기막힌 패러디

- 1965년 유고슬라비아 문학상

049 그리고 죽음
짐 크레이스 장편소설 | 김석희 옮김 | 224면

성장과 소멸, 삶과 죽음이 자연과 인간에게 주는 의미를 성찰하게 하는 걸작

- 1999년 전미 비평가 협회상
- 1999년 『가디언』 선정 〈올해의 책〉

050 세설 전2권
다니자키 준이치로 장편소설 | 송태욱 옮김 | 각 480면

몰락한 오사카 상류층의 네 자매의 결혼 이야기를 통해 당시의 풍속을 잔잔하게 그린 작품

052 세상이 끝날 때까지 아직 10억 년
스뜨루가츠키 형제 장편소설 | 석영중 옮김 | 224면

반유토피아 문학의 전통을 계승한 정치 풍자로 판금 조치를 당하기도 한 문제작

- 1988년 〈이달의 청소년 도서〉 선정

053 동물 농장
조지 오웰 장편소설 | 박경서 옮김 | 208면

스탈린 통치의 역사를 동물 우화에 빗댄 정치 알레고리 소설의 고전

- 2008년 영국 플레이닷컴 선정 〈역사상 가장 위대한 소설 10〉
- 2009년 『뉴스위크』 선정 〈세계 100대 명저〉

054 캉디드 혹은 낙관주의
볼테르 장편소설 | 이봉지 옮김 | 232면

해학과 풍자를 통해 작가 자신의 철학을 고스란히 담아 낸 철학적 콩트의 정수

- 1993년 서울대학교 선정 〈동서 고전 200선〉
- 미국 대학 위원회 선정 SAT 추천 도서

055 도적 떼
프리드리히 폰 실러 희곡 | 김인순 옮김 | 264면

〈형제의 반목〉이라는 모티프를 이용하여 자유와 반항을 설득력 있게 묘사한 비극

- 1993년 서울대학교 선정 〈동서 고전 200선〉
- 고려대학교 선정 〈교양 명저 60선〉

056 플로베르의 앵무새
줄리언 반스 장편소설 | 신재실 옮김 | 320면

예술 작품을 둘러싸고 벌어지는 인간 사회의 다양한 양상을 날카롭게 통찰한 작품

- 1986년 메디치상
- 1986년 E. M. 포스터상
- 1987년 구텐베르크상

057 악령 전3권
표도르 도스또예프스끼 장편소설 | 박혜경 옮김 | 각 328, 408, 528면

실제 사건에 심리적, 형이상학적 색채를 가미한 위대한 비극

- 1966년 동아일보 선정 〈한국 명사들의 추천 도서〉
- 피터 박스올 〈죽기 전에 읽어야 할 1001권의 책〉

060 의심스러운 싸움
존 스타인벡 장편소설 | 윤희기 옮김 | 340면

1930년대 대공황기 캘리포니아 농장 지대의 파업을 극적으로 그린 소설

- 1937년 캘리포니아 커먼웰스 클럽 금상
- 1962년 노벨 문학상 수상 작가

061 몽유병자들 전2권
헤르만 브로흐 장편소설 | 김경연 옮김 | 각 568, 544면

현대 문명의 병폐와 가치의 붕괴에 대한 비판적으로 해석한 박물 소설이자 모든 문학적 표현 수단의 총체

063 몰타의 매
대실 해밋 장편소설 | 고정아 옮김 | 304면

하드보일드 소설의 창시자 대실 해밋의 세계 최초 탐정 소설

- 2009년 「뉴스위크」 선정 〈세계 100대 명작〉
- 뉴욕 추리 전문 서점 블랙 오키드 선정 〈최고의 추리 소설 10〉

064 마야꼬프스끼 선집
블라지미르 마야꼬프스끼 선집 | 석영중 옮김 | 320면

20세기 러시아의 위대한 혁명 시인 마야꼬프스끼의 대표적인 시와 산문 모음집

065 드라큘라 전2권
브램 스토커 장편소설 | 이세욱 옮김 | 각 340, 344면

공포와 성(性)을 결합시킨 환상 문학의 고전

- 2003년 크리스티아네 취른트 〈사람이 읽어야 할 모든 것 책〉
- 피터 박스올 〈죽기 전에 읽어야 할 1001권의 책〉

067 서부 전선 이상 없다
에리히 마리아 레마르크 장편소설 | 홍성광 옮김 | 336면

지극히 평범한 한 인간을 통해 전쟁의 본질을 보여 주는, 가장 위대한 전쟁 소설

- 미국 대학 위원회 선정 SAT 추천 도서
- 「타임」지가 뽑은 〈20세기 100선〉
- 피터 박스올 〈죽기 전에 읽어야 할 1001권의 책〉

068 적과 흑 전2권
스탕달 장편소설 | 임미경 옮김 | 각 432, 368면

〈출세〉를 향한 젊은이의 성공과 좌절을 통해 부조리한 사회 구조를 고발한 작품

- 2002년 노벨 연구소가 선정한 〈세계문학 100선〉
- 국립중앙도서관 선정 청소년 권장 도서 50선
- 서울대학교 권장 도서 100선

070 지상에서 영원으로 전3권
제임스 존스 장편소설 | 이종인 옮김 | 각 396, 380, 496면

제2차 세계 대전을 배경으로 두 쌍의 연인을 통해 하와이 주둔 미군 부대의 실상을 폭로한 자연주의 소설

- 1952년 전미 도서상
- 1998년 랜덤하우스 모던 라이브러리 선정 〈최고의 영문 소설 100〉

073 파우스트
요한 볼프강 폰 괴테 희곡 | 김인순 옮김 | 568면

진리를 찾는 파우스트를 통해 인간사의 모든 문제를 상징적으로 표현한 고전 중의 고전

- 2002년 노벨 연구소가 선정한 〈세계문학 100선〉
- 2003년 국립중앙도서관 선정 〈고전 100선〉
- 미국 대학 위원회 선정 SAT 추천 도서
- 서울대학교 권장 도서 100선
- 「뉴스위크」 선정 〈세상을 움직인 100권의 책〉

074 쾌걸 조로
존스턴 매컬리 장편소설 | 김훈 옮김 | 316면

마스크 뒤에 정체를 감추고 폭압에 맞서 싸우는 쾌걸 조로의 가슴 시원한 활약

075 거장과 마르가리따 전2권
미하일 불가꼬프 장편소설 | 홍대화 옮김 | 각 364, 328면

스딸린 치하의 소비에트 사회를 풍자하는 서늘한 공포와 유쾌한 웃음의 미묘

- 2006년 이고르 수히흐 교수 〈러시아 문학 20세기의 책 20권〉
- 피터 박스올 〈죽기 전에 읽어야 할 1001권의 책〉

077 순수의 시대
이디스 워튼 장편소설 | 고정아 옮김 | 448면

사랑과 결혼의 의미를 찾는 세 남녀의 이야기를 세밀하게 그려 낸 연애 소설의 고전

- 1998년 랜덤하우스 모던 라이브러리 선정 〈최고의 영문 소설 100〉
- 2009년 「뉴스위크」 선정 〈세계 100대 명작〉

078 검의 대가
아르투로 페레스 레베르테 장편소설 | 김수진 옮김 | 384면

1868년 마드리드, 역사적인 음모와 계략 그리고 화려한 검술이 엮어 내는 지적 미스터리

- 1993년 「리르」지 선정 〈10대 외국 소설가〉
- 1997년 코레오 그룹상
- 2000년 「뉴욕 타임스」 선정 〈올해의 포켓북〉

079 예브게니 오네긴
알렉산드르 뿌쉬낀 운문소설 | 석영중 옮김 | 328면

패러디의 소설이자 소설의 패러디. 러시아가 낳은 위대한 시인 뿌쉬낀의 장편 운문 소설

- 고려대학교 선정 〈교양 명저 60선〉
- 연세대학교 권장 도서 200권

080 장미의 이름 전2권
움베르토 에코 장편소설 | 이윤기 옮김 | 각 440, 448면
에코의 해박한 인류학적 지식과 기호학 이론이 녹아 있는 중세 추리 소설
- 1981년 스트레가상
- 1982년 메디치상
- 『타임』지가 뽑은 〈20세기 100선〉

082 향수
파트리크 쥐스킨트 장편소설 | 강명순 옮김 | 384면
지상 최고의 향수를 만들려는 한 악마적 천재의 기상천외한 이야기
- 2003년 BBC 「빅리드」 조사 〈영국인들이 가장 사랑하는 소설 100권〉
- 2008년 서울대학교 대출 도서 순위 20

083 여자를 안다는 것
아모스 오즈 장편소설 | 최창모 옮김 | 280면
현대 히브리 문학의 대표적 작가이자 평화 운동가인 아모스 오즈의 대표작

084 나는 고양이로소이다
나쓰메 소세키 장편소설 | 김난주 옮김 | 544면
고양이의 눈에 비친 인간들의 우스꽝스럽고도 서글픈 초상

085 웃는 남자 전2권
빅토르 위고 장편소설 | 이형식 옮김 | 각 472, 496면
17세기 영국 사회에 대한 묘사와 역사에 대한 통찰력이 돋보이는 위고의 최고 걸작

087 아웃 오브 아프리카
카렌 블릭센 장편소설 | 민승남 옮김 | 480면
아프리카에 바치는, 아프리카인과 나눈 사랑과 교감 그리고 우정과 깨달음의 기록
- 피터 박스올 〈죽기 전에 읽어야 할 1001권의 책〉

088 무엇을 할 것인가 전2권
니콜라이 체르니셰프스끼 장편소설 | 서정록 옮김 | 각 360, 404면
젊은 지식인들에게 〈혁명의 교과서〉로 추앙받은 사회주의 이상 소설

090 도나 플로르와 그녀의 두 남편 전2권
조르지 아마두 장편소설 | 오숙은 옮김 | 각 408, 308면
브라질의 국민 작가 아마두의 관능적이고도 익살이 넘치는 대표작

092 미사고의 숲
로버트 홀드스톡 장편소설 | 김상훈 옮김 | 424면
신화의 원형과 〈숲〉으로 상징되는 집단 무의식의 본질을 유려한 문체로 형상화한 걸작
- 1985년 세계 환상 문학 대상
- 2003년 프랑스 환상 문학상 특별상

093 신곡 전3권
단테 알리기에리 장편서사시 | 김운찬 옮김 | 각 292, 296, 328면
총 1만 4233행으로 기록된, 단테의 일주일 동안의 저승 여행 이야기
- 2009년 「뉴스위크」 선정 〈세계 100대 명저〉
- 서울대학교 권장 도서 100선

096 교수
샬럿 브론테 장편소설 | 배미영 옮김 | 368면
권위와 위선을 거부하고 자립해 가는 인간들의 모순된 내면 심리에 대한 탁월한 묘사

097 노름꾼
표도르 도스또예프스끼 장편소설 | 이재필 옮김 | 320면
잡지의 실패, 형과 아내의 죽음, 빚……. 파국으로 치닫는 악몽 같은 이야기로 승화한 작가의 회상

098 하워즈 엔드
E. M. 포스터 장편소설 | 고정아 옮김 | 508면
정교한 플롯과 다채로운 인물 묘사가 돋보이는 E. M. 포스터의 역작
- 1998년 랜덤하우스 모던 라이브러리 선정 〈최고의 영문 소설 100〉
- 2004년 〈한국 문인이 선호하는 세계 명작 소설 100선〉

099 최후의 유혹 전2권
니코스 카잔차키스 장편소설 | 안정효 옮김 | 각 408면
예수뿐 아니라 그의 주변 인물들에게까지 생생한 살과 영혼을 부여한 소설
- 피터 박스올 〈죽기 전에 읽어야 할 1001권의 책〉

101 키리냐가
마이크 레스닉 장편소설 | 최용준 옮김 | 464면
모든 문제에 대한 해답이 존재했던, 잃어버린 유토피아에 관한 우화
- 1989년 휴고상

102 바스커빌가의 개
아서 코넌 도일 장편소설 | 조영학 옮김 | 264면
가장 매력적인 탐정 〈셜록 홈스〉를 창조해 낸 코넌 도일 최고의 장편소설
- 「히치콕 매거진」 선정 〈세계 10대 추리 소설〉
- 피터 박스올 〈죽기 전에 읽어야 할 1001권의 책〉

103 버마 시절
조지 오웰 장편소설 | 박경서 옮김 | 408면
〈인도 제국주의 경찰〉이라는 실제 경험을 바탕으로 완성한 조지 오웰의 첫 장편, 그 식민지의 기록

104 10 1/2장으로 쓴 세계 역사
줄리언 반스 장편소설 | 신재실 옮김 | 464면
패러디, 다큐멘터리, 에세이 등 다양한 형식을 통한 세계 역사의 포스트모더니즘적 전복

105 죽음의 집의 기록
표도르 도스또예프스끼 장편소설 | 이덕형 옮김 | 528면

도스또예프스끼의 실제 경험이 가장 많이 반영된 다큐멘터리적 소설

- 1955년 시카고 대학 그레이트 북스
- 피터 박스올 《죽기 전에 읽어야 할 1001권의 책》

106 소유 전2권
수전 바이어트 장편소설 | 윤희기 옮김 | 각 440, 488면

우연히 발견된 편지의 비밀을 좇으며 알아 가는 빅토리아 시대의 사랑, 그리고 현실의 사랑

- 1990년 부커상
- 1990년 영국 최고 영예 지도자상인 커맨데(CBE) 훈장
- 2005년 『타임』지 선정 〈100대 영문 소설〉

108 미성년 전2권
표도르 도스또예프스끼 장편소설 | 이상룡 옮김 | 각 512, 544면

불행한 운명을 타고난 한 청년이 이상과 현실 사이에서 방황하는 모습을 그린 성장 소설

110 성 앙뚜안느의 유혹
귀스타브 플로베르 희곡소설 | 김용은 옮김 | 584면

〈낭만주의적 구도자〉 귀스타브 플로베르가 스스로 밝힌 〈평생의 작품〉

111 밤으로의 긴 여로
유진 오닐 희곡 | 강유나 옮김 | 240면

치솟는 애증과 한없는 연민의 다른 이름, 〈가족〉에 대한 유진 오닐의 자전적 고백

- 1936년 노벨 문학상 수상 작가
- 1957년 퓰리처상
- 미국 대학 위원회 선정 SAT 추천 도서
- 『타임』지가 뽑은 〈20세기 100선〉

112 마법사 전2권
존 파울즈 장편소설 | 정영문 옮김 | 각 512, 552면

중층적 책략과 거미줄처럼 깔린 복선, 다양한 상징이 어우러진 거대한 환상의 숲

- 2003년 BBC 『빅리드』 조사 〈영국인들이 가장 사랑하는 소설 100편〉
- 『타임』지 선정 〈100대 영문 소설〉

114 스쩨빤치꼬보 마을 사람들
표도르 도스또예프스끼 장편소설 | 변현태 옮김 | 416면

작가의 시베리아 유형 직후에 발표된 작품. 유쾌한 희극적 기법과 언어의 기막힌 패러디

115 플랑드르 거장의 그림
아르투로 페레스 레베르테 장편소설 | 정창 옮김 | 512면

그림에 감추어진 문장으로 과거를 추적해 가는 미스터리이자 역사 추리 소설

- 1993년 프랑스 추리 소설 대상
- 1993년 『리르』지 선정 〈10대 외국인 소설가〉

116 분신
표도르 도스또예프스끼 장편소설 | 석영중 옮김 | 288면

〈의식의 분열〉이라는 도스또예프스끼 창작의 가장 중요한 테마를 예고한 작품

117 가난한 사람들
표도르 도스또예프스끼 장편소설 | 석영중 옮김 | 256면

보잘것없는 하급 관리와 욕심 많은 지주의 아내가 되는 가엾은 처녀가 주고받은 편지

118 인형의 집
헨리크 입센 희곡 | 김창화 옮김 | 272면

누군가의 아내 혹은 어머니가 아닌, 한 〈인간〉으로서의 여성의 깨달음을 그린 화제작

- 미국 대학 위원회 선정 SAT 추천 도서
- 『뉴스위크』 선정 〈세상을 움직인 100권의 책〉

119 영원한 남편
표도르 도스또예프스끼 장편소설 | 정명자 외 옮김 | 448면

도스또예프스끼의 심화된 예술 세계를 보여 주는 단편 모음집

120 알코올
기욤 아폴리네르 시집 | 황현산 옮김 | 352면

파격적인 시풍과 유려한 내재율을 자랑하는 기욤 아폴리네르의 첫 시집

121 지하로부터의 수기
표도르 도스또예프스끼 장편소설 | 계동준 옮김 | 256면

선악의 충돌, 환경과 윤리의 갈등, 인간의 번민과 그리스도를 통한 구원에 관한 이야기들

122 어느 작가의 오후
페터 한트케 중편소설 | 홍성광 옮김 | 160면

세계적 작가 페터 한트케가 소설의 형식으로 써 내려간 독특한 〈작가론〉, 한트케식 글쓰기의 표본

123 아저씨의 꿈
표도르 도스또예프스끼 장편소설 | 박종소 옮김 | 312면

과장의 기법과 희학적 색채를 드러낸 도스또예프스끼의 풍자 드라마 혹은 사회 비판적 소설

124 네또츠까 네즈바노바
표도르 도스또예프스끼 장편소설 | 박재만 옮김 | 316면

네또츠까 네즈바노바는 한 여성의 일대기를 다룬 도스또예프스끼 최초의 장편이자 미완성작

125 곤두박질
마이클 프레인 장편소설 | 최용준 옮김 | 528면

해박한 미술사적 지식을 토대로 한 예술 소설이자 역사적 배경 속에서 벌어지는 사회 심리 코미디

- 1999년 『타임스 리터러리 서플러먼트』 선정 〈올해의 책〉
- 1999년 휫브레드상

126 백야 외
표도르 도스또예프스끼 소설선집 | 석영중 외 옮김 | 408면
도스또예프스끼의 유토피아적 사회주의 사상이 나타난 단편 모음으로, 뻬뜨로빠블로프스끄 감옥에 수감된 동안의 삶의 환희 등이 엿보이는 작품

127 살라미나의 병사들
하비에르 세르카스 장편소설 | 김창민 옮김 | 304면
1939년 프랑스 국경 숲 집단 총살에서 살아남은 작가이자 팔랑헤당의 핵심 멤버였던 산체스 마사스를 추적하는, 탐정 소설 형식을 띤 이야기
- 2001년 스페인 살람보상, 『케 레에르』지 독자상, 바르셀로나 시의 상
- 2004년 영국 「인디펜던트」 외국 소설상

128 뻬쩨르부르그 연대기 외
표도르 도스또예프스끼 소설선집 | 이항재 옮김 | 296면
새로운 테마와 방법으로 고심한 흔적이 나타나는, 당대 사회에 대한 날카로운 관찰자적 시각을 가지고 간결하고 세련된 문체를 사용한 작품

129 상처받은 사람들 전2권
표도르 도스또예프스끼 장편소설 | 윤우섭 옮김 | 각 296, 392면
19세기 중엽 뻬쩨르부르그 상류 사회의 이중적 삶과 하층민의 고통, 그로 인한 비극적 갈등과 모순을 그린 작품

131 악어 외
표도르 도스또예프스끼 소설선집 | 박혜경 외 옮김 | 312면
도스또예프스끼의 중기 단편. 점차 완숙해져 가는 작가의 예술적·사상적 세계관이 돋보이는 작품

132 허클베리 핀의 모험
마크 트웨인 장편소설 | 윤교찬 옮김 | 416면
모험 소설의 대가, 미국의 셰익스피어라 불리는 마크 트웨인의 대표작
- 미국 대학 위원회 선정 SAT 추천 도서
- 서울대학교 권장 도서 100선

133 부활 전2권
레프 똘스또이 장편소설 | 이대우 옮김 | 각 308, 416면
똘스또이의 세계관이 담긴 거대한 사상서, 끝없는 용서와 사랑으로 부활하는 인간성에 대한 이야기
- 2003년 국립중앙도서관 선정 〈고전 100선〉
- 2004년 〈한국 문인이 선호하는 세계 명작 소설 100선〉

135 보물섬
로버트 루이스 스티븐슨 장편소설 | 최용준 옮김 | 360면
백 년이 넘게 전 세계 독자들의 사랑을 받아 온 해양 모험 소설의 고전
- 2003년 BBC 「빅리드」 조사 〈영국인들이 가장 사랑하는 소설 100선〉
- 미국 대학 위원회 선정 SAT 추천 도서

136 천일야화 전6권
앙투안 갈랑 | 임호경 옮김 | 각 336, 328, 372, 392, 344, 320면
마법과 흥미진진한 모험 속에서 아랍의 문화와 관습은 물론 아랍인들의 세계관과 기질을 재미있게 전하는 앙투안 갈랑의 〈천일야화〉 완역판
- 2003년 국립중앙도서관 선정 〈고전 100선〉

142 아버지와 아들
이반 뚜르게네프 장편소설 | 이상원 옮김 | 328면
격변기 러시아의 세대 갈등. 〈보수〉와 〈진보〉가 대립하는 시대상을 묘사하여 논쟁을 불러일으킨 작품
- 1993년 서울대학교 선정 〈동서 고전 200선〉
- 미국 대학 위원회 선정 SAT 추천 도서

143 오만과 편견
제인 오스틴 장편소설 | 원유경 옮김 | 480면
오만과 편견에서 비롯된 모든 갈등과 모순은 결혼으로 해결된다. 셰익스피어에 버금가는 작가 제인 오스틴의 대표작
- 1954년 서머싯 몸이 추천한 세계 10대 소설
- 2002년 노벨 연구소가 선정한 〈세계 문학 100선〉
- 미국 대학 위원회 선정 SAT 추천 도서

144 천로 역정
존 버니언 우화소설 | 이동일 옮김 | 432면
좁은 문을 지나 천국에 이르는 순례자의 여정. 침례교 설교자 존 버니언의 대표작인 종교적 우화소설
- 1945년 호레이스 십 선정 〈세계를 움직인 책 10권〉
- 2003년 국립중앙도서관 선정 〈고전 100선〉
- 2004년 〈한국 문인이 선호하는 세계 명작 소설 100선〉

145 대주교에게 죽음이 오다
윌라 캐더 장편소설 | 윤명옥 옮김 | 352면
웅대한 자연환경과 함께 뉴멕시코 선교사들의 삶을 그린, 퓰리처상 수상 작가 윌라 캐더의 아름다운 신화적 소설
- 2005년 「타임」지 선정 〈100대 영문 소설〉
- 2009년 「뉴스위크」 선정 〈세계 100대 명저〉
- 미국 대학 위원회 선정 SAT 추천 도서

146 권력과 영광
그레이엄 그린 장편소설 | 김연수 옮김 | 384면
군사 혁명 시절의 멕시코, 범법자이자 도망자를 자처한 어느 사제의 이야기. 불구가 된 세상이 신의 대리인에게 내리는 가혹한 형벌, 혹은 놀라운 축복!
- 2005년 「타임」지 선정 〈100대 영문 소설〉

147 80일간의 세계 일주
쥘 베른 장편소설 | 고정아 옮김 | 352면
공상 과학 소설의 고전. 지금까지 전 세계에서 가장 많은 번역 작품을 남긴 쥘 베른. 그가 그려 낸 80일 동안의 세계 일주
- 미국 대학 위원회 선정 SAT 추천 도서

148 바람과 함께 사라지다 전3권
마거릿 미첼 장편소설 | 안정효 옮김 | 각 616, 640, 640면
미국 문학사상 최고의 이야기꾼 마거릿 미첼의 대표작. 전쟁의 폐허 속에서 살아가는 여성의 이야기
- 1937년 퓰리처상
- 2009년 『뉴스위크』 선정 〈세계 100대 명저〉

151 기탄잘리
라빈드라나트 타고르 시집 | 장경렬 옮김 | 224면
먼 곳을 가깝게 하고 낯선 이를 형제로 만드는 타고르 시의 힘 나그네, 연인…… 〈님〉을 그리는 가난한 마음들이 바치는 노래의 화환
- 1913년 노벨 문학상
- 2003년 국립중앙도서관 선정 〈고전 100선〉

152 도리언 그레이의 초상
오스카 와일드 장편소설 | 윤희기 옮김 | 384면
예술과 삶의 관계를 해명한 오스카 와일드의 유일한 장편소설
- 1966년 동아일보 선정 〈한국 명사들의 추천 도서〉
- 미국 대학 위원회 선정 SAT 추천 도서

153 레우코와의 대화
체사레 파베세 회곡소설 | 김운찬 옮김 | 280면
이탈리아 신사실주의 문학을 대표하는 파베세의 급진적인 신화 해석

154 햄릿
윌리엄 셰익스피어 희곡 | 박우수 옮김 | 256면
삶과 죽음, 도덕과 양심, 의지와 운명 등 다양한 문제를 동반한 존재 탐구의 여정
- 2002년 노벨 연구소가 선정한 〈세계문학 100선〉
- 미국 대학 위원회 선정 SAT 추천 도서

155 맥베스
윌리엄 셰익스피어 희곡 | 권오숙 옮김 | 176면
모순과 역설을 통해서 인간 내면의 온갖 가치 충돌을 그려 낸, 셰익스피어 4대 비극의 마지막 작품
- 2002년 노벨 연구소가 선정한 〈세계문학 100선〉
- 미국 대학 위원회 선정 SAT 추천 도서

156 아들과 연인 전2권
D. H. 로런스 장편소설 | 최희섭 옮김 | 각 464, 432면
19세기 말에서 20세기 초 영국 사회 하층 계급의 삶을 생생하게 묘사한 로런스의 자전적 소설!
- 2002년 노벨 연구소가 선정한 〈세계문학 100선〉
- 2009년 『뉴스위크』 선정 〈세계 100대 명저〉

158 그리고 아무 말도 하지 않았다
하인리히 뵐 장편소설 | 홍성광 옮김 | 272면
〈전후 독일에서 쓰인 최고의 책이라고 극찬받은 작품. 섬세하게 묘사된 전후의 내면 풍경
- 1972년 노벨 문학상 수상 작가

159 미덕의 불운
싸드 장편소설 | 이형식 옮김 | 248면
신앙 깊고 정숙한 미덕의 화신 쥐스띤느에게 가해지는 잔혹한 운명. 〈싸디즘〉의 유래가 된 문제작

160 프랑켄슈타인
메리 W. 셸리 장편소설 | 오숙은 옮김 | 320면
공포 소설, 공상 과학 소설의 고전. 과학의 발전과 실험이 불러올지도 모를 끔찍한 재앙에 대한 경고
- 2009년 『뉴스위크』 선정 〈세계 100대 명저〉
- 미국 대학 위원회 선정 SAT 추천 도서

161 위대한 개츠비
프랜시스 스콧 피츠제럴드 장편소설 | 한애경 옮김 | 280면
개츠비, 닉, 톰이라는 세 캐릭터를 통해 시대적 불안을 뛰어나게 묘사한 고전
- 2005년 『타임』지 선정 〈100대 영문 소설〉
- 미국 대학 위원회 선정 SAT 추천 도서

162 아Q정전
루쉰 중단편집 | 김태성 옮김 | 320면
현대 중국의 문학과 인문 정신의 출발을 상징하는 루쉰의 소설집
- 1996년 『뉴욕 타임스』 선정 〈20세기에 가장 큰 영향을 끼친 그레이트 북스〉

163 로빈슨 크루소
대니얼 디포 장편소설 | 류경희 옮김 | 456면
최초의 본격 소설이자 근대 소설의 효시, 국적과 시대와 세대를 불문한 여행기 문학의 대표작
- 2003년 국립중앙도서관 선정 〈고전 100선〉
- 미국 대학 위원회 선정 SAT 추천 도서

164 타임머신
허버트 조지 웰스 소설선집 | 김석희 옮김 | 304면
SF의 거인 허버트 조지 웰스가 그려 낸 인류의 미래, 그 잔혹한 기적!
- 2003년 크리스티아네 취른트 〈사람이 읽어야 할 모든 것 책〉
- 피터 박스올 〈죽기 전에 읽어야 할 1001권의 책〉

165 제인 에어 전2권
샬럿 브론테 장편소설 | 이미선 옮김 | 각 392, 384면
가난한 고아 가정 교사 제인 에어와 부유하지만 불행한 로체스터의 사랑을 주제로 한 연애 소설
- 미국 대학 위원회 선정 SAT 추천 도서
- 피터 박스올 〈죽기 전에 읽어야 할 1001권의 책〉

167 풀잎
월트 휘트먼 시집 | 허현숙 옮김 | 280면
자유시의 선구자 월트 휘트먼. 40년간 수정과 증보를 거듭한 시집 『풀잎』의 초판 완역본
- 2002년 노벨 연구소가 선정한 〈세계문학 100선〉
- 2009년 『뉴스위크』 선정 〈세계 100대 명저〉

168 표류자들의 집
기예르모 로살레스 장편소설 | 최유정 옮김 | 216면

쿠바와 미국, 그 어느 땅에도 뿌리박기를 거부한 작가 기예르모 로살레스. 그가 생전에 남긴 단 한 권의 책
- 1987년 황금 문학상

169 배빗
싱클레어 루이스 장편소설 | 이종인 옮김 | 520면

일반 명사가 된 한 남자의 이야기. 미국의 중산 계급에 대한 풍자와 뛰어난 환경 묘사에 성공한 루이스의 최고 걸작.
- 1930년 노벨 문학상

170 이토록 긴 편지
마리아마 바 장편소설 | 백선희 옮김 | 192면

50대 여성 라마툴라이가 친구 아이사투에게 쓴 편지. 일부다처제를 둘러싼 두 여인의 고통과 선택, 새로운 삶에서의 변민을 담아낸 작품
- 1980년 노마상

171 느릅나무 아래 욕망
유진 오닐 희곡 | 손동호 옮김 | 168면

욕정과 물욕, 근친상간과 유아 살해. 욕망에서 비롯된 인간사 갈등의 극단점. 그러나 그 속에서도 아직 꺾이지 않는 사랑에 대한 이야기
- 1936년 노벨 문학상 수상 작가

172 이방인
알베르 카뮈 장편소설 | 김예령 옮김 | 208면

인간의 부조리를 성찰한 작가 알베르 카뮈의 처녀작. 죽음, 자유, 반항, 진실의 심연을 들여다본다
- 1957년 노벨 문학상 수상 작가
- 2002년 노벨 연구소가 선정한 〈세계 문학 100대 작품〉

173 미라마르
나기브 마푸즈 장편소설 | 허진 옮김 | 288면

아랍 문학계의 큰 별, 나기브 마푸즈가 파고든 두 차례의 혁명, 그 이후
- 1988년 노벨 문학상 수상 작가
- 피터 박스올 〈죽기 전에 읽어야 할 1001권의 책〉

174 지킬 박사와 하이드 씨
로버트 루이스 스티븐슨 소설선집 | 조영학 옮김 | 320면

인간 내면의 근원을 탐구한 탁월한 심리 묘사가 스티븐슨. 그가 선사하는 다섯 가지 기이한 이야기
- 2004년 〈한국 문인이 선호하는 세계 명작 소설 100선〉

175 루진
이반 뚜르게네프 장편소설 | 이항재 옮김 | 264면

한 〈잉여 인간〉의 삶과 죽음을 러시아 문단의 거인 뚜르게네프의 사실적 시선을 통해 엿본다

176 피그말리온
조지 버나드 쇼 희곡 | 김소임 옮김 | 256면

20세기 영국 사회의 허위와 모순에 대한 신랄한 풍자. 셰익스피어 이후 가장 위대한 극작가 조지 버나드 쇼의 대표작
- 1925년 노벨 문학상 수상 작가

177 목로주점 전2권
에밀 졸라 장편소설 | 유기환 옮김 | 각 336면

노동자의 언어로 쓰인 최초의 노동 소설. 19세기를 살아간 노동자의 고달픈 삶, 그 몰락의 연대기
- 피터 박스올 〈죽기 전에 읽어야 할 1001권의 책〉

179 엠마 전2권
제인 오스틴 장편소설 | 이미애 옮김 | 각 336, 360면

호기심과 오해가 빚어낸 사건들 속에서 완성되는 철부지 엠마의 좌충우돌 성장기
- 2007년 데보라 G. 펠터 〈여성의 삶을 바꾼 책 50선〉

181 비숍 살인 사건
S. S. 밴 다인 장편소설 | 최인자 옮김 | 464면

추리 소설의 황금시대를 장식한 S. S. 밴 다인의, 시와 문학을 접목시킨 연쇄 살인 사건

182 우신예찬
에라스무스 풍자문 | 김남우 옮김 | 296면

자유로운 세계주의자 에라스무스, 그의 눈에 비친 〈웃지 않을 수 없는〉 시대의 모습

183 하자르 사전
밀로라드 파비치 장편소설 | 신헌철 옮김 | 488면

지중해에 실제로 존재했던 하자르 제국에 대한, 역사와 환상이 교묘하게 뒤섞인 역사 미스터리 사전(辭典) 소설

184 테스 전2권
토머스 하디 장편소설 | 김문숙 옮김 | 각 392, 336면

옹졸한 인습 속에서도 강인한 생명력과 자연의 회복력을 지닌 순수한 대지의 딸 테스의 삶과 죽음
- 미국 대학 위원회 선정 SAT 추천 도서

186 투명 인간
허버트 조지 웰스 장편소설 | 김석희 옮김 | 288면

SF의 거장 허버트 조지 웰스의 빛나는 상상력. 보이지 않는 인간이 보여 주는, 소외된 인간의 고독
- 미국 대학 위원회 선정 SAT 추천 도서

187 93년 전2권
빅토르 위고 장편소설 | 이형식 옮김 | 각 288, 360면

프랑스 대혁명 당시 가장 치열했던 방데 전투의 종말. 그리고 그곳에서, 사상과 인간성 간의 전쟁이 다시 시작된다

189 젊은 예술가의 초상
제임스 조이스 장편소설 | 성은애 옮김 | 384면

20세기 가장 혁명적인 문학가 제임스 조이스의 자전적 소설. 감수성을 억압하는 사회를 거부하고 예술의 길을 택한 한 소년의 성장기

190 소네트집
윌리엄 셰익스피어 연작시집 | 박우수 옮김 | 200면

아름다운 언어로 사랑과 고통을 그려 낸 소네트 문학의 최고 걸작

- 2009년 『뉴스위크』 선정 〈세계 100대 명저〉

191 메뚜기의 날
너새니얼 웨스트 장편소설 | 김진준 옮김 | 280면

할리우드 뒷골목의 하류 인생들! 그들의 적나라한 모습에서 헛된 꿈에 부푼 인간들의 모습을 본다

- 2009년 『뉴스위크』 선정 〈세계 100대 명저〉

192 나사의 회전
헨리 제임스 중편소설 | 이승은 옮김 | 256면

모호한 암시와 뒤에 숨겨진 반전. 현대 심리 소설의 아버지 헨리 제임스의 대표작

- 미국 대학 위원회 선정 SAT 추천 도서
- 1955년 시카고 대학 〈그레이트 북스〉

193 오셀로
윌리엄 셰익스피어 희곡 | 권오숙 옮김 | 216면

인간의 사랑과 질투, 그리고 의심이라는 감정이 빚어내는 비극

194 소송
프란츠 카프카 장편소설 | 김재혁 옮김 | 376면

난데없는 소송과 운명적 소용돌이에 희생당하는 한 인간을 통해 카프카의 문학적 천재성을 본다

- 2002년 노벨 연구소가 선정한 〈세계 문학 100선〉
- 2005년 『타임』지 선정 〈100대 영문 소설〉

195 나의 안토니아
윌라 캐더 장편소설 | 전경자 옮김 | 368면

유토피아를 꿈꾸며 고향을 떠나온 이민자들의 삶. 황량한 초원에서 펼쳐진 그들의 아름다운 순간들

- 2007년 데보라 G. 펠터 〈여성의 삶을 바꾼 책 50권〉

196 자성록
마르쿠스 아우렐리우스 명상록 | 박민수 옮김 | 240면

로마 황제라는 화려한 뒤에 권력보다는 철학과 인간을 사랑했던 고독한 영웅이 있었다. 그의 성찰의 시간을 엿본다

197 오레스테이아
아이스킬로스 비극 | 두행숙 옮김 | 336면

오레스테스를 중심으로 벌어지는 잔혹한 복수극을 통해 정의란 무엇인지에 대한 질문을 던진다

198 노인과 바다
어니스트 헤밍웨이 소설선집 | 이종인 옮김 | 320면

한 노인과 거대한 물고기의 사투를 통해 삶과 죽음에 대한 고민과 패배하지 않는 인간의 굳건한 의지를 그려 낸다

- 1952년 퓰리처상 수상작
- 1952년 노벨 문학상 수상 작가

199 무기여 잘 있거라
어니스트 헤밍웨이 장편소설 | 이종인 옮김 | 464면

체험에 뿌리를 내린 크나큰 비극. 미국 문학의 거장 헤밍웨이가 〈잃어버린 세대〉의 모습을 담는다

- 『타임』지가 뽑은 〈20세기 100선〉
- 미국 대학 위원회 선정 SAT 추천 도서

200 서푼짜리 오페라
베르톨트 브레히트 희곡선집 | 이은희 옮김 | 320면

이데올로기 속에 갇힌 인간의 모습을 그려 낸 「서푼짜리 오페라」와 「억척어멈과 자식들」을 만난다

- 『뉴욕 타임스』 선정 〈20세기 최고의 책 100선〉

201 리어 왕
윌리엄 셰익스피어 희곡 | 박우수 옮김 | 224면

자신의 정체성을 아는 자 누구인가? 오이디푸스의 후예 리어, 눈 있으되 보지 못하는 자의 고통

- 미국 대학 위원회 선정 SAT 추천 도서
- 2002년 노벨 연구소가 선정한 〈세계문학 100선〉

202 주홍 글자
너새니얼 호손 장편소설 | 곽영미 옮김 | 360면

미국 문학의 시대를 연 호손의 대표작. 가장 통속적인 곳에서 피어난 가장 숭고한 이야기

- 미국 대학 위원회 선정 SAT 추천 도서
- 서울대학교 선정 〈동서 고전 200선〉

203 모히칸족의 최후
제임스 페니모어 쿠퍼 장편소설 | 이나경 옮김 | 512면

자연과 문명, 인디언과 백인, 신화와 역사의 경계를 넘나드는 모히칸 전사의 최후 전투 기록

- 미국 대학 위원회 선정 SAT 추천 도서

204 곤충 극장
카렐 차페크 희곡선집 | 김선형 옮김 | 360면

양차 대전 사이 유럽을 살아간 휴머니스트 카렐 차페크의 치열한 고민, 그러나 위트 넘치는 기록들

205 누구를 위하여 종은 울리나 전2권
어니스트 헤밍웨이 장편소설 | 이종인 옮김 | 각 416, 400면

허무주의에서 평화를 위한 필사의 투쟁으로, 연대를 통한 실천 의식을 역설한 헤밍웨이의 역작

- 1953년 노벨 문학상 수상 작가
- 뉴스위크 선정 세계 100대 명저
- 르몽드 선정 〈20세기 최고의 책〉

207 타르튀프
몰리에르 희곡선집 | 신은영 옮김 | 416면

최고의 희극 배우이자 가장 위대한 극작가 몰리에르, 조롱과 웃음으로 무장한 투쟁의 궤적

- 1955년 시카고 대학 〈그레이트 북스〉
- 서울대학교 선정 〈동서 고전 200선〉

208 유토피아
토머스 모어 소설 | 전경자 옮김 | 288면

르네상스 시대의 휴머니즘과 종교적 관용, 성 평등을 주장한 근대 소설의 효시이자 사회사상사적 명저

- 「뉴스위크」 선정 세상을 움직인 100권의 책
- 스탠포드 대학 선정 〈세계의 결정적 책 15권〉

209 인간과 초인
조지 버나드 쇼 희곡 | 이후지 옮김 | 320면

니체의 초인 사상에 큰 영향을 받은 버나드 쇼의 인생관과 예술론이 흥미로운 설정과 희극적인 요소와 함께 펼쳐진다

- 1925년 노벨 문학상 수상
- 시카고 대학 그레이트 북스

210 페드르와 이폴리트
장 라신 희곡 | 신정아 옮김 | 200면

프랑스 신고전주의 희곡의 대가 라신의 대표작이자 정념을 다룬 비극의 정수

- 서울대학교 선정 〈동서 고전 200선〉
- 시카고 대학 그레이트 북스

211 말테의 수기
라이너 마리아 릴케 장편소설 | 안문영 옮김 | 320면

고독과 고난에 대한 기록, 20세기 초 독일어로 발표된 최초의 현대 소설이자 릴케의 유일한 장편소설

- 국립중앙도서관 선정 청소년 권장도서 50선
- 서울대학교 선정 〈동서 고전 200선〉

212 등대로
버지니아 울프 장편소설 | 최애리 옮김 | 328면

삶과 죽음, 세월을 바라보는 깊은 눈, 무수한 인상의 단면들을 아름답게 이어 간 울프의 자전적 소설

- 2002년 노벨 연구소가 선정한 〈세계문학 100선〉
- 2005년 〈타임〉지 선정 〈100대 영문 소설〉

213 개의 심장
미하일 불가코프 중편소설집 | 정연호 옮김 | 352면

혁명의 모순과 과학의 맹점을 파고든 〈불가코프적〉 상상력의 정수

214 모비 딕 전2권
허먼 멜빌 장편소설 | 강수정 옮김 | 각 464, 488면

고래에 관한 모든 것, 전율적인 모험, 자연과 인간에 대한 심오한 통찰을 담은 멜빌의 독보적 걸작

- 1954년 서머싯 몸이 추천한 〈세계 10대 소설〉
- 2002년 노벨 연구소가 선정한 〈세계문학 100선〉

216 더블린 사람들
제임스 조이스 단편소설집 | 이강훈 옮김 | 336면

마비된 도시 더블린에 갇힌 욕망과 환멸, 20세기 문학사를 새롭게 쓴 선구적 작가 제임스 조이스 문학의 출발점

- 2008년 〈하버드 서점〉이 뽑은 잘 팔리는 책 20
- 2004년 〈한국 문인이 선호하는 세계 명작 소설 100선〉

217 마의 산 전3권
토마스 만 장편소설 | 윤순식 옮김 | 각 496, 488, 512면

20세기 독일 문학의 거장 토마스 만 작품의 정수! 죽음이 지배하는 알프스의 호화 요양원 〈베르크호프〉에서 생(生)의 아름다움과 환희를 되묻다

220 비극의 탄생
프리드리히 니체 | 김남우 옮김 | 320면

아폴론과 디오뉘소스라는 두 가지 원리로 희랍 비극의 근원을 분석하고 서양 문화의 심층 구조를 드러낸다. 20세기 문학, 철학, 예술에 심대한 영향을 끼친 책

221 위대한 유산 전2권
찰스 디킨스 장편소설 | 류경희 옮김 | 각 432, 448면

세상만사를 꿰뚫어보는 깊은 통찰과 풍부한 서사, 유쾌한 해학이 담긴 19세기 대문호 찰스 디킨스의 작품

- 2002년 노벨 연구소가 선정한 〈세계문학 100선〉
- 2007년 영국 독자들이 뽑은 가장 귀중한 책

223 사람은 무엇으로 사는가
레프 톨스또이 소설선집 | 윤새라 옮김 | 464면

1852년부터 1907년까지, 13편을 선정해 60년에 이르는 톨스또이 작품 세계의 궤적을 담아낸 단편선

224 자살 클럽
로버트 루이스 스티븐슨 소설선집 | 임종기 옮김 | 272면

인간 내면에 도사린 본질적 탐욕과 이중성, 죄의식과 두려움을 둘러싼 기묘하고도 환상적인 단편선

225 채털리 부인의 연인 전2권
데이비드 허버트 로런스 장편소설 | 이미선 옮김 | 각 336, 328면

20세기 문학계를 뒤흔든 D. H. 로런스의 문제작, 현대 산업 사회에 대한 비판과 인간성 회복에의 염원이 담긴 작품

- 르몽드 선정 〈20세기 최고의 책〉
- 피터 박스올 〈죽기 전에 읽어야 할 1001권의 책〉
- 2004년 〈한국 문인이 선호하는 세계 명작 소설 100선〉

227 데미안
헤르만 헤세 장편소설 | 김인순 옮김 | 264면

혼돈과 자아 상실의 시대를 살아가는 젊은이들에게 시대의 지성 헤르만 헤세가 바치는 작품

- 1946년 노벨 문학상 수상 작가
- 2004년 〈한국 문인이 선호하는 세계 명작 소설 100선〉

228 두이노의 비가
라이너 마리아 릴케 시선집 | 손재준 옮김 | 504면

삶 속에서 죽음을 노래한 시인 릴케의 대표 시집 중 엄선한 170여 편의 주요 작품을 소개한 시 선집
- 동아일보 선정 〈세계를 움직이는 100권의 책〉
- 고려대학교 선정 〈교양 명저 60선〉

229 페스트
알베르 카뮈 장편소설 | 최윤주 옮김 | 432면

죽음 앞에 선 인간의 고뇌와 역할에 대한 진지한 성찰이 담긴 〈제2차 세계 대전 이후 최대의 걸작〉
- 1957년 노벨 문학상 수상 작가
- 서울대학교 선정 권장 도서 100선
- 국립중앙도서관 선정 청소년 권장 도서 50선

230 여인의 초상 전2권
헨리 제임스 장편소설 | 정상준 옮김 | 각 520, 544면

자유로운 이상을 가진 한 여인의 이야기. 헨리 제임스의 심리적 사실주의를 대표하는 걸작
- 2004년 〈한국 문인이 선호하는 세계 명작 소설 100선〉
- 미국 대학 위원회 선정 SAT 추천 도서
- 서울대학교 선정 〈동서 고전 200선〉

232 성
프란츠 카프카 장편소설 | 이재황 옮김 | 560면

독일인이 뽑은 20세기 최고의 작가 카프카의 3대 장편소설 중 하나
- 2002년 노벨 연구가 선정한 〈세계 문학 100선〉
- 피터 박스올 〈죽기 전에 읽어야 할 1001권의 책〉

233 차라투스트라는 이렇게 말했다
프리드리히 니체 철학시 | 김인순 옮김 | 464면

니체 철학의 가장 중심적인 사상들을 생동하는 문학적 언어로 녹여 낸 작품
- 국립중앙도서관 선정 고전 100선
- 동아일보 선정 〈세계를 움직이는 100권의 책〉

234 노래의 책
하인리히 하이네 시집 | 이재영 옮김 | 384면

독일을 대표하는 서정 시인이자 혁명적 저널리스트인 하이네의 시집. 실패한 사랑의 슬픔과 인습의 굴레에서 벗어나고자 했던 고아한 시성(詩聖)의 노래

235 변신 이야기
오비디우스 서사시 | 이종인 옮김 | 632면

라틴 문학의 전성기를 대표하는 시인 오비디우스가 그리스 로마 신화를 응집한 역작
- 2002년 노벨 연구가 선정한 〈세계문학 100선〉
- 서울대학교 권장 도서 100선
- 연세대학교 권장 도서 200선

236 안나 까레니나 전2권
레프 똘스또이 장편소설 | 이명현 옮김 | 각 800, 736면

사랑과 결혼, 가정 등 일상적인 소재를 통해 당대 러시아의 혼란한 사회상과 개인의 내면을 생생하게 묘사한, 똘스또이의 모든 고민을 집대성한 대표작
- 〈가디언〉 선정 역대 최고의 소설 100선
- 서울대학교 권장 도서 100선

238 이반 일리치의 죽음·광인의 수기
레프 똘스또이 중단편집 | 석영중·정지원 옮김 | 232면

죽음 앞에 선 인간 실존에 대한 똘스또이의 깊은 성찰이 담긴 걸작
- 시카고 대학 그레이트 북스
- 피터 박스올 〈죽기 전에 읽어야 할 1001권의 책〉

239 수레바퀴 아래서
헤르만 헤세 장편소설 | 강명순 옮김 | 272면

모순적인 교육 제도에 짓눌린 안타까운 청춘의 이야기. 헤세의 사춘기 시절 체험이 담긴 자전적 성장소설
- 1946년 노벨 문학상 수상 작가
- 서울대학교 선정 동서 고전 200선

240 피터 팬
J. M 배리 장편소설 | 최용준 옮김 | 272면

영원히 어른이 되고 싶지 않은 소년 피터팬. 신비의 섬 네버랜드에서 펼쳐지는 짜릿한 대모험
- 〈가디언〉 선정 〈모두가 읽어야 할 소설 1000선〉

241 정글 북
러디어드 키플링 중단편집 | 오숙은 옮김 | 272면

늑대 품에서 자란 소년 모글리, 대지가 살아 숨 쉬는 일곱 개의 빛나는 중단편들
- 1907년 노벨 문학상 수상 작가
- BBC 선정 아동 고전 소설

242 한여름 밤의 꿈
윌리엄 셰익스피어 희곡 | 박우수 옮김 | 160면

셰익스피어의 대표 낭만 희극. 꿈과 현실을 넘나드는 한바탕의 마법 같은 이야기
- 미국 대학 위원회 선정 SAT 추천 도서

243 좁은 문
앙드레 지드 장편소설 | 김화영 옮김 | 264면

지상보다 천상의 행복을 사랑한 여인과, 그 여인을 사랑한 한 남자의 이야기. 현대 프랑스 문학의 거장 앙드레 지드 대표작
- 1947년 노벨 문학상 수상 작가
- 2003년 국립중앙도서관 선정 〈고전 100선〉

244 모리스
E. M. 포스터 장편소설 | 고정아 옮김 | 408면

영국 중산층의 한 젊은이가 자신의 성적 정체성을 찾아가는 과정을 그린 소설

245 브라운 신부의 순진
길버트 키스 체스터턴 단편집 | 이상원 옮김 | 336면

추리 문학계의 전설로 손꼽히는 매력적인 성직자 탐정 브라운 신부의 놀라운 활약상. 추리 문학의 거장 체스터턴의 대표 단편집

246 각성
케이트 쇼팽 장편소설 | 한애경 옮김 | 272면

오롯이 〈자기 자신〉으로 살기 원했던 한 여성의 이야기, 선구적 페미니즘 작가 케이트 쇼팽의 대표작

247 뷔히너 전집
게오르크 뷔히너 지음 | 박종대 옮김 | 400면

독일 현대극의 선구자가 된 천재 작가 게오르크 뷔히너, 「당통의 죽음」, 「보이체크」 등 그가 남긴 모든 문학 작품을 한 권에 수록한 전집

248 디미트리오스의 가면
에릭 앰블러 장편소설 | 최용준 옮김 | 424면

〈스파이 소설의 최고 걸작〉으로 평가받는, 현대 스파이 소설의 아버지 에릭 앰블러의 대표작

249 베르가모의 페스트 외
옌스 페테르 야콥센 중단편 전집 | 박종대 옮김 | 208면

페스트가 이탈리아 북부를 휩쓸자 절망에 빠진 시민들은 타락하기 시작한다. 덴마크 작가 야콥센의 걸작 중단편집

250 폭풍우
윌리엄 셰익스피어 희곡 | 박우수 옮김 | 176면

폭풍우로 외딴 섬에 난파한 기묘한 인연의 사람들, 사랑과 복수, 용서가 뒤섞인 환상적인 이야기

251 어셴든, 영국 정보부 요원
서머싯 몸 연작 소설집 | 이민아 옮김 | 416면

서머싯 몸이 자신의 실제 스파이 경험을 토대로 쓴 연작 소설집. 현대 스파이 소설의 원조이자 고전이 된 걸작

252 기나긴 이별
레이먼드 챈들러 장편소설 | 김진준 옮김 | 600면

하드보일드 소설의 대표 고전 레이먼드 챈들러가 창조한 전설적인 탐정 필립 말로의 활약을 담은 대표작

- 1955년 에드거상 수상작

253 인도로 가는 길
E. M. 포스터 장편소설 | 민승남 옮김 | 552면

인도인과 영국인은 친구가 될 수 있을까, 영국 식민 통치의 모순을 파헤친 E. M. 포스터의 대표작

- 『타임』 선정 〈현대 100대 영문 소설〉
- 모던 라이브러리 선정 〈20세기 영문 소설 100선〉
- 1924년 제임스 테이트 블랙 기념상 수상
- 1925년 페미나상 수상

254 올랜도
버지니아 울프 장편소설 | 이미애 옮김 | 376면

남성에서 여성이 되어 수백 년을 살아온 한 시인의 놀라운 일대기, 버지니아 울프의 걸작 환상 소설

- 피터 박스올 〈죽기 전에 읽어야 할 1001권의 책〉
- BBC 선정 〈우리 세계를 형성한 100권의 소설〉

255 시지프 신화
알베르 카뮈 지음 | 박언주 옮김 | 264면

카뮈의 부조리 사상의 정수를 담은 대표 철학 에세이, 철학적인 명징함과 문학적 감수성을 두루 갖춘 걸작

- 1967년 노벨 문학상 수상 작가
- 고려대학교 선정 교양 명저 60선

256 조지 오웰 산문선
조지 오웰 지음 | 허진 옮김 | 424면

조지 오웰의 명징한 통찰과 사유를 보여 주는 빼어난 에세이를 엄선한 선집

257 로미오와 줄리엣
윌리엄 셰익스피어 희곡 | 도해자 옮김 | 200면

증오 속에서 태어나 죽음을 넘어서는 불멸의 사랑, 셰익스피어가 창조한 가장 유명한 사랑의 비극

258 수용소군도 전6권
알렉산드르 솔제니찐 기록문학 | 김학수 옮김 | 각 460면 내외

20세기 최고의 고발 문학이자 세계적인 휴먼 다큐멘터리

- 1970년 노벨 문학상
- 『타임』지가 뽑은 〈20세기 100선〉

264 스웨덴 기사
레오 페루츠 장편소설 | 강명순 옮김 | 336면

운명처럼 얽혀 신분이 뒤바뀐 도둑과 귀족의 파란만장한 이야기, 독일어권 문학의 거장 레오 페루츠의 걸작 환상 소설

265 유리 열쇠
대실 해밋 장편소설 | 홍성영 옮김 | 328면

대실 해밋이 자신의 최고 걸작으로 꼽은 작품. 인간의 욕망과 비정한 정치의 이면을 드러내는 하드보일드 범죄 소설

266 로드 짐
조지프 콘래드 장편소설 | 최용준 옮김 | 608면

침몰하는 배와 승객을 버리고 도망친 한 선원의 파멸과 방황, 모험을 그린 걸작. 영국 문학의 거장 조지프 콘래드의 대표 장편소설

- 모던 라이브러리 선정 〈20세기 영문 소설 100선〉
- 르몽드 선정 〈20세기 최고의 책〉

267 푸코의 진자 전3권
움베르토 에코 장편소설 | 이윤기 옮김 | 각 392, 384, 416면

광신과 음모론의 극한을 보여 주는 이야기. 에코의 가장 〈백과사전적〉이고 야심적인 소설

270 공포로의 여행
에릭 앰블러 장편소설 | 최용준 옮김 | 376면

전쟁 중 한 엔지니어의 생사를 둘러싸고 벌어지는 각국의 숨 막히는 첩보전. 현대 스파이 소설의 아버지 에릭 앰블러의 걸작

271 심판의 날의 거장
레오 페루츠 장편소설 | 신동화 옮김 | 264면

유명 배우의 의문의 죽음, 그리고 수수께끼의 연쇄 자살 사건의 비밀. 독일어권 문학의 거장 레오 페루츠의 대표작

272 에드거 앨런 포 단편선
에드거 앨런 포 지음 | 김석희 옮김 | 392면

환상 문학과 미스터리 문학의 선구자 에드거 앨런 포의 대표 작품 12편을 수록한 단편집

- 미국 대학 위원회 선정 SAT 추천 도서
- 2002년 노벨 연구소가 선정한 〈세계문학 100선〉
- 2004년 〈한국 문인이 선호하는 세계 명작 소설 100선〉

273 수전노 외
몰리에르 희곡선집 | 신정아 옮김 | 424면

천재 극작가이자 희극 배우 몰리에르, 고전 희극을 완성한 그의 대표적 문제작들

- 고려대학교 선정 〈교양 명저 60선〉
- 클리프턴 패디먼 〈일생의 독서 계획〉

274 모파상 단편선
기 드 모파상 지음 | 임미경 옮김 | 400면

세계문학사상 가장 위대한 단편 작가 중 하나인 기 드 모파상. 속도감도 아름다운 삶의 면면을 날카롭게 포착하는 그의 걸작 단편들

275 평범한 인생
카렐 차페크 장편소설 | 송순섭 옮김 | 280면

죽음을 앞두고 진정한 자신들을 만난 한 남자의 이야기. 체코 문학의 길을 낸 20세기 최고의 이야기꾼 차페크의 걸작

276 마음
나쓰메 소세키 장편소설 | 양윤옥 옮김 | 344면

정교한 언어로 길어 올린 인간 내면의 연약한 심연. 일본의 국민 작가 나쓰메 소세키 문학의 정수

- 서울대학교 권장 도서 100선
- 피터 박스უ 〈죽기 전에 읽어야 할 1001권의 책〉

277 인간 실격·사양
다자이 오사무 소설집 | 김난주 옮김 | 336면

일본 데카당스 문학의 기수 다자이 오사무. 그가 생의 마지막 불꽃을 태워 완성한 두 편의 대표작

278 작은 아씨들 전2권
루이자 메이 올컷 장편소설 | 허진 옮김 | 각 408, 464면

세상의 모든 딸들을 위한 걸작. 저마다 다른 개성으로 빛나는 네 자매의 성장 소설

- 『타임』지 선정 〈100대 영문 소설〉
- 미국 전국 교육 협회 선정 〈교사를 위한 100대 도서〉

280 고함과 분노
윌리엄 포크너 장편소설 | 윤교찬 옮김 | 520면

현대 미국 문학의 거장이자 노벨 문학상 수상 작가 윌리엄 포크너의 가장 강렬한 대표작

- 1949년 노벨 문학상 수상 작가
- 미국 대학 위원회 선정 SAT 추천 도서

281 신화의 시대
토머스 불핀치 신화집 | 박중서 옮김 | 664면

서양 문화의 근간이 되는 그리스 로마 신화를 집대성한 최고의 역작

- 서울대학교 권장 도서 100선
- 한국 문인이 선호하는 세계 명작 소설 100선

282 셜록 홈스의 모험
아서 코넌 도일 단편집 | 오숙은 옮김 | 456면

세계에서 가장 유명한 탐정 셜록 홈스 이야기의 정수를 담은 단편집. 문학사상 가장 위대한 추리 단편집으로 손꼽히는 역작

283 자기만의 방
버지니아 울프 지음 | 공경희 옮김 | 216면

선구적 페미니스트 버지니아 울프가 여성과 문학의 문제를 논한 에세이. 페미니즘의 가장 유명한 고전이 된 걸작

284 지상의 양식·새 양식
앙드레 지드 지음 | 최애영 옮김 | 360면

노벨 문학상 수상 작가 앙드레 지드의 대표작. 생의 쾌락을 향한 열정과 열광을 노래한 영원한 〈탈주와 해방의 참고서〉